HEYNE <

DAS BUCH

Das San Francisco der nahen Zukunft scheint die perfekte Welt zu sein, und was nicht perfekt ist, wird – dank des hohen technologischen Standards – eben perfekt gemacht. Es ist die Welt der siamesischen Zwillinge Tila und Taema, die mit sechzehn in einer aufwendigen Operation voneinander getrennt wurden. Nun, zehn Jahre später, schlägt in der Brust einer jeden von ihnen ein perfektes mechanisches Herz, und obwohl sie nicht mehr jede Sekunde miteinander verbringen, verbindet die beiden eine innige Beziehung. Dann wird Tila eines Abends verhaftet. Der Vorwurf: Mord. Sollte sie schuldig gesprochen werden, würde sie für den Rest ihres Lebens in Kälteschlaf versetzt werden, was einem Todesurteil gleichkäme. Taema ist schockiert. Hat ihre Schwester etwa ein geheimes Doppelleben geführt? Um die Wahrheit herauszufinden und ihre Schwester zu retten, nimmt Taema Tilas Identität an und begibt sich in die verborgene Unterwelt San Franciscos …

DIE AUTORIN

Laura Lam wuchs in der Nähe von San Francisco auf und lebt heute in Schottland. Sie ist Autorin vieler Kurzgeschichten, Essays und Romane, darunter der preisgekrönten *Micah Grey*-Trilogie. Neben dem Schreiben unterrichtet sie Creative Writing an der Edinburgh Napier University.

Mehr über Laura Lam und ihren Roman erfahren Sie auf:

diezukunft.de

LAURA LAM

DARK WORLD

EIN THRILLER AUS DER NAHEN ZUKUNFT

Aus dem Amerikanischen übersetzt
von Ulrich Thiele

WILHELM HEYNE VERLAG
MÜNCHEN

Titel der Originalausgabe
FALSE HEARTS

William Wordsworth – Gedichte/Samuel Taylor Coleridge – Der alte Seemann und Kubla Khan, übersetzt von Wolfgang Breitwieser, Verlag Lambert Schneider, Heidelberg, 1959.

MIX
Papier aus verantwortungsvollen Quellen
FSC® C014496

Verlagsgruppe Random House FSC® N001967

Deutsche Erstausgabe 01/2020
Redaktion: Sabine Thiele

Printed in Germany
Umschlaggestaltung: DAS ILLUSTRAT, München, unter Verwendung eines Motivs von Shutterstock
Satz: Greiner & Reichel, Köln
Druck und Bindung: GGP Media GmbH, Pößneck

ISBN 978-3-453-31720-8

www.diezukunft.de

Im Gedenken an meinen Vater Gary Lyle Richardson (1945–2015). Du warst verrückt und wunderbar, und ich bin froh, dass du einen ersten Entwurf dieses Buches lesen konntest, bevor du wieder in den Kreislauf eingegangen bist.

»Birg, falscher Schein, des falschen Herzens Kunde!«
William Shakespeare, *Macbeth*

PROLOG

TAEMA

San Francisco, Kalifornien

Zum ersten Mal in meinem Leben bin ich allein.

Zum ersten Mal wache ich auf, und neben mir ist nichts als Stille und Leere. Im Zimmer sind nur das Piepen des Herzmonitors zu hören und mein angestrengtes Atmen.

So sollte es nicht sein.

Erschöpft vom Narkosemittel hebe ich die Hand und halte sie über die glühende Wunde, deren Pochen selbst durch den Schmerz des intravenösen Zugangs zu spüren ist. Zum ersten Mal kann ich meine Hand direkt über der eigenen Brust schweben lassen. Unter meinen zitternden Fingern verläuft ein tiefer Schnitt – der zu einer schmalen Naht verheilen wird, die knapp unter dem Schlüsselbein beginnt und kurz vor dem Bauchnabel endet. Unter der frisch transplantierten Haut und den rekonstruierten Brüsten wölbt sich ein Brustbein aus Titan. Kugelsicher, heißt es, auch die Hälfte meiner Rippen besteht aus diesem Material. Darunter schlägt mein neues, falsches Herz. Das alte hat man herausgeschnitten und durch ein optimiertes Modell ersetzt, das nie ermüden wird. Fast bilde ich mir ein, sein mechanisches Ticken zu hören.

Zum ersten Mal in meinem Leben bin ich einsam.

Der Türknauf des Aufwachraums dreht sich. Mein altes, fleischiges Herz hätte schneller geschlagen, mein automatisiertes bleibt im Rhythmus. Trotzdem spüre ich pulsierendes Adrenalin. Die Tür öffnet sich, und zum ersten Mal erblicke ich mein eigenes, sich bewegendes Spiegelbild. Mein exaktes Spiegelbild. Die gleiche tiefbraune Haut, die Lockenmähne. Die gleiche lange Nase, die dunklen Augen im von Angst und Schmerz hohlwangigen Gesicht. Meine Zwillingsschwester Tila.

Sind meine Knie auch so knubbelig? Ich lache beinahe über den albernen Gedanken. Noch rauscht Betäubungsmittel durch meine Adern und hüllt alles in goldenen Glanz, wie im Traum.

Tila zieht ihren Infusionsständer hinter sich her. Ich kann mich kaum rühren, also sollte auch sie bestimmt noch im Bett liegen, doch von einer Kleinigkeit wie Schmerz lässt sie sich nicht aufhalten. Seltsam, dass sie keinen Alarm ausgelöst hat. Wahrscheinlich hat sie ihn deaktiviert – mit ihren Händen war Tila schon immer geschickt.

Eigentlich sollen wir uns erst in ein paar Tagen wiedersehen, damit wir uns an die Trennung gewöhnen. Aber Tila pfeift wie üblich auf alle Regeln und Ratschläge und folgt lieber ihrem Herzen. Ihrem eigenen Herzen, muss man jetzt sagen. Sie tastet sich zum Bett, ihre nackten Füße schleifen über den Boden.

»T?«, flüstert sie.

»T«, antworte ich. Wenn wir unter uns sind, nennen wir uns immer T. Als ich die Augen schließe, rinnt eine Träne über meine Wange. *Was haben wir getan?*

Unter Schmerzen rutsche ich so weit wie möglich auf der Matratze zur Seite. Wenn man dem Datum auf dem Wandschirm trauen kann, kommen wir nicht frisch aus dem OP. Sie hatten uns für ein paar Tage in ein künstliches Koma versetzt, um den Heilungsprozess zu beschleunigen. Geht das so einfach? Eine mehr als beängstigende Vorstellung. Weder Tila noch ich waren je zuvor in einem Krankenhaus. An Mana-mas Feuerstelle gibt es keine Krankenhäuser.

Tila schiebt sich zu mir ins Bett. Auf ihrer Brust sehe ich die gleiche Wunde wie auf meiner, auch diese wird bald zur Narbe verheilen. Und unter Tilas falschem Brustbein befindet sich ein weiteres neues, falsches Herz. Ich frage mich, ob unsere Herzen auf denselben Rhythmus eingestellt wurden, ob sie noch immer gemeinsam schlagen.

Vorsichtig drehen wir uns auf die Seite, liegen Stirn an Stirn. Erst jetzt können Tila und ich wieder einschlafen, nur so, in der Position, in der wir sechzehn Jahre lang eingeschlafen sind. Nun trennen uns siebeneinhalb Zentimeter der Leere, wo früher kein Abstand existierte. Wo unser geteiltes Herz schlug.

1
TAEMA

Zehn Jahre später

Ich will anfangen, wo alles zerfällt.

Tila kommt zu spät zum Abendessen.

Wir sehen uns zweimal in der Woche, eigentlich einmal bei ihr, einmal bei mir, in letzter Zeit aber stets in meinem Apartment in Inner Sunset. Tila behauptet jedes Mal, sie müsse bis in den Abend arbeiten, aber ob das stimmt? Ich kann mir nie sicher sein. Und ich hasse es, wenn sie mir etwas verheimlicht. Früher ging das gar nicht.

Draußen trommeln dicke Regentropfen gegen die Fensterscheibe. Der Sonnenuntergang ist der Dunkelheit gewichen, nur ein paar Sterne leuchten mit Müh und Not durch den Nebel über San Francisco. Ich gehe unruhig im Wohnzimmer herum und spähe hinaus auf die verschwommene Skyline, das grüne Schimmern der Algenfarmen in der Bucht, die Lichter vorbeifliegender Schwebeautos. Wegen dieser Aussicht habe ich den saftigen Aufpreis für das Penthouse gezahlt, aber im Moment bringt sie mir nichts, hilft nicht gegen den Ärger über meine Schwester.

Zurück in der Küche schiebe ich mir die Locken aus der Stirn. Über meine Akustikimplantate pinge ich Tila an, erhalte aber keine Antwort. Ich schalte den Wandschirm ein und wieder aus, die bewegten Bilder und die Geräusche gehen mir auf die

Nerven. Die Narbe auf meiner Brust juckt schmerzhaft – ein psychosomatisches Phänomen. Ausgeschlossen, dass die Narbe nach so langer Zeit noch wirklich wehtut. Mit der Fingerspitze berühre ich die raue Linie der verheilten Haut. Seit der Operation ist fast ein Jahrzehnt vergangen, beinahe auf den Tag genau.

Seufzend decke ich den Tisch, während im äußersten Winkel meiner Optikimplantate die Uhrzeit blinkt, bis ich sie schließlich ausblende. Tilas Schicht im Zenith ist angeblich vor einer Stunde zu Ende gegangen. Sie arbeitet im Hostessenclub an der Spitze der TransAm Pyramid, kein schlechter Job, aber nichts für mich. Ich könnte mich nicht so gut verstellen.

Ich habe Tilas Lieblingscurry gekocht, ein abgewandeltes Feuerstellen-Rezept. Natürlich hätte ich es aus dem Replikator in der Küchenecke ziehen können, aber ich brauchte eine Ablenkung, wollte mit den Händen arbeiten. Heute muss ich Tila sagen, dass ich diesen Nachmittag meinen alten Job gekündigt und einen neuen angenommen habe, den ich nicht ablehnen konnte – allerdings in China. Ob Tila Lust haben wird, mich dorthin zu begleiten?

Sollte sie es überhaupt?

Als sich der Türknauf dreht, bleibe ich stehen und streiche mit den Handflächen über meinen Rock. Tila stürmt herein, ihre Klamotten zerknittert, ihr Blick wirr. Ihr kurzgeschnittenes, grünblaues Haar haftet nass an ihrem Schädel, ein krasser Gegensatz zu meinen braunen Locken. Ihre Kleidung wirkt schrill, meine schlicht. Auch ihr Gesicht unterscheidet sich inzwischen von meinem, dank einiger Abstecher zur Chirostube. Keine tiefgreifenden Änderungen, aber wir gleichen uns nicht mehr.

Erst als Tila auf mich zurennt und die Hände in meine Bluse

krallt, registriere ich das Blut auf ihrer Kleidung. Sie trägt einen aufklaffenden Herrenmantel, der mir nicht bekannt vorkommt und von dessen Saum es auf den Boden tropft. Ihr hellblaues Kleid ist mit roten Flecken übersät, vom Regen zu grellen Wasserfarben verschmiert.

Es dauert eine Sekunde, bis ich diesen Anblick verarbeitet habe. »Bist … bist du verletzt?« Ich versuche, mich aus Tilas Griff zu lösen, um den Verbandskasten zu holen. Aber bei dieser Menge an Blut könnte es mit einer Bandage nicht getan sein. Angst jagt durch mich hindurch, ich bekomme kaum noch Luft.

Tilas Antwort lässt auf sich warten. Sie öffnet den Mund, schließt ihn wieder. Dann lässt sie mich los, weicht von der Tür zurück. »Ist nicht mein Blut. Du musst mir helfen, T. Oh Gott, hilf mir einfach.«

Meine Muskeln verkrampfen sich. *Ist nicht mein Blut.* »Wenn es nicht dein Blut ist, von wem stammt es dann?« Mein Atem beschleunigt sich, stolpert, und Tila saugt meine Angst auf, krallt sich wieder in meine Bluse, bis der Stoff reißt. »Was zum Teufel ist hier los, Tila?«

Furcht und Schuld huschen wie Schatten über ihr Gesicht. »Bitte, Taema. Bitte. Ich muss raus aus der Stadt, sofort. Wir beide. Wir müssen uns verstecken. Vielleicht in den Sierras? Wenn uns die Feuerstelle doch nur aufnehmen würde …«

Mana-mas Feuerstelle unterliegt nicht der Jurisdiktion Pacificas. Aber dass Tila dorthin zurückkehren würde, nach allem, was dort vor zehn Jahren geschehen ist, und dass sie mich mitnehmen will, offenbart den Ernst der Lage. »Langsam, Tila, langsam. Was hast du getan?«

»Gar nichts, Taema. Es war nicht, wie sie es hinstellen werden.« Ich sehe das Weiß ihrer Augen, die Falten der Anspannung um ihren Mund. Allen chirurgischen Eingriffen zum Trotz erinnert Tilas Gesicht schmerzlich an unseren letzten Tag an der Feuerstelle, als wir glaubten, wir müssten im Mammutwald sterben.

Meine Fingerspitzen kribbeln, mein Blickfeld verschwimmt. »Okay. Okay.« Ich zwinge mich zur Ruhe. »Was hast du nicht getan?«

Vor dem Wohnturm jaulen Sirenen. Ich zucke zusammen – in San Francisco ist Sirenengeheul zur Seltenheit geworden. Das Heulen wird lauter.

Tila drückt sich an mich. »Oh Gott. Sie haben mich gefunden. Müssen mich über den VeriChip lokalisiert haben. Ich wusste, ich hätte ihn rausreißen sollen! Wo kann ich mich verstecken? Irgendwo muss ich mich doch verstecken können …«

Ihre Panik wirkt ansteckend, aber ich muss die pragmatische Zwillingsschwester spielen, wie Tila es von mir erwartet. Die Schwester, die sie braucht. »Das bringt nichts. Die Cops haben doch alle Infrarotsensoren. Und wenn du es nicht warst, kann dir doch nichts passieren? Sie nehmen dich mit zum Verhör und lassen dich wieder laufen.« Ich will nicht die besonnene Schwester spielen. Ich will Tila packen, will sie durchrütteln und ihr befehlen, mir zu sagen, was geschehen ist und wessen Blut an ihr klebt.

Aber Tila schluchzt bloß, ihre Hand auf meine Narbe gepresst. Ich bedecke ihre Hand mit meiner und spüre ihr mechanisches Herz. Ungeachtet unser beider Panik, schlagen unsere Herzen im alten, gleichmäßigen Takt.

»Das wird schon wieder, T«, sage ich. »Versprochen.«

Da sieht sie mich an, ein bedrohlicher, verwilderter Blick, Tila ist kaum wiederzuerkennen. »Das kannst du mir nicht versprechen, T. Das kannst du mir echt nicht versprechen.«

Vor dem Fenster blinkt blau-rotes Licht. Ein Schwebeauto des San Francisco Police Department hängt vor dem Balkon, über seine Seiten fließt Regenwasser, während ein Suchscheinwerfer das Wohnzimmer abtastet und uns mit einem konzentrierten Strahlenbündel lähmt. Drei Cops springen auf den engen Balkon, ihre Stiefel klatschen in die Pfützen auf dem Beton. Tila drängt sich zitternd an mich, und obwohl ich genauso stark zittere, schlinge ich den Arm um sie.

Die Cops öffnen die gläserne Schiebetür, doch mit zu viel Kraft. Die Scheibe zerspringt, Splitter ergießen sich in mein Wohnzimmer, als wäre der Regen zu Kristall erstarrt.

»SFPD!«

»Also wirklich«, sage ich mit einem Blick auf den von Glasscherben und Regentropfen übersäten Wohnzimmerboden. Furcht wandelt sich in Wut. »Musste das sein?«

Die Cops mustern Tila und mich. Über ihren schnittigen, dunkelblauen Uniformen tragen sie kugelsichere Kalar-Westen – ein seltener Anblick in San Francisco, das so stolz ist auf seinen Sieg über die Kriminalität. Im Licht schimmern die Spezialimplantate im Weiß ihrer Augen.

Eine indischstämmige Frau mit wilden, im Nacken zum Haarknoten gebändigten Locken legt die Hand an ihre Waffe und verlagert das Gewicht nach vorne, während ein Weißer mit braunem Haar und so klischeehaft attraktivem Gesicht, dass es mir keine Sekunde im Gedächtnis bleiben wird, mein Apartment abschreitet. Denkt er, hinter der Couch läge eine Komplizin im Hinterhalt? Der dritte Cop und Anführer der Truppe, ein Schwarzer, trägt ein goldfarbenes Tattoo, das unter seinem Uniformkragen hervorlugt, ohne dass ich es genau erkennen könnte. Mit zusammengekniffenen Augen betrachtet er uns und fixiert dann Tila und ihr grünblaues Haar. »Tila Collins?«

Sie schweigt, steht nur mit geneigtem Kopf da.

Der Cop geht zu ihr und packt sie an den Oberarmen. Kurz fürchte ich, sie könnte Widerstand leisten, vielleicht versuchen, die Flucht zu ergreifen. Aber ihre Glieder erschlaffen.

»Was soll das hier?«, frage ich. »Keine Ahnung, was Sie meiner Schwester vorwerfen, aber sie sagt, sie war es nicht.«

Die Cops ignorieren mich. »Tila Collins«, beginnt Goldtattoo, »ich verhafte Sie wegen vorsätzlichen Mordes. Sie haben das Recht zu schweigen. Alles, was Sie sagen, kann und wird gegen Sie verwendet werden.«

Wie lange es wohl her ist, dass Goldtattoo jemanden über seine Rechte belehren musste?

Er zerrt Tila aus meinem Griff, meine Arme gleiten hilflos von ihr ab. Meine Schwester hebt den Kopf und spuckt ihm ins Gesicht.

Ausdruckslos wischt Goldtattoo sich den Speichel ab.

Als mir der Ernst der Anschuldigungen bewusst wird, entweicht die Luft aus meiner Lunge. Mord. Seit vielen Jahren hat in dieser Stadt kein normaler Bürger mehr einen Mord begangen. Seit der Gründung Pacificas nach der Zersplitterung der Vereinigten Staaten vor vierzig Jahren. Seit es VeriChips und Implantate gibt und an jeder Ecke eine Überwachungskamera hängt.

»Tila?«, frage ich, während sie von Goldtattoo zum Schwebeauto abgeführt wird, wo dieser sie an Lockenkopf übergibt. Meine Stimme klingt hoffnungslos, verloren.

Tila wirft mir einen flehenden Blick über die Schulter zu, während sie in den Wagen manövriert wird. »Taema!«

Sekunden später sind sie weg, alle bis auf Goldtattoo. Der Cop überragt mich deutlich, wirkt aber noch erstaunlich jung. Mag sein, dass er viel älter ist, findet man doch an jeder Ecke eine Chirostube – aber wie soll ich mich vor einem Kerl fürchten, der aussieht, als hätte er gestern zum ersten Mal einen Rasierer in der Hand gehabt?

Ein Schluchzen lauert in meiner Kehle, ich muss mich sehr beherrschen, sonst breche ich vor diesem Mann zusammen. Eben habe ich mich noch darüber geärgert, dass das Essen kalt wird, jetzt liegt mein Apartment in Trümmern, und meine Schwester wird des Mordes bezichtigt. Dieses Wort ist nicht zu fassen: *Mord*. Tila, eine Mörderin? Meine Schwester? Ich kenne sie besser als mich selbst.

Oder?

»Miss Collins?« In Goldtattoos schroffer Stimme schwingt ein Hauch Besorgnis mit. Jetzt, aus nächster Nähe, kann ich seine Tätowierung erkennen: der Grizzlybär von der kalifornischen Flagge.

Endlich bringe ich einen Ton heraus. »Meine Schwester wurde wegen Mordes verhaftet. Wie soll es mir da schon gehen?«

Darauf weiß er nichts zu sagen. Wieder jaulen draußen die Sirenen, als die Cops meine Schwester verschleppen, mir wegnehmen.

»Wen soll sie ermordet haben?«, presse ich hervor. *Ermordet*. Wieder dieses Wort. Es ist so hässlich.

»Im Zenith wurde ein Mann aufgefunden, die Umstände sind noch ungeklärt. Mehr kann ich nicht sagen.«

Meine Hände verkrampfen sich zu Fäusten, und das entgeht Goldtattoo nicht. Seine Finger ruhen auf der Waffe. Ein Brennen in meiner Lunge, das Schluchzen will raus.

Als Goldtattoo zögert, wird mir klar, wieso er noch geblieben ist.

»Ich soll auch mitkommen, Sie wollen mich verhören«, sage ich. »Warum fliege ich nicht mit Tila?«

Er verlagert das Gewicht. »Das ist korrekt, Miss Collins. Wir nehmen Sie vorsichtshalber in Gewahrsam. Sie kommen mit aufs Revier. Ihre Schwester wird an einen anderen Ort gebracht.«

»Wohin?«

»Es steht mir nicht frei, Ihnen das zu sagen.«

Ich krümme mich vornüber, versuche, langsam ein und aus zu atmen und hyperventiliere doch.

»Miss Collins.«

Ich halte eine Hand in die Höhe, denke an die Feuerstelle, an Mana-ma und ihre Lehren über die Kontrolle von Gefühlen: *Lasst die Dunkelheit entgleiten. Lasst nur das Licht herein.* Vor meinem geistigen Auge beschwöre ich die Kirche auf dem Hügel in der Mitte der Siedlung, das fünfzackige, ins Holz geschnitzte Symbol an der Seite, dazu die Vogelrufe, die an Frühlingstagen durch die offenen Fenster wehten. So sehr ich Mana-ma auch hasse, ihre Methoden funktionieren.

Ich richte mich auf, glätte meine Gesichtszüge und schüttele kaum merklich den Kopf. »Tila und ich haben dieselbe DNA. Also könnte auch ich die Täterin sein, was?«

Goldtattoo schweigt.

»Bin ich verhaftet?«

»Nein. Sie werden zur Befragung in Gewahrsam genommen. Bitte holen Sie Ihre Sachen, Miss Collins.«

Ich schaue mich in meinem Apartment um. Feuchte Schuhabdrücke überall auf dem Teppich. Glitzernde Glasscherben. Auf dem Tisch kaltes Essen und Teller für eine Mahlzeit, die Tila und ich nie teilen werden.

Dann schnappe ich mir Jacke und Handtasche.

Als Goldtattoo mich die Treppe hinunterführt, gewinnt seine Neugier die Oberhand. »Ich sollte nicht fragen, aber … glauben Sie wirklich, Ihre Schwester ist unschuldig?«

Ich mustere ihn. Doch, der Kerl muss beim Wachser gewesen sein. Er ist mindestens Ende dreißig, schon wegen seines hohen Ranges. Doch seine Augen wirken weniger abgestumpft als die vieler älterer Menschen, die sich in den Wachsfiguren verjüngter Körper verstecken.

Wie so oft kriecht meine Hand zum Brustbein und drückt gegen die leicht hervortretende Naht, wo Tila und ich vor einem Jahrzehnt auseinandergezogen wurden wie an einem Reißverschluss. Darunter pocht, pocht, pocht mein mechanisches Herz. »Ich kenne meine Zwillingsschwester besser als jeder andere. Wenn sie sagt, sie ist unschuldig, dann ist sie das auch.«

Daran glaube ich. Ich bin mir sicher.

Zu neunundneunzig Prozent.

2

TAEMA

Nach unserer Ankunft im Hauptquartier des San Francisco Police Department gibt sich Officer Oloyu – Goldtattoo – rein geschäftsmäßig. Er wirkt jetzt unerbittlich, vielleicht ist er während des stillen Schwebeautofluges zu dem Schluss gekommen, dass ich genauso schuldig sein müsse wie meine Schwester. Oder seine Frage im Hausflur war bloß eine List, und er musste einsehen, dass sich diese Fliege nicht mit einem Tropfen Honig fangen lässt. Oloyu blickt auf das leere Tablet, kaum mehr als ein weißes Stück Plastik, worauf seine Augen scharfstellen, während er über seine Optikimplantate auf meine Akte zugreift.

Er steht dicht bei mir, fast auf Tuchfühlung. So treibt man einen Menschen in die Enge, macht ihn nervös. Nach einer Weile schlendert er auf die andere Tischseite und setzt sich mit weit gespreizten Beinen auf einen Stuhl.

Er hat mir einen Kaffee spendiert, der unangetastet vor mir steht und unter der ölig schimmernden Schicht des künstlichen Kaffeeweißers abkühlt. Mein Mund ist staubtrocken, ich denke nur noch an Tila. Wohin wurde sie gebracht? Was geht in ihr vor?

Oloyu und ich sind allein. Treten Cops nicht meist als Duo auf, ein freundlicher und ein weniger freundlicher? Zugegeben, mein Wissen über dieses Thema stammt nur aus alten Krimiserien im Spätprogramm des Wandschirms.

Ungerührt blickt Oloyu mich an. Sollte mich das ernsthaft

einschüchtern? Ja, sein breitbeiniges, aggressives Auftreten funktioniert – ich fühle mich wie ein Beutetier mit dem Atem des Räubers im Nacken. Doch zugleich wirkt sein Gesicht noch so jung, so aufrichtig und ebenmäßig. Um in Situationen wie dieser wirklich Furcht einflößend herüberzukommen, würde ich zu einem weiteren Besuch in der Chirostube raten.

»Wann haben Sie Ihre Schwester das letzte Mal gesehen?«, fragt Oloyu.

»Vor einer knappen Woche«, antworte ich tonlos, meine Stimme darf nicht zittern. Zumal es mir peinlich ist, dass unser letztes Treffen so lange zurückliegt. Ich hatte Tila zweimal zum Abendessen eingeladen, aber sie hat sich jedes Mal auf ihre Arbeit herausgeredet. Ich habe überhaupt nichts zu verbergen, und trotzdem fühle ich mich wie bei einer Prüfung, bei der ich bestehen oder durchfallen kann, je nachdem, welche Antworten ich gebe. Ganz abgesehen von der Angst, aus Versehen meine Schwester zu belasten.

Wie soll ich sie denn belasten?, frage ich mich. *Tila hat doch nichts getan. Oder?*

»Und wo arbeiten Sie?«

Ich schlucke. Das steht alles in der Akte, die durch das Scannen des VeriChips in meinem Handgelenk aufgerufen wurde. »Bei Silvercloud Solutions.«

Übertrieben aufmerksam blickt Officer Oloyu auf das leere weiße Tablet, in meine Akte. »Das ist eine Unterabteilung von Sudice?«

»Ja.« Was soll die Scheinfrage? Sudice ist das größte Unternehmen Pacificas mit Niederlassungen in San Francisco, Los Angeles, Portland und Honolulu. Sudice versorgt sämtliche Staaten Pacificas mit der Droge Zeal und besitzt Patente auf fast jedes Stück Technik in der Stadt.

»Hier steht, Sie waren an der Entwicklung des VivaFog beteiligt?« Darauf habe ich meine letzten fünf Jahre verwendet – auf Maschinen, die dem allgegenwärtigen Nebel in der Bucht von San Francisco Energie entziehen und diese an die Apartmenthäuser an der Küste weiterleiten. Dieses Jahr wollen wir das Verfahren auf den Hafenbezirk ausweiten.

»Ja, ich war Mitglied des Entwicklungsteams«, antworte ich. Wann stellt Oloyu endlich die Fragen, die ihn wirklich interessieren? Unter dem Tisch presse ich die Knie zusammen, damit sie nicht hörbar gegeneinanderschlagen.

Der Officer bleibt stets höflich, doch seine Körpersprache schreit mir die Anschuldigungen förmlich entgegen: *Ich verdächtige dich – des Mordes oder der Beihilfe!* Hätte ich doch das Mikromimik-Overlay noch auf den Optikimplantaten. Aber ich habe das Programm vor Monaten gelöscht. Es hat mir zu viele unangenehme Dinge über meine Mitmenschen verraten.

»Beeindruckend«, sagt Officer Oloyu. Höre ich auch bei ihm die unterschwellige Botschaft heraus, die mir so oft begegnet bei Menschen, die von meiner Vergangenheit wissen? … *wenn man bedenkt, dass Sie bei dieser Feuerstellen-Sekte aufgewachsen sind.*

Ich blicke ihm in die Augen. »Vielen Dank.«

»Wir haben Ihren Arbeitgeber kontaktiert. Wie es scheint, haben Sie heute gekündigt und planen, das Land zu verlassen?«

»Ja, das ist richtig. Aber der Plan steht seit Monaten. Das war keine spontane Entscheidung.« Im Bauch spüre ich ein Nervenflattern. Dass ich jetzt den Job wechsele, ist Zufall, macht aber keinen guten Eindruck.

»Uns ist noch unklar, ob die Tat von langer Hand geplant war oder aus dem Affekt geschah.«

»Keine Ahnung, was Sie meinen, aber ich habe nichts damit zu tun. Meine Schwester auch nicht.«

Oloyu hält inne, studiert mich. Die Deckenbeleuchtung hüllt sein halbes Gesicht in Schatten. Ich blicke nach unten, auf meinen erkalteten Kaffee. Ich hätte gerne ein Wasser, will aber nicht darum bitten.

»Hatte Ihre Schwester sich bei Ihrer letzten Begegnung verändert? Stand sie unter erhöhtem Stress?«

»Nein. Tila war wie immer. Hat viel gelacht und gescherzt. Wir waren beim Äthiopier im Mission District.«

Oloyus Blick driftet ab, als er die Information über seine Implantate abspeichert.

Meine erste Lüge gegenüber der Polizei. Tatsächlich wirkte meine Schwester dünner als sonst und lachte nicht, die sonst so heißhungrige Tila stocherte lustlos im Essen herum. Ich fragte immer wieder nach den Gründen, aber sie meinte nur, sie habe zu oft spätnachts im Club gearbeitet. Die Lüge ist mir ohne viel Nachdenken über die Lippen gekommen, und jetzt kann ich sie nicht mehr zurücknehmen.

Die Cops haben mein Gehirn kartografiert, um Lügen zu registrieren. Zart und transparent schwebt das Modell über uns, gesprenkelt von sternengleichen Neuronenhaufen. Oloyu blickt prüfend nach oben, doch dank meines mechanischen Herzens, das nicht beschleunigt wie ein normales, und meines Trainings an der Feuerstelle tut sich dort nichts. Ich kann ungestraft lügen. Tila auch, im Fall des Falles.

»Keine Auffälligkeiten in den letzten Wochen also?«, fragt Oloyu. »Keine Anzeichen, dass Tila Ihnen etwas verschweigen könnte? Sie beide stehen sich doch sicher sehr nahe.« Wieder verrät er sich durch seinen Tonfall: *so nahe, dass es die eine wissen müsste, wenn die andere zur Täterin wird.*

»Näher, als Sie es sich vorstellen können.« Die Angst schärft meine Stimme. Ich will Oloyu nicht zeigen, dass er einen empfindlichen Nerv getroffen hat, doch sein Blick bohrt sich in mich hinein – er ist sich dessen bewusst. Nein, von dem werde ich mich nicht einschüchtern lassen, auch wenn in meinem Bauch die Panik brodelt. Und obwohl ich die Feuerstelle hasse, alles an ihr, kommt mir wieder ein Spruch Mana-mas in den Sinn: *Nur wenn du es zulässt, haben sie Macht über dich.*

»Hatte Ihre Schwester Feinde?« Oloyu beugt sich vor. Ich ertrage diese Nähe anderer nicht, nur Tila ist eine Ausnahme und Menschen, die ich extrem gut kenne. Dennoch stütze ich mich knapp vor Oloyus Gesicht auf die Ellenbogen, ohne mich um die verspiegelte Scheibe in seinem Rücken zu kümmern, hinter der weiß Gott wer zusehen könnte. Die Angst bleibt, aber ich lasse mich nicht davon lähmen.

»Alle lieben Tila«, antworte ich. »Sie muss nur einkaufen gehen, und schon hat sie neue Freunde.« Das stimmt. Wenn wir an Feiertagen einen Ausflug mit dem Shuttle unternehmen, lese ich und ignoriere meine Umwelt. Tila freundet sich mit ihrem Sitznachbarn an, egal ob es ein alter Mann mit weißem Bart ist, eine junge Mutter mit schreiendem Baby oder sogar ein buddhistischer Mönch in safrangelber Robe.

Feinde macht Tila sich auch – Menschen, die von ihrem unbekümmerten Geschwätz genervt sind, ihrer Lockerheit und Begeisterungsfähigkeit. Im Club sind zweifellos einige andere Hostessen eifersüchtig auf sie. Mit einem einzigen verführerischen Wimpernaufschlag kann Tila einen Kunden verzaubern, vor mir prahlt sie häufig damit, den Löwenanteil des Trinkgelds einzustreichen. Sie scheint die Wünsche jedes Menschen zu kennen, und diese spiegelt sie zurück, bei manchen Flirts kopiert sie das obszöne Verhalten eines Kerls, bei anderen spielt sie mühelos das kokette Biest. Weiß der Himmel, wo sie das alles gelernt hat. Ich habe das ganz bestimmt nirgends aufgeschnappt.

»Ihnen fällt niemand ein?«, hakt Officer Oloyu nach.

Ich schüttele den Kopf. »Nein, niemand. Tut mir leid, dass ich Ihnen nicht weiterhelfen kann.« Es tut mir natürlich nicht im Geringsten leid, dass ich ihm keine Fakten geliefert habe, die meine Schwester belasten. Hoffe ich jedenfalls.

Oloyu presst die Lippen zusammen. »Also gut. Auf diese Frage warten Sie sicher schon: Wo waren Sie um 17:00 Uhr am heutigen Nachmittag?«

»In der MUNI. Auf dem Heimweg von der Arbeit.« Meine Stimme zittert nicht mehr. Es ist, als wäre jede Verbindung zu meinem Körper abgebrochen, als schwebte mein Gehirn frei in der Luft. Ich habe die volle Kontrolle über meine Gefühle erlangt, wie Mana-ma es uns so oft gelehrt hat.

»Welche MUNI-Linie nehmen Sie?«

»Clement Lot.«

»Ihnen ist klar, dass wir die Kameraaufnahmen überprüfen werden?«

»Davon gehe ich aus.«

Officer Oloyus Augen verengen sich. Zuerst dachte er, er hätte mich im Sack. Jetzt denkt er, ich würde ihm etwas verheimlichen, womit er recht hat. Aber ohne konkrete Beweise kann er wenig ausrichten, und freiwillig verrate ich ihm nichts. Selbst wenn da etwas wäre.

»Können Sie mir irgendetwas über den Fall erzählen, oder ist das alles streng geheim?«, frage ich. »Wenn ich weiß, was passiert ist, fällt mir vielleicht doch jemand ein, der meine Schwester reinreiten will. Wie heißt der Tote? War er Gast im Club?« Ich will, ich brauche Informationen, die mir helfen, mir ein Bild vom heutigen Tag zu machen. *Mord.* Das Wort echot unablässig durch meine Gedanken, es wird zum reinen Laut.

»Wir können die Identität des Opfers nicht preisgeben«, antwortet Officer Oloyu. Mit dem unausgesprochenen Zusatz: *Ihnen gegenüber.*

Danke, sehr hilfreich. »Verstehe. Aber wenn Sie mir nichts sagen können und ich Ihnen keine weiteren Informationen geben kann – wäre dann sonst noch was? Oder kann ich gehen und das Chaos aufräumen, das Sie in meinem Apartment angerichtet haben?«

»Achten Sie auf Ihren Ton, Miss Collins«, entgegnet Oloyu. »Das scheint Ihnen alles wenig Sorgen zu bereiten.«

Fick dich, würde ich am liebsten erwidern. *Als hättest du irgendeine Ahnung, wie es in mir aussieht.* Aber ich erwidere ruhig seinen Blick. »Darf ich gehen?«

»Ja. Fürs Erste.«

»Gut.« Ich stehe auf, meine Handtasche an mich gedrückt, beuge mich noch mal vor und blicke Oloyu in die Augen. Als er leicht zurückweicht, lächele ich innerlich. »Ich bin relativ unbesorgt, weil ich weiß, dass meine Schwester heute genauso zum Opfer geworden ist wie der geheimnisvolle Tote.« Ich richte mich auf und ziehe meinen Kragen nach unten – eine gute Verunsicherungstaktik, denn hier in San Francisco, wo sich alle so sehr um ein perfektes Äußeres bemühen, fallen offensichtliche Makel mehr als unangenehm auf. Den Trick habe ich von Tila. Auch wenn sie ihr Gesicht und Haar verändert hat, um sich von mir zu unterscheiden, die Narbe hat sie behalten.

Mit einer Mischung aus Faszination und Verlegenheit starrt Oloyu auf die Stelle, an der ich mit meiner Schwester verwachsen war.

»Wenn man sechzehn Jahre lang jeden Tag, jede Minute mit einem anderen Menschen verbringt, dann *weiß* man, ob dieser Mensch fähig ist, einen Mord zu begehen. Ich werde Tilas Unschuld beweisen. Koste es, was es wolle.« Damit schiebe ich meinen Kragen hoch und gehe zur Tür. Oloyus bohrender Blick lässt meine Nackenhaare kribbeln.

Officer Oloyu begleitet mich vom Verhörraum zum Schwebeauto und fliegt mich die Küstenlinie entlang zu meinem Apartment in Inner Sunset. Dabei kann mir der Kerl im Moment wirklich gestohlen bleiben. Warum nimmt sich ein hochrangiger Officer die Zeit, mich nach Hause zu chauffieren, statt irgendeinen Nachwuchscop zu beauftragen? Außer ihm und den beiden Officers, die Tila abgeführt haben, habe ich keinen einzigen Polizisten zu Gesicht bekommen – fast als wollten sie mich vor den anderen verstecken.

Ich ignoriere Oloyu und starre aus dem Fenster. Inzwischen ist es mitten in der Nacht, unter uns glitzert San Francisco. Durch die schöne Aussicht kann ich meine Panik und Beklemmung für einen Moment verdrängen.

Wie sehr ich diese Stadt liebe. Sie ist das exakte Gegenteil von Mana-mas Feuerstelle. Dort färbt sich der See nachts schwarz wie Tinte, in San Francisco leuchten die Algenfarmen in der Bucht grünlich. Zu meiner Rechten liegen Angel Island und das zerstörte Gefängnis von Alcatraz, zu zerfressen vom salzigen Wind für Besichtigungstouren, sowie die künstlich geschaffenen Inseln mit den Luxusvillen der Reichen. Golden Gate und Bay Bridge führen hinüber zur Skyline, Werbetafeln für Sudice-Produkte blinken in grellen Farben: Implantat-Upgrades, eine neue Zeal-Lounge in der Innenstadt, das Virtual-Reality-Zentrum in der Union Square Mall. Der Wagen zischt zwischen Gebäuden hindurch, zwischen Gewächshaus-Wolkenkratzern, gefüllt mit Wäldern aus saftigem Grün, und vielstöckigen Wohntürmen. Aus unzähligen beleuchteten Fenstern starren winzige Silhouetten auf die Bucht.

Überall in der Stadt sind Wiedergänger zu entdecken, die sich nach dem Großen Beben von 2055 aus der Erde erhoben haben – antiquierte Architektur, die konserviert und mit modernen Gegenstücken zu Hybriden aus Alt und Neu verschmolzen wurde: der Coit Tower, die Wolkenkratzer an der California Street und beim Embarcadero, das alte, ikonische Fährterminalgebäude am Fuß der neu errichteten Lufthangars, dahinter die Piers, die sich in die sanfte Dünung der Bucht erstrecken. Weiter vorne taucht die TransAm Pyramid auf, doppelt so groß wie die alte Transamerica Pyramid. Ich kann den Blick nicht von der strahlenden obersten Etage abwenden, die den Club Zenith beherbergt.

San Francisco.

Tilas und meine neue Heimat seit dem Abschied von der Feuerstelle. Zu Beginn hassten wir die Stadt. Alles war so anders, so neu, wir mussten uns mit einer fremden Lebensart vertraut machen, während wir noch mit der frischen Trennung kämpften. Erst mit der Zeit gewannen wir die Stadt lieb. Die Freiheit, die sie uns gewährt, die Möglichkeiten. Jetzt befürchte ich, erneut einen Hass auf San Francisco zu entwickeln.

Als Officer Oloyu sich räuspert, drehe ich mich zu ihm. Der Versuch, mir ein kleines Lächeln abzuringen, scheitert.

»Ich erzähle Ihnen ein bisschen was über den Fall«, sagt er widerwillig. »Mein Vorgesetzter hat mir das Okay gegeben.«

Woher der Sinneswandel? »Verstehe.« Ich bleibe zurückhaltend. Die funkelnden Lichter der Stadt huschen über Oloyus Gesicht und spiegeln sich in seinen Augen.

»Es ist Ihnen nicht gestattet, diese Informationen an Dritte weiterzugeben. Verstanden?«

»Verstanden.«

»Offiziell wurde das Opfer noch nicht identifiziert, aber

einer anderen Hostess zufolge nannte man ihn Vuk. Ein großgewachsener, muskulöser Mann. Kam immer im eleganten Anzug. Gab sehr großzügig Trinkgeld und verbrachte viel Zeit in der Zeal-Lounge. Tila gehörte zu seinen Lieblingen.«

»Vuk.« Der Name hinterlässt einen Nachgeschmack auf meinen Lippen. An der Netzhautanzeige meiner Implantate lese ich ab, was das Wort im Serbokroatischen bedeutet: »Wolf«. Ich wische die Information aus meinem Blickfeld. »Wieso verraten Sie mir das?«

»Wir wollen, dass Sie uns morgen wieder besuchen.« Der harte Zug ist aus Oloyus Gesicht verschwunden. So ist er mir lieber – die Härte steht ihm nicht, sie wirkt gewollt.

»Wieso?«

»Das erfahren Sie dann. Bitte kommen Sie morgen um 09:00 Uhr zum Revier. Nehmen Sie die MUNI, und kommen Sie zum hinteren Eingang.«

»Das ist wohl keine Bitte?«

»Nein.« Wir sind an meinem Apartment angelangt, Oloyu landet den Wagen auf dem Balkon. Beim Anblick der zersplitterten Glasschiebetür seufze ich. Wenigstens regnet es nicht mehr so stark.

Ohne Verabschiedung steige ich aus und betrete mein feuchtes Wohnzimmer, drehe mich noch einmal um und sehe zu, wie Oloyu den Streifenwagen wieder abheben lässt.

»Vuk«, sage ich erneut. »Wer bist du?« Reich muss er gewesen sein, wenn er Stammgast im Zenith war, mit einer Vorliebe für virtuelle Zeal-Fantasiewelten. Vom Wohnzimmer aus kann ich eine durch den Nebel blitzende Zeal-Werbetafel von Sudice erkennen: eine Frau im VR-Sessel, Kabel an Armen und Stirn, die Augen geschlossen, ein Lächeln auf den Lippen, während über ihrem Kopf Träume zum Leben erwachen – sie kämpft in kriegerischer Rüstung gegen ein sehniges Monster. Ein Blinken. Jetzt legt sie bei den Olympischen Spielen im hautengen Stars-and-Stripes-Anzug einen Salto hin. Ein letztes Blinken, der Slogan: *Jedem sein Zeal fürs Leben – wovon träumst du heute?*

Wovon hat Vuk geträumt, wenn er sich in den Sessel einklinkte? Hat Tila mitgeträumt?

Erneut blicke ich hinab auf die Stadt und frage mich, wie ich herausfinden soll, wer Vuk war. Und wie er Tila in diese Katastrophe verwickeln konnte.

3
TILA

Sie haben mir ein altmodisches Papiernotizbuch gegeben, für mein Testament. Meinen Letzten Willen. Mit einem Bleistift, der zu stumpf ist für einen Selbstmord. Im Notfall würde ich es trotzdem schaffen, keine Frage.

Ich wollte kein Tablet. Da würden sie sich bloß reinmogeln und mitlesen, während ich noch am Schreiben bin. Deshalb sitze ich hier mit Stift und Papier, was für mich aber weniger ungewohnt ist als für andere Stadtbewohner – draußen an der Feuerstelle gab es keine schicken Gadgets, generell kaum Technik.

Aber ich schreibe kein Testament. Wozu? Ich hinterlasse kein großes Erbe, und meine einzige nahe Verwandte ist Taema, sie bekommt sowieso alles. Meinen Eltern an der Feuerstelle kann ich nichts vermachen, selbst wenn mir danach wäre, schließlich sind wir vom Glauben abgefallen.

Von daher kritzele ich bloß herum. Mal schauen, was dabei herauskommt. Ist nicht der schlechteste Zeitvertreib, oder? Sonst gibt es ja nichts zu tun. In der Zelle ist es kalt und öde, alles entweder grau oder beige. Das heißt, ein Fenster habe ich, mit einem Minifleck blauem Himmel dahinter. Aber vielleicht lenkt mich das Gekritzel ein bisschen davon ab, dass sie mich bald umbringen.

So knallhart muss man es sagen. Sie werden mich umbringen. Auch wenn mein Anwalt noch an einer halbherzigen Verteidigung bastelt, um es hinauszuzögern. Ich weiß nicht, wieso er sich die Mühe macht. Die Verhandlung steigt schon in ein paar Wochen. Aber ist das überhaupt eine Verhandlung, so ganz ohne Geschworene, nur mit einem Richter, der im Alleingang über mein Schicksal entscheidet? Die Regierung hält alles unter der Decke. Die Medien wissen von nichts, sogar die allermeisten Cops hier haben keine Ahnung, wer ich bin oder was ich angestellt haben soll. Ich habe gehört, wie sich die Wachen drüber unterhalten haben. Das ist kein normaler Knast. In San Francisco gibt es gar keine Gefängnisse mehr, klar, bei der niedrigen Kriminalitätsrate. Sie haben mich irgendwo anders weggesperrt, aber weil wir nicht lange unterwegs waren, würde ich sagen, ich bin noch in Nordkalifornien. Irgendwo in den Sierras? Die Luft wirkt kälter und frischer.

Ob ich wohl die Nachrichtenfeeds mitlesen darf, falls die Sache doch rauskommt? Die Leute würden sich die irrsten Beschimpfungen für mich ausdenken. Manches davon wäre wahr. Anderes nicht.

Der Richter wird mich als Verbrecherin hinstellen, und dann versetzen sie mich in Stasis. Sie frieren mich ein wie ein Eis am Stiel, da ist es nicht mehr weit bis zum Tod. Klingt ziemlich flapsig, ich weiß. Aber wenn ich irgendwie anders darüber schreibe, muss ich noch heulen.

Shit. Aber was soll's. Jetzt sind eben ein paar Tränenflecken auf dem Papier.

Der Kryoschlaf ist Pacificas Antwort auf die Todesstrafe. Hier werden Verbrecher nicht getötet, sondern tiefgekühlt. In Pacificas Anfangstagen, also kurz nach der Aufspaltung der Vereinigten Staaten, kam das noch viel häufiger vor, aber heutzutage versetzen sie jährlich nur noch etwa ein Dutzend Leute in Stasis, wenn überhaupt. Nur noch die wirklich hoffnungslosen

Fälle, die nicht auf die Zeal-Therapie ansprechen, ohne Aussicht auf Besserung. Mich halten sie wohl für unverbesserlich.

Kaum jemand, der einmal in der Stasis landet, kommt wieder raus. Zu einhundert Prozent ausgeschlossen ist es nicht, hin und wieder kommt irgendein unermüdlicher Anwalt dahinter, dass irgendein Tiefgefrorener unschuldig ist. Der wacht dann völlig desorientiert auf und stellt fest, dass etliche Jahre seines Lebens an ihm vorbeigezogen sind. Einmal wurde eine Frau nach dreißig Jahren rausgeholt. Ihr Mann und ihre Mutter waren tot, fast alle ihre Freundinnen weggezogen. Am Schluss hat sie sich umgebracht. Ihr Leben war nicht mehr lebenswert.

Wie würde ich reagieren, wenn man mich einfriert und in fünfzig Jahren wieder auftaut, wenn Taema alt und gebrechlich ist oder schon tot?

Aber darüber muss ich mir echt nicht den Kopf zerbrechen. In vierzig Jahren wurden nur eine Handvoll Leute aus der Stasis geholt. Keine gute Quote.

Dann wären da noch die Stromausfälle. Bei ganzen Gebäudetrakten voller Schlummernden ist plötzlich der Saft weg, und bevor man ihn wiederherstellen kann, sind sie hinüber. Praktisch, was? Die Regierung redet jedes Mal von einem Unfall und gelobt, einen Zusatzserver als Back-up einzurichten. Passiert aber nie. Und die Tiefgefrorenen können sich ihre Begnadigung abschminken. Eines Tages, da bin ich mir fast sicher, wird es bei allen Schläfern dunkel. Ups. Und tschüss.

Die Vorstellung von einem Leben ohne Taema macht mich verrückt, ich bekomme sie nicht aus dem Kopf. Ich bin allein in meiner Zelle, kilometerweit entfernt von meiner Schwester. Unsere körperliche Trennung ist zehn Jahre her, aber ans Alleinsein konnte ich mich nie gewöhnen. Morgen ist unser OP-Jubiläum. Juhu. Die ersten sechzehn Jahre meines Lebens habe ich über Taemas Schulter gespäht oder meine Wange an ihre geschmiegt, wenn wir beide jemanden ansahen.

Manchmal frage ich mich, ob das nicht schon mein erster Schritt hierher war – der Moment, als sie bei uns das Skalpell ansetzten. Taema ist meine bessere Hälfte. Taema ist die Vernünftige. Wenn ich mir als Kind irgendeinen Scheiß in den Kopf gesetzt habe, hat Taema ihn mir ausgeredet, weil sie nicht in meinen Ärger mit reingezogen werden wollte. Wurde sie dann aber meistens doch. Sie hatte auch kaum eine Wahl.

Sollte die Sache irgendwann an die Öffentlichkeit gelangen, wird Taema einen Spießrutenlauf durch die Paparazzidrohnen hinlegen müssen. Die eineiige Zwillingsschwester einer mutmaßlichen Mörderin, die sogar mal ihr siamesischer Zwilling war! Und dann sind die beiden auch noch bei der durchgeknallten Sekte in den Mammutwäldern auf der anderen Seite der Bucht aufgewachsen? Ein Festtag für die Medien! Aber immerhin hockt Taema nicht mit mir in der Zelle, und ~~falls~~ wenn sie mich in der Stasis versenken, muss Taema nicht mit. Das ist doch was.

Ach scheiße. Vielleicht sollte ich das ganze Zeug zusammenknüllen und im Klo runterspülen. Ich bin ja nicht blöd. Klar, ich schreibe auf Papier, aber das hindert keinen daran, alles Wort für Wort unter die Lupe zu nehmen, um womöglich dahinterzukommen, was ich zu verbergen habe. Irgendwann, wenn ich dusche oder so, schleichen sie sich hier rein und lesen alles.

ODER ETWA NICHT, IHR ARSCHLÖCHER?

Ihr verschwendet eure Zeit. Am besten, ich rede gleich Klartext: Hier drin findet ihr keine Geständnisse. Da könnt ihr lange warten.

Eben haben die Wachen mein Essen abgeliefert. Wieder irgendein langweiliger Fraß aus Algen und Retortenfleisch. Wie mir scheint, gefalle ich den Wachen ganz gut. Bin ich von Männern gewöhnt. Auch von vielen Frauen. Aber dann wandert ihr Blick hinab zu meiner Brust, wo die weiße Narbe auf meiner braunen Haut aus dem Kragen der Häftlingsuniform ragt, und man sieht ihnen an, wie viel Angst ihnen die Wunde einjagt. Oder das, was sie bedeutet: dass ich nur noch die Hälfte des Menschen bin, der ich früher war.

Seit Stunden sitze ich herum und überlege, was ich noch schreiben soll. Draußen dämmert es, in dem kleinen Fleck Himmel hinter dem Fenster gehen immer mehr Sterne auf. Erinnert mich an die Glühwürmchen, die Taema und ich als Kinder an Mana-mas Feuerstelle jagten. Im Glühwürmchenfangen waren wir sehr gut. Damals mussten wir seitwärts gehen, wie Seekrabben, aber wir behinderten uns nie gegenseitig. Eine von uns wischte die Glühwürmchen mit der Hand in ein Einmachglas, das wir dann mit ins Haus nahmen, als Lampe für unser Zimmer. Ein paar Stunden später ließen wir sie wieder frei. Schöne Zeiten.

In der Stadt habe ich dann erfahren, dass sich die Glühwürmchen erst vor Kurzem in Kalifornien ausgebreitet haben, ein paar Jahre nach dem Großen Umbruch. Wäre das nie passiert, hätte ich diese Erinnerungen nicht. Seltsam, was?

Ich vermute, irgendwo da draußen will Taema helfen. Mein Anwalt hat ein paar Andeutungen gemacht. Außerdem kenne ich sie. Klar kenne ich sie. Taema hockt nicht faul herum, spielt mit ihren VivaFog-Maschinen und wartet ab, bis ich tot bin. Oder quasi tot.

Taema wird versuchen, der Spur zu folgen, von einem Puzzleteil zum anderen. Ich hoffe, sie schafft es nicht. Ich hoffe, die Spur versandet irgendwo. Taema soll nicht wissen, dass ich das Falsche getan und das Richtige gelassen habe. Wie ich meine

Unschuld verloren habe, während sie ihre noch hat … aber vielleicht nicht mehr lange, wenn sie mich wirklich retten will.

Ja, das ist scheißkryptisches Zeug. Was habe ich gesagt? Von mir bekommt ihr keine Informationen.

Andererseits dachte ich mir, wenn ich schon keinen Letzten Willen verfasse und auch kein Geständnis ablege, könnte ich doch wenigstens ein etwas anderes Testament aufschreiben oder ein etwas anderes Geständnis. Aber nicht dass ihr jetzt eine hübsche Geschichte erwartet. Taema kann mit Worten umgehen, nicht ich. Taema ist die Nachdenkliche, die sich an die Regeln hält und in ihren Maschinen und Büchern versinkt. Ich bin die Unberechenbare, die Künstlerin, die immer aus dem Moment heraus lebt. Schätze, genau deswegen sitze ich jetzt in der Zelle.

Ich weiß nicht mal, an wen ich eigentlich schreibe. Vielleicht an die breite Öffentlichkeit, falls das hier irgendwie an die Presse gerät. Oder an meine Schwester.

Also. Dies ist die Geschichte von Taema und mir und unserem gemeinsamen Leben. Vielleicht bekomme ich ja dadurch heraus, ab wann alles schiefging.

4

TAEMA

Zurück zu Hause schalte ich zuerst die Bots ein, die die Glasscherben aufsaugen und die Teppiche trocknen sollen, bestelle eine neue Tür aus dem Replikator – morgen früh ist sie fertig – und ziehe die Vorhänge zu, um den Wind auszusperren.

Alles wurde durchsucht. Nicht verwüstet, aber vieles wirkt ein wenig verrutscht oder verschoben, und über dem ganzen Apartment hängt eine Atmosphäre, als wäre es grob angepackt worden.

In meinen Audioimplantaten drehe ich Musik auf und mache mich ans Aufräumen. Helfe den Bots bei der Arbeit, werfe das Abendessen weg, mit dessen Zubereitung ich den ganzen Nachmittag verbracht habe. Mir ist der Appetit vergangen. Ich ordere mir eine NutriPaste aus dem Replikator, würge die fade Pampe herunter, um meinen Blutzucker auszugleichen, und konzentriere mich wieder mit jeder Faser meines Körpers aufs Putzen, auf Trab gebracht von pulsierenden Beats, die alle Gedanken vertreiben.

Nach einer Weile ist das Apartment wieder in bester Ordnung, und ich muss den Tatsachen ins Auge sehen.

Ich stehe mitten in meiner stillen, strahlenden Küche. Mein Blick bleibt an der Keksdose auf der Theke hängen.

Natürlich haben Tila und ich jeweils einen Schlüssel zur Wohnung der anderen. Wir hatten immer einen anderen Rhythmus, ich arbeite ganz normal von neun bis fünf, Tila bis in die Nacht hinein. Sehen wir uns zum Abendessen, ist es für Tila eher ein Frühstück. Ihr Auszug aus dem Apartment vor acht Monaten traf mich schwer, ich konnte nicht überspielen, dass ich mich verraten fühlte. Wenn Tila und ich streiten, wissen wir genau, wie wir der anderen wehtun können – aber es ist, wie auf einen Spiegel einzuschlagen: Die Scherben schneiden uns genauso in die eigene Haut.

Nach dem ersten schlimmen Streit schrieb Tila mir einen Entschuldigungszettel und legte ihn in die Keksdose. Das Blöde war nur, dass ich nicht so viele Kekse esse wie sie, weshalb ich den Zettel erst nach drei oder vier Tagen fand. Aber es funktionierte. Ich war ihr nicht mehr böse, lange kann ich mich ohnehin nie über Tila ärgern. In den nächsten paar Wochen hinterließ sie mir immer wieder Nachrichten in der Dose, auf dem Weg zur Arbeit deponierte sie die Zettel, und ich entdeckte sie beim Nachhausekommen, lauter albernes Zeug, Insiderwitze und kleine Rätsel. Später, als Tila sich zunehmend von mir zurückzog und mehr Schichten im Club übernahm, blieben die Nachrichten aus. Mein letzter Abstecher zur Keksdose liegt einige Tage zurück.

Ich öffne den Behälter, der nur noch ein paar Krümel enthält. Und einen Zettel. Mit zitternden Fingern falte ich ihn auseinander.

T,

ich habe heute Abend etwas vor. Könnte gefährlich werden. Wenn alles glattgeht, komme ich her und nehme den Zettel aus der Dose, bevor du ihn findest. Aber wenn du ihn findest und nicht weißt, wo ich bin, dann ist alles den Bach runtergegangen. Dann tut es mir leid. Sehr, sehr leid.

T

Ich blinzele, sehe verschwommen. Tila hat mir etwas verheimlicht. Seit Tagen? Seit Wochen, Monaten? Sie hat mich angelogen und … wer weiß was getan, ohne mein Wissen.

Ich zerknülle den Zettel, muss ihn verschwinden lassen. Sollten die Cops zurückkehren und ihn finden, wirft das ein ganz schlechtes Licht auf uns beide. Nervös blicke ich mich um. Wie kann ich wissen, dass sie mich nicht längst über die Wandschirme oder über meine Implantate beobachten? Es gibt Gerüchte, Sudice überwache die Datenströme sämtlicher Implantate und melde den Behörden jedes Vergehen.

Ich verbrenne den Zettel über dem Herd. Als nur noch Asche übrig ist, atme ich zehnmal tief ein, um Angst und Schmerz beiseitezuschieben, Mana-mas Stimme im Ohr:

Die Welt umgibt dich. Du kannst sie verändern. Werde zu dem Wandel, den du anstrebst.

Ich schüttele den Kopf, verjage ihre Stimme wie eine summende Fliege. Ich will sie nicht hören, nicht jetzt. Mana-ma ist lange genug durch meinen Geist gespukt, meine ganze Kindheit lang. Die Frau im Zentrum der Feuerstelle, die die Fäden zieht, ihr Netz spinnt, uns alle einwickelt.

Doch die Atemübung beruhigt mich so weit, dass ich alles Leid, allen Schrecken und alle Panik in die Tiefe verbannen kann. Ich lege mein bewusstes Denken still, konzentriere mich auf das Körperliche. Drücke die Handballen auf die Augen, bis hinter meinen Lidern dunkle Flecken tanzen. Alles ist Chaos. Ich hasse das Alleinsein, schon immer. Das Lärmen meiner Gedanken.

Ich gehe ins Gästezimmer, Tilas Zimmer, bevor sie ausgezogen ist. Es wurde durchsucht, aber viel gab es nicht zu durchwühlen. Ein schlichtes Bett, eine leere Kommode, ein Schrank mit Bettwäsche. Zu Tilas Zeiten sah es anders aus: auf dem Boden ein Regenbogen aus verstreuten Klamotten, eine Spur vom Bett zum Schrank. Von den Füßen geschüttelte High Heels in der Ecke. Leere Kaffeetassen auf dem Nachttisch, verkrustet mit Make-up. In dem Tohuwabohu hätten die Cops nicht mal ihre eigenen Füße gefunden.

Einen Moment lang bleibe ich stehen und betrachte das perfekt gemachte Bett. Die Fahnder haben sich die Zeit genommen, es wieder herzurichten. Durchaus höflich, muss man sagen. Tränen brennen in meinen Augen, doch mit ein paar tiefen Atemzügen kann ich sie vertreiben. Ich strecke die Hand aus und zerknittere die Überdecke ein wenig. Tila hat ihr Bett nie gemacht. »Wozu?«, würde sie sagen. »Am Ende legt man sich ja doch wieder rein.« Auch an der Feuerstelle musste immer ich das Bett machen, während Tila bloß seufzend danebenstand und gelegentlich ein Kissen glatt klopfte, der Form halber. Ich ziehe die Decke wieder zurecht. Tila ist nicht hier.

Ich gehe wieder in die Küche, rufe über die Optikimplantate meine Kontakte auf und scrolle durch die Liste. Ich will mit irgendwem sprechen, auch wenn ich mir kaum vorstellen kann, einen Dritten an den jüngsten Ereignissen teilhaben zu lassen. Mein Blick verweilt bei ein paar Verflossenen: David, Simone, Amrit. Wie nahe ich ihnen war. David hätte ich um ein Haar geheiratet, wäre mir nicht rechtzeitig aufgegangen, dass er gar nicht weiß, wie man liebt, dass er andere Menschen stets auf Abstand hält. Keine Ahnung, was diese Leute inzwischen treiben. Ich habe keine Freundinnen, denen ich alles erzählen will, die meisten sind nur Kollegen. Tila ist die mit dem großen Freundeskreis. Ich fasse nicht so schnell Vertrauen, vielleicht bin ich wie David, weil ich niemanden an mich heranlasse. Normalerweise würde ich Tila anpingen, aber das geht jetzt nicht.

Also wische ich die Namen weg. Ich wünschte immer noch,

alles wäre ein großes Missverständnis, aber das kann ich mir nicht mehr einreden. Ich habe den Zettel gefunden.

»Was hast du getan, Tila?«, frage ich ins leere Zimmer. Und in diesem Moment, allein im Dunkeln, fällt mir auf, dass ich Officer Oloyu sogar zweimal belogen habe.

Ich bin nicht zu neunundneunzig Prozent überzeugt von Tilas Unschuld. Bei Weitem nicht.

Die Nacht hindurch liege ich wach und denke zurück an alles, was Tila mir in den letzten Wochen erzählt hat – aber sollte sie mir irgendwelche Hinweise gegeben haben, springen sie mir nicht ins Auge. Schließlich stolpere ich aus dem Bett, zu müde, um auch nur zu gähnen. Beim ersten Kaffee projiziere ich die Nachrichten über meine Implantate auf die weiße Tischplatte. Und lasse den Becher sinken.

Keine Schlagzeile.

Wie kann es sein, dass der Mord nirgendwo auftaucht? Ich scrolle durch die Seiten, öffne die nächste Nachrichtenquelle, bald bedecken mehrere den Tisch. Nichts. Kein Wort über den ersten brutalen, barbarischen Mord seit vierzig Jahren? Durch eine normale Bürgerin, die zu allem Überfluss Ex-Mitglied einer weithin bekannten Sekte ist? Wenn das keine Schlagzeile wert ist, was dann?

Gleichzeitig macht sich eine gewisse Erleichterung breit. Ich habe lange dafür gebraucht, mir einen Kaffee zu kochen, mich an den Tisch zu setzen, mich für den ersten Blick zu wappnen … und jetzt? Nichts.

Mit einem Zwinkern wische ich die Nachrichten weg.

Als der Kaffee ausgetrunken ist, diese praktisch koffeinfreie Replikatorbrühe, die kaum die Bezeichnung »Kaffee« verdient, weiß ich nichts mit mir anzufangen.

Ich werfe ein paar Rejuvs ein und rolle mich mit der zweiten Tasse Kaffee auf dem Sofa ein. Aber ich lese nicht. Ich schaue kein Wandschirm. Ich starre an die Decke und leere meinen Geist.

Es bringt nichts – die Wut pirscht sich trotzdem an mich heran, meine Gedanken kreisen permanent um Tila. Ich sehe sie vor mir, mit ihrem blauen Stachelhaar und dem so typischen neckischen Grinsen. Als würde sie lachend durch mein Großhirn flitzen: *Du findest mich doch nicht!*, ruft sie. *Du hast keine Ahnung, was ich getrieben habe.*

Ich schleudere ein Sofakissen durchs Wohnzimmer. Ein sinnloses, kindisches Aufbegehren.

»Wieso hast du nichts gesagt?«, schreie ich den leeren Raum an, ehe ich meine Stimme zu einem Flüstern senke. »Wie soll ich dir helfen, wenn ich nicht weiß, was los ist?«

Wieder steigen Tränen in mir auf, und ich wehre mich nicht mehr, warm und salzig rollen sie über meine Wangen. Ich lasse sie laufen. Erinnerungen an unsere Zeit an der Feuerstelle flimmern durch meine Gedanken: Ausflüge zu unserem geheimen Platz im Wald, wo wir uns stundenlang flüsternd unterhielten. Kartenspiele mit unseren Eltern, Tila und ich als Team. Der harmonische Klang unserer erhobenen Stimmen während der Predigt. Der Moment im Krankenhaus, unser erstes Wiedersehen; kaum war Tila wach, kam sie zu mir. Die ersten Jahre nach der Operation, als wir immer Hand in Hand gingen, irgendeine Verbindung zueinander brauchten wir. Dann ihr Blick gestern Abend, diese blanke Angst, die das Weiß ihrer Augen hervortreten ließ. Es ist, als hätte ich Tila nie wirklich gekannt.

Das ist kein Traum. Dafür wirkt es zu real. Und es gibt kein Zurück.

»Wieso hast du mich angelogen? Ausgerechnet mich? Was soll ich jetzt machen?«, frage ich den leeren Raum.

Es kommt keine Antwort.

Oder doch: Das Implantat in meinem Ohr piept.

Eine neue Nachricht.

Zurück im Verhörraum des SFPD. Ich habe den Hintereingang genommen, die Kapuze über den Kopf gezogen, mein Gesicht wenigstens teilweise verhüllt.

Officer Oloyu starrt quer über den Tisch. Ein müder Blick, obwohl seinem Gesicht keine Erschöpfung anzusehen ist. Hat er geschlafen? Wohl kaum. Eher hat er ein paar Rejuvs eingeworfen, um nicht schlappzumachen, so wie ich.

»Was soll ich hier?« Wozu Höflichkeiten austauschen? Diesmal habe ich statt Kaffee ein Glas Wasser erhalten, das ich aber auch nicht anrühre.

»Haben Sie heute Morgen die Nachrichten gelesen?«

»Ja. Da fehlt etwas.«

Eine seiner Augenbrauen zuckt, ebenso sein Mundwinkel. »Könnte man so sagen.«

»Wie konnten Sie das unter den Teppich kehren?«

»Wer kontrolliert die Mediabots?«, kontert Oloyu.

Da ist was dran.

»Wir halten Ihre Schwester aus den Nachrichten heraus, weil sie in eine größere Geschichte verstrickt ist. Wir wollen der Sache auf den Grund gehen – aber das geht nur, solange sie nicht wissen, dass wir an ihnen dran sind.«

»*Sie?* Wer sind *sie*? Und was hat das mit mir zu tun?«

»Sehr viel sogar.« Oloyu atmet einmal durch. »Das SFPD hat Ihnen einen Vorschlag zu machen.«

Oloyus Körpersprache hat sich gewandelt – nach oben gekehrte Handflächen und ein ruhiger, aber fester Blick aus braunen Augen. Er wirkt noch immer herzzerreißend jung.

Ich lege die Hand an die Brust. Schüttele den Kopf. »Ich verstehe das nicht. Was wollen Sie von mir?«

»Was wissen Sie über die Ratel?«

»Die Ratel?«, wiederhole ich leise. Dieses Verbrechersyndikat ist für einen Großteil der noch in San Francisco existierenden Kriminalität verantwortlich. Seit Jahren versuchen die Behörden, das Übel auszumerzen, doch die Ratel sind zäh. Sie schüchtern Geschäftsleute ein, mischen im Immobilienmarkt mit, vielleicht sogar in Teilen der Regierung oder von Sudice, wie manche behaupten. In der Stadt munkelt man immer wieder, die Macht der Ratel sei in den letzten Jahren gewachsen, die Plagegeister von früher seien zu einem bedeutenden, sehr viel gefährlicheren Gebilde mutiert. Nichts als Gerüchte, dachte ich bisher, aber als ich jetzt in Officer Oloyus Gesicht blicke, kommen mir Zweifel. Was wird noch vor den Mediabots verheimlicht?

Eine Erinnerung regt sich. Hat Tila nicht vor ein paar Wochen über die Ratel gescherzt? Jedenfalls hielt ich es für einen Scherz. Ich hatte sie geschimpft, weil sie schon wieder zu spät zum Abendessen gekommen war.

»Ping mir doch einfach, dass du später kommst. Ja, ja, ich bin nicht deine Mutter, aber früher warst du doch nicht so«, sagte ich und wandte mich von Tila ab.

»Entspann dich, T.« Tila legte den Kopf schief und ließ ihr strahlendes Lächeln aufblitzen. Ihr Charme konnte einen zur Weißglut treiben. »Ich bin doch bloß zu spät. Ist ja nicht so, als ob ich mit den Ratel herumhängen würde …«

Ich weiß noch, was ich mich damals fragte: Wie kommt Tila auf die Idee, über so etwas zu scherzen? Jetzt wird mir übel.

Officer Oloyu wartet immer noch auf meine Antwort.

»Kaum etwas«, bringe ich heraus.

»Wissen Sie, womit die Ratel in erster Linie handeln?«

Mein Atem gerät ins Stocken. »Nein, nicht genau.« Ich hatte nie mit den Ratel zu tun. Ich gehe morgens zur Arbeit und komme abends wieder nach Hause. Ich lebe das Leben einer gesetzestreuen Bürgerin San Franciscos.

»Die Ratel handeln mit Träumen. Genauer gesagt mit Informationen aus Träumen.«

»Also mit Zeal?«, frage ich verwirrt. Zeal ist Eigentum von Sudice. Ich habe mich nur ein paarmal ins Zeal eingeklinkt, aber es hat mir nichts gegeben.

»Nein. Es geht um etwas anderes. Etwas Neues. Die konsequente Steigerung von Zeal. Schon mal von Verve gehört?« Officer Oloyu beobachtet mich aufmerksam.

Ausdruckslos erwidere ich seinen Blick. »Nein, nie.« Wie soll man Zeal *steigern*? Zeal inszeniert Fantasien, setzt in einem Moment der Katharsis aufgestaute Gefühle frei. Im frühen Teenageralter fangen die Leute damit an, viele bleiben ein Leben lang dabei. Und wenn sie dann Dampf abgelassen haben und wieder aus ihren Träumen erwachen, setzt die betäubende Nachwirkung ein. Alle Wut, jeder gewalttätige Impuls wird unterdrückt, und verstärken sich diese mit der Zeit wieder, meldet sich das Verlangen nach einem weiteren Besuch in der Zeal-Lounge. Als Tila und ich in San Francisco ankamen, waren die meisten Leute in unserem Alter schon seit Jahren abhängig, und trotzdem sind wir nie so tief eingestiegen wie die anderen. Zeal wird in Therapien integriert, auch in die Gehirnübertragung von Informationen. Auf die eine oder andere Weise machen die meisten Menschen täglich Gebrauch von Zeal.

Officer Oloyu zögert. Als er mein Gesicht nach Anzeichen

der Lüge absucht, kämpfe ich gegen den Drang, mich auf dem Stuhl zusammenzukrümmen.

»Verve ist eine besorgniserregende Entwicklung«, beginnt er. »Aus zwei Gründen: Erstens kühlt man nach einem Verve-Rausch nicht ab – anders als bei Zeal. Aus einer inszenierten Gewaltfantasie erwacht man nicht mit einem Gefühl der Befriedigung, das Verlangen nach Gewalt verstärkt sich eher noch. Sollte Verve weitere Verbreitung finden, würde die Kriminalitätsrate überdeutlich ansteigen. Zweitens wird Verve von den Ratel dazu genutzt, Informationen aus Träumen zu gewinnen. Es funktioniert wie ein Virus. Beim Konsum verankert es sich in den Implantaten. Bis Ablauf der Halbwertzeit hält es sich im Körper und erlaubt den Ratel zu sehen, was man sieht, zu hören, was man hört, sogar Träume auszuspionieren.«

Das klingt alles völlig unrealistisch. Das wäre weit fortgeschrittene Technologie, und wenn weder Sudice noch die Regierung imstande sind, so etwas zu entwickeln, wieso dann die Ratel? Außer … außer die Ratel haben es gestohlen? Nicht dass Officer Oloyu diese Vermutung jemals bestätigen würde. Nicht mir gegenüber.

Oloyu wartet auf meine Reaktion.

»Okay«, antworte ich schließlich. »Eine faszinierende Geschichte, aber was geht mich das an?«

»Tila und Sie stammen von Mana-mas Feuerstelle.«

Mein Magen zieht sich zusammen, mir schlottern die Knie. Ich presse sie aneinander und grabe die Fingernägel in die Oberschenkel. »Stimmt. Und weiter?«

»Also …« Auf dem Stuhl zurückgelehnt, betrachtet Oloyu mich prüfend. »Klarträumer sind immun gegen Verve. Die Ratel könnten Sie mit dem Zeug vollpumpen und trotzdem nicht durch Ihre Augen blicken oder mit Ihren Ohren hören.«

Meine Atmung setzt aus. Wie kann er das wissen? »Wie kommen Sie darauf, dass ich Klarträume habe?«

»Jedes Ex-Mitglied der Feuerstelle hat welche.«

»Das ist eine Hypothese, die nicht hinreichend untermauert werden kann.« Die Wissenschaftlerin in mir kommt durch. »Kaum jemand verlässt die Feuerstelle.«

»Es sind genug. Und wenn ich raten darf – Sie gehen nur selten in die Zeal-Lounge?«

»Und? Da bin ich nicht die Einzige.«

»Die Droge gibt Ihnen nichts. Hat sie nie. Sie erwachen nicht mit dem guten Gefühl, ihren Zorn abgestreift zu haben, oder in der Hochstimmung irgendeiner Fantasterei. Wieso Drogen nehmen, wenn man jede Nacht klarträumen kann?«

Ich zucke unverbindlich mit den Schultern.

»Ihre Fähigkeiten könnten uns weiterhelfen.«

Erneut hält Oloyu inne. Meine Zunge klebt an der Gaumendecke.

»Sie wussten wirklich nicht, was Ihre Schwester so treibt, oder?«

Tue ich ihm etwa leid? Wieder flammt die Wut in mir auf, doch ich ersticke sie rasch. Wenn ich die Zusammenhänge begreifen will, bringt es mich nicht weiter, einen Officer anzubrüllen. Egal, wie unangenehm es mir ist, dass er meine Ahnungslosigkeit offengelegt hat.

»Der Mord im Zenith geschah nicht aus dem Affekt«, erklärt Oloyu.

»Meine Schwester hat niemanden ermordet.« Aber woher will ich das wissen, wenn Tila mir so vieles verheimlicht hat?

»Mag sein. Vielleicht hat Ihre Schwester diesen Vuk ermordet. Vielleicht nicht.«

Ich schweige.

»Ich habe grünes Licht bekommen, Ihnen noch ein bisschen was über Vuk zu erzählen. Neugierig?« Oloyu lächelt und wartet gar nicht erst auf meine Antwort. »Vuk trat als Repräsentant eines anonymen Wohltäters auf – wir haben die Story inzwischen als Lügenmärchen entlarvt. Aber unter diesem Deckmantel konnte Vuk sich vielerorts einschleichen, wo er sonst nie Zutritt gehabt hätte. Bei Benefizveranstaltungen und exklusiven Feierlichkeiten. Und in die Zeal-Separees des Zenith.«

Ich sehe auf und studiere Oloyus Gesicht, kann daran aber nichts ablesen.

»Vuk war kein harmloser Kunde, kein normaler Stammgast. Er kam aus dunklen Kreisen. Er war Mitglied der Ratel. Unserer Theorie nach könnte er geplant haben, das Zeal im Hinterzimmer durch Verve zu ersetzen. Das Zenith hat viele bedeutende Gäste. Könnten sich die Ratel in deren Köpfe einschleichen … was da nicht alles an Geheimnissen zu holen wäre. An potenziell gewinnbringenden Geheimnissen.«

Ich schüttele mich unwillkürlich. Vor lauter Informationen schwirrt mir der Kopf. »Also was glauben Sie? Tila hat Vuk ertappt und getötet? Damit hätte sie Ihnen doch einen Gefallen getan.«

Officer Oloyu schüttelt den Kopf. »Nach unseren bisherigen Erkenntnissen stand Ihre Schwester schon länger in Kontakt mit Vuk. Die beiden wurden bereits früher miteinander beobachtet. Nicht auszuschließen, dass sie zusammengearbeitet haben.«

Gegen meinen Willen muss ich lachen. Ein schrilles, nervöses Lachen, denn innerlich bin ich starr vor Panik. Ich traue Tila einiges zu – aber das? Niemals. »Die Ratel. Sie glauben, Tila … meine Schwester … hat sich mit der größten kriminellen Organisation Pacificas eingelassen?«

Wieder ein Kopfschütteln. »Wir glauben nichts. Wir *wissen*, dass Tila mit den Ratel zu tun hat. Die Beweislage ist mehr als eindeutig. Wir wissen nur nicht, aus welchem Grund. Ihre Schwester ist schlau. Was wollte sie? Sie hat kaum Spuren hinterlassen.«

»Ja, Tila ist schlau. Deshalb hätte sie gewusst, wie dumm es wäre, sich mit den Ratel einzulassen.« Das ergibt keinen Sinn. Tila, meine Tila, soll gemeinsame Sache mit einem Untergrundsyndikat gemacht haben? Das muss ein Irrtum sein. »Wie sind Sie überhaupt auf Tila gekommen? Und was sagt sie zu den Vorwürfen?«

»Sehr wenig«, antwortet Oloyu.

Wahrscheinlich treibt sie die Cops in den Wahnsinn. Tila weiß, wie man mit Menschen spielt. »Kann ich sie sprechen?«

Ein angedeutetes Schulterzucken. »Sie will mit niemandem sprechen. Auch nicht mit Ihnen. Diesbezüglich hat sie sich sehr klar ausgedrückt.«

Das tut weh. Ein Schlag in die Magengrube. Wieso in aller Welt stößt Tila mich weg? Seit ihrer Verhaftung denke ich an nichts anderes: Wenn ich sie nur sehen, mit ihr reden, mich von meinen Zweifeln befreien könnte, dann könnte ich ihr helfen. Ganz sicher. Sie muss mich nur lassen.

»Der Mann, den Tila umgebracht hat …«, fängt Oloyu an.

»Umgebracht haben soll«, unterbreche ich ihn in messerscharfem Ton.

Oloyu legt den Kopf schief und setzt ein ironisches Lächeln auf. »Vuk war ein Auftragsmörder der Ratel.«

Mein Magen dreht sich um, und ich trinke ein paar Schluck lauwarmes Wasser. Ich muss Zeit gewinnen, meinen Geist entwirren. »Wollte … wollte er sie töten?« Tila hätte gestern sterben können. Auf diesen Gedanken bin ich noch gar nicht gekommen, nicht ernsthaft. Ich schlucke und hoffe, dass meine Ängste nicht über mein Gesicht huschen. Aber wieso hätte Tila zur Zielscheibe werden sollen?

»Wir wissen nicht, ob Vuk tatsächlich hinter ihr her war. Laut unseren Quellen hatte er gestern keinen Auftrag zu erledigen. Aber unsere Quellen können sich irren.«

»Sie wissen generell ziemlich wenig, was?«, frage ich gereizt. Mit seinen wahren Wünschen an mich hält Oloyu immer noch hinterm Berg. Meine Geduld schwindet, meine Angst wächst.

Er ignoriert die hämische Bemerkung. »Ihre Schwester hätte gestern Abend nicht mal Dienst gehabt. Eine andere Hostess – Leylani – hätte die Zeal-Lounge übernehmen sollen. Aber Leylani ist nicht zur Arbeit erschienen.«

Die Erleichterung lässt mich ein wenig zusammensinken. »Na bitte. Kann also sein, dass Tila nur zur falschen Zeit ins falsche Zimmer geraten ist und sich verteidigen musste. Aber nicht mal das können Sie belegen, was? Haben Sie die Mordwaffe, und wenn ja, können Sie eine Verbindung zwischen ihr und Tila herstellen? Was ist mit den Kameras in der Zeal-Lounge? Nein, Sie haben keine Mordwaffe. Sonst stünde Tila nicht unter Mordverdacht, sondern praktisch schon vor Gericht. Woher wollen Sie wissen, dass Tila irgendwas mit der Geschichte zu tun hat?« Die Fragen sprudeln aus mir heraus, schneller und schneller, bis mir die Luft ausgeht.

»Witzig«, sagt Oloyu. »Bei ihrem Verhör hat Ihre Schwester dasselbe Szenario ausgemalt. Fast Wort für Wort.«

Meinem zornigen Starren begegnet der Officer mit Gelassenheit. Ein Wink – der Wandschirm zu meiner Linken springt an. Die Aufnahme meiner gestrigen Befragung, auch dort lodert die Wut in meinen Augen. Derart in Rage bin ich meiner Schwester ähnlicher als der Frau, die ich Morgen für Morgen im Spiegel sehe. Auf dem Wandschirm fauche ich: »*Wenn man sechzehn Jahre lang jeden Tag, jede Minute mit einem anderen Menschen verbringt, dann weiß man, ob dieser Mensch fähig ist, einen Mord zu begehen. Ich werde Tilas Unschuld beweisen. Koste es, was es wolle.*«

Er schaltet den Schirm ab. »Gilt das immer noch?«

Meine Nasenlöcher blähen sich ärgerlich. »Aber klar.«

Oloyu beugt sich vor und setzt sein sanftes Unschuldslächeln auf – am liebsten würde ich ihm ins Gesicht schlagen. Es freut ihn, mich aus der Balance gebracht zu haben. »Deshalb müssen Sie uns helfen, Taema. Sie wissen, wie Tila tickt, wie sie handelt. Aber das ist noch nicht alles, oder?«

Ich bleibe still.

»Tila hat Sie kalt erwischt. Irgendwie hat sie einen Teil ihres Lebens vor Ihnen verheimlicht, und das frisst Sie innerlich auf. Sie wollen sich einreden, dass sie nichts Schlimmes getan hat, dass sie unschuldig ist, Sie wollen es so sehr. Aber wie man es auch dreht und wendet: Tila hat Sie angelogen. Das tut weh. Also helfen Sie uns, die Wahrheit ans Licht zu bringen. Wie auch immer sie aussieht.« Oloyu kommt mir noch näher. »Die Zeit drängt. Wir konnten den Fall aus den Medien heraushalten, aber vor Gericht muss Ihre Schwester trotzdem. Und sollte sie verurteilt werden …«

»Kommt sie in die Stasis«, beende ich den Satz. »Aber sollten entlastende Umstände bekannt werden, würde man sie doch wieder freilassen.«

»Sollten entlastende Umstände bekannt *gemacht* werden.« Abwartendes Schweigen.

»Was wollen Sie von mir?«, flüstere ich.

Seufzend reibt Oloyu sich die Stirn. »Ich für meinen Teil glaube nicht, dass Ihre Schwester Vuk getötet hat. Wenn doch, war es ein Unfall oder Notwehr. Ich würde sagen, Tila hat aus persönlichen Motiven mit den Ratel zusammengearbeitet. Und ist ihnen dabei immer nähergekommen.«

Verglichen mit gestern schlägt er einen anderen Ton an. »Und wenn Tila ihnen *zu* nahegekommen ist?«, frage ich. »Wenn sie wissen, dass Tila ihre Reihen infiltriert hat?«

»Darauf deutet nichts hin. Wir gehen davon aus, dass die Ratel gestern im Club eine andere Person im Visier hatten, die Mission aber gestört wurde. Sie wissen nichts von Tilas Festnahme. Wir haben rasch gehandelt, als kleines, straff geführtes Team. Nur eine Handvoll Cops und Chefs kennen die wahre Identität Ihrer Schwester. Wir haben sie sofort aus der Stadt geschafft. Dadurch haben wir eine einzigartige Chance, die Ratel auszuforschen. Noch konnten sie nur wenige Menschen durch Verve kontaminieren, aber wenn wir sie nicht aufhalten, ist alles Weitere bloß eine Frage der Zeit. Die Ratel sind eine ernsthafte Bedrohung für San Francisco, für ganz Pacifica. Wir müssen sie stoppen. Ihre Schwester hat uns bisher nur ein paar wenige nützliche Informationen geliefert. Wir brauchen mehr.«

Als Oloyu mir in die Augen sieht, ahne ich, wozu er mich auffordern wird. Er kann in mein Inneres blicken, bis auf die Knochen. Es stimmt: Ich will, ich *muss* wissen, was Tila getrieben hat. Was sie vor mir verheimlicht hat und warum. Vor allen Dingen muss ich sie aus der Haft befreien, nicht nur um ihret-, auch um meinetwillen. Allein die Vorstellung, ohne Tila durchs Leben zu gehen, einsam und allein … das würde ich nicht aushalten. Bestimmt nicht.

»Wir können Ihre Schwester nicht einfach freilassen und bei den Ratel einschleusen.« Oloyus Mundwinkel verkrampfen sich. Als würde er mir etwas vorenthalten.

»Nein. Sie haben Tila gefragt, und sie hat sich geweigert. Stimmt's?«

Die Andeutung eines bitteren Lächelns. »Korrekt. Aber selbst wenn sie zugestimmt hätte, hätte mein Chef den Plan kaum abgenickt. Ihre Schwester wurde in einer Blutlache ertappt. Klingt nicht nach einer unkomplizierten Mitarbeiterin, was? Tila hätte uns nur Probleme gemacht.«

Tila in der Blutlache. Die Vorstellung lässt mich zusammenzucken.

»Aber es gibt ja auch noch Sie, Taema.«

Ich schlucke, den Blick fest auf Oloyus Gesicht geheftet.

»Sie sind intelligent, und im Gegensatz zu Tila halten Sie sich an die Regeln. Sie können das durchziehen. Sie können sich bei den Ratel einschleusen. Wir sind überzeugt, dass Tila bereits als Klarträumerin rekrutiert wurde. Klarträumer tauchen in Verve-Traumwelten ab und überwachen die Datenströme der Implantate.«

»Aber das wissen Sie nicht von Tila selbst.«

»Nein. Von einer anderen Quelle, die genauestens über Tilas Stellung bei den Ratel informiert ist.«

»Was für eine Quelle?«

Oloyu hebt den Zeigefinger. »Wenn Sie das wissen wollen, müssen Sie sich natürlich verpflichten.«

»Ich soll mich verpflichten … mich als meine Schwester auszugeben?«

»Nein. Sie begeben sich in die tiefsten und dunkelsten Abgründe San Franciscos. Wenn Sie zum Machtzirkel der Ratel vordringen wollen, müssen Sie zu Tila *werden*. Hier geht es nicht nur um den ersten Mord durch eine Privatperson seit Jahrzehnten, ob das Opfer nun ein Auftragsmörder war oder nicht. Wir haben die Chance, uns mit dem Innenleben der Organisation vertraut zu machen, mit ihren Plänen. Wir können verhindern, dass die Ratel über Verve auf die Geheimnisse der Bürger zugreifen. Wir können unser Wissen über die Droge ausbauen und über die wahre Führungsriege – und wir können die Ratel ein für alle Mal zu Fall bringen.«

Ich blinzele. Übertreibt er nicht ein wenig, was die Bedrohung durch die Ratel angeht?

»Ich bin befugt, Ihnen Folgendes zu versprechen: Sollten Sie die Operation durchführen, werden sämtliche Anschuldigungen gegen Ihre Schwester fallen gelassen – selbst wenn sie Vuk umgebracht hat. Und sollten Sie im Rahmen der Ermittlungen Straftaten begehen müssen, werden Sie dafür nicht belangt. Kommen wir ins Geschäft?«

Es fällt mir schwer, nicht sofort nach diesem Strohhalm zu greifen, der trügerischen Hoffnung nachzugeben, die in mir aufsteigt. Mir wird speiübel. Einerseits, weil Oloyu meiner Schwester tatsächlich zutraut, die Tat begangen zu haben, aus für mich unbegreiflichen Gründen. Andererseits, weil er nun von mir erwartet, zu handeln wie Tila. Weil er mir dasselbe zutraut.

Ich bin nicht Tila.

»Falls ich mitmache«, sage ich, »woher weiß ich, was ich zu tun habe? Wie man die Ratel infiltriert?«

Oloyu antwortet ohne Zögern. »Wir bilden Sie aus. Wir geben Ihnen alle nötigen Informationen. Wir statten Sie mit allen überlebensnotwendigen Fähigkeiten aus. Und wir stellen Ihnen einen Partner zur Seite.«

Mir stockt der Atem. Ich soll mit einem Fremden zusammenarbeiten? So seltsam es ist, dieser Gedanke jagt mir mehr Angst ein als die Vorstellung, auf mich gestellt zu sein.

»Ich sehe meiner Schwester nicht mal mehr ähnlich«, flüstere ich, halb erstickt vom Widerwillen.

»Das lässt sich ändern.«

Ich fasse mir an die Wange, denke an Skalpelle und Chirostuben.

Officer Oloyu verschränkt die Finger ineinander und beugt sich vor. Keine Spur eines Lächelns. »Also, Miss Taema Collins – wollen Sie uns helfen und Ihre Schwester retten?«

Mein Mund öffnet sich. Aber was soll ich sagen?

5
TAEMA

Eine Stunde Bedenkzeit. Mehr kann Oloyu mir nicht einräumen, denn sollte ich einwilligen, müssen die Cops sofort damit beginnen, mich auf meine Rolle vorzubereiten. »Tila« darf nicht zu lange von der Bildfläche verschwinden.

Mit der MUNI fahre ich zum Golden Gate Park. Keine Flüge in SFPD-Schwebeautos mehr – ich darf nicht auffallen. Trotzdem verbringe ich die Stunde nicht allein, das SFPD überwacht meinen VeriChip und beobachtet mich über Kameradrohnen. Ich muss mich zwingen, nicht die Schultern hochzuziehen, um mich irgendwie zu verkriechen. Es wäre aussichtslos.

Ich durchquere den Eingang der Glaskuppel über dem Golden Gate Park. Draußen werden die Schatten länger, drinnen im Kunstlicht ist es hell wie am frühen Nachmittag. Der Park hat durchgehend geöffnet, auch in tiefster Nacht. Früher kamen Tila und ich manchmal für ein Mitternachtspicknick hierher, sahen den Müttern zu, die tagsüber Schicht haben und nachts ihre Babys im Kinderwagen schieben, den Joggern, die die Wege entlangflitzen, ihre ausdefinierten Körper gepflastert von grellen Neonlogos, pfeilschnelle Werbeträger für Sporttechnologie. Heutzutage hält sich fast jeder durch Nanobots in den Muskeln fit, auch Tila und ich, allerdings bilden wir uns etwas darauf ein, daneben auf althergebrachte Weise zu trainieren oder es zumindest gelegentlich zu versuchen. Wie gerne würde ich jetzt den Weg hinuntersprinten, so schnell ich kann, bis mir die Lunge brennt. Aber gewöhnlich laufe ich, um mich vom Denken abzuhalten, und jetzt darf ich nicht vor meinen Gedanken fliehen.

Also setze ich mich unter eine Weide, ziehe die Schuhe aus und tauche die Zehen ins Seewasser. Hier, im ewigen künstlichen Tageslicht, zwischen wabernden Gerüchen nach Blumen und frisch gemähtem Gras, herrscht Stille. Kurz überfliege ich über meine Optikimplantate die Nachrichten, mit geschlossenen Augen lasse ich sie über meine dunklen Lider scrollen. Immer noch keine Schlagzeilen zu meiner Schwester. Stattdessen ein Artikel über die Bürgermeisterin von San Francisco, ihre Bemühungen um die Wiederwahl. Mit weißen Zähnen lächelt sie aus dem Feed. Sudice kündigt eine Produktvorstellung nächste Woche bei der Tech-Expo an. Die Stadtverwaltung will mehr Wohnungen und Plantagentürme errichten, als Reaktion auf die steigende Nachfrage. Kein Wort über irgendwelche Verbrechen oder über die Ratel. Wie oft die Medien wohl vertuschen, was in der Stadt wirklich geschieht? Und wenn die Öffentlichkeit nie davon erfährt, ist es dann überhaupt geschehen?

In den Ecken meines Sichtfelds flimmert ein endloser Werbestrom. Verbringen Sie Ihren Urlaub in Dubai oder New Tokyo. Ziehen Sie sich noch heute dieses Menüpack aus dem Replikator. Als eine Zeal-Werbung aufblitzt, hole ich sie näher heran. Diesmal ist ein friedlich schlummernder Mann zu sehen, doch über seiner Stirn brüllt er seinen Boss an und knallt bei seinem Abgang die Tür hinter sich zu. Dann wacht er auf, reckt sich und lächelt in die Kamera. *»Ich habe mal alles rausgelassen«*, ertönt seine blecherne Stimme in meinen Audioimplantaten. *»Jetzt kann der Tag kommen.«* Ein Zwinkern, und er steckt in einem Anzug, während sich der bekannte Slogan um seinen Kopf rankt:

Jedem sein Zeal fürs Leben – wovon träumst du heute? Ich wische die Werbung weg. In meinen Schläfen nistet sich Kopfweh ein.

Als meine Schwester und ich frisch in San Francisco angekommen waren, staunten die Leute, wie problemlos wir die Implantate annahmen, trotz ungefähr elf Jahren Rückstand gegenüber den allermeisten anderen. Niemand, auch die Ärzte nicht, konnte begreifen, wie viele Stunden wir bereits an der Kontrolle unserer Gedanken gearbeitet hatten. Die Implantate waren nur eine kleine Variation.

Seufzend lege ich mich ins Gras und versuche, mich zurückzuversetzen: Ich bin sechzehn Jahre alt, wir leben an Mana-mas Feuerstelle und haben das Tablet noch nicht gefunden, das uns verriet, dass alles Lüge war, was wir für Wahrheit hielten. Es hat keinen Zweck, der Tagtraum entwickelt sich nicht. Wie auch, ohne Tila an meiner Seite.

Ich öffne die Augen.

Meine Entscheidung ist gefallen. Als hätte sie nicht von Anfang an festgestanden. Was selbstverständlich auch Officer Oloyu wusste.

Ich soll meinen neuen Partner unverzüglich kennenlernen, selbst die Rückfahrt zum Hauptquartier des SFPD spare ich mir. Meine Antwort pinge ich Oloyu über die Implantate.

Wieder in die MUNI. Am Eingang ziehe ich meinen VeriChip über den Sensor, wodurch der Fahrpreis vom Konto abgebucht wird, und nehme den Aufzug in die Tiefe. Nur eine Minute Wartezeit auf den Zug ins Zentrum, in der Ecke finde ich einen Sitzplatz. Die MUNI fährt ab, ich schlage die Beine übereinander. Am Fenster zieht das grüne Schimmern der unterirdischen Algenfarmen vorbei, das jedem eine ungesunde Gesichtsfarbe verleiht. Mein Blick zuckt hin und her, meine Handflächen streichen ständig über die Knie. Wer wartet auf mich? Worauf habe ich mich eingelassen?

An der Haltestelle McAllister/Pierce steige ich aus und gehe zu der ein paar Ecken entfernten Adresse. Das Gebäude sieht nach einem Wohnhaus aus, einem der typischen, betörend schönen rekonstruierten Bauten im viktorianischen Stil, in Pastelltönen gestrichen. Diese Häuser liebe ich schon immer, und als ich durch meine Beteiligung am VivaFog auf einmal erschreckend reich war, überlegte ich, mir vielleicht eines zu kaufen. Doch Tila spottete darüber, sagte, die Dinger sähen aus wie Lebkuchenhäuser, also verzichtete ich. Jetzt frage ich mich, wieso ich mich von ihr abhalten ließ. Damals schien es mir einfach nicht so wichtig zu sein – aber wie oft habe ich Tila entscheiden lassen, was ich will? Auch jetzt treffe ich streng genommen keine eigenen Entscheidungen. Meine Schwester hat alles ins Rollen gebracht, ohne mich auch nur darüber zu informieren.

Ich schüttele die Gedankenspinnweben aus dem Kopf, steige die Vortreppe hinauf und klopfe an. Von selbst schwingt die Tür nach innen. Als ich vorsichtig eintrete, kriecht mir ein Frösteln über den Rücken. Hinter mir fällt die Tür ins Schloss, vor mir liegt ein leerer Flur. Keine Bilder an den Wänden, keine Blumen, keine Ablagen voller Krimskrams.

»In der Küche!«, ruft eine Männerstimme.

Ich bemühe mich, festen Schrittes durch den Flur zu gehen, nicht zögernd. Am Küchentisch lehnt ein Mann, die Arme vor der Brust verschränkt, ein durchtrainierter Kerl mit ausgeprägten Augenbrauen, einer leichten Hakennase und Narben an Knöcheln und Unterarmen – ein echter Blickfang in dieser Stadt des perfektionierten Äußeren.

»Hallo«, sagt er einigermaßen freundlich.

»Hi«, erwidere ich zweifelnd. Nach den Stunden im Verhörraum wirkt die Situation seltsam zwanglos. Wir stehen in einer Küche, genauso kahl und unpersönlich wie der Flur.

»Detective Nazarin.« Mit ausgestreckter Hand geht er mir entgegen, wir begrüßen uns. Ein warmer, fester Händedruck.

»Der Undercoveragent?« Was für eine dämliche Frage.

»Ja«, antwortet er ohne weitere Erklärungen. Ich frage mich, was er bereits tun musste als Mitglied der Ratel. Was ich womöglich bald tun muss, nun da ich mit einsteige.

Nazarin bemerkt meinen nervösen Blick zur Tür. »Wir sind unter uns.«

»Ich dachte, wir wären zu mehreren.« Ein ganzes Team, das alles daransetzt, für meine Sicherheit zu sorgen.

»Das werden wir später auch sein. Aber erst, wenn es nötig ist. Was zu trinken?«

Ich habe Durst, schüttele aber den Kopf und balle die Fäuste. Dieses ewige Zittern geht mir auf die Nerven – doch jetzt, hier, begreife ich, dass alles real ist. Es geht los, gleich steige ich mit diesem vernarbten Fremden, der mir vermutlich ohne viel Mühe das Genick brechen könnte, ins Training ein.

»Wollen Sie erst mal aufs Zimmer gehen und sich einrichten? Oder gleich eine Führung durchs Haus machen und loslegen?«

»Legen wir los«, sage ich. Als könnte ich mich hier entspannen.

Mit entschlossenen, kraftvollen Schritten geht Nazarin voraus.

Ein Zimmer ist mit Dutzenden Wandschirmen ausgestattet, wovon manche die Straße vor dem Haus oder andere Örtlichkeiten überall in der Stadt anzeigen, manche endlose Codezeilen, ein Flackern im Zwielicht. Davor stehen reihenweise leere Stühle und Tische.

»Meistens wird uns das restliche Team vom SFPD aus im

Blick behalten«, erklärt Nazarin. »Aber wenn wir undercover sind, können die Kollegen auch von hier aus arbeiten.«

So viele Bildschirme: die TransAm Pyramid von außen. Mein Apartmenthaus von außen, Tilas Apartmenthaus. Die Polizeistation. Lagerhäuser. Blanke Wolkenkratzer.

»Okay.« Ich weiß nichts Besseres zu sagen.

Nazarin führt mich durch die übrigen Zimmer, die meisten sind leer. Ein paar Schlafräume gibt es, nüchtern wie im Hotel. Ich werfe meine Tasche auf das Bett eines Zimmers mit schönem Blick auf den Park. Sein eigenes Zimmer zeigt Nazarin mir nicht.

Zuletzt betreten wir den Trainingsraum, eine großzügige Fläche mit Fitnessstudioaroma: Gummi, Metall, alter Schweiß, Reinigungsmittel.

Links liegt eine Turnmatte, an einer Wand hängen Gewichte und Kampfstöcke. Mein Blick schweift unwillkürlich nach rechts: Dort steht ein VR-Sessel für Gehirnübertragungen.

Als Nazarin meine Zweifel bemerkt, steht ihm die Verwunderung ins Gesicht geschrieben. »Sie wussten doch, dass Gehirnübertragungen einen Hauptteil des Trainings ausmachen? Für traditionelle Verfahren fehlt uns die Zeit. Und in Ihrer Akte heißt es, nach Ihrer Ankunft in San Francisco hätten Sie und Ihre Schwester regelmäßig Sessel genutzt, um das Wissen nachzuholen, das Ihnen an der Feuerstelle entgangen war.«

Bei der Erwähnung meiner Schwester zucke ich fast zusammen. Nur wegen Tila bin ich hier. Nur wegen ihr ist es so weit gekommen, und dennoch geht der Schmerz über ihre Abwesenheit tiefer als meine Narbe. Unnatürlich starr stehe ich da, jeder Muskel angespannt. Ich zwinge mich zur Gelassenheit, verärgert, dass meine Angst so klar zu erkennen ist. »Kein Problem«, sage ich ruhig, »meine letzte Gehirnübertragung ist nur ein paar Jahre her.«

Abgesehen von der Operation selbst waren diese Maschinen mein erster großer Berührungspunkt mit moderner Technologie. Kaum hatten wir unsere grauenvolle Ignoranz erkannt, stürzten Tila und ich uns geradezu auf die Sessel, ließen uns Informationen über Geschichte, Politik, Mathematik und Naturwissenschaften ins Gehirn übertragen und über alles andere, was unsere Neugier weckte. Tila interessierte sich vorwiegend für Kunstgeschichte und fremde Kulturen, mich zog es zur Naturwissenschaft.

Niemand hatte damit gerechnet, wie rasch und mühelos wir das neue Wissen integrieren konnten. Bei den meisten Menschen liegt die Speicherrate bei fünfzig Prozent – gar nicht übel natürlich, wenn das Wissen stundenweise ins Gehirn gepumpt wird. Schon mit sechzehn, siebzehn Jahren haben die Leute ihren Studienabschluss in der Tasche, Tila und ich lagen also weit, weit zurück. Aber wir holten schnell auf, denn dank unserer Ausbildung durch Mana-ma lag unsere Speicherrate bei fünfundneunzig Prozent.

Bald wurden andere auf unsere Fähigkeiten aufmerksam, obwohl unsere Herkunft weitgehend unter Verschluss gehalten wurde. Tila fand einen privaten Kunstlehrer, ich einen Mentor, der meine Ingenieursausbildung vorantrieb. Tila hatte es viel früher satt als ich, entließ ihren Lehrer und schuf eigene Kunst, ohne sich dafür in die Zealscape einzuklinken. Ich blieb dabei, und ich hatte Erfolg.

Doch seit dem Studienende habe ich keinen Sessel mehr angerührt. Ich fand es abscheulich, wie die Informationen in mein Gehirn einrieselten – ein Lärmen im Schädel, während das Selbst nach außen gedrängt wurde. Nach einer langen Nacht voller heruntergeladener Informationen war ich am Morgen genauso müde wie beim Schlafengehen und murmelte beim

Kaffeekochen Fakten vor mich hin. Vielleicht belastet es Tila und mich stärker als andere, aufgrund unserer hohen Speicherrate oder weil Zeal uns weniger Befriedigung verschafft. Mir ist es jedenfalls lieber, meinem Gehirn neues Wissen zuzuführen, wie es von Natur aus gedacht ist.

Dabei sind simple Gehirnübertragungssessel bereits überholt. Seit ein paar Jahren können sich die meisten Menschen ihr Wissen direkt ins Gehirn laden, zusätzlichen Implantaten in Hippocampus und Frontallappen sei Dank. In Zeal-Lounges ist man zwar noch nicht so weit, aber die Entwicklung schreitet stetig voran. Weder Tila noch ich verfügen über diese zusätzlichen Implantate, und ich bin froh, dass die Cops sie mir nicht aufdrängen wollen. Da setze ich mich doch lieber in einen Sessel.

»Sie haben ein Zimmer für Ihre Sachen, aber schlafen werden Sie leider meistens hier«, meint Nazarin. »Wieso trinken wir nicht erst mal einen Kaffee? Und ich erzähle Ihnen, was in den nächsten Wochen auf Sie zukommt?«

Na endlich. Über die Details meines Undercoveralltags hat Oloyu sich nicht ausgelassen. Darüber wusste er schlicht nichts.

Nazarin kocht Kaffee – na ja, er zieht ihn aus dem Replikator – und legt die Karten auf den Tisch. Ich weiß immer noch nicht, was ich von ihm halten soll.

»Also. Wir müssen Ihr Training schnell über die Bühne bringen. Tila arbeitet ein paarmal die Woche in der Verve-Lounge. Wir wissen, wohin sie sich begibt und wie ihre Schichten liegen, und auch, wie sie mit den Ratel kommuniziert. Wir können die Ratel wissen lassen, dass Sie krank sind. Ein, zwei Schichten können Sie also verpassen, aber danach werden die Ratel wieder mit Ihnen rechnen. Und weil ich mir keine Krankheitstage leisten kann, muss ich während Ihrer Gehirnübertragungen weiter meine üblichen Nachtschichten machen.«

»Verve … Lounge?«, frage ich.

»Ja. Das ist Tilas Job bei den Ratel, dadurch konnte sie so rasant aufsteigen.« Meine Ahnungslosigkeit scheint Nazarin zu frustrieren. »Oloyu hat Ihnen doch von Verve erzählt?«

»Ein bisschen was. Verve ist die Steigerung von Zeal, und Klarträumer können dadurch Informationen gewinnen. Ich hätte nur nicht gedacht, dass ich da schon so bald einsteigen soll. Oder dass es dafür eigene Lounges gibt.«

»Sie werden dafür ausgebildet. Wenn es so weit ist, werden Sie wissen, was zu tun ist.«

Nazarin klingt so überzeugt, dass ich mir auch etwas Zuversicht gestatte. Ein bisschen zumindest.

»Gut«, fährt er fort. »Heute melden Sie sich zuerst bei Ihren Freunden und Bekannten und erklären ihnen, warum Sie von der Bildfläche verschwinden. Danach stellen wir Ihren VeriChip auf Ihre Schwester um – und Sie melden sich bei deren Freunden und erzählen ihnen die Geschichte Ihrer Schwester. Wenn das geschafft ist, können Sie die Ratel kontaktieren. Daneben beginnen wir mit dem Training – Kondition, Nahkampf, Umgang mit Waffen, außerdem so viele Infos, wie Sie verarbeiten können. Ich begleite Sie bei jedem Schritt. Wenn Sie irgendwelche Fragen haben, wenden Sie sich an mich.«

Im Kontrast zu Nazarins herben Gesichtszügen, zu seinen Narben steht ein warmer Blick, der mir ein wenig Halt gibt. »Wie lange sind Sie schon undercover?«

»Seit zwei Jahren. Etwas mehr.«

Eine lange Zeit. Sollte er seine alte Identität vollständig hinter sich gelassen haben, kann er wohl nicht mal seine Familie oder seine engsten Freunde kontaktieren. Selbst wenn, müsste er sie nach Strich und Faden über seine wahren Aktivitäten belügen.

So wie Tila mich belogen hat. Wie lange muss ich das durchhalten? Ein paar Tage, Wochen, Monate? Jahre? Ich schiebe den Gedanken fort, doch ein anderer, schlimmerer drängt nach. »Kennen … kennen Sie meine Schwester?«

»Ja. Aber ich habe sie nur ein paarmal gesehen. Manchmal auf Partys oder im Vorbeigehen, wenn ich eine Lieferung ans Verve-Lager hatte.«

Eine befremdliche Vorstellung, ich fühle mich merkwürdig entblößt. »Was … was ist mit unserem unterschiedlichen Aussehen?«

»Zu den letzten Schritten gehört ein Besuch in der Chirostube.«

Ich fasse mir ans Gesicht. Jeder geht zu Chirostuben, auch ich. Ich habe die eine oder andere Falte oder Unreinheit ausradieren lassen, aber nicht mehr. Jetzt muss ich mein Haar ändern, meine Nase, meine Wangenknochen – keine drastischen Eingriffe, aber im Spiegel werde ich mich nicht mehr erkennen. Ich werde wieder aussehen wie Tila. »Kann ich es wieder rückgängig machen, also … danach?«

»Wüsste nicht, was dagegenspricht.«

Das beruhigt mich nicht. Den Blick auf den Kaffeesatz gerichtet, zähle ich meinen gleichmäßigen Herzschlag mit.

»Glauben Sie, Sie sind bereit für den ersten Schritt?«, fragt Nazarin vorsichtig.

Ich blicke auf, die Lippen zusammengepresst. »Je früher wir anfangen, desto früher ist es überstanden.«

Nazarin lächelt, und plötzlich scheint mich ein anderer Mensch anzublicken. Lachfältchen bilden sich um seine leuchtenden Augen, fast könnte man die Narben unter dem Stoppelhaar vergessen. Durch sein Lächeln kann ich mich ein wenig entspannen, so unwirklich dieser Tag auch ist.

Er gibt mir meinen Text, lässt mich die Anrufe aber ohne

Aufsicht erledigen. Im Notfall müsse ich ihn nur anpingen, sagt er noch, und ich danke ihm. Es ist mir lieber, wenn mir niemand über die Schulter schaut.

Nacheinander kontaktiere ich meine paar Freunde und Kollegen. Es ist bloß eine leichte Abwandlung meiner Lebensgeschichte – der Lebensgeschichte, die ich bisher für mich vorgesehen hatte. Ich ginge früher als geplant nach China, soll ich behaupten, und Tila käme mit. Später, wenn mein VeriChip umprogrammiert ist, muss ich mich bei Tilas Freunden melden, mein erster Prüfstein als Undercoveragentin: Ich werde Tilas Rolle überzeugend spielen müssen. Die Vorstellung lässt mich erschaudern.

Auf die erste Runde von Anrufen folgt die erste Sporteinheit. Detective Nazarin führt mich in den Raum mit dem Sessel und der Trainingsfläche und mustert mich, die Arme verschränkt. »Sie haben doch Muskelmods?«

Ich nicke. »Nur so viele, dass der Körper ohne allzu viel Training straff bleibt.« Weil ich faul bin.

»Gut. Das beschleunigt die Regeneration. Später werden Sie unter anderem Kampftechniken runterladen. Aber schauen wir doch erst mal, wie Sie ohne fremde Hilfe zurechtkommen.«

Nazarin unterzieht mich einem rudimentären Leistungstest – welches Gewicht ich heben und stemmen kann, Beweglichkeit, Schnelligkeit, Ausdauer. Die Fingerspitzen auf meine Halsschlagader gelegt, misst er meinen Ruhepuls. Ich blicke nach oben, auf seine dunklen Augenbrauen, die Narben und das kantige Kinn. Nazarin ist attraktiv, hat aber etwas Bedrohliches an sich.

»Niedriger Ruhepuls«, sagt er.

»Darauf wurde mein Herz programmiert.«

Ein kleines Lächeln, wieder leuchten Nazarins harte Züge.

Ich glaube, ich schlage mich ein bisschen besser als erwartet, immerhin. Trotzdem sehe ich Nazarin an, dass er wünschte, ich wäre stärker. Ich denke an meine Schwester, an ihre muskulösen Arme. Das komme vom Tanzen mit den Kunden im Club, behauptete sie, und von ein paar Extraimplantaten. Früher habe ich nie hinterfragt, wozu sie all diese Kraft brauchte. Wie gefährlich sind die Ratel? Musste Tila sich körperlich zur Wehr setzen?

Nazarin demonstriert Selbstverteidigungstechniken. Ich habe nie irgendeinen Kampfsport betrieben, dabei hatte ich häufig Lust dazu, aber Tila überredete mich, stattdessen mit ihr zum Tanzkurs zu gehen. Wenigstens lassen sich einige Bewegungen aus meinen Capoeira-Stunden übertragen.

Alles in allem zahle ich trotzdem viel Lehrgeld. Nazarin will mir nicht wehtun, doch mit der Zeit schmerzen auch gebremste Attacken, und für meinen Geschmack sind meine Glieder noch viel zu träge, viel zu steif. Meinen kläglichen Angriffsversuchen entgeht Nazarin mühelos.

»Sie sind klein und wendig. Sie müssen aufs Ausweichen setzen. Gegen einen Gegner wie mich hätten Sie im direkten Kampf keine Chance.« Womit Nazarin wahrscheinlich recht hat, schließlich wiegt er etwa eineinhalbmal so viel wie ich. Eine frustrierende, aber aufschlussreiche Erfahrung.

Nazarin ist kein schlechter Lehrer. Er schreit mich nicht an, er erklärt mir meine Fehler und lobt mich, wenn mir etwas gelingt. Als meine Muskulatur an ihre Grenzen kommt, höre ich seine Stimme nur noch als Summen im Ohr: »Ducken, links, zurück.« Ich bewege mich, fast ohne zu denken.

Nach drei Stunden gönnt er mir eine Pause. Ich ringe nach Luft, stolz darauf, nicht um Unterbrechungen gebettelt zu haben, abgesehen von hastigen Schlucken aus der Wasserflasche.

Nazarins Haut glänzt, doch seltsamerweise riecht er nicht unangenehm. Nach Moschus und Eau de Cologne und sauberem Schweiß.

»Fürs Erste wirklich gut«, meint er. »Und bald sind Sie noch besser.«

Wenn mein Gehirn entsprechend verdrahtet ist.

»Aber jetzt«, sagt Detective Nazarin, »ist es an der Zeit, Sie offiziell zu Ihrer Schwester zu machen. Jedenfalls für ein Weilchen.«

Ich darf noch schnell duschen und einen Riegel Retortentrockenfleisch sowie ein paar Trockenfrüchte herunterwürgen, bevor Nazarin und ich zu Dr. Kim Mata aufbrechen, einer Biohackerin in Diensten von Sudice, Inc.

In der Sudice-Zentrale kann das Treffen nicht stattfinden, weil unter deren Dach auch VivaFog entwickelt wird und ich meinen Kollegen erzählt habe, ich säße praktisch schon im Flugzeug nach China; außerdem würden wir Nazarins Tarnung gefährden. Und da wir Dr. Mata auch nicht ins Safehouse holen können, machen wir uns auf den Weg zu einer ihrer leer stehenden Immobilien. Wie ich von Nazarin erfahre, erteilt das SFPD Dr. Mata häufiger derartige Aufträge, die sie gegenüber Sudice aber geheim hält. Was ihr erstaunlicherweise sogar gelingt.

Zeit, die Identität zu wechseln.

Auf dem Weg lehne ich mich ans Fenster und spüre das Zittern meiner ausgelaugten Muskeln. Ein schönes Gefühl, als würde das Kribbeln Körper und Geist enger zusammenschweißen. Wenn wir zurück sind, nehme ich ein paar Rejuvs, die in Kombination mit meinen Implantaten dafür sorgen werden, dass ich morgen keinen Muskelkater habe, aber trotzdem ein Stück stärker bin.

Wie viel stärker muss ich sein? Was kommt auf mich zu, womit rechnen die Cops?

Wir treffen Dr. Mata in einem ihrer Reihenhäuser bei der San Francisco State University. Die Räume sind leer, die weißen Wände ohne Dekoration. Vor mir steht eine winzige japanischstämmige Frau, die mir kaum bis zur Achsel reicht, obwohl ich wahrlich keine Riesin bin. Anders als die große Mehrheit der Stadtbewohner erlaubt Dr. Mata sich zu altern – ein bisschen, rund um ihre Augen und Mundwinkel sind ein paar verschwindend zarte Falten zu erkennen. Es ist erfrischend, in ein Gesicht zu blicken, dem man seine Lebensjahre ansieht, in dessen Haut sich ein tausendfaches Lächeln spiegelt. Ich schätze Dr. Mata auf ungefähr fünfundvierzig Jahre. Das schwarze, zum Bob geschnittene Haar reicht ihr bis zum Unterkiefer.

»Sehnsucht nach mir, Darling?« Als sie Nazarin angrinst, bilden sich Grübchen in ihren Wangen.

»Mein Herz schlägt nur für dich, Kim«, erwidert er todernst, und Dr. Mata verdreht die Augen.

Ihre Begrüßung amüsiert mich. Dr. Mata hat eine offene, freundliche Art, wodurch auch Nazarin lockerer wirkt. Diese entspannte, lässig an der Wand lehnende Frau zählt zu den prominentesten Biohackern der Welt, mit einem Vermögen von – mindestens – ein paar Millionen Credits?

»Was liegt an, Süßer?« Dr. Matas Blick zuckt zu mir, doch nachdem sie mich von Kopf bis Fuß begutachtet hat, widmet sie sich wieder dem Detective. »Hoffentlich nichts zu Anstrengendes. Heute Nachmittag habe ich ein Meeting nach dem anderen, und wenn du mich zu sehr schaffst, verschlafe ich sie alle.«

»Identitätswechsel«, antwortet Nazarin. »Strengste Geheimhaltung. Aber wie ich weiß, hast du endlich die Vertraulichkeitsvereinbarung an die Zentrale geschickt …«

»Vertraust du mir nicht? Das tut weh.« Dr. Mata zieht einen Schmollmund. »Wann habe ich dich je enttäuscht?«

»Nie. Ich vertraue dir blind.«

Nazarins letzter Satz ist kein scherzhaftes Geplänkel mehr. Er meint es ernst, und Dr. Mata genießt die Bestätigung. Wieder sieht sie mich an. »Okay. Ich bin so weit.«

»Kim, das ist Taema Collins. Ihre Schwester Tila Collins steht unter Mordverdacht.«

Dr. Matas Augen weiten sich. »Eine Zivilistin?«

»Wie man's nimmt«, entgegnet Nazarin. »Tila Collins steht in Verbindung mit den Ratel – und wurde gestern Abend wegen Mordes verhaftet. Du weißt doch, womit ich die letzten paar Monate verbracht habe.«

»Ja. Du bist zum Idioten geworden. Du spielst mit dem Feuer. Wie oft habe ich dir gesagt, dass du mit den verdammten Spielchen aufhören musst?«

»Du hast wie immer recht, aber ich kann nicht aufhören. Und davon abgesehen wäre ich ohne dich nie so weit gekommen.«

»Wo du recht hast …« Dr. Mata wirft Nazarin eine Kusshand zu und wendet sich zum ersten Mal direkt an mich. »Also wirst du jetzt in Schutzhaft genommen, oder so? Du brauchst eine neue Identität, um eine Weile abzutauchen?«

Ich schüttele den Kopf. »Nicht ganz. Sie müssen wissen, dass Tila und ich … wir sind eineiige Zwillinge.«

Ihre Augenbrauen heben sich, sie sieht von Nazarin zu mir, während ihr wendiger Geist eins und eins zusammenzählt. »Wow. Ein Schwesterntausch. Wenn das keine Premiere ist. Der Papierkram ist erledigt?«

Nazarin nickt.

»Okay«, sagt Dr. Mata. »Dann wollen wir mal.« Mit einer Handbewegung fordert sie mich auf, näher zu treten.

Als ich gehorche, umfasst sie mein Handgelenk und dreht es herum. Sie hat kühle, trockene Hände. »Danke, Dr. Mata, dass Sie …«

Sie wedelt mit der freien Hand. »Nenn mich Kim.«

»Kim.«

Grinsend blickt sie mir in die Augen. Kaum ein Mensch in dieser Stadt hat ein aufrichtiges Lächeln, aber Dr. Mata ist ein offenes Buch, und ich lächele instinktiv zurück.

Sie nimmt eine Klebeelektrode aus einem Kästchen in ihrer Tasche und setzt sie auf die winzige Narbe über dem subkutanen Chip. Ihr Blick verschwimmt, auf dem leeren weißen Tablet in ihrer Hand erscheint nur für sie sichtbarer Computercode. Binnen Sekunden erlangt sie vollen Zugriff auf meine Identität. Wenn sie wollte, könnte Dr. Mata mein Leben auf einen Streich in Trümmer legen.

Sie spürt meine Nervosität. »Keine Sorge, Schätzchen, bei mir ist deine Identität in guten Händen. Da ist nichts zu holen, was ich nicht schon tausendfach hätte. Hmm …«

»Was?«, frage ich.

»Dein Chip wurde nicht nach der Geburt eingesetzt. Du hast ihn erst seit zehn Jahren.« Ich zwinge mich, ihrem bohrenden Blick standzuhalten. »Keinerlei Daten über die Zeit davor. Wie kann das sein?«

»Ich komme von Mana-mas Feuerstelle.«

»Ist nicht wahr!« Dr. Matas Kopf zuckt zurück. »Im Ernst? Deine Schwester auch?«

»Ja. Wir sind mit sechzehn hierhergekommen.«

Sie blickt mir in die Augen, mein Handgelenk immer noch fest im Griff. »Also bisher dachte ich, du wärst bloß irgendein süßes und wahrscheinlich halbwegs interessantes Mädchen, wenn du mit dem Hübschen hier herumhängen darfst.« Sie nickt in Nazarins Richtung. »Jetzt finde ich dich total faszinierend.«

Ich lache leise.

»Und was ist das?« Dr. Mata ist der Ausläufer meiner Narbe aufgefallen.

Ich ziehe meinen Kragen um einige Zentimeter nach unten. »Bis zum Abschied von der Feuerstelle waren meine Schwester und ich siamesische Zwillinge.«

Sie jauchzt entzückt. »Alles klar. Du bist einer der spannendsten Menschen, die ich je kennengelernt habe. Wenn das hier vorbei ist, lade ich dich auf einen Drink ein. Bist du dabei?«

»In Ordnung.« Dann schwindet mein Lächeln. Ich frage mich, ob ich je wieder ein normales Leben führen kann.

»Genug geflirtet, meine Liebe«, sagt Nazarin zu Dr. Mata. »Kannst du sie umschalten?«

Sie schnaubt. »Ob ich sie umschalten kann? Willst du mich beleidigen?« Durch eine Kopfbewegung projiziert Dr. Mata den Computercode an die Wand.

Das sind Tila und ich, Seite an Seite. Das Zahlenmeer auf dem Wandschirm repräsentiert unsere jeweilige Identität. Tila und ich. Worüber sie wohl gerade nachdenkt, in ihrer Zelle? Ich wünschte, sie würde mit mir reden. Wieso will sie nicht? Ich kann es nicht begreifen. Nazarin behauptet, sie habe sich bewusst dagegen entschieden – aber vielleicht verhindern die Cops unser Wiedersehen? Kaum kommt mir dieser Gedanke, flammt frische Hoffnung auf. Oder glaubt Tila, sie könnte mich durch ihr Schweigen beschützen, von allem abschirmen? Ahnt sie nicht, wie heillos ich mich bereits darin verstrickt habe?

Dr. Mata lässt die Finger flattern, wischt Code hin und her, beinahe zu schnell für das menschliche Auge. Sie schnalzt mit der Zunge und sagt: »So. Erledigt.«

Ich blinzele. »Das war's?«

»Das war's, Schätzchen. Du bist jetzt offiziell Tila Collins. Deine Schwester.« Dr. Mata zieht mir die Elektrode vom Handgelenk und reibt meine Haut mit dem Daumen.

»Beängstigend«, antworte ich. »Wie leicht das ist.«

»Mach dir mal keine Sorgen. Außer mir gibt es nur noch zwei, drei andere in der Stadt, die das können. Aber nicht so fix wie ich. Ich habe die VeriChips miterfunden.«

Mit dem Daumen fahre ich über den von einer dünnen Hautschicht überwachsenen Chip. »Also … danke.«

»Kein Ding. Und nicht vergessen – nach deinem Abstecher ins Haifischbecken treffen wir uns auf einen Drink. Dann setze ich auch gleich deine Identität zurück.«

»Auf jeden Fall.« Hat sie eine Plauderei unter Freundinnen im Sinn oder ein Date? Mir wäre beides recht.

Kim tätschelt mir die Schulter und baut sich vor Nazarin auf. »Pass bloß gut auf sie auf, Naz. Dass du so eine Unschuld in so einen Haufen Scheiße reinwirfst …«

Ich bekomme ein flaues Gefühl im Magen.

Nazarin sieht mich an und wendet den Blick wieder ab. »Sie schafft das.«

Als Kim die Arme ausbreitet, drückt Nazarin sie an sich und hebt sie kurz in die Luft. Dabei flüstert Kim ihm etwas ins Ohr, das ich nicht verstehe.

»Tausend Dank, Kim«, sagt er. »Bist du so weit, Tila?«

Ja, jetzt bin ich Tila, Nazarins Bekannte. Jetzt ist es offiziell, rechtlich gesehen. Aber ich kenne meine Schwester besser als jeder andere. Ich bin nicht wie sie.

»Ich bin so weit«, antworte ich. Während ich mich frage, ob ich jemals so weit sein werde.

6

TILA

Auch wenn Taema nichts davon wissen will, die ersten Risse zwischen uns bildeten sich schon lange vor der Operation. Als Kinder waren wir wie zwei Seiten einer Münze. Davon sind wir jetzt weit entfernt. Weit entfernt von unserer lang vergangenen Unschuld.

Bei Mana-ma war das Leben einfacher. Damals, bevor wir einsehen mussten, dass die Feuerstelle ein Gefängnis ist.

Einmal im Monat kam ein Versorgungsschiff, für uns immer eine aufregende Sache, wie ein kurzer Blick in eine fremde Welt.

Wenn weit weg die Motoren dröhnten, suchten Taema und ich uns schnell einen Platz, um die Landung zu beobachten. In ihren eigenartigen Uniformen, die so eng am Körper anlagen, sahen die Männer und Frauen ganz anders aus als wir. Sie dirigierten Droiden, die die Kisten ausluden.

Die Droiden faszinierten Taema am meisten, viel mehr als mich. So etwas gab es bei uns nicht, natürlich nicht, aber ich fand sie einfach nur komisch. Klobige Maschinen, die in etwa aussahen wie Menschen mit leeren Gesichtern, sich aber nicht halb so elegant bewegten. Sie schleppten die Kisten auf die Wiese, gingen wieder hoch ins Schiff und schalteten sich ab. Einfach so. Eben bewegten sie sich noch, dann waren sie wie tot.

In der Feuerstellenschule kamen Droiden nicht vor, aber Mom und Dad erzählten uns ein bisschen was darüber. Sie betonten ständig, dass Droiden »kein Bewusstsein« haben. Dass sie nichts fühlen. Weil das bloß Maschinen sind, die den Menschen die Drecksarbeit abnehmen sollen.

»Warum sehen sie dann aus wie Menschen?«, fragte ich einmal. Weil es doch fürs Schleppen viel praktischer wäre, wenn die Droiden mehr als zwei Arme hätten. Taema und ich konnten unsere Extraarme oft gut gebrauchen.

Aber darauf wussten unsere Eltern keine Antwort.

Meistens passten wir gut auf, dass wir vom Versorgungsschiff aus nicht gesehen wurden. Den Droiden waren wir natürlich egal, aber die Leute aus der Stadt schauten immer so blöd, wenn ihnen klar wurde, dass Taema und ich uns nicht bloß im Arm hielten, sondern miteinander verwachsen waren. Man kann viel Schlechtes über Mana-mas Feuerstelle sagen, aber dort wurden alle gleich behandelt. Als wir noch jünger waren, kam einmal ein Kerl vom Schiff auf uns zu und streckte die Hand aus. Er wollte uns anfassen, an unserer Verbindungsstelle, einfach so anfassen. Ich habe ihn gebissen. Er wich hastig zurück, steckte sich den Finger in den Mund und saugte das Blut auf, und Taema schimpfte mich deswegen nicht mal, weil sie genauso wütend war wie ich. Danach beobachteten wir das Schiff lieber von einem Versteck aus. War einfacher.

Einmal, als das Schiff wieder abgehoben hatte, lag etwas auf einem Stein, sie hatten es dort vergessen. Wir schlurften näher heran. Es war ein Stück Technik. Wir hatten gesehen, wie die Stadtmenschen solche Dinger benutzten – »Tablet« nannten sie sie. Sie hatten es bestimmt nicht absichtlich dagelassen, sie ließen nie Technik hier. Die einzigen Maschinen, die Taema und ich je gesehen hatten, waren die Droiden und die Schiffe selbst, und wenn die Stadtmenschen kamen, traute sich fast niemand aus der Siedlung näher heran. Nur manchmal kam unsere Mom, um etwas zu besprechen, Bestellungen zu übermitteln oder so, das war's. Erst wenn das Schiff wieder abgehoben war, schlichen die anderen auf Zehenspitzen den Hügel runter, absolvierten Reinigungsrituale mit verbranntem Salbei und gemurmelten Gebeten, und erst danach brachten sie es über sich, den Nachschub nach Hause zu tragen.

Ich bückte mich nach dem Tablet.

»Tila«, sagte meine Schwester. »Das ist verboten.«

Ich ignorierte sie und wollte mich tiefer hinabbeugen, aber Taema blieb stur aufrecht. Ich zerrte fester nach unten, bis Taema vor Schmerz ächzte. Trotzdem rührte sie sich nicht.

»Komm schon«, bettelte ich sie an. »Wir müssen es doch bei Mana-ma abliefern, oder? Wir können es doch nicht hierlassen.« In Wirklichkeit wollte ich es nur mal in die Hand nehmen, wenigstens ganz kurz.

Mit einem widerwilligen Seufzen beugte Taema sich vor, und meine Finger schlossen sich um Metall und Glas.

»Du hast es mit der nackten Haut angefasst«, stellte sie fest. »Dafür kriegst du Ärger.«

»Wir beide.«

»Du sagst es. Wenn sie dich reinigen müssen, müssen sie auch mich reinigen. Und von Salbeirauch muss ich immer husten.«

Ich blickte mich nervös um. Wie lange noch, bevor die anderen auftauchen würden? »Gehen wir erst mal zum Baum.«

»Damit du es dir in Ruhe anschauen kannst?«

Ich antwortete nicht.

»Es ist unrein«, flüsterte Taema, und ihre Stirn kräuselte sich.

Doch als ich losging in Richtung Wald, stakste sie steifbeinig nebenher.

»Das ist keine gute Idee«, sagte sie, immer noch im Flüsterton. »Das wird Mana-ma nicht gefallen.«

»Sie muss nichts davon wissen.«

»Aber sie weiß doch alles.«

Leise meldete sich mein Gewissen, aber ich erstickte es sofort.

Der Baum war nicht irgendein Baum. Es war unser Lieblingsbaum im ganzen Wald, wo wir immer hingingen, wenn wir uns vorm Rest der Feuerstelle verkriechen wollten. Auf der Anlage war man fast nie richtig allein, aber draußen im Wald gab es nur Mammutbäume und Vögel. Unser Baum war ein ehrwürdiger Mammut mit ausgehöhltem Stamm, vor langer Zeit hatte wohl der Blitz eingeschlagen. Wir schoben uns ins Innere und saugten den Duft nach altem Rauch und feuchtem Laub ein. Ich fand es wunderschön dort. Als Kinder hatten wir im Baum Teestunden abgehalten und Karten gespielt, uns Geheimnisse zugeflüstert und Dinge gebunkert, die niemanden sonst etwas angingen. Der Baum war unser Geheimversteck.

Ich drehte das Tablet vor meinen Augen hin und her. Es war so glatt, hart und kalt. Wie etwas Außerirdisches.

An der Seite fand ich einen kleinen Knopf, den ich drückte. Der Bildschirm flackerte auf, in leuchtendem Grün, Blau und Gelb. Taema und ich schnappten nach Luft.

Wie hatten die Stadtmenschen das nur gemacht?

Ich tippte mit dem Zeigefinger auf die Fläche.

Worte erschienen: *Keine Implantate erkannt. Manuelle Bedienung? Ja/Nein.*

»Ich drücke mal auf Ja«, meinte ich.

»Du weißt, dass du das nicht darfst. Mana-ma sagt, das ist böse.« Taema konnte einem echt höllisch auf die Nerven gehen.

»Um Himmels willen. Tu doch nicht so, als fändest du das nicht auch ein bisschen spannend.«

Taemas Mund schrumpfte zu einem schmalen Strich. Typisch

für sie, wenn sie keinen Fingerbreit nachgeben will, und für mich auch.

Ich probierte es anders: »Hätte Gott nicht gewollt, dass wir es uns anschauen, wäre es nicht hiergeblieben.«

»Das ist eine Prüfung. Würde Mana-ma jetzt sagen.« Taema biss sich auf die Unterlippe. Ich wusste, dass sie auch neugierig war, fast so neugierig wie ich.

»Komm schon, T«, säuselte ich. »Wir schauen es uns nur ganz kurz an, und dann liefern wir es bei Mana-ma ab. Nur ein kurzer Blick, das muss sie nie erfahren. Und wir wissen ein bisschen mehr über die Welt da draußen.«

Wir hatten stundenlang Theorien aufgestellt, wie es draußen aussehen könnte, auch Taema, obwohl sie viel stärker an den Regeln der Feuerstelle hing als ich – immer wenn ich etwas falsch machte, kam sie mir mit einem Zitat aus dem Heiligen Buch. Wenn ich mir die Augenbrauen zupfte: *Gott hat uns gemäß seinem Willen geschaffen. In seinen Augen gibt es keine Makel. Sein Wille ist unantastbar.* Wenn ich laut davon träumte, die Feuerstelle zu verlassen und in eine echte Stadt zu reisen, mit echten Wolkenkratzern, was auch immer das war: *Gott hat uns einen Weg vorgezeichnet in der Herrlichkeit der Natur.* Wenn ich keine Lust hatte, mit den anderen zur Großen Wiese zu gehen: *Nur durch Meditation bewahrt man sich seine Reinheit und Offenheit gegenüber den Gaben Gottes.* Immer dasselbe, obwohl uns beiden klar war, dass Taema bloß so tat. Im Geheimen wollte sie auch wissen, wie es in der echten Welt aussah, genauso sehr wie ich.

Taema seufzte.

Ich berührte das *Ja* auf dem Tablet.

Der Bildschirm leuchtete weiter, aber weder Taema noch ich konnten ihn bedienen, darüber wurde einem in der Kommune nichts beigebracht. Wobei wir schon ein bisschen mehr über das Leben da draußen wussten als andere, weil unsere Eltern ziemlich hohe Tiere in Mana-mas Führungszirkel waren (oder noch sind?), die deshalb selbst viel wussten und uns ab und zu etwas erzählten. Eigentlich war das verboten, sie versündigten sich dadurch – aber wir sollten vorbereitet sein, meinten sie, »für alle Fälle«. Deshalb wussten wir, dass es sogenannte »Wandschirme« gab und fliegende Autos, die aussahen wie das Versorgungsschiff in klein. Und dass es Gebäude aus einem glatten Stein gab, der »Beton« genannt wurde. Aber vorstellen konnten wir uns das alles nicht, beim besten Willen nicht. Oder nur so halb. Wir waren also nicht total ahnungslos, was die große weite Welt anging. Nur weitgehend. Und das wurmte mich.

Ich lehnte das Tablet gegen die Innenwand des Baums. Was jetzt? Keine Ahnung. Ich tippte noch mal drauf. Nichts tat sich. Dieses Ding war unsere Brücke zur Außenwelt, es konnte mir alles beibringen, aber ich konnte es nicht entschlüsseln.

Noch ein Versuch. Vor Frust knirschte ich mit den Zähnen.

»Vielleicht musst du damit reden«, sagte Taema leise. »Ich habe mal gehört, wie die Stadtmenschen damit geredet haben.«

Sie hatte recht. Als Erstes sagten sie »Tablet«. Ich legte den Zeigefinger auf den Bildschirm. »Tablet«, sagte ich laut. »Suche.«

Ein neues Fenster öffnete sich, mit einem flimmernden Kästchen, über dem folgende Worte blinkten: *Suchbegriffe angeben.*

Ich sah Taema Hilfe suchend an, aber sie zuckte nur mit den Schultern, eine Bewegung, die an meinem Brustkorb zerrte. Ich legte den Kopf an ihren, Wange an Wange. Meine Knie bebten vor Aufregung. Ihre auch, aber eher aus Angst.

»Soll ich nach siamesischen Zwillingen suchen?«, flüsterte

ich. Wir hatten noch nie andere wie uns gesehen. Wie lebten sie in den Städten? Wie viele gab es?

Vielleicht fragt ihr euch, ob es schmerzhaft oder unbequem war, miteinander verwachsen zu sein. War es nicht. Es hat nie wehgetan, an Taema dranzuhängen. Klar regte sie mich manchmal dermaßen auf, dass ich sie am liebsten angespuckt hätte – und ab und zu tat ich das sogar, aber dann spuckte sie bloß zurück, und wenn wir uns danach mit unseren vollgespuckten Gesichtern anstarrten, lachten wir uns meistens über unsere eigene Blödheit kaputt. Und wütend abhauen konnte ich ja nicht. Keiner von uns konnte jemals das letzte Wort haben.

Energisch wandte Taema den Blick vom Tablet ab. »Danach sollten wir nicht suchen.«

»Wieso nicht?«

»Lass es einfach, okay?«

Um ein Haar hätte ich sie weiter gedrängt, aber dann hätte es nur Streit gegeben, und Taema hätte erst recht auf stur geschaltet. »Na gut.«

Ich starrte auf das Tablet. *Suchbegriffe bitte laut und deutlich nennen*, forderte es uns auf. Wie war das überhaupt möglich? Unsere Eltern hatten uns vom Internet erzählt und von Radiowellen, die durch die Luft schwebten. Hier bei uns, hatte Dad erklärt, funktioniert das Internet nicht, aber die Technikdämmer hätten nur eine begrenzte Reichweite. Aber wenn unser Land so unglaublich rein sein sollte, wieso unterdrückte Manama den Empfang nicht auch draußen im Wald?

Taemas Wangenknochen strich über meinen. Sie wollte nicht hinschauen und konnte doch nicht anders. Die große, weite Welt war zum Greifen nah. Aber was wollten wir eigentlich darüber wissen?

Ich hab's, dachte ich mir. Ich fange einfach mit etwas an, was ich schon kenne.

»Tablet. Suche nach Mana-mas Feuerstelle.«

Sofort erschienen Informationen, eine Art Liste. Ich berührte den ersten Eintrag, zögerlich, nur mit der Fingerspitze, und schon wurden noch mehr Infos geladen. Ich spürte, wie Taema sich zum Bildschirm beugte. Sie konnte nicht widerstehen. Seite an Seite lasen wir.

Mana-mas Feuerstelle – die berüchtigte Sekte in der San Francisco Bay Area

»Was ist das, eine Sekte?«, wisperte Taema.

Ich schüttelte den Kopf, selbst verwirrt. »Ich weiß es nicht. Klingt aber nach nichts Gutem.« Ich las weiter – es war eine Entstehungsgeschichte der Feuerstelle, verfasst von einem Menschen namens Tobias Diaz, die so ziemlich mit den Schilderungen in Mana-mas Predigten übereinstimmte:

Kaum etwas dringt nach außen über die Kommune, die in einem einstmals öffentlichen Teil der Muir Woods lebt. Die erste Mana-ma war Elspeth Foley, die Geliebte eines bekannten Politikers und Mitglieds der Bohemian Grove.

»Was ist das?«, fragte Taema. Daher suchten wir erst mal nach »Bohemian Grove«. Das war demnach ein Bund aus reichen und mächtigen Politikern, die sich einmal im Jahr in den Mammutwäldern bei Monte Rio trafen, um geheime Geschäfte abzuwickeln und dabei so zu tun, als würden sie auf gar keinen Fall geheime Geschäfte abwickeln. Einige ihrer Rituale waren den unseren relativ ähnlich, zum Beispiel die »Verbrennung der

Alltagssorgen«, ein Freudenfeuer, bei dem alles Belastende in Flammen aufgehen sollte. So etwas veranstalteten wir auch, jedes Jahr zur Sommersonnenwende drüben auf der großen Wiese, aber wir trugen dabei keine dämlichen Kostüme. Nach ein paar falschen Abbiegungen fand ich zurück zu dem Text, den wir zuerst gelesen hatten.

Als Frau hatte Elspeth Foley nicht die geringste Chance auf eine vollwertige Mitgliedschaft bei der Bohemian Grove, woran sie aber auch kein gesteigertes Interesse hatte. Nach ein paar Jahren gründete Foley ihre eigene Gemeinde und warb dafür eine Reihe von prominenten Verwandten eben jener Mitglieder der Bohemian Grove, von denen sie verschmäht worden war. Während der nächsten Jahrzehnte rekrutierte Foley laufend neue Mitglieder und schottete ihre Kommune von der Gesellschaft ab, und als die Gründerin schließlich starb, musste man eindeutig von einer Sekte sprechen.

Vor ihrem Tod wählt die amtierende Mana-ma ihre Nachfolgerin aus und bereitet diese auf ihre Rolle vor. Bis heute gab es acht Mana-mas, die gegenwärtige ist seit fünfunddreißig Jahren an der Macht. Die Kommune hatte sich bei Chimney Rock in der Mojave-Wüste niedergelassen, zog nach dem Großen Umbruch jedoch in die Mammutwälder an der Bucht von San Francisco, direkt gegenüber der Metropole.

Eine Mana-ma hat häufig einen Ehemann, genannt »der Bruder«, da er als Bruder der gesamten Gemeinschaft gilt, tatsächlich sind sie keine Geschwister. Der Bruder der aktuellen Mana-ma soll vor etwa zwanzig Jahren gestorben sein, was sich allerdings kaum verifizieren lässt. Seitdem soll sie sich keinen neuen Bruder genommen haben.

Über den Alltag an der Feuerstelle kursieren viele Gerüchte, es ist von Tier- und sogar Menschenopfern die Rede, was aber jeder

Grundlage entbehrt. Richtig ist, dass an der Feuerstelle keine technischen Geräte erlaubt sind, die nach 1969 erfunden wurden, nach dem »Summer of Love«. Die Sektenmitglieder leben, wie schon die ursprüngliche Mana-ma an der Ersten Feuerstelle lebte. Jede Mana-ma beharrt auf der Perfektion dieser ersten Kommune und lehnt jegliche Neuerungen ab. Die Behausungen verfügen über elektrischen Strom, etwa um antiquierte Plattenspieler zu betreiben, Computer sind an der Feuerstelle aber nicht zugelassen und erst recht keine Implantate. Es gilt als Frevel, wie auch immer geartete Änderungen an sich selbst vorzunehmen. Moderne Medizin wird gemieden, man verlässt sich auf natürliche Heilkräuter. Kein Make-up, keine grelle Mode, keine in der Chirostube gewachsten Gesichter.

Eines ist sicher: In den Jahrzehnten seit Gründung der Feuerstelle hat kaum ein Mitglied die Gemeinde verlassen. Nur den wenigsten Sekten gelingt es, über so lange Zeit stabil zu bleiben. Als es vor zehn Jahren zu Beschwerden über Schaulustige kam, die sich auf das Gelände schleichen wollten, legten die Behörden rund um dessen Grenzen ein weitläufiges Sumpfgebiet an, das die Muir Woods faktisch in eine Insel verwandelte. Dank ihrer großen Mitgliederzahl ist die Gemeinde weitgehend autark, einige Versorgungsgüter müssen aber von außen angefordert werden. Auf dem Gebiet der Anlage verschwinden hin und wieder Personen, kein Außenstehender weiß wohin. Manch einer behauptet, Mana-ma selbst habe diese Menschen auf dem Gewissen, und wie immer lautet die Frage: Steckt mehr dahinter als bloße Sensationsgier?

»Der Sumpf wurde künstlich angelegt?«, sagte Taema.

»Das fällt dir als Erstes dazu ein?«, erwiderte ich ungläubig. »Das Ding stellt Mana-ma als Mörderin hin!«

»Das ist doch bloß ein Gerücht. Hier verschwindet niemand. Alle sterben eines natürlichen Todes und gehen wieder in den

Kreislauf ein.« Das sagte Taema so nüchtern, so voller Überzeugung, dass ich direkt neidisch wurde.

»Ich verstehe es auch nicht. Da draußen stirbt man doch auch irgendwann, oder?« Aber die Frage lag nahe: Oder auch nicht? Was, wenn man da draußen ewig lebte? Würde ich das wollen?

Wir sahen uns noch andere Links über die Feuerstelle an, aber keiner war so nah dran an der Wahrheit wie der erste. Die Leute, die über uns schrieben, grübelten über unsere Finanzierung, denn mit unseren »kitschigen Handarbeiten« und »kümmerlichen landwirtschaftlichen Erzeugnissen« könnten wir uns doch nie über Wasser halten. Wie unverschämt war das denn? Taema und ich mühten uns wie alle anderen ewig mit den blöden Steppdecken und dem anderen Kram ab – was war daran bitte kitschig? Wir halfen im Gewächshaus beim Pilzepflücken, damit die Dinger zum Festland geschickt werden konnten, und stundenlanges Pflücken ist anstrengend.

Dann hieß es, Mana-ma hätte uns das Gehirn gewaschen, unser Denken ihrem Willen unterworfen und uns mit Drogen gefügig gemacht, um uns ihre Weltsicht einzuhämmern. Aus dem Augenwinkel musterte ich Taema. Wegschauen konnte sie nicht, aber das Tablet machte sie verdammt nervös. Eigentlich hätte ich ebenfalls glauben müssen, unreine Technologie wäre böse. Warum dachte ich nicht wie sie?

Anderswo stand, wir wären alle nur deswegen an der Feuerstelle, weil wir hässlich und entstellt wären, weil uns Arme und Beine fehlten, weil wir Narben hätten und andere Makel. Ich dachte an meine Freunde und meine Familie, an meine Schwester und mich. Von uns war doch keiner hässlich? Mit äußerlicher Schönheit beschäftigten wir uns an der Feuerstelle allerdings kaum. Das war nicht wichtig, Gott hatte uns alle als perfekte Wesen geschaffen, und wir mussten uns nur auf sein Urteil verlassen und uns unermüdlich bemühen, ein guter Mensch zu sein, so gut es in dieser Welt eben ging.

Als Nächstes suchte ich nach »Chirostube«. Vorher-Nachher-Bilder wurden angezeigt, von Menschen mit veränderten Gesichtern. Die Nachher-Bilder sahen aus, als wäre etwas ausradiert worden, und zwar … das, was die Leute ausmachte. Es war immer die gleiche Art von Schönheit, ohne individuelle Besonderheiten.

Ich spürte, wie Taema sich neben mir vor Scham versteifte. Das war doch alles … falsch. Böse. Die Außenwelt war genau so, wie Mana-ma immer sagte.

Und was würden die Leute da draußen von uns beiden halten? Was würden sie mit uns machen?

Taema und ich sagten kein Wort. Wir lasen, so schnell unsere Augen an den Zeilen entlanghuschen konnten, schlugen unbekannte Wörter nach und stupsten uns vorsichtig an, wenn wir weiterscrollen konnten.

Wir blieben stundenlang im Baum. Irgendwann meinte Taema, dass es ihr reichte, schloss die Augen und schlief ein. Aber ich las und lernte immer weiter, und ich war dankbar, dass sie mich nicht verpetzen würde, egal wie viel Angst ihr das alles machte.

Vieles verstand ich nicht. Vieles wollte ich zuerst nicht glauben. Das war lauter Zeug, das ich nie hatte wissen dürfen. Und vielleicht hatte sich die Außenwelt das Ganze bloß ausgedacht, aus irgendwelchen Gründen. Wahrscheinlich wegen Geld. Den Leuten da draußen, sagte Mana-ma immer, geht es nur ums Geld. Und um das böse Zeug, das man damit kaufen kann.

Aber tief drinnen überlegte ich immer häufiger, ob Mana-ma uns und die anderen richtig behandelte. Sie hatte das Sagen, in allem. Die Außenwelt war nicht perfekt, das hatte ich auch nie gedacht. Aber vielleicht, nur ganz vielleicht, konnte man auch anders leben als an der Feuerstelle.

Ich schob das Tablet tief in unsere Tasche und hängte sie mir über die Schulter. Durch die Bewegung wachte Taema auf. Natürlich war es ein Risiko, das Tablet zur Siedlung mitzunehmen, aber hierlassen wollte ich es nicht. Ich wusste kaum was über Technik, woher auch. Sollte es in den Baum regnen, würde es dann durch das Wasser kaputtgehen? Bei Dingen wie dem Plattenspieler konnte das passieren.

Taema sagte nichts, als wir in unserem Schaukelgang zum Zentrum der Siedlung gingen. Meine Arme lagen um ihre Hüfte, ihre um meine Schultern. Taema fühlte sich schuldig. Nicht nur, weil sie die Nähe eines unreinen Gegenstandes zugelassen hatte – auch weil sie wusste, dass wir das Tablet weder abliefern noch in der Beichte erwähnen würden. Dafür hätte ich Ärger bekommen und Taema automatisch auch. Ich hatte sie in eine miese Situation gebracht, eigentlich hätte ich deswegen Gewissensbisse haben müssen. Aber es hielt sich in Grenzen.

Jetzt, nach den ganzen Artikeln auf dem Tablet, sah ich die Umgebung mit anderen Augen. Bei unserer Infosuche im tiefen Wald waren auch ein paar Fotos von Städten aufgetaucht, von unglaublich fremdartigen Orten im Vergleich zu unseren einstöckigen Häusern zwischen Bäumen. Aber wenn Mana-ma darüber sprach, wurden San Francisco und die restliche Außenwelt zu einer gewaltigen Kohorte (ja, dieses Wort benutzte sie in ganz normalen Unterhaltungen) aus Verderbtheit, Abscheulichkeit und Schmutz.

Ich wusste jetzt, wie die ganzen Menschen da draußen über unsere Kirche dachten, über unser Gemeindehaus und unsere kleinen aufgereihten Wohnhäuser, unsere gepflegten Parzellen und den Fisch, der über dem offenen Feuer geräuchert wurde. Nathaniel drehte die Fische, ein Junge in unserem Alter, dem ein Bein fehlte. Mit der freien Hand winkte er.

Ich zupfte meinen Rock zurecht. Ein einfacher Rock, Handarbeit. Taema und ich hatten ihn selbst genäht – alle fertigten ihre Kleider selbst an, aber manchmal tauschten sie auch untereinander oder erbten etwas Gebrauchtes. Das ging bei uns beiden natürlich nicht. Was interessierte es mich, wie die Stadtmenschen über uns dachten? Sie kamen mir nicht mal vor wie echte Menschen. Mehr wie Außerirdische.

Ja, mit Außerirdischen kannte ich mich aus. Mom und Dad besaßen zwei reißerische Science-Fiction-Taschenbücher, die sie eingeschmuggelt hatten, als sie der Kommune als Teenager beigetreten waren. Meine Eltern liebten die Feuerstelle und glaubten fest daran, aber Dad konnte die Bücher einfach nicht zurücklassen und hatte sich deshalb ein Schlupfloch gesucht: Beide Romane waren im Goldenen Zeitalter der Science-Fiction erschienen, also vor 1969, sodass die weit hergeholte Zukunftstechnologie darin noch bloße Fantasterei war. Mir waren sie vor ein paar Jahren in die Hände gefallen: *Der brennende Mann* und *Die Expedition der Space Beagle*. Auch da hatte Taema sich aufgeregt, über mich und über Dad, sie wollte die Bücher sofort bei Manama abliefern. Und auch da hatte sie am Ende den Mund gehalten, während ich behutsam eine vergilbte, zerbröselnde Seite nach der anderen umgeblättert und bis tief in die Nacht gelesen hatte. Ich hatte eine Riesenfreude daran, mich in fremde Welten zu flüchten und von einem Leben auf fernen Planeten zu träumen.

Unser Planet war sehr klein: vierhundert Hektar Mammutwald. Ich musste einfach über die Vergangenheit dieses Waldes nachdenken, die das Tablet nacherzählt hatte. Dass er früher mal Muir Woods geheißen hatte und dass der Sumpf geschaffen worden war, um andere Menschen auszusperren.

Oder um uns einzusperren?

Später, in San Francisco, erzählten Taema und ich so gut wie nie von unserer Feuerstellenvergangenheit. Wenn doch, sahen uns die Leute meistens genauso an wie die vom Versorgungsschiff: wie etwas Unnatürliches, Anormales.

Diesen Blick hasste ich. Ich fühlte mich dadurch wie eine Gefangene. Und hätte am liebsten um mich geschlagen.

Wieso ich das alles aufschreibe? Weil ich euch zeigen will, wie es wirklich war an der Feuerstelle. Ihr seid doch genauso neugierig wie alle anderen. Ich werde euch noch mehr Insidergeschichten erzählen, und kein Wort davon wird gelogen sein, ob ihr es glaubt oder nicht. Allerdings kann ich euch nur sagen, wie es vor zehn Jahren war, seitdem waren wir nicht mehr dort. Wir dürfen nicht zurück, selbst wenn wir zurück in dieses gottverlassene Nest wollten.

Auf dem Weg in die Siedlung, das Tablet tief in der Tasche vergraben, sahen wir ein paar Leute vor der Kirche stehen, die auf das Gebet zur Wochenmitte warteten, alle in Beige- und Brauntöne gekleidet. Viele von uns hatten braune Haut, braunes Haar und braune Augen. An unserem ersten Tag in San Francisco konnte ich die vielen Farben kaum fassen.

Ich erinnere mich, wie ich an der Kirche hochblickte, auf das fünfzackige, golden und silbern bemalte Symbol über der Pforte. In Mana-mas Arbeitszimmer brannte Licht.

So weit ich weiß, ist sie da drüben immer noch an der Macht – oder ist sie gestorben? Wäre mir neu. Bei ihrem Dickschädel überlebt Mana-ma wahrscheinlich sogar die Apokalypse. Wenn man dem Heiligen Buch glauben kann, ist sie die Ehefrau Gottes. Davon war ich wirklich mal überzeugt, aber ich schätze, der wahre Glaube ist mir schon lange vor der Sache mit dem Tablet abhandengekommen. Ich kann nicht genau sagen, wann oder wieso, da kam vieles zusammen. Wie es aussieht, habe ich recht behalten.

Jetzt wäre Mana-ma sicher sehr interessiert daran, mir die Beichte abzunehmen, viel interessierter als das eine Mal, als ich ein paar Kirschen von Leilas Parzelle geklaut hatte. Beichten waren eigentlich als Vier-Augen-Gespräch gedacht, nur bei Taema und mir waren ausnahmsweise sechs erlaubt. Ein paarmal forderte Mana-ma eine von uns auf, sich während der Beichte der anderen die Ohren zuzuhalten, aber das ließ sie bald wieder bleiben. Wir wussten sowieso, wie sich die andere versündigt hatte. Klar wussten wir das.

Es ist spät geworden hier in der Zelle. Vorhin haben sie mich eine Weile ausgefragt, auch über meine Schwester. Es war einfach nur schrecklich. Taema will mir helfen, das ist eindeutig, und ich will das nicht. Was, wenn ihr wegen mir etwas zustößt? Ich dachte, ich tue das Richtige, aber jetzt werde ich die Schuldgefühle nicht mehr los. Kann sein, dass ich alles gegen die Wand gefahren habe. Ein für alle Mal. Ich bin so dumm. So dumm.

Da schreibe ich doch lieber über die Feuerstelle. Damals war auch alles ziemlich kaputt, aber wenigstens hatten wir uns gegenseitig. Wir hatten keine Ahnung, wie das alles einmal enden würde.

Mana-ma würde ausrasten, wenn sie wüsste, was ich hier schreibe. Es würde sie rasend machen, dass ich ihre Geheimnisse verrate. Wisst ihr was? Scheiß auf Mana-ma.

Statt herumzufluchen wäre zum Schluss wohl irgendeine tiefsinnige Bemerkung angebrachter gewesen. Aber wie gesagt, meine Schwester kann mit Worten umgehen. Ich bin eher die, die handelt.

7

TAEMA

Als wir Dr. Matas Haus verlassen, um zum Safehouse zurückzufliegen, geht die Sonne bereits unter. Es war ein langer Tag.

»Mit Kim einen zu trinken ist immer witzig«, meint Nazarin. »Aber mach dich darauf gefasst, dass sie plötzlich eine Flasche echten Tequila aus der Tasche zieht und du am nächsten Tag den Kater deines Lebens hast.«

»Da spricht jemand aus Erfahrung«, entgegne ich.

Die Erinnerung lässt ihn erschaudern. »Leider ja.«

Grinsend klettere ich ins Schwebeauto.

Nach dem Anschnallen drehe ich mich zu Nazarin. »Hat Kim mich zu einem netten Abend unter Freundinnen eingeladen oder zu einem Date? Ich war mir nicht sicher.«

»Kim wäre wahrscheinlich für beides zu haben.« Nazarin hält inne. »Datest du Frauen?«

»Manchmal. Ich bin bi.«

»Deine Schwester auch?«

»Ja.« Wieso fragt er? Ist doch keine Seltenheit in San Francisco.

Den Blick abgewandt, startet Nazarin das Schwebeauto und hebt ab in Richtung Safehouse. Wir blicken schweigend hinunter auf das blinkende Lichtermeer der Stadt und hängen unseren Gedanken nach. Ich lehne den Kopf ans Fenster, meine Lider schließen sich flatternd, ich döse unruhig.

Als wir am Lebkuchenhaus ankommen, will ich nur noch ins

Bett fallen und mir die Decke über den Kopf ziehen. Aber Nazarin muss mich noch für ein paar Stunden in den Sessel einklinken, und danach sollte ich mich dringend bei Tilas Freunden melden – als Tila – und ihnen erklären, wieso ich vorerst nicht mehr auf ihre Pings reagiere.

Ich schwanke vor Anstrengung, zur mentalen und emotionalen Überforderung gesellt sich die körperliche Belastung. Schnell werfe ich ein paar Rejuvs ein, ehe Nazarin mich einklinkt. Erinnerungen an mein Ingenieursstudium werden wach, als ich immer wieder an den Sessel gefesselt zu mir kam, den Kopf voller Zahlen und Fakten. Ich schiebe sie beiseite.

Wenn Tila doch nur bei mir wäre. Ich will sie an mich drücken, ihr alles erzählen und von ihr hören, dass alles wieder gut wird. Wenn ich unruhig bin, wenn meine Gedanken rasen, massiert Tila mir immer den Nacken, löst meine Verspannungen und flüstert mir sanft ins Ohr. Wie oft bin ich schon zum Klang ihrer Stimme eingeschlafen?

Aber Tila ist nicht da, und nur wegen ihr bin ich hier, wegen ihr hat sich die Achse meiner Welt verschoben. Auf meinen Erinnerungen an Tila lasten jetzt die Lügen, die sie mir erzählt hat, ohne dass ich es bemerkt hätte. Wie konnte ich das übersehen? Wie soll ich mich je wieder auf mein Urteil verlassen?

»Okay.« Nazarins Stimme reißt mich aus meinen Gedanken, er setzt mir Elektroden an den Schädel und stellt den Sessel in Liegeposition, breitet sogar eine Decke über mich, eine seltsam rührende Geste. Ich zittere, weniger vor Kälte als vor Unwohlsein. Nazarin hält die Spritze hoch, eine Mischung aus Zeal und Melatonin zur Erleichterung des Lernprozesses. Es ist eine geringere Zeal-Dosierung als in den Lounges, gerade ausreichend, um meine Implantate auf die Informationsaufnahme einzustellen.

»Zur Einstimmung gibt es allgemeine Informationen über die Ratel«, sagt Nazarin. »Du sollst alles wissen, was wir wissen – über ihre Hierarchie, ihre Hauptgeschäftsfelder, auch die wenigen Namen, die wir in mühsamer Kleinarbeit herausfinden konnten. Aufzeichnungen von Verhören und so.«

Nach meinem Nickerchen werde ich eine ausgewiesene Ratel-Expertin sein. Ich frage mich, ob die Cops die Infos nach Abschluss der Ermittlungsaktion wieder aus meinem Kopf löschen werden, erkundige mich aber nicht danach. Heutzutage kann man den Menschen ihr Wissen fast genauso leicht wieder wegnehmen, wie man es ihnen einflößen kann.

»Ich muss später noch mal los«, meint Nazarin. »Die Ratel rufen. Bis Sonnenaufgang bin ich zurück.«

»Was machst du für die Ratel?«, frage ich.

»Verschiedenes. Hauptsächlich Verve-Lieferungen und Security-Jobs.«

Wenn er Ware abholte oder ablieferte, muss er also meiner Schwester begegnet sein. Nazarin begibt sich dorthin, wohin ich ihm bald folgen muss. Ich schließe die Augen und lausche auf das Surren der hochfahrenden Apparatur. Ein dumpfes Pulsieren in den Ohren – das Blut, das durch mein mechanisches Herz gepumpt wird.

»In zwei Stunden wecke ich dich«, sagt Nazarin. »Ich bin nebenan und erledige Papierkram.«

»Ist okay«, antworte ich wie aus weiter Ferne, der Sessel gibt bereits Melatonin ab.

Zuletzt höre ich eine ruhige, roboterhafte Frauenstimme: *Gehirnübertragung wird initialisiert.*

Im Verhörraum befinden sich zwei Personen.

An einen Tisch ist ein Mann mit ausgezehrten Zügen gekettet, er sieht aus, als hätte er seit Tagen kein Auge zugetan, der kahlrasierte Schädel überzogen von Narben, wie ich es von Nazarin kenne. In den Informationsträumen einer Gehirnübertragung haben die meisten Menschen kein Bewusstsein ihrer selbst, doch ich weiß immer, wer ich bin und dass ich träume. Der andere, vermutlich ein Detective, baut sich vor dem Häftling auf, aber er wirkt müde, sein sandfarbener Anzug ist zerknittert. Hat er darin übernachtet?

Es ist, als hätte ich mich als Geist ins Zimmer geschlichen, ich kann mir ausmalen, was ich sähe, liefe ich darin herum. Aus diesem Grund, sagten die Wissenschaftler, die Tila und mich untersuchten, speichern wir außergewöhnlich viele Informationen – weil wir die Dinge besser visualisieren und in Muster einbetten können als jene, die keine Kontrolle über die Aufzeichnungen besitzen. Andere können diese Kontrolle erlernen, aber durch Mana-mas Ausbildung haben wir uns seit Kindertagen darin geübt, anfangs ohne zu wissen, was wir da taten.

Die Aufzeichnung wurde bearbeitet, auf eine effiziente Wissensübertragung getrimmt. Der Detective ragt über dem Gefangenen auf, schreit ihn an, der andere starrt wütend zurück. Dann brüllen sie sich gegenseitig an, abgehackte, zuckende Bewegungen. Ein Schnitt, als wäre ein Teil der Aufnahme entfernt worden, eine neue Konstellation: Statt sich über den Gefangenen zu beugen und ihm ins Gesicht zu bellen, sitzt der Detective an der gegenüberliegenden Tischseite, zumindest äußerlich ruhig. Auf der Wange des Gefangenen schimmert eine rötliche Prellung. Offenbar wurden die Einschüchterungsmanöver ausgelassen, worüber ich nur froh bin.

Doch sie hatten wohl Erfolg. »Ich sage Ihnen, wie die Ratel funktionieren«, meint der Gefangene mit ausdrucksloser Stimme und ebensolchem Blick. Eventuell haben sie ihn unter Dro-

gen gesetzt, auf jeden Fall ist sein Wille gebrochen. »Die Hierarchie der Ratel ist aufgebaut wie ein Schachspiel. Auf der untersten Ebene stehen die Bauern. Sie machen Besorgungen, halten Wache, sammeln Schutzgeld ein. Liefern Drogen oder Waffen aus. Sitzen am Steuer. Sie tun, was ihnen gesagt wird, und hoffen, dass sie sich dabei einen Namen machen. Schlagen sie sich gut, werden sie vielleicht irgendwann zum Springer befördert. Manche treten direkt auf dieser Ebene in die Organisation ein, aber nur selten. Wer zum Springer aufsteigen will, muss sich zuerst beweisen. Er muss ... etwas tun, das schwerer wiegt als seine bisherigen Verbrechen.« Der Mann verstummt, schluckt. Ein gequälter Blick.

»Was mussten Sie machen?«, fragt der Detective.

»Ich musste jemanden töten«, stößt der Gefangene rau hervor und schließt die Augen.

»Wen?«

»Ist unwichtig. Sie waren unsichtbar.«

Der Detective runzelt die Stirn. »Was ...«

»Wollen Sie jetzt wissen, wie die Ratel funktionieren?«, unterbricht der Gefangene ihn grob.

»Sprechen Sie weiter. Wasser?«

Der Mann schüttelt den Kopf, zögert, starrt auf die Tischplatte und sammelt Kraft. »Vom Springer kann man zum Turm oder Läufer aufsteigen, mit feinen Unterschieden, was ihre Rolle innerhalb der Organisation angeht. Natürlich stehen sie alle unter dem König, aber den bekommen Bauern und Springer so gut wie nie zu Gesicht.«

»Wissen Sie, wer der König ist?«

»Ich bin Springer. Raten Sie mal.«

»Ja oder nein?«

»Das ist ein Nein. Vollidiot.« Als sich der Gefangene zurück-

lehnt, rasseln die Ketten seiner Handschellen. Er hebt trotzig das Kinn. »Mehr habe ich nicht zu sagen.«

Der Detective öffnet den Mund, um etwas zu erwidern – aber die Szenerie verliert sich im Nichts.

»Wissen Sie, wer der König ist?«

Dieselbe Frage, gestellt von einer anderen Stimme. Diesmal sehe ich die Gesichter der beiden Personen nur verschwommen, zum Schutz ihrer Identität.

»Ensi«, flüstert die andere Person, und das Wort wiederholt sich, hallt endlos wider: *Ensi, Ensi, Ensi.*

»Wer ist die Dame?«, fragt die Stimme. Die Dame ist des Königs rechte Hand. Wie die namensgebende Schachfigur geht sie, wohin sie will, und tut, was sie will. Sie ist verantwortlich für einige der schwersten Verbrechen der Ratel. Wird man zu einer Einzelaudienz mit der Dame gebeten, verlässt man den Raum nicht auf den eigenen Beinen. All das fügt sich nahtlos in mein bisheriges Wissen.

Das andere verschwommene Gesicht antwortet: »Malka.« Auch dieser Name echot durchs Zimmer, und mehr ist nicht bekannt über König und Dame. Zwei geflüsterte Namen, womöglich nur Decknamen. Wie sie agieren, wer ihnen am nächsten steht, das ist dem SFPD noch immer ein Rätsel. In seinem bisher zweijährigen Einsatz konnte Nazarin nur ein paarmal einen Blick auf Malka erhaschen, auf Ensi nie.

Weitere Informationsfetzen rieseln in meinen Geist, die Namen bedeutender Ratel-Mitglieder, zusätzliche Details über das Verhältnis zwischen den Schachfiguren auf dem Spielbrett der kriminellen Unterwelt San Franciscos. Dann wandeln sich die Daten, formieren sich zu Schaubildern, die dasselbe Wissen in logischer Anordnung wiedergeben, was meinem Gehirn ermöglicht, sie auf etwas andere Weise zu verarbeiten und ab-

zulegen. Pläne von mutmaßlichen Ratel-Verstecken kommen dazu, Zahlencodes und Passwörter, vielleicht korrekt, vielleicht nicht.

Noch später driftet Musik durch mein Gehirn und deponiert Informationen auf anderen Wellenlängen. An diesem Punkt trete ich endlich in den REM-Schlaf ein, während das Wissen weiter über die Klänge in meinen Geist einsickert, tief ins Unterbewusstsein. Manche Faktenbrocken werden erst bei Bedarf an die Oberfläche steigen, möglicherweise nie.

So viele Worte, Geräusche, Puzzleteile, die zusammengesetzt werden wollen, und währenddessen frage ich mich ständig: Wie viel weiß Tila bereits?

»Aufwachen«, sagt eine behutsame Stimme.

Ich öffne die Augen. Das Erste, was ich von der realen Welt sehe, ist Nazarins Gesicht. Wie er mich aufmerksam mustert, die dunklen Augenbrauen zusammengezogen. »Wie fühlst du dich?«, fragt er, während er mir die Elektroden abnimmt und den Sessel in Sitzposition stellt.

»Wie ein klatschnasser Schwamm«, sage ich und fasse mir an die Schläfe.

Er antwortet mit einem trockenen Lächeln. »Das kenne ich. Ich habe Kaffee gekocht. Willst du einen?«

»Klingt gut.« Als ich mich hochstemme, stehe ich stabiler auf den Beinen als gedacht.

Ich folge Nazarin in die Küche, wo ich mich wieder auf einen Stuhl sinken lasse, die Zähne aufeinandergepresst, damit die endlos durch mein Gehirn strömende Faktenflut nicht über meine Lippen schwappt. In ein paar Stunden wird sich das Wissen gesetzt haben, aber im Moment ist mein Gehirn wie überladen.

Nazarin schluckt eine Rejuv und schiebt mir eine dampfende Kaffeetasse hin. »Das war sehr viel für zwei Stunden. So viel haben sie noch niemandem zugemutet, soweit ich weiß. Ist wirklich alles in Ordnung mit dir?«

»Mir geht es gut«, sage ich, hoffentlich klinge ich auch so. Ich trinke einen Schluck – das für San Francisco typische keimfreie Gebräu, praktisch koffeinfrei und mit Kaffeeweißer vermischt, aber es fließt angenehm warm durch die Kehle.

»Du hast eine Menge gelernt. Fragen?«

Ich runzle die Stirn. »Ich muss noch alles sortieren. Später vielleicht.«

Nazarin blickt zur Wanduhr über dem Replikator. »Dann trink mal in Ruhe deinen Kaffee. Danach solltest du Tilas Freunde anrufen, das ist dein erster Auftrag. Ich muss los.« Trotz Rejuv blickt er mich aus leicht verschwollenen Augen an.

»In Ordnung«, murmele ich, ohne von meinem Kaffee aufzuschauen. Nazarin erhebt sich und bleibt an meiner Seite stehen. Kurz denke ich, er würde mir die Hand auf die Schulter legen, eine Geste, über die ich mich wohl gefreut hätte. Aber er seufzt nur und geht zur Tür.

»Hey!«, rufe ich ihm hinterher. Nazarin dreht sich um. »Wie alt bist du?«

»Achtundzwanzig.« Zwei Jahre älter als ich. Vermutlich ist er mit achtzehn zu den Cops gegangen, war also ein junger Rekrut, als ich nach San Francisco kam. »Wieso?«

Ich zucke mit den Schultern. »Bin nur neugierig.«

Dann ist er verschwunden.

In kleinen Schlucken trinke ich Kaffee und breite währenddessen im Geist das frisch erworbene Wissen aus. In meinem Gehirn herrscht nun erst recht ein einziges Gedränge: Da sind meine chaotischen Ängste, die Sorge um Tila, die Nervosität an-

gesichts meiner Mission, am liebsten würde ich schreien, alles herauslassen. Meine Finger krallen sich um die Tasse, bis ich sie zur Entspannung zwinge. Ich schiebe den Stuhl zurück, stehe auf und klemme mich in eine Zimmerecke, presse meine Schulterblätter zwischen die Wände. Einatmen, ausatmen. Nach und nach entleert sich mein Geist von allen irrelevanten Gedanken.

Es wird Zeit, dass Tila sich bei ihren Freunden meldet und von ihrer Reise nach China berichtet.

Ich kann das nicht. Es ist nur eine Kleinigkeit, höchstwahrscheinlich die einfachste Mission meines Undercovereinsatzes, aber ich kann nicht. Schweiß bricht mir aus, am ganzen Körper. In den letzten vierundzwanzig Stunden hat sich so viel Stress angestaut, so viel Kummer, und jetzt birst der Damm. Nur mein mechanisches Herz pocht im stoischen Rhythmus gegen mein metallenes Brustbein, vollkommen immun gegenüber allen äußeren Einflüssen, die eine organische Variante beschleunigen oder bremsen.

Wieso hast du mir das angetan, Tila? Was wolltest du erreichen? Beweisen?

Meine Finger tasten nach der vertrauten Narbe, ich blinzele das Brennen aus den Augen und verlangsame meine Atmung. Schließe die Lider, packe meine Gefühle und zwinge sie unter meinen Willen. Selbst jetzt kann ich Mana-ma nicht entkommen, doch in diesem Moment überwiegt die Dankbarkeit für ihre Lehren.

Die Angst, den Druck male ich mir als Dunkelheit aus, die mich umschwärmt, sich auf meiner Haut absetzt. Tief in mir entzünde ich ein Licht, das von meinem Herzen ausstrahlt, ein reines Weiß, das alles Dunkle auslöscht und meine Haut reinigt, ihr ein sanftes Schimmern verleiht, das in meinen Geist zurückscheint.

»Ich bin ganz ruhig«, flüstere ich. Ich bin tatsächlich ruhig. Ich platze geradezu vor Ruhe. Ein letztes Ausatmen, und ich bin wieder ich selbst.

Etwa zehn Minuten meditiere ich noch, lasse die Anspannung aus Nacken und Schultern fließen. Ich schwebe im Nichts, in Schwärze. Alle Angst löst sich von mir und wird in winzigen Wirbeln von meiner Haut geweht wie Rußflocken im Wind. Als ich die Augen aufschlage, zittere ich fast vor Endorphinen. Ich gehe zurück zum Küchentisch, ruhig und regelmäßig atmend, passend zu meinem metronomgleichen Herzschlag. Das frische Wissen überwältigt mich nicht mehr. Ich bin wieder die Alte, so ziemlich.

Diese Techniken habe ich von Mana-ma gelernt, und wende ich sie an, wird ein Teil von mir noch immer nervös. Als könnte ich durchs bloße Meditieren wieder ihrem Zauber verfallen, obwohl ich … obwohl wir uns schon vor Jahren davon befreit haben.

Ich stelle die Pings auf Audio, kein Video. Tila hat deutlich mehr Freunde als ich – früher hat mich das nie gestört, aber als ich jetzt auf die aus meinen Implantaten heruntergeladene und auf den Küchentisch projizierte Liste blicke, kommt es mir vor, als hätte Tila mehr Spuren in der Welt hinterlassen als ich. Nicht nur durch ihre Kunst. Tila sammelt Menschen, sie merkt sich alle Gesichter und Namen. Mit meinen VivaFog-Maschinen habe ich auch etwas bewirkt, aber Freunde habe ich nur wenige, und ob ich ihnen dafür näherstehe als Tila ihrem Freundeskreis? Gute Frage.

»Dann mal los«, murmele ich und pinge den ersten Namen an. Ein leichtes Kribbeln kriecht über meinen Rücken. Wie oft habe ich mir gewünscht, ich wäre meiner Schwester ähnlicher, stärker und mutiger und unfassbar selbstbewusst, statt

immer alles zu hinterfragen, mich selbst und meine Wahrnehmung anderer. Ich habe mich zu sehr auf Tila gestützt, in vieler Hinsicht. Aber indem ich zu Tila werde, lerne ich vielleicht, mir selbst zu genügen.

Mit Diane fange ich an, der Kuratorin einer nahen Galerie. Diane hat einmal eine Ausstellung mit Tilas Werken veranstaltet, ein voller Erfolg und dennoch Tilas erste und letzte Ausstellung. Meine Schwester widerte der Gedanke an, eine weitere Vernissage über sich ergehen zu lassen, und mir sagte sie, die Käufer ihrer Werke würden ihre Kunst stehlen. Das verstand ich nicht – war das nicht der Sinn von Kunst? Man wirft einen kleinen Teil seiner selbst auf eine Leinwand, steckt ihn in eine Skulptur, schreibt ihn auf, und am Ende verschenkt oder verkauft man das Ergebnis, damit auch andere Freude daran haben.

Seitdem hat niemand mehr ein Werk von Tila zu Gesicht bekommen, niemand außer mir. Was ich schade finde. Tila erschafft wundervolle Gemälde, es ist doch ein Jammer, dass kein Mensch daran teilhaben darf? Aber ich habe Respekt vor ihrer Entscheidung und ihren Gründen, genau wie Diane. Die beiden sind bis heute eng befreundet.

»Hey, Tils!«, sagt Diane.

»Hey, Di«, antworte ich, setze ein Lächeln auf – sehen kann Diane es nicht, aber sie wird es hören – und stütze mich nach Tilas Vorbild auf den rechten Ellenbogen. Tila spricht etwas tiefer als ich, ansonsten gleicht sich unsere Betonung zu hundert Prozent. Wenn wir wollen, können wir immer noch wie aus einem Mund sprechen, was die Leute wahnsinnig macht. Doch jetzt redet Diane, und ich konzentriere mich darauf.

»… du kommst am Wochenende doch zur Galerie? Wir haben eine neue Künstlerin, die wird dir gefallen. Sehr düstere, faszinierende Arbeiten.«

Und los. »Sorry, Di, aber da bin ich nicht mehr in der Stadt.«

»Im Ernst? Wohin geht's?«

»Nach China. Taema hat da einen neuen Job, und ich komme mit. Ist das zu fassen?« Ich bemühe mich um Tilas Lockerheit.

»Oh, da ist es zu dieser Jahreszeit ganz wundervoll. Wie lange bleibst du?«

»Weiß noch nicht. Der Rückflug ist offen. Könnten ein paar Monate werden.«

»Schade, dass ich nicht mitkommen kann. Legst du dir dann auch so einen virtuellen Assistenten zu, der jeden Mist für dich erledigt?«

Ich lache, sage »Eher nicht«, dann plaudern wir noch eine Weile. Es fällt mir nicht sonderlich schwer, Tila zu verkörpern – dabei hatte ich ernsthafte Bedenken wegen der Veränderungen, die sie in den letzten Jahren durchgemacht hat, ob ich die Lücke dieser Zeit überbrücken könnte. Aber wie es aussieht, hat sich doch nur ihre Frisur gewandelt, ihr Gesicht, ihr Job. Es ist ein Klacks, Tilas Persönlichkeit überzustreifen, sie passt mir wie meine eigene. Doch anders als gedacht fühle ich mich dadurch nicht tapferer, sondern noch einsamer.

Diane erkundigt sich nie, ob irgendetwas nicht stimme, ob es mir gut gehe, all meine Sorgen kaschiere ich durch Tilas typische Art. Sie ist forscher als ich, sie überdenkt ihre Worte nicht. Oder erweckt zumindest den Anschein, weshalb man glaubt, sie hätte nichts zu verbergen. Ein Irrtum, wie ich heute weiß.

Ich verabschiede mich von Diane und arbeite mich weiter durch die Liste. Nur Tilas Freunde aus dem Zenith pinge ich nicht an, weil Nazarin meinte, dass wir ohnehin bald dorthin aufbrechen.

Als Nazarin mir das mitteilte, dachte ich, er wäre wahnsinnig geworden. Weil das doch viel zu früh ist. Aber jetzt, nach dem

Abschied von der letzten Freundin auf Tilas Liste, denke ich, es wird halb so wild. Andererseits habe ich kaum Erfahrung mit dem Auftreten von »Hostessen-Tila«, ihr Job ist das exakte Gegenteil von allem, was ich bisher gemacht habe – in meiner Arbeit sprechen nicht mal meine Maschinen mit mir, ich arbeite schließlich nicht in der Robotik. Durchaus vorstellbar, dass Tilas Kollegen mich schon beim ersten Schritt durch die Tür durchschauen.

Nachdem ich alle Pings erledigt habe, kann ich mich endlich in ein echtes Bett legen und schlafen.

Ein paar Stunden später klopft Nazarin, ich bitte ihn herein und versuche angestrengt, wach zu werden. Nazarin dürfte kaum Zeit zum Schlafen gehabt haben, wirkt aber trotzdem frisch und munter, während ich sicherlich mit zerzaustem Haar und übers halbe Gesicht verschmiertem Make-up dasitze. »Tut mir leid, aber Gangster haben keine geregelten Arbeitszeiten«, sagt er. »Ich muss dich wieder einklinken. Und dann noch mal los. Gibt was zu tun.«

Ich stehe auf und lege mir meinen Pullover um die Schultern. »Was?«

»Security bei einer Verve-Lieferung.« Er seufzt.

Auf dem Weg ins Erdgeschoss schleifen meine Füße über die Stufen, so müde bin ich. »An wen verkaufen die Ratel?«

Nazarin verzieht das Gesicht. »Sie bestechen eine Zeal-Lounge, einen nicht autorisierten Scheißladen, ihr Zeal mit Verve zu versetzen.«

Meine Augen weiten sich. »Wieso das?«

»Schätze, sie wollen ihre Experimente ausweiten, und die Zealoten müssen als Versuchskaninchen herhalten.«

»Fuck.« Zealoten sind Menschen, deren Zeal-Sucht so extreme Ausmaße annimmt, dass sie den größeren Teil ihres Lebens

in der Traumwelt verbringen. Inszenieren sie dabei besonders brutale und verdorbene Fantasien, ziehen sie das Interesse der Behörden auf sich, die trotz der betäubenden Nachwirkungen von Zeal eine Gefahr für die Allgemeinheit befürchten – und so tauchen diese Personen unter und befriedigen ihre Sucht in irgendwelchen Löchern, die keiner Aufsicht unterliegen. Für ihre Träume tun sie alles. Meist leben sie nicht lang, während ihrer ausgedehnten Ausflüge in die Zealscape vergessen sie zu essen und verkümmern. Ich habe mich oft gefragt, warum die Behörden nicht härter gegen illegale Zeal-Lounges vorgehen. Jetzt habe ich eine Übelkeit erregende Theorie: Die Menschen verhungern zu lassen dürfte einfacher und billiger sein als die Stasis.

»Ich weiß«, sagt Nazarin. »Die Ratel haben einen Betreuer in der Lounge postiert, einen Klarträumer, der herausfinden soll, wie viele Träume er ausbeuten kann und wie schnell. Kann sein, dass ihre Pläne noch weiter gehen, aber einem Springer wie mir erzählt man nichts, und Fragen stellen ist nicht drin. Und aufhalten kann ich die Sache beim besten Willen nicht.«

Weil dann seine Tarnung auffliegen würde. Noch ein Aspekt, über den ich nie nachgedacht habe: Ich werde grausame Dinge mitansehen – und von mir abprallen lassen müssen, denn wer den Mund aufmacht, fällt auf.

Ich will das Thema wechseln. »Was werdet ihr mir diesmal ins Gehirn drücken?«, frage ich mit einem unguten Gefühl im Bauch.

»Wir gönnen ihm eine Pause von den Ratel-Infos. Einen Teil der neuen Daten machen Nahkampftechniken aus. Der Rest …« Anspannung flackert über Nazarins Gesicht und spiegelt sich auf meinem, das spüre ich. »Das … wird wahrscheinlich nicht leicht für dich.«

»Was soll das heißen?«

»Wir wollen dir deinen Aufenthalt im Zenith erleichtern. Du sollst dich gleich gut einfügen.«

»Ihr habt eine Hostess befragt?«

Er weicht meinem Blick aus.

Oh. Scheiße. Jetzt habe ich verstanden, und ich weiß nicht, ob ich mit Freude oder Zorn reagieren soll. »Ihr habt mit Tila gesprochen.«

Er nickt. »Sie hat uns ein Interview gegeben. Für dich.«

Nazarin beobachtet mein Gesicht genau, doch ich sehe ihn unbewegt an, ausdruckslos, während mein Inneres aus den Fugen gerät. »Okay.«

»Ist das für dich in Ordnung?«

Was soll ich sagen? Natürlich ist das nicht in Ordnung. Nichts ist mehr in Ordnung, schon lange nicht mehr. Das soll mein erstes Wiedersehen mit Tila werden, nachdem die Cops sie buchstäblich aus meinen Armen gerissen haben? Tila hat sich entschieden, nicht mit mir zu reden, sie wollte nicht, wenn man Nazarin glauben kann. Und jetzt, wo ich so vieles über sie erfahren habe, wo ich weiß, was sie alles vor mir verborgen hat, und ahne, dass noch einiges auf mich zukommt – werde ich noch die Schwester in ihr sehen, die sie früher für mich war?

»Was sein muss, muss sein, was?«, sage ich mit einem angestrengten Lächeln. »Wer angeln geht, muss den Köder richtig präparieren.«

»Stimmt.« Aber Nazarin zögert noch. »Wenn du das nicht willst … niemand zwingt dich dazu.«

»Das klang neulich noch anders. Was ist? Glaubst du nicht mehr an mich?« Hält er mich für schwach? Das will ich nicht.

»Nein, im Gegenteil. Mein Standpunkt ist derselbe wie immer. Nur … manchmal wünschte ich, mir hätte irgendwer diese

Frage gestellt, bevor ich undercover gegangen bin. Irgendwer hätte mich gefragt, ob ich das wirklich machen will. Und mir noch mal angeboten, einen Rückzieher zu machen, ohne dass ich mich dafür schämen müsste.« Er senkt den Kopf, verbirgt seine Augen.

»Hättest du einen Rückzieher gemacht?«

»Ich bin mir nicht sicher.«

Seine Worte steigern mein Unwohlsein. »Ich müsste mich schämen. Auf jeden Fall«, sage ich behutsam. »Ich kann meine Schwester nicht im Stich lassen. Egal, wie viel Angst mir das alles macht. Egal, wie wütend ich auf sie bin, wegen dieser ganzen Geheimnisse. Wäre sie jetzt hier, ich weiß nicht, ob ich sie umarmen würde oder anschreien. Aber sie dürfen Tila nicht einfrieren. Das ist undenkbar.«

Nazarin sieht mir in die Augen. »Gut.«

Er klinkt mich in die Maschine ein, und meine Lider werden schwer.

Der Schlaf kommt.

Tila sitzt an einem Tisch, vielleicht derselbe, an dem in meiner letzten Sitzung die Ratel-Leute verhört wurden. Ihr Aussehen erschreckt mich. Wie sehr sie sich in den paar Tagen verändert hat. Sie wirkt ausgezehrt, abgemagert. Man hat sie in eine schlichte dunkelblaue Uniform gesteckt, ähnlich einem Schwesternkittel, und ihr sonst stachelig abstehendes Haar kraust sich zu Büscheln, wohl wegen des Knastshampoos.

Die größte Veränderung entdecke ich in ihren Augen. Ich kenne diesen Blick – aus Momenten, wenn Tila vor einem halbfertigen Gemälde steht und begreift, dass sie entweder von vorne anfangen oder das Ding aufgeben muss, ein Blick, der schreit: *Ich habe versagt*. Dann kann man sie trösten, wie man

will, sie wird das Gefühl nicht los, dass ihr Versagen aus ihrem tiefsten Inneren rührt. Dass sie fehlerhaft ist.

Trotzdem ist ihre Kraft noch zu spüren. Ein helles Funkeln in ihren Augen – sie weiß, dass sie etwas hat, das ihr Gesprächspartner will. Wie oft war ich diesem wachen, quälenden Starren schon ausgesetzt? Es kann einen schier wahnsinnig machen.

Gegenüber sitzt Officer Oloyu, der Mann mit dem goldfarbenen Bärentattoo. Kurz wundere ich mich, dass es nicht Nazarin ist … aber woher hätte er die Zeit nehmen sollen, zu Tila zu fahren, wo auch immer sie ist, sie zu befragen und rechtzeitig zu unserer nächsten Trainingseinheit zurückzukehren? Als Oloyu sich vorbeugt, ist ihm seine Nervosität anzumerken. »Bitte erzählen Sie mir vom Club Zenith, Miss Collins.«

Tila spielt mit einem Nagelhäutchen, fast gelangweilt. Dann sagt sie ihren Text auf. »Ich arbeite seit vier Jahren als Hostess. Angefangen habe ich in gammeligen Clubs wie dem Gamma Ray. Danach war ich in verschiedenen Läden, und am Ende hat Sal mich ins Zenith geholt. Ich wusste sofort, da bin ich richtig.«

Sie lehnt sich zurück. Zum ersten Mal seit Tagen hat sie ein Publikum. Ich gehe wegen ihr in den Untergrund, und sie zieht schon wieder eine Show ab?

»Eins war mir am Anfang nicht ganz klar«, fährt sie fort. »Die Leute zahlen gutes Geld, um in diese Clubs reinzukommen, aber tief drinnen hassen sie dich teilweise trotzdem. Weil sie es nicht schaffen, im echten Leben eine Beziehung zu anderen Menschen aufzubauen und deshalb für dich zahlen müssen. Oder für ihre Dosis Zeal in einem Separee, wo du dich dann zu ihnen gesellst – sie haben ja niemanden, der sich mit ihnen verlinken würde. Das nehmen sie dir übel. Und das kann zu echt peinlichen Situationen führen, kann ich Ihnen sagen. Aber

im Zenith sind die Leute okay. Die scheinen sich wirklich zu freuen, dich zu sehen.«

Davon hat sie mir auch mal erzählt, aber danach zuckte sie mit den Schultern und meinte, es wäre auch eine Menge Liebe dabei. Liebe, Hass, Verlangen, Neid, schlichte Freude an ihrer Gesellschaft, manchmal eine Mixtur aus allem.

»Und Vuk?«, fragt Officer Oloyu. »Hat er Sie gehasst?«

Plötzlich wird Tila ernst. »Nein«, antwortet sie leise. »Ich glaube nicht.«

»Wie würden Sie Ihre Tätigkeit im Zenith genau beschreiben?« Oloyu ist aufrichtig interessiert, das merkt man. Wahrscheinlich war er noch nie in einem solchen Club. Gibt sein Gehalt nicht her.

Tila verschränkt die Arme und strafft dadurch den Stoff über ihren Brüsten. Sie weiß, Oloyu schaut hin. Sie hebt trotzig den Kopf, ein Mundwinkel kräuselt sich. Auch diesen Blick kenne ich. »Ich schätze … ich werde ja nie wieder im Zenith arbeiten, was? Es gibt Leute, die sagen, ich bin eine Nutte, eine Hure, ein Callgirl. Die haben keine Ahnung. Es geht nicht nur um Sex – geht es in unserem Geschäft eigentlich nie. Ich bin eine wandelnde Fantasie.« Jetzt lächelt sie, ihr blasses Gesicht strahlt. Tila hat sich häufig selbst als Nutte, Hure, Callgirl bezeichnet – denn dann, erklärte sie mir, könne man ihr damit nicht wehtun. Distanziert sie sich jetzt von diesen Formen der Prostitution, weil sie mit einem Polizeibeamten spricht? Ihr Hostessenjob ist nicht illegal, aber nervös wirkt Tila dennoch. »Heutzutage arbeiten so viele Männer und Frauen den ganzen Tag allein, vernetzt mit ihrem Wandschirm und ihrem beengten Apartment. Es ist, als wüssten sie nicht mehr, wie man echte Freunde findet. Oder vielleicht wollen sie Freunde, die weniger … kompliziert sind. Also gehen sie in Clubs wie das Zenith,

wo Freunde, Geliebte und Quasi-Geliebte gebrauchsfertig bereitstehen. Und wo es keine Erwartungen gibt, keine Geburtstage, die man nicht vergessen darf, keine Hochzeiten, auf denen man anzutreten hat. Beziehungen ohne Bindung. Ohne Haken. Ohne Enttäuschungen.«

Tila macht eine Pause. »Das ist mein Job. Mit den Kunden reden, ihnen Drinks einschenken. Über ihre Scherze lachen, ihnen zuhören, ihnen in die Augen blicken. Mehr brauchen sie meistens nicht. Und nach ein paar schönen Stunden gehen sie wieder nach Hause, in ihre leeren Apartments, zu ihren Wandschirmen.«

»Und wenn sie doch einmal mehr brauchen?«, erkundigt sich Officer Oloyu.

Tila lehnt sich auf ihrem Stuhl zur Seite und stützt den Kopf in die Hand. Sie ist richtig in Fahrt gekommen. In Oloyu hat sie ein gebanntes Publikum, dem sie etwas bieten will. »Normalerweise haben nur hochrangige Geschäftsleute das Geld für eine Runde Zeal in unserem Club. Wir sind ein exklusiver Laden. Der beste Stoff, die beste Erfahrung, alle Hosts und Hostessen bringen in der Zealscape großartige schauspielerische Leistungen. Wie ein Kurzurlaub in einem sündhaft teuren VR-Hotel. Natürlich kann sich derselbe Host oder dieselbe Hostess die ganze Zeit mit einklinken, aber nur, wenn sie wollen. Dafür gibt es dann einen Bonus. Zwischen den Fantasiesequenzen, in den Wachphasen, kommt es teils zum körperlichen Sex, aber nur, wenn beide Seiten wollen. Dasselbe gilt für Sex in der Zealscape. Es geht eben nicht um Sex. Oder nicht nur. Es geht darum, jemandem nahe zu sein, wenn auch nur für eine Weile – während der Kunde weiß, dass er am nächsten Tag ohne Schuldgefühle in seinen Alltag zurückkehren kann. Und auf den Sex lassen sich die Mitarbeiter freiwillig ein oder auch

nicht, ohne dass der Kunde Forderungen stellen könnte. Die haben alle kapiert, wie die Regeln sind.«

Und wenn sie es nicht kapieren wollen? Werden sie dann aggressiv? So aggressiv, dass sie Tila attackieren?

»Bleiben Sie auch mal über Nacht?« Officer Oloyu rutscht auf seinem Stuhl herum, vermutlich erregt und deshalb peinlich berührt.

Tila zuckt mit den Schultern, ein geschmeidiges Räkeln. »Kommt vor. Aber eher selten. Nur, wenn ich den Kunden wirklich mag. Wenn ich Lust habe auf die Zeit mit ihm. Meistens bleibe ich einfach in der Bar, plaudere, lache und scherze. Ist ein schöner Job. War ein schöner Job.«

Sie schwächelt, Tilas Maske verrutscht und offenbart ihre verletzliche Seite, die ansonsten nur ich zu sehen bekomme. Dann schiebt sich die Maske wieder vor ihr Gesicht, Tila sieht Oloyu forschend an, fragt sich, wie sie ihn am besten um den Finger wickeln kann. Mit einem Anflug von Übelkeit wird mir klar, dass Tila auch mich schon mit diesem Blick fixiert hat.

Jetzt, während der Gehirnübertragung, lasse ich einen seit längerer Zeit unterdrückten Gedanken zu: *Hat Tila mich benutzt?* Gleichzeitig muss ich an unsere letzte Zeit an der Feuerstelle denken, als ich von meinem eigenen Verstand betrogen wurde, als Tila mich erst wochenlang von der Flucht überzeugen musste. Aber ich scheue vor der Erinnerung zurück, ich darf mich jetzt nicht den Schuldgefühlen aussetzen, die ich wegen meines einst unerschütterlichen Glaubens an Mana-ma empfinde.

»Sollten Sie mit Vuk die Nacht verbringen?«, fragt Oloyu.

Tila schüttelt den Kopf. »Nein. Da war ihm Leylani lieber. Ich habe ihm bloß Gesellschaft geleistet.« Ihr Blick gleitet zur Seite, ein eindeutiges Signal: Sie verschweigt etwas.

»Okay. Wir brauchen eine Aufstellung aller Ihrer Kollegen,

inklusive ihres Aussehens. Laut Akte sind Sie Künstlerin – können Sie die Personen zeichnen?« Oloyu räuspert sich.

Meine Schwester verengt die Augen. »Ist das für Taema?«

Oloyu wirkt verunsichert, fragt sich vielleicht, ob er wahrheitsgetreu antworten sollte. »Wir benötigen die Liste für unsere Ermittlungsarbeit.«

Tila wird unruhig. »Ich kann wohl schlecht Nein sagen?«

Was denkt sie? Früher kannte ich ihre Gedanken immer. Tila zögert, sie will den Behörden nicht zur Seite springen, ohne die Hintergründe zu kennen und zu wissen, wie sie die Situation zu ihrem Vorteil nutzen kann. Selbstlosigkeit zählt nicht zu ihren angeborenen Eigenschaften, nicht mal in Bezug auf mich.

Im Wachzustand habe ich keine derart boshaften Gedanken über Tila. Woher kommt diese Grausamkeit, wenn mein Körper bewusstlos daliegt?

»Sie haben sich zur Zusammenarbeit bereit erklärt«, sagt Oloyu.

Tila schneidet eine Grimasse, nimmt Zeichenpapier und Bleistift aber entgegen. Vor dem ersten Strich hält sie noch einmal inne, tippt mit der Mine auf den Tisch. Wieso haben sie ihr kein Tablet gegeben? Da setzt sie den Stift aufs Papier.

Im Schnelldurchlauf sehe ich Tila zeichnen und konzentriere mich dabei auf ihre gerunzelte Stirn, ihr halb vom Haar verdecktes Gesicht. Wie oft habe ich sie schon beim Skizzieren beobachtet?

Am Ende hält Tila den Block hoch, und ich schwebe näher heran, um die Gesichter zu studieren. Obwohl hastig hingeworfen, sind ihre Zeichnungen wunderschön. In leidenschaftslosem Ton nennt Tila den jeweiligen Namen und beschreibt die Person in den wichtigsten Details. Ich spüre, wie sich das Wissen in die Winkel meines Gehirns gräbt. Sollten diese Gesich-

ter in der realen Welt auftauchen, werde ich sie wiedererkennen.

Danach wird Tila aufgefordert, die Gäste zu zeichnen und zu beschreiben, die das Zenith am regelmäßigsten frequentieren, vor allem ihre eigenen Stammkunden.

Erstmals spiegelt sich größere Besorgnis in Tilas Gesicht – bei allem Geschick, vor mir kann sie ihre Gefühle nicht verbergen. »Das ist echt für Taema gedacht, was? Sie schicken Taema undercover in den Club.«

»Darüber kann ich keine Auskunft geben.«

»Als Sie mich abgeführt haben, haben Sie gesagt, Taema kommt in Schutzhaft. Das können Sie nicht machen. Das ist zu gefährlich für sie.«

Ärger flammt in mir auf. Tila hält mich für weich.

Oloyu verzieht den Mund. »Wieso das? Was mussten Sie so Gefährliches machen für die Ratel?«

Sie schnaubt. »Netter Versuch. Sie bekommen kein Geständnis von mir.«

»Sie haben mit den Ratel zusammengearbeitet, das wissen wir. Also keine falsche Zurückhaltung, ja? Warum sollen wir Ihre Schwester nicht ins Zenith einschleusen?«

»Also wird sie wirklich dort eingeschleust?« Tilas Augen leuchten triumphierend.

Oloyu beißt sich auf die Unterlippe und unterdrückt einen Fluch.

»Erwischt.« Mit einem schiefen Grinsen beugt Tila sich über das Papier. Wieder zeichnet sie im irritierenden Schnelldurchlauf, wieder kann ich meinen »Blick« nicht von den rasenden Bewegungen des Bleistifts abwenden. Und wieder suchen sich die Skizzen von Männern und Frauen, deren Namen, Angewohnheiten, Träume und Sehnsüchte einen Platz in den Tiefen

meines Geists. Ich werde nichts davon vergessen, während mir im Wachzustand sicher schon ein Drittel der Namen entfallen wäre.

Officer Oloyu stellt meiner Schwester weitere Fragen, vermutlich in Nazarins Auftrag: Wie ist das Zenith aufgebaut? Was gibt es dort zu essen? Musikuntermalung? Cocktailkarte? Beliebteste Alkoholika? Vieles erscheint mir überflüssig. Ich werde doch nur eine Stunde im Club sein, höchstens zwei, und mit Sal sprechen, dem Besitzer, sowie mit Leylani, die die entscheidende Nacht mit Vuk verbringen sollte. Dennoch landet alles in meinen Speicherbanken.

Anfangs wehrt sich meine Schwester noch, treibt ihre Spielchen mit Oloyu, gibt sich schnippisch, doch mit der Zeit verliert sie die Lust an dem ewigen Hin und Her und antwortet wie gefordert. Gegen Ende der Fragerunde ist sie sichtlich erschöpft, ihre Stimme heiser. Officer Oloyu bedankt sich für ihre Zeit. Bevor Tila den Raum verlässt, blickt sie in die Kamera.

Sie sieht mir direkt ins Gesicht.

»Mich muss keiner retten, Taema«, sagt sie. »Du musst das nicht für mich machen. Und vielleicht lässt du es lieber bleiben.«

Ich weiß nicht, was sie denkt. Das tut weh.

Dann wendet Tila sich ab und geht, die Tür fällt ins Schloss, die Szenerie erlischt.

Mitten in der Nacht kehrt Nazarin zurück und unterbricht die Gehirnübertragung, um mir ein paar Stunden echten Schlaf zu gönnen. Beim Aufwachen hat sich das Wissen besser in meinem Geist verteilt, aber müde bin ich noch immer, wie nach einem Analysismarathon. Gehirngymnastik, so nannte Tila das.

Ich hatte Albträume von ihr. Immer wieder habe ich sie vor mir gesehen, wie sie sagt, dass ich es vielleicht lieber lassen sollte, wie sie sich mir entzieht, mit berechnendem, abschätzigem Blick. Traut sie mir nicht zu, in ihre Rolle zu schlüpfen, diese auszufüllen? Oder sie bezweifelt, dass mein Geist die Belastung verträgt.

Aber trotz aller Täuschungen und Spielchen könnte ich sie doch nie aufgeben und in der Stasis verschwinden lassen, ohne einen Rettungsversuch unternommen zu haben. Das weiß sie. Also wieso versucht sie, mich abzuschrecken?

Vielleicht wird mein Besuch im Zenith gefährlicher als gedacht.

In der Küche nippe ich schweigend am Pseudokaffee. Albträume hin oder her, meine Entscheidung steht.

Zuerst muss ich den Ratel eine Nachricht schicken, wegen Tilas nächster Schichten in der Verve-Lounge. Nazarin erklärt mir meine Aufgabe Schritt für Schritt. Die Ratel kommunizieren in einer Weise, die nicht zurückverfolgt werden kann, ihre Mitglieder loggen sich in ein Portal auf einer nicht registrierten Website ein. Nazarin kennt den Code und spricht mir meine Worte vor. Ich melde mich für die nächsten zwei Schichten ab: Dienstag und Donnerstag.

Eine Bestätigung trifft ein, ich logge mich wieder aus. Das SFPD hat meinen VeriChip manipuliert – bin ich im Safehouse, wird Tilas Apartment als Aufenthaltsort angegeben, um keinen Verdacht zu erwecken, sollten die Ratel überprüfen, wo ich mich herumtreibe. Heute ist Samstag, am Dienstag gehe ich ins Zenith. Viel zu wenig Zeit für unser verbleibendes Vorbereitungsprogramm, aber es muss reichen.

Weitere Gehirnübertragungen und Trainingseinheiten mit Nazarin optimieren meinen Körper und Geist. Bei mir wird eine Gesichtserkennungssoftware installiert, die mich dabei unterstützen soll, mir die Personen aus meiner gestrigen Sitzung mit Tila in Erinnerung zu rufen, und ein weiteres Programm, das mir im unwahrscheinlichen Fall einer körperlichen Auseinandersetzung Anweisungen erteilt. Hoffentlich muss ich nie darauf zurückgreifen.

Bei chinesischen Replikatorgerichten erzählt Nazarin mir von seinen Erfahrungen mit den Ratel, drückt sich aber um allzu drastische Details. Drei intensive Tage später fühle ich mich meiner Aufgabe tatsächlich einigermaßen gewachsen. Zumindest, wenn man die mangelnde Vorbereitungszeit bedenkt.

Aber es reicht noch nicht.

Mein Gesicht kann nicht bleiben, wie es ist.

Wir suchen uns eine Chirostube außerhalb der Stadtgrenzen.

So können wir ohne Weiteres allen aus dem Weg gehen, die mich oder Tila erkennen könnten. Weder das SFPD noch die Ratel, weder die Kunden des Zenith noch meine Kollegen würden für eine Gesichtskorrektur einen fünfundzwanzig Kilometer weiten Flug auf sich nehmen, wo man doch vor jeder Tür eine Chirostube findet.

Im Schwebeauto gleiten wir durch die Golden-Gate-Flugschneise. Das letzte Mal habe ich die Stadt vor über einem Jahr verlassen, abgesehen von beruflichen Reisen. Ich nehme mir ständig vor, auf Entdeckungstour zu gehen, und komme doch nie dazu, selbst am Wochenende arbeite ich meist an meinen VivaFog-Maschinen. Als Tila und ich jünger waren, unternahmen wir häufig Tagesausflüge, runter nach Monterey und Santa Cruz, rüber nach Berkeley. Wir packten uns ein Picknick ein und faulenzten am Strand oder im Park, Tila mit ihrem Skizzenblock und ich in ein Buch vertieft, danach streiften wir durch die Geschäfte, über den Markt. Schöne, friedliche Zeiten.

Nazarin steuert Marin an, die wohlhabende Heimat vieler Angestellter von Technikkonzernen, die mit der rasend schnellen Unterwasser-BART in die Stadt pendeln. Er wirkt müde. Nachts schuftet er für die Ratel, tagsüber bildet er mich aus, ein Dauereinsatz bei konstantem Schlafmangel. Mit Rejuvs fällt es leichter, aber nichts geht über echten Schlaf. Nazarin hat eine landesweit führende Chirostube ausgesucht. Als das Schwebeauto aufsetzt, spielen meine Nerven verrückt, allen Techniken Mana-mas zum Trotz.

Man wird mein Gesicht umgestalten.

Zwar nicht umfassend, aber trotzdem. Mit den Fingerspitzen streiche ich über meine Augenbrauen, meine Nase, meine Wangenknochen, und Nazarin ertappt mich dabei, sagt jedoch nichts. Ich schlucke und lasse die Hände sinken. Es sind keine großen Änderungen. Und ich kann sie jederzeit rückgängig machen.

Wir nennen unsere Namen und setzen uns ins Wartezimmer. Meine Fingernägel bohren sich in die Handflächen, hinterlassen rote Abdrücke. Ich zittere. Da hebt Nazarin die Hand, erstarrt für einen Moment, als hätte er sich umentschieden, und legt sie doch auf meine. Er wirft mir einen Blick aus dem Augenwinkel zu: *Überschreite ich eine Grenze? Darf ich das?* Seine Hand ist warm, schwielig ruht sie auf meiner. Kleine Narben heben sich blass von seiner Haut ab, die nur ein wenig heller ist als meine. Ich bedecke seine Finger mit meiner freien Hand und drücke sie, zum Dank für seinen Trost, ehe ich beide Hände zurückziehe.

Ein Pfleger im weißen, frisch gebügelten Kittel lehnt sich in den Flur und sucht meinen Blick.

»Ich warte gleich hier draußen«, verspricht Nazarin.

Mit einem knappen Nicken verabschiede ich mich und folge dem Pfleger durch einen strahlend weißen Flur in den Nebenraum. Darin steht ein VR-Sessel, schon wieder, wie oft denn noch? Sie werden mich ins Reich der Träume schicken, und wenn ich aufwache, habe ich dank Gentherapie und Skalpellarbeit ein neues Gesicht.

»Der Arzt kommt sofort.« Der Pfleger hilft mir in den Sessel und verkabelt mich mit Elektroden, und da ich noch immer zittere, gibt er mir ein Beruhigungsmittel. Bald fühle ich mich, als würde ich schweben. Ich lausche auf das Piepen der Monitore und meinen mechanischen Herzschlag. Wie damals, als ich nach der OP aus der Narkose erwachte.

Die Tür öffnet sich. In meinem benebelten Zustand glaube ich für einen Augenblick, es wäre Tila, auf der Suche nach mir, ihren Infusionsständer im Schlepptau.

Es ist nur der Arzt, der mein Gesicht einschmelzen wird wie Wachs, um mich zu meiner Schwester zu formen. Das SFPD hat die Akten manipuliert, nun besagen sie, »Tila« wäre zunächst zu ihrem Ursprungsgesicht zurückgekehrt und habe es sich dann doch wieder anders überlegt.

Der Arzt kommt auf mich zu, fragt mich, ob alles in Ordnung sei. Ich nicke, irgendwo hoch über mir schwebend, und als er die Narkose einleitet, denke ich noch, dass ich eigentlich gar nichts gegen diesen Eingriff habe. Ja, mein Gesicht wird verändert – aber danach gleiche ich meiner Schwester wieder wie ein Ei dem anderen.

8

TAEMA

Ich trage Tilas Kleidung.

Ein himmelweiter Unterschied zu meinem Standardoutfit – einem Overall, in dem man hervorragend eine VivaFog-Antenne hinaufklettern und dem sanften Brummen lauschen kann, mit dem die surrenden Maschinen den Nebel einsaugen. Und am Wochenende ein Kleid, das unserer Kluft an der Feuerstelle ähnelt, also schlicht, bequem und unauffällig ist. Was man von diesem Fummel nicht gerade behaupten kann.

Aus Mode habe ich mir nie viel gemacht. Nach unserer Ankunft in der großen Stadt experimentierten Tila und ich beide damit, es war befreiend, unsere Kleidung selbst aussuchen zu dürfen, nicht alles in Handarbeit mit eigens angepasstem Oberkörper anfertigen zu müssen, uns sogar unterschiedlich anziehen zu können. Wir hatten Spaß daran, uns herauszuputzen, unser Haar zu färben, unsere Haut mit animierten Tattoos zu überziehen und mit exotischen Stoffen, Materialien und Schnitten zu spielen. Aber mir wurde es bald langweilig, ich ließ die Tattoos entfernen und mein Haar wachsen, wie es eben wächst, in braunen Korkenzieherlocken, ich verschenkte die schicken Klamotten und kaufte mir Sachen, die mir weniger fremd waren.

Tila ließ sich auch alle Tattoos entfernen, bis auf das auf ihrem Oberschenkel: ein stilisiertes gebrochenes Herz im polynesischen Stil (unter unseren Vorfahren sind Samoaner, aber auch Schwarze und Weiße), dessen zwei Hälften sich nicht berühren. Man muss kein Psychologe sein, um die Symbolik zu erkennen. Heute Nachmittag hat der Wachser mir dasselbe Motiv tätowiert, es rankt sich über meinen Oberschenkel hinunter zum Knie.

Ich schlucke angestrengt und zerre das Kleid tiefer über die Hüfte, ein aufreizendes Teil aus hauteng anliegendem Stoff, der je nach Lichtverhältnissen violett oder nachtblau schimmert. Dazu trage ich Stiefel mit schmalen Kunstlederriemen, die sich um meine Unterschenkel bis hinauf zum Tattoo schlingen, und auf Arme und Beine habe ich eine Lotion mit Goldpartikeln aufgetragen (das Tattoo ist bereits vollständig abgeheilt, den Wundern der modernen Medizin sei Dank), die meine Haut leuchten lässt.

Mein Haar wurde radikal gekappt, die Locken geglättet, aus Braun wurde ein helles Blau. Die Farbe wurde meinen Genen eingeschrieben, sie kann nicht herauswachsen. Meine Nase ist kürzer und breiter, die Spitze leicht nach oben gebogen, meine Wangenknochen wölben sich ein wenig höher, meine Lippen sind eine Spur voller, mein Kinn eine Andeutung spitzer. Dezente, sehr dezente Änderungen, die mir trotzdem missfallen. Eine Angleichung an das übliche Schönheitsideal, das in einer Stadt voller perfektionierter Gesichter in der Masse untergeht.

Meine Lippen schminke ich dunkelviolett, meine Augen umrande ich blau, die Spitzen meiner Wimpern benetze ich mit Silberstaub. Für meinen Auftritt im Zenith übertreibe ich es in jeder Hinsicht maßlos. Ein Blick in den Spiegel. Das bin ich nicht. Tila sieht mich an. Dann verschwimmen wir ineinander. Tila. Ich. Ein Mittelding. Eine Fremde. Ich wende mich ab.

In einen Mantel gehüllt verlasse ich das Safehouse, hinter mir fällt die Tür zu. Ich nehme die MUNI, weil auch Tila die MUNI nehmen würde. Beim ersten Schritt in den Bahnhof sehe ich Tilas Namen im Augenwinkel, über dem vom Konto abgebuchten Fahrpreis. Kein Zweifel, ich bin meine Schwester, ganz offiziell.

Ich steige in den Zug. Abfahrt. Mein Blick ruht auf den Fremden, die im grünen Schimmern der Tunnelalgen sitzen und stehen. Beobachten sie mich etwa alle? Vielleicht nur, weil ich mehr Bein zeige als gewohnt und Menschen von Natur aus darauf programmiert sind, auf nackte Haut zu starren.

Die Aussicht auf das Treffen mit Sal, dem Besitzer, und mit Leylani macht mich nervös. Was werden sie sagen, was werde ich erfahren? Werde ich Nazarin enttäuschen, mich als miese Undercoveragentin entpuppen? Meine größte Angst ist, nichts zu finden, was Tila entlastet, sodass sie in der Stasis landet. Aber noch schlimmer wäre es, wenn ich erkennen müsste, dass Tila Dinge getan hat, die ich nie vergessen, ihr nie verzeihen kann. Spätestens jetzt gibt es kein Zurück mehr, weder für mich noch für sie.

Ich steige aus und gehe die Montgomery Street hinunter, über den glitzernden Glimmer des Straßenbelags.

Als ich zur TransAm Pyramid hinaufblicke, die hoch über den umliegenden Gebäuden aufragt, fühle ich mich unendlich einsam. Vor einem Jahrhundert wurde sie nach dem Vorbild der ursprünglichen Transamerica Pyramid wiederaufgebaut, allerdings in doppelter Größe, ein monumentales Glas- und Quarzbetonkonstrukt. Als Anklang ans Originalbauwerk sollen Tausende von Dollar im Fundament schlummern, nicht als Münzen, sondern als Creditchips, die als Glücksbringer hineingeworfen wurden, während der Beton gegossen wurde. Ich hoffe, ein kleiner Teil dieses Glücks färbt auf mich ab. Aber das hat schon bei Tila nicht funktioniert.

Ich hole tief Luft und betrete die Lobby, nicke den Portiers zu und begebe mich zum gläsernen Aufzug.

Ich muss Taema abstreifen. Zu Tila werden.

Außer mir ist niemand im Lift, die meisten Hosts und Hostessen kommen erst später. Allein schwebe ich in die Höhe und blicke hinab auf das Glitzern in der Abenddämmerung.

»Hey, Echo«, ruft mir die Hostess am Empfang zu. Sie klingt übertrieben fröhlich, und ich kann mich gerade noch davon abhalten, sie misstrauisch zu mustern. Weiß sie Bescheid? Wissen tatsächlich alle, was sich vor fünf Tagen in einem der Separees abgespielt hat? Kassieren sie alle ein fürstliches Schweigegeld, oder ist es dem SFPD wirklich gelungen, die Geschichte unter der Decke zu halten?

Während ich der jungen Dame zunicke, verraten mir die Daten aus der Gehirnübertragung ihren Spitznamen: Pallua. Alle Hostessen suchen sich einen Spitznamen aus, wohl zur Schaffung psychischer Distanz. Ich war gerührt, als ich Tilas erfuhr: Echo. Jetzt bin ich das Echo, eine dürftige Nachbildung meiner Schwester, was man bereits an meinem Gang sieht. Ich laufe passabel auf hohen Absätzen, aber das ist nichts gegen Tilas katzenhafte Geschmeidigkeit.

Über meinen VeriChip kann ich auf Tilas Personalakte zugreifen – aber Nazarin hat Sal überredet, meine Zugangsrechte noch zu erweitern. Ich lade mir die clubinternen Kommunikationsdaten der letzten Tage auf das Heads-up-Display meiner Optikimplantate. Seit dem Vorfall wurde das betreffende Separee nicht mehr genutzt. Den Mitarbeitern wurde gesagt, ein hochkarätiger Kunde habe es für einen ausgedehnten, exklusiven Zeal-Trip gebucht.

Ich habe zu lange geistesabwesend in die Ferne gestarrt, Pallua studiert vor Unruhe ihre knallroten Fingernägel. Sie ist eine typische Hostess: ein vollkommenes Gesicht, ein vollkommener Körper, goldbraune Haut, ihr Haar ein wildes Gemisch aus Violett, Blau und Grün. Auf der Rundung einer Schulter leuchten tätowierte Pfauenfedern und strecken sich hinab zu ihren Brüsten, die aus einem tief ausgeschnittenen Abendkleid quellen.

Als ich ihr nichtssagend zuwinke, legt sich eine Art Starre auf Palluas Gesicht. Ein Fältchen bildet sich auf ihrer glatten Stirn, Nervosität vertieft die Linien um ihre geschminkten Lippen, sie schluckt und hantiert geschäftig hinter dem Empfangstisch. Unauffällig trockne ich meine Hände am Kleid und meide jeden Blickkontakt mit den anderen Hosts und Hostessen, die sich vor Beginn ihrer Schicht rund ums Zenith tummeln.

»Dein Kunde wartet schon«, meint Pallua, die ihr heiteres Lächeln wiederhergestellt hat. »Ist ein Süßer.«

»Danke.« Ich lächele ebenfalls, hoffentlich auch mit den Augen.

Der Eingang des mir zugeteilten Separees scheint mich ungeduldig anzustarren. Kurz davor bleibe ich noch mal stehen und atme tief durch, während der Scanner meinen VeriChip ausliest und mich als Tila identifiziert.

Zischend öffnet sich die Tür, bei meinem ersten Schritt ins Separee hellt sich das gedimmte Licht auf. Nazarin wartet auf dem komfortablen Sofa, er muss den Club durch den Hintereingang betreten haben. In dunkler Kleidung, unter der das Schulterhalfter klar zu erahnen ist, sieht er aus wie ein Gangster.

Die Einrichtung wirkt schlicht, aber luxuriös. Das runde Bett in der Ecke sehe ich mir lieber nicht genauer an. Es gibt eine gut ausgestattete Bar, auf den blankgewienerten Dielen sind samtweiche, abstrakt gemusterte Teppiche ausgelegt. Die VR-Sessel wurden diskret in der Ecke platziert.

Neben Nazarin sitzt Sal, der Besitzer des Zenith, ein hochgewachsener, schlanker, eleganter Mann mit Ringen an sämtlichen Fingern, der einen dunkelgrünen Anzug trägt und dazu ein Halstuch, dessen intensives Blau seiner Augenfarbe entspricht. Er wirkt altmodisch, fast wie ein Relikt aus den Zeiten Edwards VII., was zu Tilas Schilderung passt: Sal nehme Elemente aus der Vergangenheit auf und integriere sie in seinen Look. Er gehört zu den wenigen Menschen, die meine Schwester aufrichtig respektiert. Es war ein Risiko, Tila in den Club aufzunehmen, aber Sal hat sie ausgebildet und stets gut behandelt. Beim Essen hat sie hin und wieder über ihn gesprochen – man sagt, er zeige einen erbitterten Beschützerinstinkt gegenüber seinen Angestellten und sei stolz darauf, dass es im Zenith noch keinen einzigen Skandal gegeben hat, keine Gewalt.

Bis vor fünf Tagen. Es macht mich nervös, dass Sal von Tilas Auswechslung weiß. Kann man ihm wirklich trauen? Vorhin, kurz bevor ich nach oben gegangen und in Tilas Kleidung geschlüpft bin, habe ich Nazarin danach gefragt.

»Nach unseren Infos ist er ziemlich sauber«, beruhigte er mich. »Keine Hinweise auf eine Verbindung zu den Ratel. Kann natürlich sein, dass er seine Spuren bloß sorgfältig verwischt, aber das Risiko müssen wir eingehen. Sal wird Stillschweigen bewahren. Er bekommt unverschämt viel Geld dafür.«

»Tila hat mal gesagt, Sal legt Wert darauf, dass er ein Mann seines Wortes ist.«

Nazarin nickte. »Hoffentlich behält sie recht.«

Hinter mir schließt sich die Tür. »Wir danken Ihnen für Ihre Unterstützung bei den Ermittlungen, Mr. Kupka«, sagt Nazarin.

Sal winkt ab. »Also bitte. Ich bin Sal, einfach Sal. Und wir wissen doch alle, dass ein schneller Ermittlungserfolg auch in meinem Interesse ist.« Sein Blick wandert an mir hinab. »Was sagt man dazu – du gleichst Tila aufs Haar. Schön, dich kennenzulernen, Taema.«

Ich neige den Kopf. »Freut mich auch. Tila hat nur Gutes von dir erzählt.«

Interessant, dass er meine Schwester nicht Echo nennt. Sal macht einen höflichen Eindruck, immer ein kleines Lächeln auf den Lippen. Als ich mich umblicke, muss ich schlucken. Nichts, gar nichts deutet darauf hin, dass wir uns an einem Tatort befinden. Saß Tila in der Nacht, die unser beider Leben in Stücke gerissen hat, auf diesem Sofa?

Ich lehne mich an eine der im Zimmer verteilten Säulen, auch wenn es unhöflich wirkt, denn ich bringe es nicht über mich, mich auf dem Sofa niederzulassen. Wieso treffen wir uns hier und nicht in einem anderen Separee? Wieder rufe ich die internen Logs auf. Aha. Alle übrigen Separees sind ausgebucht, und so gerne Sal uns hilft, es soll nicht auf Kosten seines Gewinns gehen.

Mein Blick schweift zu den deckenhohen Fenstern, über das Zentrum San Franciscos. In der Bucht hängt der grünliche Schimmer der phosphoreszierenden Algen, darüber leuchten Wolkenkratzer blau und weiß, dazwischen winden sich Schwebeautos hindurch, mit ihren Lichtern winkend.

»Also«, sagt Nazarin. Ich drehe mich wieder um. »War Vuk Radke regelmäßig im Zenith?«

»Alle zwei Monate ungefähr, immer nur für einen Abend.« Sal wirkt gelassen, direkt entspannt. Wie kann das sein? Hier in diesem Zimmer wurde ein Gast tot aufgefunden, neben meiner blutüberströmten Schwester – das lässt ihn alles kalt? Beängstigend.

»Hatte er häufiger mit Tila oder Leylani zu tun?«

»Leylani war seine Favoritin.«

»Ist er auch über Nacht geblieben?«

»Jedes zweite Mal. Also ungefähr dreimal im Jahr.«

»Hatten Sie jemals außerhalb des Clubs Kontakt mit Vuk Radke?«

Sal zuckt mit den Schultern. »Ab und zu. Ich besuche viele Wohltätigkeitsveranstaltungen, da ist er manchmal aufgetaucht. Wir hatten kein schlechtes Verhältnis, würde ich sagen.« Etwas flackert über Sals Gesicht: Bedauern.

»Warum war Leylani vor fünf Tagen nicht hier?«

Sal zieht eine Zig aus der Brusttasche und steckt sie zwischen die Lippen, für einen Moment flammt die Spitze rötlich auf. Dampfschwaden strömen aus seinem Mund. »Sie meinte, sie fühlt sich krank. Musste ihre Schicht absagen.«

»Ist sie seitdem noch öfter ausgefallen?«

»Nein, gestern war sie wieder da. Ich habe ihr nichts erzählt von der Geschichte.«

»Können Sie uns genauer schildern, was vor fünf Tagen geschehen ist?«

Was soll ich hier? Das würde ich die beiden gerne fragen. Ich will das nicht hören. Ich will nicht hören, wie sich ein aalglatter Typ im glänzenden Anzug ungerührt über die Nacht auslässt, in der das Leben meiner Schwester implodiert ist – und nebenbei auch meines. Aber zugleich bin ich neugierig, trete unfreiwillig sogar einen Schritt näher. Adrenalin rauscht in meinen Adern. *Ruhig bleiben.*

»Ich habe Tila gefunden. Das Separee hat das Blut am Boden registriert und Alarm ausgelöst. Meine Angestellten stehen unter meinem Schutz, sie dürfen nicht verletzt werden. Entsprechende Gelüste müssen auf die Zealscape beschränkt werden, und auch dort sind sexuelle Gewaltfantasien nur mit Zustimmung des Hosts oder der Hostess gestattet. Tila hatte kein Interesse an solchem Zeug, das hat sie immer klar gesagt, und bei ihrem Termin mit Vuk war sowieso nicht mit sexuellen Handlungen zu rechnen.« Meine Schultermuskulatur verkrampft sich, als wollte sie jeden Moment zerspringen. »Daher war ich beunruhigt und habe sofort persönlich nachgesehen. Vuk lag hier am Boden, und Tila hockte neben ihm, voller Blut.«

Ich schließe die Augen, doch das Bild will nicht verblassen: meine Schwester, mitten in diesem Raum in einer Blutlache kauernd. Als sich meine Lider öffnen, blicke ich in Sals blaue Augen, neugierig beobachtet er meine Reaktion. Ich lasse die Anspannung aus meinem Körper fließen, verschränke jedoch die Arme vor der Brust.

»Hat sie irgendwas zu Ihnen gesagt?«, fragt Nazarin.

»Ja, hat sie.«

Ich runzele die Stirn, während Nazarin fragt: »Was?«

Sal hält inne, als müsste er in der Erinnerung graben. »Moment … ungefähr so: ›Er ist der Rote, der Gerechte, der Schöne. Er kam von der Erde, und nun kehrt er zurück. Unaufhörlich wandeln sich die Gesichter.‹ Ich hatte keine Ahnung, was sie meint. Dabei ist es geblieben. Ich war mir nicht mal sicher, ob sie mich bemerkt hat oder bloß vor sich hinmurmelt. Können Sie damit was anfangen?«

»Nein. Noch nicht. Wieso haben Sie der Polizei nichts davon gesagt?«

Sal blickt zu Boden, die Zig verschwindet wieder in der Tasche. »War mir entfallen.« Eine Lüge, eindeutig, ein Moment, der unangenehme Erinnerungen an Tilas Versteckspiel weckt. Wieso rückt Sal erst jetzt damit heraus?

Nazarin würde zu gerne den harten Cop markieren, das sehe ich, aber er reißt sich zusammen – bei Sal würde er damit auf Granit beißen. »Was haben Sie dann getan?«

»Die Polizei gerufen. Sie können mir glauben, das war eine der schwersten Entscheidungen meines Lebens. Ich habe hin und her überlegt, ob ich Tila nicht einfach laufen lassen soll, das gebe ich offen zu. Es wäre viel leichter gewesen, sie ins Bad zu schicken und dann raus in die Nacht. Und dann die Leiche zu beseitigen und das Blut aufzuwischen.« Sal seufzt. »Aber irgendwann wäre die Sache rausgekommen, das war klar, und Tila liegt mir zwar wirklich am Herzen – aber ihr zuliebe meine Lebensgrundlage wegzuschmeißen ginge mir dann doch zu weit. Also habe ich die Türen verriegelt und die Polizei angepingt. Ich habe Ihren Kollegen gesagt, sie sollen zum Hintereingang reinkommen und möglichst wenig Wirbel machen. Aber als Tila mich plötzlich mit dem Messer bedroht hat, musste ich sie gehen lassen. An der Tür hat sie sich Vuks Mantel geschnappt, um ihr blutiges Kleid zu verstecken, und ist hinten rum raus. Ich glaube, Pallua hat irgendwas gemerkt oder zumindest kapiert, dass etwas nicht stimmt, aber gesagt hat sie nichts.«

Damit wäre zumindest geklärt, warum ich Pallua derart nervös mache.

»Ist Leylani heute Abend im Club?«

»Ja, ihre Schicht sollte bald losgehen. Wollen Sie ihr von der Sache erzählen?«

Nazarin schüttelt den Kopf. »Denke nicht. Nicht nötig. Aber bevor wir gehen, werden wir Leylani und die Kunden noch eine Weile beobachten.« Er nickt in meine Richtung. »Sie absolviert die Schicht wie vereinbart. So kann sie sich einige Stunden in Tilas Rolle ausprobieren und die Kollegen wissen lassen, dass sie mit ihrer Schwester nach China geht. Dann verschwindet sie.«

»Aber Tila kommt nicht mehr zurück«, sagt Sal tonlos.

»Ich gehe nicht davon aus, dass sie ihre Arbeit wiederaufnehmen will. Oder dass Sie das zulassen würden.«

Wieder wirft Sal einen prüfenden Blick auf mich. »Also gut. Das könnte interessant werden.« Er legt den Kopf schief und deutet auf sein Auge. »Ich habe dich im Blick.«

Sein Lächeln kann meine Bedenken nicht vertreiben.

»Es wird spannend, wie ähnlich du deiner Schwester bist.« Sal steht auf und stellt sich zu mir ans Fenster.

Ich erwidere nichts. Was gibt es schon zu sagen?

»Wir wissen Ihr Entgegenkommen zu schätzen, Sal«, meint Nazarin und erhebt sich ebenfalls vom Sofa.

Seufzend blickt Sal sich im Raum um. »Ich muss hier gründlich renovieren. Das Blut ist weg, aber die Erinnerungen sind noch da. Das muss alles raus.«

Die Farbe schwindet aus meinen Wangen. Letzten Donnerstag kam es hier zur Katastrophe, und jetzt soll all das verschwinden und durch andere einförmige Luxusmöbel ersetzt werden? Eine unerträgliche Vorstellung. Der Raum, der mein Leben ins Chaos gestürzt hat, soll wieder eines von vielen Zeal-Separees im Club Zenith sein.

»Eins noch.« Nazarins Blick zuckt zu den VR-Sesseln in der Ecke. »Sie sollten mal Ihre Zeal-Vorräte überprüfen.«

Sal wirkt überrascht. »Warum das?«

»Ich kann nicht viel sagen, aber wir müssen davon ausgehen, dass die Vorräte mancher Lounges manipuliert wurden. Sollten Sie Abweichungen von der Norm feststellen, besorgen Sie lieber frischen Stoff. Und checken Sie die Vorräte regelmäßig.«

»Bei uns haben sich seit Freitagmorgen Dutzende eingeklinkt. Warum erfahre ich davon erst jetzt?«

»Wir wissen es selbst erst seit Kurzem, und die Wahrscheinlichkeit ist gering. Ich wollte nur, dass Sie Vorkehrungen treffen können.« Von wegen. Nazarin ist erst jetzt auf die Idee gekommen, Sal zu warnen, da bin ich mir so gut wie sicher. Um seine Mundwinkel spannt sich die Haut. Denkt er an die Nacht seines Security-Jobs in der Untergrundlounge? Laut Tilas Aussage gegenüber dem SFPD wurde sie bisher nicht aufgefordert, im Zenith klarzuträumen, aber es ist nur eine Frage der Zeit. Sollte Vuk die Vorräte des Clubs manipulieren? Gerieten Tila und er deswegen aneinander?

»Ich werde die Vorräte täglich selbst überprüfen«, sagt Sal.

»Gut. Falls Ihnen etwas auffällt, melden Sie sich bitte und schicken Sie uns eine Probe zur Analyse.« Nazarins Stimme verhärtet sich. »Direkt an uns.«

»Aber natürlich«, antwortet Sal unter Aufbietung seines ganzen geschmeidigen Charmes. Noch ein letzter Blick aus dem Fenster auf die weite, glitzernde Stadt, dann verlässt der Clubbesitzer das Separee.

Nazarin und ich bleiben zu zweit zurück.

»Alles in Ordnung?«, fragt er.

»Alles in Ordnung.« Das ist die Wahrheit: Meine Finger zittern zwar leicht, und ich will dringend raus aus diesem Zimmer, doch ich habe mich im Griff. Mana-mas Techniken laufen zur Höchstform auf, dimmen meine Gefühle so weit herunter, dass ich reibungslos funktioniere. Ich frage Nazarin, ob er glaubt, dass Vuk die Zeal-Vorräte des Zenith mit Verve vermischt oder durch Verve ersetzt hat.

»Keine Ahnung. Eher nicht. Aber lieber eine Warnung zu viel, als eine Kontamination zu riskieren.«

»Klar. Soll ich die vollen acht Stunden hierbleiben?«

»Warten wir einfach ab, wie du zurechtkommst. Wenn du willst, gehen wir früher.«

»Und du spielst meinen Kunden?«

Nazarin sieht mich zögernd an. »Ja. Wir halten gemeinsam die Augen offen. Gut möglich, dass hier irgendwer mehr weiß, als er durchblicken lässt. Pallua zum Beispiel.«

Ich nicke. »Okay.«

Da macht Nazarin einen Schritt auf mich zu und legt mir die Hand um die Taille, und ich zucke zusammen.

Er kommt mir so nahe, dass ich die Hitze seiner Haut spüre. »Wir müssen doch unser Publikum überzeugen.«

Nach kurzem Nachdenken nicke ich und schiebe meine Hüfte gegen seine, schmiege meine Hand in die warme Kuhle an seinem Kreuz. Seltsam, einen Menschen zu berühren, der mir noch so fremd ist – eine große Seltenheit in meinem heutigen Leben. Ein schönes, tröstliches Gefühl. Ich will mich enger an ihn drücken, den Duft seiner Haut einsaugen.

An der Feuerstelle gab es viel Körperkontakt. Damit ist nicht nur Sexuelles gemeint, nein, man berührte sich einfach häufiger. Begrüßte einander mit einer Umarmung, legte anderen wie selbstverständlich den Arm um die Schultern. In San Francisco sind die Leute reservierter, vielleicht sind Clubs wie das Zenith deshalb so beliebt. Hier tut man so, als wäre die Membran zwischen den Menschen dünner.

Ich schüttele den Kopf und fahre mir durch mein kurzes Haar, um so weit wie möglich die Fassung zurückzugewinnen. Ein Zischen, die Tür öffnet sich. Immer noch Arm in Arm treten wir hindurch, und mit beneidenswerter Leichtigkeit schlüpft Nazarin in seine Rolle. Ein herzliches Lachen dringt aus der Tiefe seiner Kehle, seine Hand verweilt auf meinem Hüftknochen. Unter dem Shirt fühle ich die kräftigen Muskelstränge seines Rückens und widerstehe dem absurden Drang, mit den Fingern seine Wirbelsäule nachzufahren.

Wir spazieren durch den Club, mittlerweile herrscht ordentlich Betrieb. Schöne Männer und Frauen mit perfekten Körpern und perfekten Gesichtern stehen perfekt gekleidet herum, lachen ihr perfektes Lachen und nippen an perfekt gemixten Drinks. In der Luft hängt der Minzdunst der Zigs, vermischt mit schmeichelhaftem blauviolettem Licht. Eine verblüffende Gleichförmigkeit vereint die Bewohner San Franciscos, ganz Pacificas. Seit jedermann frei über sein Äußeres entscheiden kann, tendieren viele zur gleichen faden Symmetrie, und zum ersten Mal fühle ich mich der Masse beinahe zugehörig.

Manches war an der Feuerstelle einfacher. Sah man einen anderen Menschen an, wusste man: Mit diesem Gesicht wurde er geboren, mit diesem Körper, die dann von seinen Erfahrungen geformt wurden. In San Francisco trägt jeder eine Maske.

Vieles andere vermisse ich dagegen kein Stück.

Nazarin und ich setzen uns an einen runden Tisch, und während ich auf die Daten der Gehirnübertragung zugreife, beuge ich mich zu ihm: »Was darf es zu trinken sein?«

»Gin Tonic«, antwortet er.

Also gehe ich zur Bar und bestelle zwei Gin Tonics, auf Nazarins Rechnung. Der Barkeeper heißt Ira, lächelnd schiebt er die Gläser über die Theke, wir plaudern ein wenig. Doch über seinen Namen hinaus hat Tila mir kaum etwas verraten, weshalb ich erleichtert bin, als bald andere Hosts und Hostessen Bestellungen aufgeben.

Ich trage die Gin Tonics zum Tisch – synthetischer Alkohol, in der Stadt bekommt man nichts anderes. Keine Leberschäden, kein Suchtpotenzial, kein Kater. Ich reiche Nazarin seinen Drink, wir stoßen an.

Beim ersten vorsichtigen Schluck verziehe ich fast das Gesicht. Der scharfe Wacholdergeschmack echten Gins fehlt vollständig. Nicht dass Tila und ich mit unseren sechzehn Jahren an der Feuerstelle besonders viel Gin getrunken hätten, aber zu Beginn jeder Jahreszeit durften sich alle ein, zwei Gläser (oder auch zehn, wie Mardel) von dem Schnaps genehmigen, der zur Feier des Tages gebrannt worden war, jedes Mal ein anderer. Am besten schmeckte mir der Blaubeerwodka, den es im Sommer gab, als wir vierzehn waren.

Ich frage mich, ob Nazarin je echten Alkohol gekostet hat. Ob er in den Städten aufgewachsen ist, eingehüllt von vermeintlicher Perfektion, und ob er jemals durch die hübschen Illusionen hindurch auf die Hässlichkeit unter der Oberfläche geblickt hat. Aber ja, natürlich hat er das, bei den Ratel. Ich fröstele.

Nazarin und ich bleiben unter uns, während sich in der Bar immer mehr attraktive Menschen drängen. Ich gleiche ihre Gesichter mit den Skizzen und Namen ab, die Tila mir im Zuge der Gehirnübertragung eingetrichtert hat, und erspähe irgendwann Leylani. Ein hochgewachsenes Mädchen mit langem, spiegelglattem Haar bis zur Hüfte, gebräunter Haut und hellgrünen Augen, in knappen Shorts und auf schwindelerregend hohen Absätzen, mir schmerzen vom bloßen Hinschauen die Knöchel. Man sieht sofort, dass sie mit einer Kundin unterwegs ist, einer Muslimin im Hidschab, die ein langes, dunkelblaues Kleid mit Glockenärmeln trägt.

»Frag sie, ob sie rüberkommen will«, murmelt Nazarin mir ins Ohr. »Du gibst dich als Echo aus und fädelst es später irgendwie ein, dass du dich allein mit ihr unterhältst. Finde heraus, was sie weiß, falls sie etwas weiß. Und danach erzählst du es mir.«

Ich erschaudere innerlich. Nach so viel Angst und Unsicherheit, so viel Pauken und Drillen und langwierigen Gehirnübertragungen tritt der Ernstfall ein: Ich soll gegenüber einer

Fremden meine Schwester mimen, um den ersten Schritt zur Aufklärung der Ereignisse zu tun, hoffentlich einen ersten Schritt zu Tilas Befreiung. Ich will endlich wissen, was sie getan hat. Und was nicht.

Selbstbewusst lächelnd nähere ich mich Leylani. Über dieses Mädchen hat Tila mir mehr verraten als über alle anderen Hosts und Hostessen, mindestens eine halbe Stunde lang hat sie von ihr erzählt, einzelne Gespräche geschildert, ihr gesammeltes Wissen ausgebreitet. Tila hatte ein gutes Verhältnis zu ihren Kollegen, aber ich glaube, eng befreundet war sie mit niemandem, mir hat sie jedenfalls nie Freunde aus dem Zenith vorgestellt. Worüber ich mir aber keine Gedanken gemacht habe, ich dachte einfach, sie wollte Arbeit und Privatleben strikt trennen. Jetzt frage ich mich, ob nicht mehr dahintersteckte.

Eine Frage, die man sich rückblickend wohl immer stellen sollte bei meiner Schwester.

Hinter meinem Lächeln lauert die Angst. Was, wenn Leylani die schlechte Kopie der alten Echo sofort erkennt?

Doch sie umarmt mich und küsst mich auf die Wange. »Echo! Freut mich total, dich zu sehen. Das ist Sarah«, stellt sie ihre Kundin vor.

»Wollt ihr nicht rüberkommen?« Ich winke in Richtung des Tisches, an dem Nazarin lässig in seinem Sessel sitzt. Leylani und Sarah mustern meine Begleitung wohlwollend. Kurz darauf folgen mir die Damen, und bald schließen sich andere an, ein Host namens Boa und sein Kunde Graeme, ein Geschäftsmann.

Anfangs bin ich nervös, doch auch nach längerer Zeit springt niemand auf, um mich zu enttarnen, und so entspanne ich mich allmählich. Besonders viel Spaß habe ich nicht – ich kann mir lustigere Partys vorstellen, als SynthGin zu trinken, mit Fremden zu plaudern und meine Schwester zu verkörpern, während diese in Lebensgefahr schwebt. Dafür fasse ich immer mehr Vertrauen in meine Schauspielkunst, Nazarins Plan geht auf. Und wenn ich in Tilas Haut stecke, lähmt mich die Angst nicht. Tilas Selbstbewusstsein greift auf mich über, ich halte mich aufrechter, ich lache mehr, ich versuche mich sogar an Tilas Flirttechniken. Noch kann ich mir zwar nicht vorstellen, andere Menschen ebenso locker um den Finger zu wickeln, aber mein neues Gefühl der Sicherheit wirkt eindeutig auf meine Gesprächspartner. Die unbeholfene, desinteressierte Taema würde die Runde langweilen, aber Tila hören sie zu, ihr blicken sie in die Augen, reagieren auf sie, ihre Gesellschaft bereitet ihnen Freude.

Schließlich muss Leylani kurz verschwinden, und ich begleite sie. *Klischeehafter geht's nicht,* denke ich, als wir durch den nun dicht gefüllten Club an der Spitze der TransAm Pyramid stöckeln. *Ich will mich mit einem anderen Mädchen anfreunden, und wie mache ich das? Ich gehe mit ihr auf die Toilette.*

Kaum hat sich die Tür der Mitarbeitertoilette hinter uns geschlossen, verschwindet das professionelle Hostessenlächeln von Leylanis Gesicht.

»Alles okay mit dir?« Ich berühre sie an der Schulter.

Da bricht sie zusammen und beginnt zu weinen. Hilflos stehe ich vor ihr. Wie würde Tila reagieren? Sie würde sich von ihrer einfühlsamen Seite zeigen, einerseits um Trost zu spenden, andererseits um Leylani die gewünschten Informationen zu entlocken. Ich nehme die junge Frau in die Arme, flüstere ihr sanft ins Ohr, streichele ihr dunkles, seidiges Haar. Leylani schluchzt an meinem Hals, Tränen tropfen auf mein Schlüsselbein und fließen hinab zu meiner Narbe.

»Was ist denn los?«, frage ich, Leylani langsam im Arm wiegend. Es ist ein sonderbares, aber beruhigendes Gefühl, eine Fremde zu trösten. Seit Tila aus meinen Armen gerissen wurde, habe ich niemanden mehr berührt oder gehalten – abgesehen von den Kampfsporteinheiten mit Nazarin und meinem Einsatz als Nazarins Hostess. Wie es scheint, habe ich den Körperkontakt genauso nötig wie Leylani.

»Sorry«, murmelt sie und löst sich aus meinem Griff, wischt sich über die Augen. »Tut mir leid. Das ist so albern von mir.«

Ich ziehe ein flauschiges rosafarbenes Handtuch vom Halter und reiche es ihr. Sie tupft sich das Gesicht ab, kämpft mit einem Schluckauf. »Was soll daran albern sein? So ein Quatsch. Komm schon, Ley, sag mir, was los ist.«

Leylani lässt sich auf die Sitzbank fallen und lehnt sich an die Wand, ich hocke mich neben sie auf die Kante. Hoffentlich werden wir nicht von Kollegen gestört.

»Einer unserer Kunden taucht nicht mehr auf«, sagt sie zögerlich. »Ich habe ihn seit Tagen nicht mehr gesehen.«

Spricht sie von Vuk? Wenn ja, muss ich noch behutsamer vorgehen. »Ist das so ungewöhnlich?«

»Bei den meisten Kunden natürlich nicht. Aber …«

»… er ist mehr als ein Kunde.« Mir wird schwer ums Herz. Wenn Vuk nur alle zwei Monate ins Zenith kam, muss Leylani sich privat mit ihm getroffen haben.

»Ja.« Sie schnieft. »Heute bin ich sogar zu ihm gefahren, aber er hat nicht aufgemacht. Die Leute behaupten, er ist nicht mehr in der Stadt. Aber er haut doch nicht einfach ab, ohne mir was zu sagen.« Leylanis wässrig-grüne Augen durchbohren mich. »Darüber wollte ich sowieso mit dir reden. Du hast Vuk doch am Donnerstag gesehen?«

Meine Zunge ist wie gelähmt. »J-ja?« Ich spüre, wie meine Hände schwitzen.

Leylani sieht mich unverwandt an. »Hattest du das Gefühl, er war enttäuscht, weil ich nicht kommen konnte? Ich wäre wirklich gern gekommen, aber … aber es ging mir nicht so gut.« Jetzt senkt sie den Blick, wendet sich ab, und ich runzele die Stirn. Was hat sie zu verbergen?

»Ja, er hat dich vermisst.« Ich hoffe, es entspricht der Wahrheit. Die Akten geben nicht viel her über Vuk Radke, und Tila hat sich geweigert, über ihn zu sprechen, sie hat behauptet, sie hätte ihn nie zuvor gesehen gehabt, eine glasklare Lüge. *Denk jetzt nicht an Tila.* »Er hat immer wieder nach dir gefragt. Für mich hat er sich überhaupt nicht interessiert. Und … und deshalb ist er auch früher gegangen.«

Jedes Wort schmerzt, und Leylanis hoffnungsvoller Blick macht es nur noch schlimmer. Wer war Vuk Radke? Ich weiß, er hat für die Ratel gearbeitet, aber möglicherweise war er trotzdem in der Lage, Wärme zu zeigen, zu lieben. Jetzt ist er tot, angeblich von meiner Schwester ermordet.

»Was war denn am Donnerstag?«, frage ich vorsichtig.

»Ich …« Leylani zögert. Doch der Drang, ihr Geheimnis endlich mit einer Freundin zu teilen, ist zu groß, sie platzt damit heraus. »Ich bin schwanger.«

Pfeifend atme ich aus. »Oh. Wow. Gratulation.« Aufrichtig erfreut klinge ich nicht, eher wie ein Roboter. Leylanis Worte sind ein herber Schlag.

»Ich weiß, du willst keine Kinder, aber ich kann mir nichts Schöneres vorstellen«, meint sie. »Ich wollte es ihm am Freitag sagen, aber er war nirgends zu finden. Ich mache mir solche Sorgen, Echo. Soll ich zur Polizei gehen?«

Die Polizei weiß auf jeden Fall, wo er ist, denke ich, sage ich aber nicht. »Ich weiß es nicht, Ley. Vielleicht wartest du lieber noch, ob er von selbst wieder auftaucht. Kann doch sein, dass er überraschend auf eine Geschäftsreise musste und morgen wieder da ist.« Erstaunlich, wie leicht mir die Lügen über die Lippen kommen, so unangenehm sie mir auch sind. Zumindest das haben Tila und ich offensichtlich gemeinsam.

Mit einem Nicken wischt Leylani sich über die Augen, schnieft ein letztes Mal und geht zum Spiegel, wo sie ihr Make-up in Ordnung bringt. Ich warte schweigend auf der Sitzbank, und als Leylani fertig ist, nehme ich sie noch einmal in den Arm. Sie klammert sich an mich.

»Wird schon werden«, sage ich.

»Das kannst du mir nicht versprechen«, flüstert sie, und ich schnappe beinahe hörbar nach Luft. Genau dasselbe hat Tila am Donnerstagabend zu mir gesagt.

»Stimmt«, seufze ich, in Gedanken bei meiner inhaftierten Schwester, deren ganze Hoffnung auf mir ruht. »Versprechen kann ich nichts.«

Als wir zum Tisch zurückkehren, sitzt unser Hostessenlächeln wieder perfekt. Strahlend gibt Leylani ihrer Kundin einen Wangenkuss und geht zur Theke, um die nächste Runde zu ordern, während ich mich zurücklehne und meinen Ellenbogen über Nazarins streichen lasse.

Er beugt sich zu mir und legt seine Hand an meine Wange. »Irgendwelche Neuigkeiten?«, murmelt er mir ins Ohr. Ich antworte mit einem schüchternen Lächeln, einem Nicken. Nazarin nippt an seinem Drink.

Wir bleiben nur noch wenige Stunden, länger hätte ich auch nicht durchgehalten. Keine Ahnung, wie Tila die ganze Nacht aufmerksam bleiben und die Bedürfnisse jedes Kunden bedienen kann. Ich halte mich an die anderen und verteile Zigs und Drinks. Später tanzen wir, der Bass dröhnt durch meinen metallenen Brustkorb, Nazarin drückt mich eng an sich, seine Hände liegen warm auf meinen Hüften. Ich mache Small Talk mit Pallua, aber sollte sie etwas über letzten Donnerstag wissen, verbirgt sie ihr Wissen gut.

Gegen Ende des Abends habe ich so viel SynthGin intus, dass ich die Umgebung leicht unscharf wahrnehme. Sal hat herumerzählt, dass Echo heute ihre letzte Schicht feiert, und schließlich verabschiede ich mich etwas unartikuliert von den anderen, verspreche ihnen Pings aus China, natürlich werde ich sie alle vermissen. An Nazarin gelehnt, verlasse ich den Club. Ein paar Beobachter ziehen die Augenbrauen hoch, als Echo sich mit einem Kunden davonmacht.

»Ich hoffe, Sie hatten einen schönen Aufenthalt im Zenith«, ruft Pallua ihm vom Empfangstisch hinterher.

Nazarin greift in die Tasche, zieht eine Handvoll Credits hervor und reicht sie ihr. Das Geld verschwindet in Palluas Kleidtasche. »Definitiv einer der besseren Läden«, antwortet er mit einem dosierten Lallen, ehe wir zu zweit in die Nacht spazieren.

Mit der MUNI geht es zurück zum Safehouse. Im grünlichen Licht der Tunnel wird mir übel, ich vergrabe den Kopf in Nazarins Schulter. Sein Eau de Cologne riecht gut, was auch immer es für eines ist. Nazarin legt den Arm um mich. Spielen wir immer noch Kunde und Hostess, oder kommt die Geste von Herzen? Im Augenblick ist es mir einerlei.

Nazarin hält es für sinnvoll, vor unserer Haltestelle auszusteigen, mit einer anderen Linie ins Nirgendwo zu fahren und uns dann aus einer anderen Richtung dem Ziel zu nähern. Mir ist das zu umständlich, ich werde ungeduldig und nervös. Denkt Nazarin wirklich, wir werden beschattet? Irgendwann schleppen wir uns die altmodische Vortreppe unseres pastellfarbenen Heims hinauf, ich bin todmüde.

Drinnen geht Nazarin zum Replikator und bestellt einen maximal starken Kaffee, während ich ihm von Leylani und Vuk erzähle und unter dem Tisch die High Heels von den Füßen schüttele. Auf die Neuigkeiten reagiert Nazarin überrascht und ein wenig betrübt. Irgendwie beruhigend, dass selbst ein abgebrühter Undercovercop Mitleid mit einem Mädchen empfindet, das ihren Geliebten verloren hat, den Vater ihres Kindes – und noch nicht mal davon weiß. Aber ich schätze, Nazarin weint Vuk dennoch keine Träne nach.

Der Kaffee hilft nicht gegen meine Müdigkeit, mit schweren Lidern stütze ich mich auf den Tisch, später gehe ich langsam zum Sessel und klettere hinein. Ich habe keine Kraft zum Zähneputzen oder Abschminken. Nazarin klinkt mich ein und breitet pflichtbewusst die Decke über mich, und noch bevor er das Zimmer verlässt, versinke ich in einem Schlaf, der weitere Infos über die Ratel bereithält. Anstelle von Träumen erwarten mich endlose Verhörsequenzen und Zahlenkolonnen, Fakten und Daten, die sich tief in meine Gehirnwindungen bohren werden.

Doch hinter dem Unterrichtsstoff flackert eine allgegenwärtige Ruhelosigkeit. Ich glaube fast, Tilas Präsenz in meinem Geist zu spüren, aber ich sehe sie nicht, bekomme sie nicht zu fassen.

»Glaubst du ernsthaft, du kannst herausfinden, was passiert ist?«, scheint sie zu spotten. *»Willst du es wirklich wissen?«*

Mein Geist weiß keine Antwort.

9

TILA

Das Tablet war natürlich kein Ding für die Ewigkeit. Wir konnten es nicht aufladen, wir hätten nicht mal gewusst, wie das geht, deshalb machte nach ein paar Wochen der Akku schlapp. Ich weiß noch, wie traurig ich war, als der Bildschirm sich zum letzten Mal verdunkelte. Kurze Zeit hatte ich in Verbindung mit einer völlig anderen Welt gestanden, und jetzt war diese Verbindung gekappt. Wir saßen wieder an Mana-mas Feuerstelle fest, allein und isoliert.

Dabei hatte Taema sogar irgendwann mitgemacht. Ein Stück weit. Sie schaute nicht mehr demonstrativ weg, auch wenn sie immer noch keine Suchbegriffe vorschlug. Zum Glück waren wir nie ertappt worden. Es hätte keine echte Strafe gegeben, aber man hätte uns anders behandelt – als wäre unsere Neugier auf die Außenwelt ein großes Unrecht gegenüber den anderen, weil hier drinnen doch alles so verdammt perfekt war. Enttäuschte Gefühle können schlimmer sein als Wut. Und die anderen wären misstrauisch geworden, wir könnten ja wer weiß was rausgefunden haben. Aber ich kannte jetzt die Wahrheit über Mana-mas Feuerstelle, und Taema auch, ob sie es wahrhaben wollte oder nicht.

Mana-mas Feuerstelle war ein Gefängnis.

Ich sitze also nicht zum ersten Mal im Knast. Schon die ersten sechzehn Jahre meines Lebens habe ich hinter Gittern verbracht, auch wenn diese aus Bäumen und Blumen bestanden.

Erst sind mir Kleinigkeiten aufgefallen. Dann größere Sachen. Zum Beispiel, was wir alles nicht wissen durften. Oder das ständige Meditieren.

Ich dachte, Meditieren gehört einfach zum Leben dazu. Ich war mir sicher, die Stadtmenschen tun es auch. Das stimmt zwar, aber nicht so wie bei Mana-ma. Dreimal die Woche und dann noch direkt nach dem Sonntagsgottesdienst.

Es lief immer gleich ab. Wir mussten uns still und leise in einer Reihe aufstellen, nacheinander vor Mana-ma antreten und den Mund aufmachen wie die Katholiken bei ihrer Kommunion. Mana-ma legte uns eine winzige Tablette auf die Zunge, die bitter und erdig schmeckte. Ich wollte jedes Mal eine Grimasse schneiden, aber ich glättete meine Gesichtszüge wie alle anderen. Und wenn sich die Pille auf meiner Zunge auflöste, erstrahlte die Welt um mich herum und vernebelte sich gleichzeitig.

Wir legten uns auf die große Wiese, bei Regen in die Kirche, in einem großen Kreis, Hand in Hand – und hatten Klarträume. Mana-ma führte uns durch Visionen, die so realistisch waren, dass mir die echte Welt danach manchmal wie eine Fälschung vorkam. Die Träume sollten uns beruhigen, es waren lauter Naturbilder.

»Ein Gebirgsbach«, sagte Mana-ma zum Beispiel, und dann erschufen wir alle zusammen den perfekten Gebirgsbach.

»Ein Sonnenaufgang«, verkündete sie danach, und über unserem geistigen Auge erblühte der Himmel vor Licht.

Das Problem war: Kollektives Träumen tut weh. Alle Nervenenden brannten, sie standen richtig in Flammen. Tränen quollen aus unseren Augen, und bei jedem Visionswechsel schrien wir auf. Aber wir machten trotzdem weiter, Tag für Tag, Woche für Woche. Wieso tat Mana-ma das? Weil sie uns dadurch zusammenschweißen wollte, schätze ich. Und weil sie konnte. Bei uns gab es keine VR-Sessel und Spritzen, aber wir schufen uns eigene Traumwelten.

Wir konnten auch allein klarträumen und ohne die rätselhafte Droge, mit der Mana-ma uns vollpumpte (Zeal war es nicht, das steht fest). Nach dem Aufwachen erinnerten wir uns immer an unsere Träume, und mit der Zeit wurden Taema und ich unglaublich gut im Klarträumen. Ich mache das immer noch, vor allem hier im Knast, ich schließe die Augen und drifte ab, steige hoch in den Himmel und fliege weg. Wenn ich Mana-ma für irgendwas dankbar bin, dann dafür.

Zur Beichte mussten wir nur einmal die Woche, jeder an einem festen Tag, aber immer direkt nach dem Meditieren. Wenn wir noch geschwächt waren vom Aufwachen, von den Drogen und von den Schmerzen, erzählten wir Mana-ma alles.

Heute finde ich diese ganzen Rituale natürlich sehr schräg, aber damals waren sie Alltag, man war es gewöhnt. Und obwohl Taema und ich plötzlich so vieles wussten, zweifelten wir nicht daran ... bis Adam krank wurde. Da konnten wir uns nicht mehr einreden, dass Mana-mas Feuerstelle irgendwie besser war, als sie tatsächlich war. Als sie ist.

Adam war ohne linken Unterarm zur Welt gekommen, aber das hatte ihn nie gestört. Erst nach unserer Flucht kam ich drauf, dass so eine Behinderung an der Feuerstelle wahrscheinlicher ist als draußen. Wie bei Taema und mir. Ich würde vermuten, dass der Stammbaum wegen der kleinen Population zu dicht verzweigt ist oder dass Mana-mas Meditationsdroge den Babys im Mutterleib nicht guttat.

Jedenfalls standen Taema und ich beide auf Adam. Wir hatten noch nicht raus, wie wir das mit der Liebe regeln wollten, so als siamesische Zwillinge. Wir dachten wohl, das würde sich schon irgendwie ergeben. Und wenn Adam uns beide gemocht hätte, hätten wir wahrscheinlich auch kein Problem damit gehabt, ihn zu teilen.

Klingt das merkwürdig für euch? Ist mir egal. In San Francisco gibt es doch mehr als genug Polybeziehungen, nur eben keine mit siamesischen Zwillingen. An der Feuerstelle hätte sich niemand darüber aufgeregt.

Adam hatte sich beim Pflügen eine Infektion eingefangen, auf den Feldern, wo sich alle Männer und die kräftigeren Frauen mit der Arbeit abwechselten. Er hatte sich am Pflug geschnitten und die Wunde nicht ordentlich ausgewaschen, irgendwie so. Eigentlich nichts Lebensbedrohliches, dafür hätte sogar die primitive Medizin reichen müssen, die bei uns erlaubt war. Und hätte er eine Spritze voller Wundermedizin aus der Stadt bekommen, wäre er nach einer Stunde wieder auf den Beinen gewesen. Aber diese spezielle Infektion war zu stur für unsere Arzneien.

Weil Adam immer kränker wurde, musste er in der Kurhütte bleiben. Streng genommen war kein Besuch zugelassen, aber Schwester Meadows ließ uns trotzdem durchs Fenster schauen, und das freute Adam. Ich bildete mir ein, dass er ebenfalls ein Auge auf uns geworfen hatte, aber mich am liebsten mochte. Wir brachten ihm Weintrauben mit. Adams Bein steckte in einem dicken Verband und war mit einer Schlinge hochgelagert, er schwitzte und war sehr blass. Schrecklich, ihn so zu sehen, aber ich hatte nicht das Gefühl, dass er im Sterben lag. Ich dachte, er erholt sich bestimmt bald. Dass er nur etwas Ruhe braucht.

»Wie geht es dir?« Taema und ich fragten ihn wie aus einem Mund, das weiß ich noch. Ich fand das immer furchtbar. Wir hatten die gleiche Betonung, das gleiche Timing und so, wir klangen wie ein gruseliges Echo der anderen.

Adam lächelte uns müde an. »Ging schon besser, T-plus-T«, sagte er, und fast wären wir rot geworden. Der Doppelspitzname hatte mir schon immer gefallen, weil er klarmachte, dass wir zwei verschiedene Menschen, aber auch eine Einheit waren. Dabei wusste Adam nicht mal, dass wir uns gegenseitig T nannten, wenn wir unter uns waren.

Wir warfen ihm Trauben zu, und Adam versuchte, sie mit dem Mund aus der Luft zu fangen. Meistens schnappte er ins Leere, oder wir warfen daneben, und bald war der Hüttenboden übersät von grünen Trauben. Wir brachen fast zusammen vor Lachen und bekamen übles Seitenstechen.

»Ihr habt mich mal so richtig aufgeheitert«, sagte Adam, als wir keine Weintrauben mehr hatten. Taema und ich streckten ihm durchs Fenster je eine Hand hin, Adam ergriff beide mit seiner. Ich weiß noch, wie warm sie war. Zu warm.

»Wir kommen dich jeden Tag besuchen, bis du wieder gesund bist.« Das versprachen wir ihm.

Am nächsten Tag war Adam weg.

Dafür, dass unsere Medizin dermaßen vorsintflutlich war, gab es an Mana-mas Feuerstelle erstaunlich wenige Todesfälle. Adams Tod war ein großer Schock für Taema und mich, wir kamen nicht damit zurecht. Gestern war er noch da gewesen, heute nicht mehr. Wir würden ihn nie wiedersehen. Wir lagen im Bett, die Arme um die Schultern der anderen geschlungen, Stirn an Stirn gepresst, und schluchzten und schluchzten. Es war so ungerecht.

Es gab keine Beerdigung, das gab es an der Feuerstelle generell nicht so richtig. Wir versammelten uns nicht um die Leiche und legten sie in die Erde oder verbrannten sie. Irgendwas wurde schon damit gemacht, aber ich wusste nicht was. Klar trauerten die Leute, sie redeten über Adam und andere Verstorbene, darüber, wie sehr sie sie vermissten. Aber keine Feierlichkeiten, keine Totenwache oder so.

Auch das wirkt ziemlich mittelalterlich, was? Finde ich jetzt auch, wenn ich so zurückdenke. Aber an der Feuerstelle war es kein Anlass zum Feiern, wenn etwas seinen Anfang nahm oder endete. Wir feierten das tägliche Leben, das immer weiterging. Der Wechsel der Jahreszeiten war sehr wichtig, aber mit Feiertagen, die von den alten Religionen übrig geblieben waren, hatten wir nichts am Hut. Bei uns gab es kein Weihnachten mit Baum und kein Chanukka mit Chanukka-Leuchter.

In unserem ersten Jahr in San Francisco wollte ich Taema zu einem Weihnachtsbaum überreden, doch sie war dagegen.

»Als könnten wir da jemals dran glauben«, sagte sie.

»Glaubt da noch irgendwer dran? Man stellt sich einen hübschen, funkelnden Baum ins Wohnzimmer, das ist alles. Die Heiden sind praktisch ausgestorben, und mit Jesus haben Santa Claus und der Weihnachtsbaum nichts zu tun. Und an Jesus glauben hier anscheinend auch nicht so viele.«

»Sollen wir nicht lieber den Winter feiern?«

»Wieso? Als würden wir noch an Mana-ma und ihren Gott glauben.«

Darauf wusste Taema keine Antwort mehr.

Kurz nach Adams Tod kam die Sommerfeier. Taema und ich schleppten uns widerwillig zur Kirche, in unserem schönsten Kleid. Es umschloss unseren verwachsenen Oberkörper, aber wir hatten uns die Mühe gemacht, den Schnitt an unsere jeweilige Hüfte anzupassen. Taema trug dort ein grünes Band, ich ein blaues. Der Rock strich um unsere Beine, der Saum war besetzt mit handgestickter Spitze.

Wir blieben hinten stehen, die Bänke waren uns nämlich zu unbequem, das harte Holz drückte sich in unser Sitzbein. Wir waren immer noch nicht über Adams Tod hinweg und daher ziemlich schlecht drauf. Kein Mensch redete über Adam, als hätte er uns durch seinen Tod schlecht dastehen lassen. Was musste er auch so krank werden! Als ich auf die Hinterköpfe der Leute in der Kirche blickte, wurde mir plötzlich etwas klar: Viele von denen wussten vermutlich nicht mal, dass man Adam hätte retten können. Wodurch das Ganze irgendwie noch tragischer wirkte.

Nach Adams Tod dachten wir zum ersten Mal ernsthaft über die Flucht nach. Ist das nicht seltsam? Wir hatten uns freiwillig quälen lassen, doch das war kein Grund abzuhauen. Da musste erst ein Junge an einer simplen Infektion sterben.

Mana-ma stand oben auf der Kanzel. Sie war Priesterin, Ehefrau Gottes und Bürgermeisterin in einem. Sie hatte immer nur ein einfaches schwarzes Gewand an, als müsste sie Trauer tragen für all die Sünden, die überall um uns herum begangen wurden, in der Außenwelt. Wir Anhänger waren weiß gekleidet, mit kleinen Farbtupfern. Der Sommer war ein Grund zum Feiern, er war die Jahreszeit des Wohlstands und der Wärme. Ja, schon klar, hier wird es auch im Winter nicht richtig kalt, also im Vergleich zu Minnesota zum Beispiel. Auf jeden Fall schossen die Pilze im Gewächshaus aus dem Boden, die Felder standen in voller Blüte, und abgesehen von einer Kleinigkeit – Adams Tod – waren keine schlimmeren Krankheitsfälle zu beklagen. Bloß kein Drama. Wenn doch mal irgendwas passierte, wurde es unter den Teppich gekehrt und nur nach dem Lichtlöschen besprochen, im Flüsterton. Also feierten wir den Sommer und sangen die alten Lieder, »Let's Live for Today«, »Everlasting Love«, »Wonderful World, Beautiful People« …

Ich schätze, keiner von euch hat je von diesen Songs gehört, aber ich liebe sie bis heute, trotz allem. Sie erinnern mich an die schönen Seiten der Feuerstelle: an das Summen der Bienen, den Blütenduft im warmen Wind, an Wasser und Sand zwischen den Zehen am Seeufer. Zu Hause hatten wir einen Haufen alter LPs und einen Plattenspieler, der so oft repariert worden war, dass kaum ein Originalteil übrig gewesen sein kann. Taema und ich saßen häufig in unserem Zimmer und hörten Musik. Die Musik fehlt mir sehr, hier in meiner kalten, dunklen Zelle.

Nach unserer Ankunft in San Francisco verbrauchten wir einen großen Teil unserer ersten Gehälter dafür, die alten Platten aufzutreiben. Bei den Preisen der alten Vinylscheiben wurde uns ganz anders. Wir kauften dann viele Songs auf modernen Playern, aber sie klangen falsch. Ab und zu hören Taema und ich uns immer noch zusammen »The Sound of Silence« an und denken daran, wie es früher mal war.

Am Tag der Sommerfeier sangen wir laut und hell mit, unsere Stimmen schallten bis zu den Deckenbalken, und Mana-ma las aus dem Heiligen Buch.

Aber diese Sommerfeier war anders als die früheren. Mana-ma erwähnte Adam. Sie wollte etwas sagen, deshalb tat sie es auch. So lief das in unserer Hierarchie: Vielleicht hätten wir in unserer Trauer auch gerne an Adam erinnert, aber ohne Mana-mas Okay war das nicht erlaubt, nicht in der Öffentlichkeit. Wir durften die Regeln nicht ändern, denn mit uns redete Gott nicht.

»Ich weiß, wir würdigen es nur selten, wenn etwas zu Ende geht«, begann Mana-ma. »Besonders zu Beginn einer so warmen, mildtätigen Jahreszeit – doch letzte Nacht hat Gott zu mir gesprochen. Er hat mir gesagt, heute sollen wir uns die Zeit nehmen, um Adam zu trauern.«

In der Menge regte sich ein Murmeln.

»Adams Verlust hat mich an all die anderen erinnert, die über die Jahre von uns gegangen sind. Gott hat mir gesagt, dass diese

Menschen immer noch bei uns sind. Er hat mich aufgefordert, euch allen in Erinnerung zu rufen, dass unsere Liebsten wieder in den Kreislauf eingegangen sind, um anderswo im Universum von Neuem zu gedeihen. Denkt daran in dunklen Zeiten, denkt an das Licht. Wann immer ihr die Herrlichkeit Gottes in der Natur erblickt, wisst ihr, dass unsere Liebsten noch immer ein Teil davon sind.«

Für einen Augenblick sahen alle zu Boden und dachten an Adam, und danach ging es Taema und mir besser. Endlich wurde nicht mehr so getan, als wäre nichts gewesen, endlich wurde sein Tod zur Kenntnis genommen. So war es besser, vielleicht hatte Mana-ma das begriffen.

Draußen strichen Taema und ich über die Sonnenblumen, die in der Sommerhitze wucherten und ihre gelben Köpfe zur Sonne neigten, und dachten an Adam.

Doch der Meditation konnten wir nicht entkommen, wir mussten mit zur großen Wiese. Darauf hatte ich überhaupt keine Lust, aber es gab keine Entschuldigung, außer man war krank. Also stellten wir uns an und schluckten unsere bittere Medizin. Wir betteten uns auf den Boden, ich blickte Taema in die Augen. Die Droge wirkte schon, unsere Lider wurden schwer, unser ganzer Körper kribbelte.

Ich weiß nicht, ob Mana-ma von dieser Nebenwirkung wusste, aber durch die Droge waren Taema und ich uns noch näher. Ganz im Ernst, ich konnte jeden ihrer Gedanken lesen und jedes ihrer Gefühle mitfühlen. Wir traten alle in Verbindung miteinander, aber zwischen mir und ihr war sie am intensivsten, wir wurden praktisch zu einem einzigen Menschen. Das fiel sogar Mana-ma auf.

Irgendwie wünschte ich, wir könnten noch mal auf diese Weise verschmelzen, Taema und ich. Dann könnte ich ihr alles viel leichter erklären. Auf der anderen Seite macht es mir Angst, was sie in mir entdecken könnte.

Die Meditation verlief wie immer. Mana-mas Stimme hallte laut und deutlich über die Versammlung, die Sonne brannte auf uns herab. Wir schlossen die Augen und hielten uns an den Händen, während wir im Geist Welten erschufen, die nur wir bewohnten, und unsere Körper verkrampften. Doch diesmal schmerzte es etwas weniger, und dadurch konnten wir den Traum besser genießen.

Diese Meditation wurde zum Wendepunkt. Wir alle wurden immer besser im Klarträumen, und je besser wir waren, desto weniger schmerzte es. Als Taema und ich von der Feuerstelle flohen, tat das Meditieren kaum noch weh.

Hinterher mussten Taema und ich nicht zur Beichte, wir waren nicht dran. Wir verließen die Wiese, viele andere gingen zu zweit. Manche machte die Droge wahnsinnig geil, und Sex war auch nur eine Möglichkeit, in Verbindung zu treten und die Liebe Gottes auszudrücken. Solange sich alle Beteiligten einig waren, wurde Sex absolut gutgeheißen. Die meisten Ehepaare führten eine offene Beziehung, aber nicht alle. Unsere Eltern hatten nur Augen füreinander.

Taema und ich machten da nie mit. Wir fühlten uns noch nicht bereit dafür, und das störte keinen. Wir wanderten den Fußweg entlang in den Wald.

Für mich war der Wald besser als jede Kirche. Wenn wir an den riesigen Mammutbäumen hinaufblickten, in das Licht, das von tausend Grüntönen gefiltert wurde, und den Duft von Rinde, Erde und Laub einsogen, dann hatte ich wirklich das Gefühl, an einem heiligen Ort zu sein.

Unter den Farnen wuchsen leuchtend gelbe Pilze, die fast aussahen wie Bananenschnecken, in den Sonnenstrahlen wirbelte Staub, von oben drangen Vogelrufe herab. Das fehlt mir heute wirklich. In der Stadt gibt es Wolkenkratzer aus Bäumen, aber die sind künstlich, das sieht man. Ich vermisse die raue, ungezähmte Natur.

Wir gingen zu unserem ausgehöhlten Mammut, wir hüllten uns ein in seinen fantastischen Duft nach verkohltem Holz, Feuchtigkeit und Vegetation.

Da spürten wir es zum ersten Mal.

Ein unrhythmisches Holpern in unserer Brust, in unserem Herzen. Ein schmerzhafter Druck. Ein Schwindelgefühl.

Taema und ich japsten nach Luft und verließen hastig den Baum. Wir stolperten über den Waldweg, wir mussten schnellstens zurück zur Siedlung. Vor unseren Augen verschwamm die Welt, wir bekamen keine Luft mehr. Ich klammerte mich mit aller Kraft an Taema, so große Angst hatte ich.

»Was ist das?«, keuchte sie. Weiter vorne sahen wir das Kirchendach, unendlich weit weg. »Was passiert mit uns?« Taemas Kopf sackte auf meine Schulter.

»Fall mir jetzt bloß nicht in Ohnmacht.« Ich kniff sie in die Wangen, sie jaulte und riss die Augen auf. »Wenn du umkippst, liegen wir da wie eine Schildkröte auf dem Rücken. Komm schon, Taema. Komm schon.«

Sie blieb bei mir, irgendwie. Doch als wir uns der großen Siedlung näherten, kamen wir plötzlich keinen Schritt mehr voran. Wir lehnten uns an den Zaun am Wegesrand. Es war heiß, die Sonne brannte uns auf die Haare, und ich bekam keine Luft. Vor uns tauchte eine Gestalt auf. Vor lauter Schmerzen und Sauerstoffmangel dachte ich eine Sekunde lang, es wäre Adam. Der tote Adam, der uns nun in Gottes liebevolle Arme geleiten sollte, zurück in den Kreislauf. Dann klarte sich das Bild auf, und ich erkannte Dad. Als wir zusammenbrachen, rannte er los.

10
TAEMA

Jetzt habe ich einen steifen Hals von der Nacht in dem verdammten Sessel.

Ich richte mich auf und schnalle mich mit Mühe eigenhändig ab. Wie zuletzt hat Nazarin den Sessel offenbar vor ein paar Stunden abgeschaltet, um mir ein bisschen echten Schlaf zu ermöglichen. Zu wenig, wie immer.

Vor mir liegt der nächste Trainingstag. Sparring mit Nazarin, kurze Essenspause, weiter im Programm. Meine Muskelmods haben auf die zusätzlichen Reize gut angesprochen, ich merke schon, dass ich schneller, stärker bin denn je. Nach einer weiteren Dusche schlage ich mir den Bauch voll, um meine Energiereserven aufzufüllen, und frage Nazarin nach unseren Plänen für den heutigen Tag. Am Donnerstag wurde Tila verhaftet, am Freitag habe ich mich zum Undercovereinsatz bereit erklärt, am Samstag den Ratel mitgeteilt, dass ich zwei Schichten auslassen muss, am Dienstag war ich im Zenith. Für die Ratel arbeitet Tila immer zwei Wochen lang dienstags und donnerstags, jeweils am Nachmittag, dann zwei Wochen lang montags und mittwochs. Ihre letzte Schicht hat sie letzten Donnerstag absolviert, vor ihrem Dienst im Zenith, wo der ganze Wahnsinn losging. Meine erste Schicht steht nächsten Montag an. Nicht mal mehr eine Woche, dann steige ich in Tilas Rolle bei den Ratel ein. Die Vorbereitungszeit wirkt extrem knapp bemessen, obwohl die Informationsübertragungen bereits mein Gehirn sprengen.

»Ich soll dir was zeigen«, sagt Nazarin. »Den Tatort.«

Das erwischt mich kalt. »Wie bitte?«

»Die Kollegen von der Spurensicherung sind fertig, die von der Gerichtsmedizin auch. Ich habe sie gebeten, hier eine Holorekonstruktion einzurichten. Sie wartet oben auf uns.«

Unwillkürlich schwenkt mein Blick zur Decke. »Gleich jetzt?«

»Gleich jetzt. Wenn du bereit dafür bist.«

Ist das ein Test? »In Ordnung«, sage ich.

Nazarin geht voraus, die Treppe hinauf, ich folge ihm zögerlich. Unter meinen Füßen knarrt altes Holz. Oben dreht er sich nach rechts und öffnet die erste Tür.

»Moment noch.« Wie es aussieht, bin ich doch nicht bereit. Ich muss mich sammeln. Gleich werde ich den nachgebildeten Schauplatz eines grausigen Verbrechens betreten – das meine Schwester begangen haben soll. Ich habe noch nie größere Mengen von Blut gesehen. »Sieht es aus wie … in echt?«

»Auf den ersten Blick ja. Die Rekonstruktion gleicht dem realen Tatort exakt, jeder Winkel, jeder Spritzer. Aber immer dran denken: Es ist nicht echt. Es ist holografisch.«

Plötzlich taucht eine Erinnerung auf: Tila krallt sich in meine Bluse, zischt: *»Ist nicht mein Blut.«* Ich fahre mir über mein neues Gesicht. Ruhig bleiben. »Okay. Alles klar.« Dann stoße ich die Tür auf, Nazarin dicht hinter mir.

Ein Großteil der Fläche wird von einer transparenten Plastikblase umschlossen, identisch mit jener, die unmittelbar nach Eintreffen der Polizei über den realen Tatort gebreitet worden sein muss, unmittelbar nach Tilas mutmaßlicher Flucht. In der Blase glitzert eine riesige Lache aus nassem Rot, wie frisch vergossen.

Ich muss gegen einen Würgereflex ankämpfen. So viel Blut.

Es sind fast die vollen fünf Liter, die nun teilweise in den weißen Teppich sickern, Flecken, die für immer bleiben. Noch vor ein paar Tagen hat Tila in diesem Separee des Zenith ihre Gäste unterhalten, hat gescherzt, geflirtet und gelacht, seit meinem Clubbesuch gestern Abend sehe ich es lebhaft vor mir. Was ist geschehen? Wo war der Bruch?

Ich will alles wissen: Ob Tila diesen Vuk kannte, den sie attackiert haben soll, und wenn ja, wie gut und woher. Als ich die Blase umrunde, beobachtet Nazarin jede meiner Gefühlsregungen. In seinen braunen Augen schimmern goldene Flecken.

Was erwartet er von mir, was soll ich hier entdecken? Gibt es denn etwas zu entdecken? Auf dem Holosofatisch sind leere Gläser umgekippt und teils zu Bruch gegangen, nur eines steht weitgehend unversehrt da, mit einem Lippenstiftabdruck an der Kante. Ein violetter Abdruck, in demselben Ton habe ich mir gestern die Lippen geschminkt. Hat Tila am Donnerstagabend diesen Lippenstift getragen? Ich habe sie nur flüchtig gesehen, dann wurde sie von den Cops fortgebracht. Das Make-up, das durch Regen, Tränen und das Wegwischen der Blutspuren über ihr halbes Gesicht gelaufen war – ja, ich glaube, ihre Lippen waren violett.

»Die Obduktion ist abgeschlossen?«, frage ich.

»Ja. Die Kollegen haben uns den Bericht geschickt und eine Rekonstruktion des möglichen Tathergangs. Kann ich dir zeigen. Wenn du es sehen willst.«

Ich nicke. Obwohl ich mir kaum etwas Entsetzlicheres vorstellen kann als eine solche Rekonstruktion.

Nazarin zieht sein Tablet hervor und legt es neben sich aufs Sofa, auf Knopfdruck erscheint ein kleiner Holoschirm. Er hätte die Bilder auch direkt auf meine Implantate streamen können – nett von ihm, dass er den Umweg über das Tablet wählt. So kann ich ein wenig Distanz zum Geschehen wahren.

Dreidimensionale Figuren bilden sich heraus, im Gegensatz zur scheinbar handfesten Nachbildung des Tatorts durchsichtig wie Geister.

Lachend kippt Vuk den Champagner hinunter. Äußerlich ähnelt er Nazarin: ein wuchtiger, muskelbepackter Körper, kurzgeschorenes Haar. Doch seine Züge wirken weniger markant, beinahe zerbrechlich, zu zart für sein Gesicht. Vuk verteilt Drinks und plaudert mit Freunden. Neben ihm sitzt Tila, die Beine übereinandergeschlagen wirft sie ihr Haar über die Schultern und nippt am Weinglas. Da die Rekonstruktion auf den Daten der Infrarotsensoren des Zenith basiert, beschränkt sich die Mimik auf das absolute Minimum – ein breites Grinsen oder völlige Emotionslosigkeit. Einer nach dem anderen verabschieden sich die übrigen Gäste, bald sind Vuk und Tila allein.

Das Bild verschwimmt. Jetzt nimmt wohl das Gespräch zwischen Tila und Vuk seinen Lauf, doch das Programm kennt seinen Inhalt nicht. Normalerweise hätten die Kameras die Unterhaltung aufgezeichnet, in den Zeal-Separees können sich die Kunden aber größere Privatsphäre erkaufen. Als das Bild wieder aufklart, hält Tila ein Messer in der Hand. Vuk dreht sich mit einem Drink zu ihr, Tila sticht zu. Diese Attacke kann Vuk noch abwehren, doch die Klinge streift ihn am Handgelenk, daher die Blutspritzer links von der großen Lache. Dann gelingt es Tila, ihm auf den Fußrücken zu stampfen, und ihr Knie schießt zwischen seine Beine. Vuk sackt zusammen, Tila zögert keine Sekunde. Das Messer blitzt, die Klinge fährt ihm zwischen die Rippen und wird nach oben gerissen, zum Herzen. Dann wieder nach unten, um die Wunde zu erweitern. Vuk blutet auf dem Boden aus, Tila steht mit ausdruckslosem Gesicht über ihm. Bis sie sich zum Sofatisch bückt und das Messer ins Holz rammt.

Der Holoschirm verdunkelt sich.

Trotz der perfekt regulierten Zimmertemperatur zittere ich vor Kälte. Das kann alles nicht sein. Da muss ein Irrtum vorliegen – die Infrarotsensoren wurden manipuliert, es war nicht meine Schwester. Es war jemand anderes. Etwas anderes. Ich kann nicht glauben, dass Tila zu einer solchen Tat imstande wäre, ohne jedes Zögern und mit dieser Präzision, diesem Geschick. Das kann nicht die ganze Wahrheit sein. Auf keinen Fall. Denn wenn doch, habe ich keine Ahnung, wer diese Frau ist. Diese kaltblütige Mörderin.

»Das war nur eine mögliche Rekonstruktion, oder?«, frage ich mit flehendem Unterton, und in Nazarins Blick liegt eine Spur Mitleid. Ich wende mich ab, will sein Bedauern nicht.

»Das stimmt. Den Infrarotdaten zufolge haben sich zwei Personen im Zimmer aufgehalten, aber ihre Bewegungen wurden nicht mitgeschnitten. Aufgrund der Verletzungen tippen die Kollegen auf diese Ereignisabfolge, aber die Chronologie muss nicht korrekt sein, und natürlich fehlt der Kontext.«

Im Stillen frage ich mich, wie groß die Abweichungen tatsächlich sein können. Irgendjemand hat Vuk an diesem Abend erstochen und aufgeschlitzt, er war allein mit meiner Schwester, und selbst wird er sich die Verletzungen kaum zugefügt haben. Doch ich schiebe die Zweifel beiseite, sie überfordern mich. Ich war noch nie so dankbar für Mana-mas Ausbildung. »Was wisst ihr noch über Vuk?« Über das Opfer enthielten die Gehirnübertragungen nur äußerst spärliche Informationen.

»Ich schätze, er hat neben seinen anderen Pflichten mindestens einmal die Woche irgendwen für die Ratel aus dem Weg geräumt. Mit seiner charmanten Art konnte er sich Zutritt zu exklusiven Kreisen verschaffen. Aber obwohl die Ratel ihm sicher vertraut haben, glaube ich nicht, dass er zum absoluten Führungszirkel gehörte. Da wollte er aber eindeutig hin. Laut Obduktion hatte er seinen Körper mit vielen Mods und Upgrades optimiert.« Nazarin scrollt durch den ärztlichen Befund. »Muskelimplantate und Nanobots, ein fast vollständig erneuertes Gesicht, eine Armprothese mit transplantierter Haut, neue Zähne. Sogar seine Ohrenform hat er angepasst. Keine Ahnung, wer er früher war, aber er wollte sicher sein, dass wir es nie erfahren. Nicht mal nach seinem Tod.«

Mein Mund ist wie ausgetrocknet. »Kann ich … kann ich mir den Tatort genauer ansehen? Kann ich reingehen?«

»Ja.« Nazarins Augen verschleiern sich, als er über seine Optikimplantate auf die Bedienelemente zugreift, und die Plastikblase zerplatzt. Auf Zehenspitzen umgehe ich die Blutlache, ohne einen einzigen Blick auf die Leiche. Etwas anderes macht mich neugierig. Ich nähere mich dem Sofatisch.

Meine Fingerspitzen verharren über der Tischplatte. »Kann ich Dinge verschieben?«

»Ja«, antwortet Nazarin.

Ich fasse nach dem Glas mit dem Lippenstiftabdruck, rücke es zur Seite. Zwischen den Fingern spüre ich nichts, nur leere Luft. Am Rand ist ein Splitter abgesprungen – das Glas war umgekippt, doch Tila hat es vor der Flucht wieder aufgestellt. Darunter entdecke ich fünf hastig in die Tischplatte geritzte Punkte sowie daneben ein paar andere Kratzer. Das Glas löst sich aus meiner Hand und gleitet zurück in seine Ausgangsposition auf dem Sofatisch.

»Sie hat nicht auf den Tisch eingestochen«, flüstere ich. »Sie hat etwas eingeritzt.«

Nazarin überfliegt die Notizen der Spurensicherung. »Ja, das ist den Kollegen aufgefallen. Fünf Punkte. Das Symbol der Feuerstelle, oder?«

»Ja.« Diese schlichte Darstellung habe ich lange nicht mehr gesehen. Wieso hat Tila das Symbol hier hinterlassen? Ihr Hass auf die Feuerstelle steht meinem in nichts nach.

»Aus den Zeichen hier wurden wir nicht schlau.« Mit dem

Kinn deutet Nazarin auf die Striche und Punkte neben dem Symbol, die an Morseschrift erinnern. »Wir konnten darin keine Sprache oder Verschlüsselung erkennen.«

Ich zucke mit den Schultern, will es ihm nicht verraten. Mein Blick schweift ab.

»Du kannst das entziffern«, sagt Nazarin. »Ich sehe es dir an.«

Soll ich lügen? Aber das hätte keinen Sinn. »Das ist ein Alphabet, das Tila und ich uns als Kinder ausgedacht haben. Wir wollten uns Nachrichten schreiben, die niemand sonst lesen kann.«

»Tila wusste, dass du ihre Botschaft entdecken würdest.« Nazarin reibt sich das Stoppelkinn, unter dem Shirt spannt sich sein Bizeps, und mir wird wieder mal bewusst, wie kräftig er im Vergleich zu mir ist, wie massig. Er wirkt misstrauisch, was ich gut verstehe.

Tatsache ist: Ich bin genauso ratlos wie er. Wie kam Tila darauf, mir eine Botschaft zu hinterlassen, und wieso ausgerechnet diese? Sie konnte nicht ahnen, wie sich die Dinge entwickeln würden … oder doch?

Mir wird übel. Ich atme konzentriert und weiche von der Blutlache zurück, vom zerkratzten Sofatisch, flüchte mich zum Erkerfenster und blicke auf die Stadt unter dem wolkenverhangenen Himmel. Segelboote laufen in den Hafen ein, beim Embarcadero kommen Schwebeautos an oder fliegen ab zu diversen Zielen. Die Sonne geht unter, über allem liegt das weiche Rosaviolett der frühen Dämmerung.

Detective Nazarin schiebt sich lautlos an meine Seite, meine Stirn ruht an der kühlen Glasscheibe. Mein mechanischer Herzschlag hat sich kaum beschleunigt. Irgendwo sitzt Tila in ihrer Zelle, und ihr Herz pocht im selben Takt wie meines, mehr oder weniger.

»Was bedeuten die Zeichen?« Nazarin steht dicht neben mir und spricht mich leise an, im Nacken spüre ich seinen nach Minze duftenden Atem. Doch seine Sanftheit trügt – unter der Oberfläche lauert eiserne Entschlossenheit.

Ich könnte ihm eine Lüge auftischen. Ihm irgendwas vorschwindeln. Die Cops hätten keine Chance, die Spur weiterzuverfolgen – und ich könnte ihr auf eigene Faust nachgehen. Aber würde ich dabei weit kommen? Wohl kaum. Tila hat sich mit den Ratel eingelassen, und ich habe nicht die geringste Ahnung vom Kampf gegen diese Vereinigung.

Nazarin allerdings schon.

»Da steht ›MIA‹.« Ich wende den Blick nicht vom Fenster ab, mein Atem lässt das Glas beschlagen. Mit der Fingerspitze schreibe ich die drei Buchstaben unseres Geheimalphabets in den Nebel.

»Wofür steht das? *Missing in action?*«

»Es ist keine Abkürzung. Es ist ein Name. Mia. Mia hat uns nach der Feuerstelle bei sich aufgenommen.«

»Wieso hat Tila ihren Namen dort hinterlassen? Was denkst du? Und wo ist diese Mia jetzt?«

Ich zucke mit den Schultern und schlinge die Arme um meinen Oberkörper. Wie gerne würde ich jetzt nach Hause gehen und die Augen schließen, und wenn ich wieder aufwache, wäre alles wieder gut.

»Mia ist vom Glauben abgefallen. Eine Abtrünnige wie wir. Sie hat Tila ins Hostessengeschäft eingeführt, früher war sie eine der begehrtesten Hostessen der Stadt. Jetzt ist sie ein Zealot. Sie ist im Mirage im Mission District.«

»Das Mirage ist ein Drecksloch.«

»Ja. Aber … aber die Ratel haben das Zeal im Mirage doch noch nicht manipuliert oder durch Verve ersetzt?«

»Nicht dass ich wüsste. Aber … Shit.« Nazarin massiert sich den rasierten Kopf. »Falls doch, wäre es ein Risiko, dort aufzukreuzen. Falls sie das Mirage beobachten.«

Ich schweige.

»Mia ist sicher im Mirage?«, fragt Nazarin.

»Ist sie immer.«

»Dann los.«

Nazarin schaltet sich wieder in seine Implantate ein, und das Tatorthologramm zerfällt zu Nichts.

Denkt der Durchschnittsbürger an Zeal, hat er nicht die dunklen, dreckigen Zealoten-Lounges vor Augen. Sondern Gehirnübertragungen und lichtdurchflutete Lounges in schönen Vierteln, wo man etwas Druck ablassen kann, um danach erfrischt ins echte Leben zurückzukehren. Er denkt an die Droge, deretwegen die Kriminalität fast vollständig aus San Francisco verschwunden ist, und die nebenher für ein wenig Unterhaltung sorgt – was wir alles Sudice, Inc. zu verdanken haben, dem Unternehmen, für das ich früher gearbeitet habe, wie so viele Menschen hier. Ich habe mir nie klargemacht, wie weit die Arme des Konzerns in die Stadt reichen und wie tief die Regierung in seiner Schuld steht.

An die dunklen, dreckigen Zealoten-Lounges will kaum einer denken, und im Verdrängen sind die Leute sehr gut. Niemand nimmt sich die Zeit, sich jene Menschen auszumalen, die womöglich die schlimmsten Verbrecher, Serienmörder, Vergewaltiger oder Kinderschänder wären, würden sie nicht in der Zealscape festhängen und nach dem Aufwachen nicht stets derart neben sich stehen, dass sie keinen anderen Gedanken kennen, als sich schnellstmöglich wieder einzuklinken. Die Kunden der Zealoten-Lounges haben dunkle Träume, zu dunkel, um sie in hübscheren Lounges zu wagen. Es heißt, die Behörden könnten Träume noch nicht effektiv überwachen, nicht im Detail, aber daran haben manche ihre Zweifel – und verschwinden deshalb im Untergrund.

Das Mirage zählt zu den schlimmsten Zealoten-Lounges. Aber wir müssen dorthin, denn wir wollen zu Mia.

Mia. Seit eineinhalb Jahren habe ich sie nicht mehr gesehen. Sie gab Tila und mir ein Dach über dem Kopf, sie war wie eine zweite Mutter oder eine Tante. Jahrelang wohnten wir bei ihr, der einzigen anderen Abtrünnigen, zumindest der einzigen, die wir kennen. Wir liebten sie, sie liebte uns, aber sie hatte immer Probleme, verirrte sich immer wieder in bessere Zealoten-Lounges, kämpfte sich wieder frei, und als ihre Zealscapes zunehmend düstere Farben annahmen, stand die Polizei vor der Tür. Mia riss sich am Riemen, und irgendwann schien sie wieder die alte Mia zu sein, die Frau, bei der Tila und ich eingezogen waren.

Doch nach Mias letztem Rückfall, als sie wieder in irgendeiner Untergrundlounge versackt war, kehrten wir ihr den Rücken. Oder hielt Tila heimlich Kontakt? Es fiel mir schwer, aber ich konnte Mias Selbstzerstörung nicht mehr mitansehen. Alle Hilfsangebote lehnte sie ab, jede Therapie und Entzugskur. Mia war nicht mehr zu retten. Diesmal nicht.

Bis heute fühle ich mich schuldig. Aber wie soll man jemandem helfen, der sich nicht selbst helfen will?

Zum Glück hat Nazarin heute Abend Zeit für einen Ausflug zum Mirage, morgen ist er dafür von früh bis spät für die Ratel unterwegs. Aber sollte die Mafia der Lounge bereits einen Besuch abgestattet haben, könnte er erkannt werden – weshalb wir beide eine Maske tragen, ähnlich einer vorübergehenden Behandlung in der Chirostube. Die Masken schmiegen sich perfekt an unsere Gesichter, so dünn, dass sie nicht auffallen dürften, während Kameradrohnen dennoch in die Irre geführt werden. Notfalls können wir sie einfach abziehen. Bei allzu genauer Prüfung könnten die Betreuer misstrauisch werden, aber meist sind die Leute überarbeitet und unterbezahlt, es sollte keine Probleme geben. Meine Maske juckt.

Mit der MUNI fahren wir runter in den Mission District, bei unserer Ankunft herrscht völlige Dunkelheit. In diesem Viertel wimmelt es von wabernden Holoreklamen, ein beständiger Ansturm auf die Sinne während unserer Wanderung durch die Straßen: Männer und Frauen in einem Hauch von Nichts zeigen, was sie zu bieten haben, befeuchten sich vieldeutig die Lippen, rufen uns zu, was bei ihnen käuflich zu erwerben ist. Jede Reklame plärrt laute, blecherne Musik in die Nacht, ein vielstimmiges Konzert. Gäbe es noch Epileptiker, sie müssten einen Bogen um den Mission District machen. In meinen Schläfen flammt ein beginnender Kopfschmerz auf; die Augen abgeschirmt, schiebe ich mich neben Nazarin durch das grelle Licht.

Bald nehmen die Reklamen dunklere Farben an, Rot- und Schwarztöne, tiefes Blau. Ihr Flackern spendet kein Licht, die Straßenbeleuchtung auch nicht viel. Man fühlt sich nicht willkommen. Wen es hierher verschlägt, der sucht nach Träumen, die man sich in anständigen Zeal-Lounges lieber spart.

Das Mirage liegt am Ende der Straße. Über die Gebäudefront flimmert eine Palme im Wüstensand, dahinter schimmert eine ferne Sphinx, die den Mund zu einem Gähnen öffnet, um uns dann mit mysteriösem Blick zu fixieren. Vor den Fenstern wurden die Rollläden heruntergelassen. Ich will da nicht rein.

Ich weiß, was mich im Inneren erwartet: Dutzende Menschen, an Sessel gegurtet, Drähte in den Adern, die mit zuckenden Lidern ihre Fantasien ausleben.

Wieso bevorzugen manche Menschen brutalere Träume? Teils heißt es, bei Personen mit hoher Kriminalitätsneigung lägen Abweichungen im Gehirn vor, etwa eine Schädigung des präfrontalen Cortex. Dadurch könnten ihre Gehirnhälften nicht ordnungsgemäß kommunizieren, was aggressive Tendenzen übersteigert – tickende Zeitbomben.

Mich hat das nie überzeugt, aber es ist eben die alte Frage: Umwelt oder Anlage? Freier Wille oder Determination?

Sudice entwickelte Zeal ursprünglich als Virtual-Reality-Game, das Fantasien zur Realität werden ließ. Die positive Nebenwirkung wurde rein zufällig entdeckt: Bei Spielern, die Gewaltimpulse virtuell abreagiert hatten, wurde nach dem Aufwachen eine Dämpfung eben jener Impulse festgestellt. Die Nervenbahnen wurden neu vernetzt, die Amygdala unterdrückt, das vorzeitliche »Echsenhirn«, das uns begleitet, seit wir aus dem Meer gekrochen sind. Der Effekt war bei jedem zu beobachten, bei Personen mit angeblich »brutalen« Gehirnen und bei anderen. Innere Ruhe und Zufriedenheit wurden gesteigert, perfekte Bürger produziert. Zeal-Lounges kamen groß in Mode.

Hin und wieder frage ich mich, was Mana-ma zu all dem zu sagen hätte.

Der erste Zeal-Konsum wurde zum Initiationsritus, den meine Schwester und ich allerdings verpasst hatten. Als wir die Droge erstmals ausprobierten, wurden wir herb enttäuscht. Zeal-Träume waren nur ein schwacher Abglanz der Bilder, die wir während der Meditation an der Feuerstelle gesehen hatten und jede Nacht sahen, wenn wir die Augen schlossen.

»Verve jagt der Regierung und Sudice eine Wahnsinnsangst ein, oder?«, frage ich.

»Ja«, sagt Nazarin.

»Die gleiche Droge – aber wirkungsvoller. Ein intensiverer Rausch, aus dem man nicht gesättigt erwacht, sondern zornig. Anfällig für Provokationen. Noch herrscht Frieden, aber wie friedlich wäre es in der Stadt wirklich, würden sich die Leute nicht mit Zeal sedieren?« Gehe ich zu weit mit meinen Worten? Es klingt, als wollte ich Kritik üben an den Behörden, an Nazarins Arbeitgebern.

Aber er lächelt bloß traurig. »Ich will es nicht wissen. Du vielleicht?«

Die andere Frage, die mir seit den endlosen Gehirnübertragungen durch den Kopf geht, spreche ich nicht aus: Was, wenn Verve der Regierung in die Hände fällt? Bei allen Risiken – Verve würde den Behörden erlauben, die Träume der Bürger auszuspähen. Und was, wenn sein Potenzial sogar noch größer wäre?

»Wie konnten die Ratel so eine Droge entwickeln?«, frage ich.

»Wir glauben, Ensi selbst hat sie erfunden. Der Ursprung liegt in Zeal, aber Ensi hat daraus etwas Eigenes, Krankes gemacht. Der Mann ist ein Genie.«

»Und woher kommt dieses Genie?«

»Das ist die große Frage.«

»Wie weit reicht der Einfluss der Ratel eigentlich?«, überlege ich laut, ohne wirklich eine Antwort zu erwarten.

Nazarin antwortet trotzdem. »Weit. Sie strecken ihre Fühler in alle Bereiche. Im Moment kämpfen wir fast schon auf verlorenem Posten. Werden wir die Ratel jemals vollständig neutralisieren? Unwahrscheinlich. Aber wir müssen die Oberhand gewinnen und die gröbsten Auswüchse eindämmen, bevor Verve sich zu weit ausbreitet.«

Nachvollziehbar. »Und das geht am leichtesten über Ensi. Man muss dem Monster den Kopf abschlagen.«

Nazarins Blick streift mich von der Seite. »Ganz genau. Das ist unsere beste Chance.«

Da kommt mir die Aussage eines Gefangenen aus der Gehirnübertragung in den Sinn. *»Nicht alle sind sich mit Ensi einig. Manche wollen ihn tot sehen.«* Das wunderte mich nicht – in jeder Organisation gibt es Einzelne, die einen Groll gegen die Führung hegen, das kenne ich schon von der Feuerstelle. Aber vielleicht hat es damit noch mehr auf sich. »Du willst Unruhe stiften?«

»Ja. Das ist mein Hauptziel. Ich schaue mich nach Mitgliedern um, die vielleicht darüber nachdenken, Ärger zu machen, und ermuntere sie unauffällig. So unauffällig, dass ich mich nicht selbst verdächtig mache. Wenn wir einen Keil in die Ratel treiben können, entdecken wir möglicherweise eine Schwachstelle. Aber das ist alles andere als leicht.«

Ich reibe mir die Schläfen, die unter dem Flimmerlicht des Mirage zunehmend schmerzen. »Das Ganze wird immer komplizierter.«

»Ja. So geht es mir, seit ich undercover gegangen bin. Je tiefer man abtaucht, desto größer der Wahnsinn.«

»Aber Ensi hast du nie gesehen.«

»Nein. Ich bewege mich immer noch auf der Ebene der Springer. Aber dieses Wochenende steigt eine Party, zu der ich eingeladen wurde. Dort soll Ensi auftauchen. Vielleicht lerne ich ihn endlich kennen, nach zwei Jahren.«

»Mir ist immer noch nicht klar, wie ich dir eigentlich helfen soll.«

»Ehrlich gesagt hängt vieles davon ab, wie weit Tila schon in den Führungszirkel vorgedrungen war. Sie wurde beeindruckend früh in der Verve-Lounge eingesetzt, aber das große Ganze lässt sich nicht überblicken. Manchmal kommt sie mir vor wie ein kleiner Fisch, dann habe ich wieder den Verdacht, dass sie bei den großen Nummern mitmischt.«

Ein Schauer überläuft meinen Rücken, Gänsehaut überzieht meine Arme. Tila hat sich nicht nur mit den Ratel eingelassen, sie ist sogar in höhere Sphären aufgestiegen? Ohne mir davon zu erzählen oder um Hilfe zu bitten? Warum hat sie damit eigentlich angefangen? Wegen des Geldes? Als gierig hätte ich Tila nie eingeschätzt, nicht nach Geld. Aber was weiß ich schon über sie? Tila hat ein zweites, anderes Leben geführt. Ich unterdrücke ein Schluchzen.

»Wollen wir mal sehen, was Mia zu sagen hat«, meint Nazarin. »Ob sie uns etwas zu sagen hat.«

»Wenn sie eingeklinkt ist, müssen wir dann mit rein? Wieso warten wir nicht, bis sie aufwacht?« Dieser Aspekt unseres Plans lässt mich erst recht zögern. Ich will nicht in Mias Träume einsteigen und ihre tiefsten, dunkelsten Sehnsüchte kennenlernen. Schlimm genug, dass ich diese Begierden bei Mias Rückfällen aus zweiter Hand miterleben musste. Zealscapes können unberechenbar sein, erst recht in Untergrundlounges, sagt man. Teilweise entsprechen sie beinahe der realen Welt, teilweise verzerren sie diese zu Albträumen. Ich kann mir denken, was Mia vorzieht. Es macht mir Angst.

»Kommt ganz drauf an, wie lange sie noch drinbleibt. Wenn es über zwölf Stunden sind, können wir nicht warten. Die Zeit haben wir nicht.«

»Aber wenn wir mit einsteigen müssen, kann ich in der Zealscape klarträumen? Sicher?« Nervös beäuge ich den Eingang des Mirage. Wer sich in den Traum eines anderen einklinkt, wird in der Regel hilflos mitgerissen von den fremden Fantasien. Man kann nicht viel ausrichten, genau deshalb träumen die meisten Menschen ohne Gesellschaft. Doch Nazarin setzt darauf, dass ich die Entwicklung der Traumwelt bis zu einem gewissen Grad durch Klarträumen beeinflussen könnte. Das Problem ist: Klarträumen lenkt die Scheinrealität nicht unbedingt in die gewünschte Richtung.

»Ja«, antwortet er. »Wir verfolgen zwei Ziele: Erstens können wir Mia wenn nötig innerhalb der Zealscape befragen. Zweitens finden wir raus, wie du dich im Traum schlägst. Du kannst diese Welt manipulieren, das weiß ich. Die Gehirnübertragung hast du doch hervorragend gemeistert.«

»Kann schon sein.« Sicher bin ich mir nicht. Ich fürchte mich. Dabei habe ich so viele Jahre trainiert, an der Feuerstelle. Im Grunde sollte es mir leichtfallen.

Flashbacks an unsere kollektiven Träume erfassen mich, fast schmecke ich wieder die Bitterkeit der Tablette, die Mana-ma uns jedes Mal behutsam auf die Zunge legte.

»Tut das weh?«, frage ich. Ich erinnere mich an die starken Schmerzen, und geistige Schmerzen sind so viel schlimmer als körperliche.

»Mir hat es nie wehgetan.«

»Und du bist auch nicht abhängig geworden.« Noch so eine Angst – ich habe Zeal bloß ein-, zweimal ausprobiert, vor Jahren. Was, wenn ich mich seitdem verändert habe? Wenn ich nach meinem Ausflug in die Zealscape feststelle, dass mein Gehirn eine Schwäche ausgebildet hat, dass ich es nicht abwarten kann, ins Traumreich zurückzukehren? Eine dumme Angst, sage ich mir. Ich kenne Scans meines Gehirns – alle Synapsen arbeiten, wie sie sollen, das weiß ich. Aber heißt das, dass ich der Gewalt nicht verfallen könnte? Dass ich nicht süchtig danach werden könnte?

»Nein, abhängig bin ich nicht«, sagt Nazarin. »Aber ich denke ab und zu an die Zealscape. An die Macht, die Freiheit. Schätze, so geht es jedem, der mal davon gekostet hat. Auch wenn das Gehirn nicht auf Gewalt gepolt ist.«

Nazarin ist seit Jahren undercover. Er musste zweifellos reale Gewalttaten begehen, nicht nur als Scheinmitglied der Ratel. Auch als Detective hat er sicher manches gesehen, manches getan, das man nicht so leicht vergisst.

»Okay.« Ich straffe die Schultern. »Ziehen wir's durch.«

Auch auf den letzten Metern zur Tür will die Nervosität nicht von mir abfallen. Es ist mein erster Besuch in einer Zealoten-Lounge, ich habe keine Ahnung, womit ich zu rechnen habe. Wie soll Mia uns weiterhelfen? Weiß sie irgendetwas? Dann ist da noch ein hartnäckiger Verdacht: Hat Tila den Namen in den Tisch geritzt, um mich auf eine falsche Fährte zu locken und so aus der Schusslinie zu nehmen? Würde zu ihr passen.

Nazarin klopft an und redet ein paar Worte mit dem Wachmann hinter dem Sichtfenster, einem Kerl, dessen Gesicht schon einige harte Schläge einstecken musste. Ich verstehe kein Wort, doch der Typ mustert mich ausführlich mit abschätzendem Blick. Hält er mich für eine Süchtige? Mit einem metallischen Knarren öffnet sich die Tür.

»Komm.« Nazarin streckt mir die Hand hin. Ein unmerkliches Zögern, dann ergreife ich sie und schiebe mich mit ihm ins Innere.

Drinnen ist es dunkel, nur ein paar rote Lichter weisen den Weg nach hinten. Zuerst gelangt man in einen Warteraum, in dessen Düsternis keine einzelnen Gesichter auszumachen sind. Nicht mal der VeriChip wird beim Betreten einer solchen Lounge gescannt, man bezahlt mit echten Münzen. Garantierte Anonymität.

Wir setzen uns, bis wir an der Reihe sind, dann tritt Nazarin vor die Frau hinter der schusssicher verglasten Theke, sie kaut

Kaugummi, bildet damit Blasen und lässt sie feucht zerplatzen. Über die Sprechanlage führen die beiden eine gemurmelte Unterhaltung, wieder verstehe ich nichts. Neben mir zucken Süchtige in der Dunkelheit. Ihr fauliger Atem verpestet die Luft, in ihrem Schoß krampfen sich Finger in die Kleidung. Eine Frau beugt sich zu mir und beschnuppert meinen Hals.

»Bist neu hier«, flüstert sie mit fast zahnlosem Mund. Über dunkelblauen Hämatomen starren mich glasige Augen an.

»Mein erstes Mal«, bringe ich hervor und bemühe mich, nicht instinktiv von ihr zurückzuweichen.

»Weiß nicht, ob ich neidisch bin oder ob ich Mitleid haben soll.« Die Frau könnte etwa in meinem Alter sein, wirkt aber älter. Hautlappen hängen von verkümmertem Muskelfleisch, ihre Hand krallt sich um die Münzen für ihren Trip.

Ich lehne mich zur Seite, weg von ihr, und frage mich, was sie wohl treibt in ihren Zeal-induzierten Träumen. Wahrscheinlich würde es mir die Nackenhaare aufstellen.

Nazarin kehrt zurück. »Komm. Wir sind dran.«

»Nein, ich«, sagt die Frau – ein schwacher Protest ohne jeden Kampfgeist. Sie starrt an die Wand, und ich spüre die Blicke der übrigen Zealoten, der Gesichter im Dunkeln. »Wir sehen uns in meinen Träumen«, verabschiedet mich die Frau wie aus weiter Ferne. »Schon bald.«

Ich erschaudere. »Glaube ich gern.«

Dann stehe ich auf, und Nazarin führt mich am Ellenbogen durch die Dunkelheit.

Ein Betreuer erwartet uns, sein weißer Laborkittel beruhigt mich ein wenig – was ins Gegenteil umschlägt, als ich näher trete und die verdreckten Ärmel sehe. »Die Frau, die Sie sprechen wollen, befindet sich tief im Traum. Wir können sie nicht rausholen«, teilt er uns mit.

Meine Muskeln spannen sich an.

»Wie lange noch, bis sie wieder Luft schnappen kann?«, fragt Nazarin.

Die Pupillen des Betreuers fokussieren sich auf seine Optikimplantate. »Vierzehn Stunden. Das ist das absolute Minimum.«

Verdammt.

»Das dauert uns zu lange.« Ein paar Credits wandern kommentarlos von Nazarins Hand in die weißen Einmalhandschuhe.

»Wie gesagt, wenn ich sie raushole, stirbt sie«, sagt der Betreuer. »Und das bringt Ihnen doch nichts?«

Das wäre auch eine Option? Meine Güte.

»Aber wenn Sie wollen, kann ich Sie beide mit einer geringen Dosis in einen gemeinsamen Traum schicken«, fährt er fort. »Sie müssten sich auf heftige Interferenzen einstellen, aber wenn Sie's drauf anlegen, sollten Sie sich mit ihr unterhalten können.«

Mir war klar, dass es darauf hinauslaufen könnte. Ich hatte auf einen Ausweg gehofft, doch jetzt kommt es mir vor, als wäre es unausweichlich gewesen. Tief im Inneren wusste ich, dass ich heute Mias Träume träumen muss.

Nazarin beugt sich zu mir, er spürt mein Unbehagen. »Je schneller wir sie befragen, desto schneller wissen wir, was Sache ist – und du findest heraus, was Tila vorhatte.«

Ein billiges Manöver, aber wirkungsvoll. »Ist das gefährlich?«, flüstere ich.

»Natürlich ist es gefährlich. Aber du schaffst das. Du kannst es kontrollieren.«

»Schön wär's«, sage ich und folge Nazarin trotzdem durch den Korridor.

Minuten später sitze ich angegurtet im Sessel. Es ist kein Modell wie bei den Gehirnübertragungen, sondern ein ausladenderes mit zusätzlichen Anschlüssen. Wie ein Käfig.

Wir sitzen neben Mia, unsere Sessel stehen beiderseits von ihrem. Da Nazarin noch ein bisschen was draufgelegt hat, sind wir unter uns, der vierte Platz bleibt leer. Ich drehe mich zur Seite und betrachte Mia. Auf der Liegefläche wirkt sie winzig klein, Kabel ragen aus ihren Armen, ihrem Hals. Bricht ein Kunde zu einem langen Trip auf, muss ein Katheter gelegt werden. Mias Mund hat sich zu einer vagen Grimasse verzogen, sie bleckt die gelblichen Zähne. Die Falten in ihrer braunen Haut sind tiefer, die Wangenknochen treten stärker hervor. Sie verkümmert, wie schon viele Zealoten verkümmert sind und noch viele verkümmern werden. Die Süchtigen essen und trinken zu wenig, irgendwann gibt der Körper klein bei. Und die Regierung, die doch auf jeden einzelnen Bürger achtgeben soll? Schreitet nicht ein. Wissen die Leute eigentlich, was hier vor sich geht, in ihrer Nachbarschaft? Warum tut man nichts dagegen?

Nur ein kleiner Prozentsatz der Zeal-Konsumenten wird durch den ersten Trip abhängig, doch diese sind nach dem ersten Erwachen wie verwandelt von den Dingen, die sie gesehen und getan haben. Sie wollen sich sofort wieder einklinken, wieder in ihre Traumrolle schlüpfen. Das reale Leben büßt jede Bedeutung ein. Haben sie Geld, verprassen sie allmählich ihr Erspartes. Geht es zur Neige, bekommen sie Arbeitslosenhilfe, eine Summe, die gerade ausreicht für regelmäßige Besuche in der Zealoten-Lounge. Während ihrer kurzen Abstecher ins reale Leben essen sie NutriPaste, gehen auf die Toilette, vielleicht waschen sie sich. Und schon tauchen sie in der nächsten Lounge auf, kauern sich in die Dunkelheit und warten auf den kalten Stich der Nadel, die sie wieder ins Reich der Träume schießt.

Meine Angst will nicht verschwinden: Was, wenn ich mich von diesen Träumen verführen lasse – und zu einem Menschen werde, der fähig ist zu morden? Zu einem Menschen wie diese andere Tila?

Nein. Denk nicht dran. Dennoch verfolgt mich der Anblick der holografischen Tila, die Vuk das Messer in den Leib sticht und die Klinge hinauf in sein Herz reißt.

Der Betreuer setzt sich eine Atemmaske auf, doch das ist nur Show. Zeal birgt viele Risiken, aber Ansteckungsgefahr besteht nicht, nicht mal in einem Drecksloch wie dem Mirage. Er stöpselt uns in Anschlüsse an der Wand und startet das Programm.

»Bist du so weit?«, fragt Nazarin, der gegenüber im Sessel ruht. Aus dieser Perspektive wirkt sein Gesicht weniger hart, seine Züge beinahe zerbrechlich.

»Besser wird's nicht«, antworte ich.

Der Betreuer hat die drei Sessel miteinander verlinkt – sobald die Wirkung der Droge einsetzt, werden wir in Mias Programm eingeschleust. Liebespaare und ähnliche Grüppchen machen es manchmal so, um sich gemeinsam in der Zealscape zu vergnügen, eine ekelhafte Vorstellung. »Ich wünsche schöne Träume«, sagt der Betreuer.

Ich spüre einen Stich. Die Nadel.

Im nächsten Moment sind wir weg.

11
TAEMA

Es gefällt mir nicht in Mias Kopf.

Über dem Traum hängt ein trüber Schleier, es ist eine Welt aus verwaschenem Grau, blassem Rot, Blau und Braun. Ich stehe vor einem Gebäude und blicke hinauf zu den zerschlagenen Fenstern – eine verkleinerte Kopie der für San Francisco typischen Hochhauskomplexe, nichts als Stahl, Beton und Glas, aber fünf Etagen hoch statt fünfzig. Der Himmel ist dunkel, die Wolken violettschwarz, wie blaue Flecken. Ein warmer Wind fährt mir durchs Haar, sein Duft lässt ein aufziehendes Gewitter erahnen. Aus unerfindlichen Gründen trage ich das knappe Kleid, das ich im Zenith anhatte, Kunstlederriemen graben sich in meine Unterschenkel. Ich sehe, höre und spüre alles, jedoch gedämpft, wie man es von Träumen gewöhnt ist.

»Nazarin?«, rufe ich.

Keine Reaktion.

Über mir rumort der zornige, erstarrte Himmel. Regen setzt ein, durchweicht mein Kleid, klebt mein Haar an den Schädel, so erging es Tila am Donnerstagabend. Zitternd und einsam betrete ich das Gebäude. Drinnen wartet Mia, das habe ich im Gefühl.

Der Eingangsbereich des geschrumpften Wohnturms ist verwaist, unter meinen Schritten knirscht trockenes Laub. Ich steige die Treppe hinauf, das undeutliche Kribbeln einer Intuition führt mich in die oberste Etage.

Als Erstes höre ich die Schreie.

Vor mir öffnet sich eine Tür in einen kahlen Raum, der sich über die ganze Länge des Gebäudes zieht. Aufgeplatzter Betonboden, schichtweise abblätternde Farbe an den Wänden, nackte Kabel an der Decke. Das kalte Licht der flackernden Beleuchtung fällt auf zwei Gestalten.

Die eine ist Mia. Hier ist sie stark, kein Vergleich zu der verkümmerten Frau in der echten Welt. An ihren nackten Armen wölben sich Muskelstränge, ihr Overall schmiegt sich hauteng an volle Brüste und kräftige Oberschenkel. Das Haar trägt sie lang, wie damals an der Feuerstelle, vor ihrem Abgang, als Tila und ich acht Jahre alt waren. Doch Mia hat sich weit, weit entfernt von der sanften Frau in fließenden Kleidern, an die ich mich noch erinnere. Zorn und Mordlust verzerren das Gesicht der neuen Mia zur Fratze, und in der Hand hält sie ein blutverschmiertes Skalpell.

Ich fröstele und fasse unwillkürlich an die Narbe unter meinem Kleid, während Mia das Mordwerkzeug fallen lässt und sich nach vorne beugt. Da bleibt mein Blick an der anderen Gestalt hängen.

Mana-ma.

Unser ehemaliges Oberhaupt ist am Boden zusammengebrochen, aber noch am Leben, schnappt heiser nach Luft. Das schwere, schwarze Gewand starrt vor Blut. Auf dem Rücken liegend glotzt Mana-ma an die bröckelnde Decke, ihre Lippen bewegen sich tonlos. Mia hat ihr die Zunge herausgeschnitten, sie liegt daneben wie ein toter Fisch.

Mit einem Schrei stolpere ich nach hinten.

Mia hält in ihrem grausamen Tun inne und blickt mir in die Augen. Vor Überraschung erschlaffen ihre Gesichtszüge.

»Taema«, sagt sie.

Ich bin gekleidet wie Tila, ich habe Tilas Gesicht, Tilas Tattoo schlängelt sich über meinen Oberschenkel. Aber sie hat mich erkannt.

»Was machst du hier?«, fragt Mia. »Dich habe ich in meinen Träumen noch nie gesehen.«

Wie beruhigend – Mia hatte also noch nie Lust, mich zu töten. Doch an ihrer Kleidung klebt Blut, und zu ihren Füßen wimmert das verstümmelte, zerschlagene Abbild der Frau an der Spitze der Feuerstelle.

»Mia«, sage ich. »Tila ist etwas zugestoßen. Du musst mir helfen.«

Sie wirkt verwirrt. »Du … du gehörst nicht zum Traum?«

Mana-ma stößt ein ersticktes Ächzen aus, eher ein helles Keuchen. Ohne mit der Wimper zu zucken, hebt Mia das Skalpell auf und rammt es ihr in den Hals. Da verschärfen sich die Konturen der kahlen Halle, die Farben intensivieren sich zur extremen Übersättigung. Ich weiche schockiert zurück.

Unbewusst versetze ich mich in den Geisteszustand der Meditationen an der Feuerstelle – eine ruhige Klarheit. »Halt«, sage ich. Mia reißt die Augen auf, und ihre Hand zuckt zurück, das Skalpell gleitet aus Mana-mas Körper.

»Du hast mir nichts zu sagen!«, kreischt Mia. »Du sollst mich nicht zu Sachen zwingen, die ich nicht will!«

Was? Habe ich sie dazu gebracht?

Das Blut sprudelt aus Mana-mas Leib, ein unfassbar sattes Scharlachrot, doch kaum hervorgetreten, verdunkelt es sich zu einer schwarzen, öligen Flüssigkeit, die immer höher steigt, bis sie die Leiche bedeckt, bis Mana-ma in der Pfütze versinkt – eine grausige Erinnerung an die Blutlache am rekonstruierten Tatort.

Noch hält Mia das Skalpell in der Hand. Also hebe ich die

Hände, ganz langsam, um keine Bedrohung auszustrahlen. »Ich komme nicht aus dem Zeal. Sie konnten dich nicht rausholen, deshalb habe ich mir eine geringe Dosis geben lassen. Ich wollte zu dir.«

Mia schüttelt den Kopf. »Wieso sollte ich dir das glauben? Ihr behauptet doch alle, ihr wärt echte Menschen, und dann seid ihr doch keine. Aber egal – du bist hier falsch. Du bist zu unschuldig für die Zealscape. Erst recht für meine.« Als ein Grinsen ihr Gesicht verzerrt, weiche ich weiter zurück. Sie hat nichts mehr gemeinsam mit der Frau, die Tila und mich unmittelbar nach der Operation bei sich aufgenommen hat, schwach wie Katzenjunge und genauso ahnungslos gegenüber dem echten Leben. Ich weiß noch, wie sie mir immer das Haar aus dem Gesicht strich und mir einen Gutenachtkuss auf die Stirn drückte. Am Wochenende ging sie mit uns ins Museum und erklärte uns mit Engelsgeduld all die Dinge, die wir nicht begriffen. Mia, die ich aus tausend Gründen als zweite Mutter sehe, starrt mich an, als hätte sie große Lust, mir das Skalpell ins Auge zu stoßen.

Wieder schüttelt sie irritiert den Kopf. »Dass sich ein Mädchen wie du überhaupt in einen Laden verirrt, wo sie an deinem Hirn rumschrauben. Du bist der Feuerstelle entkommen. Hattest du nicht genug davon?«

»Hast du nicht genug davon?«

Wieder dieses schiefe Grinsen, ein Wink in Richtung Manama. »Wie kommst du darauf, dass ich der Feuerstelle entkommen bin? Sie ist doch hier drin.« Mia tippt sich an die Schläfe und mustert mich prüfend. »Vielleicht ist sie auch noch in dir.«

Meine Kehle schnürt sich zusammen. Ich will nicht über die Feuerstelle sprechen. »Tila sitzt im Gefängnis. Sie soll jemanden ermordet haben.«

Damit dringe ich endlich durch den Drogennebel. »Da draußen?«

»Ja. Ein echter Mord. Ich will beweisen, dass sie unschuldig ist.«

Ich muss an der Hoffnung festhalten, dass Tila unschuldig ist. Auch wenn die Rekonstruktion des Tathergangs kaum Zweifel zulässt.

»Aber was willst du hier?«, fragt Mia.

»Tila … Sie hat deinen Namen am Tatort hinterlassen. Sie wollte mich zu dir führen. Sag du mir, wieso. Ich weiß es nicht.«

Als Mia mit den Schultern zuckt, blitzt das Skalpell im Licht. »Ich auch nicht.«

Selbst hier, in dieser verdrehten Traumwelt, durchschaue ich Mias Heuchelei. Ich kann ihr Gesicht nicht lesen wie Tilas, aber wir haben jahrelang bei ihr gewohnt. Durch die Wand hörte ich, wie Mia nachts um sich schlug – kaum schloss sie die Augen, kehrte sie zurück zur Feuerstelle. Sie erzählte uns nie von ihren Träumen, wollte sie vor uns verbergen, bis wir uns in unser neues, getrenntes Leben eingefunden hatten. Nur wegen Mia wurden wir zu einigermaßen nützlichen Mitgliedern der Gesellschaft. Wenig später fiel Mia aus ebendieser Gesellschaft heraus.

»Schwachsinn«, sage ich.

Mia legt den Kopf schief, doch sie wirkt verunsichert. Ihr Blick schnellt zur Seite, ihre Zungenspitze schiebt sich über trockene Lippen.

»Wieso hat Tila mich zu dir geschickt? Wieso?«, frage ich. Draußen verstärkt sich der seltsame Regen, er trommelt gegen das Fenster. Ein grüner Blitzschlag lässt Mias Haut kränklich aufleuchten, für einen Moment sieht sie aus wie eine Drogensüchtige, wie die echte Mia.

Und das schwarze Öl zu unseren Füßen wirft Blasen, steigt in die Höhe und formt sich zu einer neuen Gestalt.

Es ist Tila.

Sie trägt ihr Lieblingskleid, das grün ist wie die unwirklichen Lichtblitze vor dem Fenster, grün wie Schlangenhaut. Sie sieht mich an und streckt die Hand aus.

»T!«, ruft sie. Unter meinem metallenen Brustbein pocht das mechanische Herz im immergleichen Takt.

»Das kommt nicht von mir«, fährt Mia mich an. »Du pfuschst mir in meine Traumwelt. Mit deinen Erinnerungen, deinen Ängsten.«

»Aber wie?«, sage ich. »Ich mache nichts. Nicht bewusst.« Mitträumende können im Grunde nur wenig Einfluss ausüben auf eine fremde Zealscape, wenn überhaupt. Hat sich ein anderer zuerst eingeklinkt, soll man den Traum erleben wie ein vorgefertigtes Drehbuch, wie einen Film auf dem Wandschirm, der alle Sinne anspricht. Zumal ich mich nicht konzentriere wie vorhin, als ich Mia gezwungen habe, das Skalpell zurückzuziehen. Was geschieht hier? Ich kenne mich nicht mehr aus.

»Scheiße, was fragst du mich? Ich teile meine Träume nicht mit anderen. Ich komme immer allein.« Doch Mia blickt sich ruhelos um, zieht die Schultern hoch, als fühlte sie sich ertappt. Jetzt hält sie mir das Skalpell hin. »Hier. Vielleicht musst du ihr den Teufel austreiben.«

Mias Furcht schwappt in Wellen über mich hinweg, ein scharfer Gegensatz zu ihren scheinbar gelangweilten Worten. Mein Eingreifen in ihren Traum stört sie, genauso wie es ihr gegen den Strich ging, dass sie auf mein Drängen von Mana-mas Abbild ablassen musste.

Meine Finger schließen sich um die Waffe, doch ich tue Tila

nichts. Wie könnte ich, wie kann Mia mir das zutrauen? Nicht mal vollgedröhnt mit Zeal bringe ich das über mich.

Ich versuche es noch mal: »Sag mir, wieso Tila mich zu dir geschickt hat.«

Mia wippt auf den Fersen und schüttelt den Kopf. »Erst räumst du sie aus dem Weg. Du machst mir meinen Traum kaputt. Meinen Traum!« Ihr letztes Wort steigert sich zu einem Wutschrei, der den kahlen Raum rötlich einfärbt.

Und Mias Zorn greift auf mich über, er pulsiert durch mein Inneres, beharrlich und kompromisslos wie mein mechanischer Herzschlag. Ich brauche Antworten, aber Mia verweigert sie mir.

Tilas Abbild sieht mich ausdruckslos an, doch ihr schenke ich keine Beachtung. Als die irrationale Wut durchbricht, stürze ich mich vielmehr auf Mia und reiße sie zu Boden. Es ist, als hätte ich ein abgemagertes Skelett gepackt, als würde ich die kraftstrotzende Mia vor mir sehen, aber unter den Händen die verkümmerte Süchtige spüren, die draußen im Sessel liegt. Ich halte ihr die kalte Klinge an die Kehle. Mia schluckt, das Skalpell touchiert ihre Haut, ein rotes Rinnsal fließt über ihren Hals und sammelt sich in der Mulde zwischen den Schlüsselbeinen.

»Sag es mir – oder deine Träume *und* dein echtes Leben werden zu einem wahren Albtraum. Ich arbeite mit Leuten zusammen, die dir das Leben verdammt schwer machen können.« Es ist ein halber Bluff, aber mein einziger Trumpf.

»Du arbeitest auch für sie?«, japst Mia. Ich steigere den Druck auf ihre Kehle und entlocke ihr ein Ächzen. Keine Ahnung, wie sich die Schmerzen auf Mias ruhiggestellten Körper im Sessel übertragen, doch sie hat eindeutig Angst. Gut so.

»Für wen?«, frage ich.

»Für die Ratel.«

»Du arbeitest für sie?« Ich fasse es nicht.

»N-nein!« Mias geweitete Augen zucken zu Tilas Abbild. »Sie arbeitet für die Ratel.«

»Das denkst du? Und weiter?« Die Wut pulsiert immer noch durch meinen Körper, wühlt in mir, ein übermächtiger Zorn, der mir Angst macht.

»Ich wollte es ihm nicht sagen«, flüstert Mia. »Ich wollte nicht.«

»Wem wolltest du was nicht sagen?«

»Das mit Tila. Es ist meine Schuld.« Mia schnappt nach Luft, sie erstickt fast an ihrem Schluchzen, und ich spüre einen Funken Mitleid mit der alten Mia. Ich begrabe ihn in mir, tief unten. Schweigend presse ich die Klinge noch ein wenig kräftiger auf ihre Kehle.

»Tila hat etwas herausgefunden, da bin ich in Panik geraten und habe es ihm erzählt. Sonst hätte er nie davon erfahren. Und das nur, um mir diese Verve-Quelle zu sichern. Ich habe einen Scheißhass auf mich. Ich kann ihm nicht entkommen. Kann nicht entkommen. Niemals.« Mia bringt kein Wort mehr heraus, ihr Schluchzen steigert sich zum Schluckauf, zugleich bekommt die Droge ihren Geist wieder in den Griff, vergeht der Moment der Klarheit. Sie drückt den Rücken durch, ihre Augäpfel verdrehen sich.

»Bleib bei mir!« Ich schüttele sie an den Schultern. »Wie haben sie dir das Verve verabreicht?«

Für einen Moment klärt sich ihr Blick ein wenig, und sie lacht wie eine Geisteskranke. »Gott, du kapierst es immer noch nicht. Das hier ist keine Zealscape. Was denkst du, wieso du meinen Traum so leicht mit deinen Gedanken verseuchen kannst? Das ist Verve!«

Ich sinke auf die Fersen. Das Zeal im Mirage wurde mit Verve versetzt? Das heißt, die Ratel waren hier. Fuck. Fuck! Wissen sie von unserem Besuch? Sind sie auf dem Weg hierher oder vergreifen sie sich schon an Nazarin und mir, während wir daliegen wie wehrlose Säuglinge?

»Wieso hat Tila mich zu dir geschickt, Mia? Hat sie dir irgendwas erzählt? Sag es mir. Wenn wir dir nicht völlig egal sind, musst du es mir sagen. Oder wir sind beide so gut wie tot. Ich bitte dich.«

»Sie hat die Verbindung entdeckt«, meldet sich Tilas Abbild zu Wort. Sie wiegt ihren Oberkörper vor und zurück wie ein Kind, die grünen Pailletten ihres Kleids glitzern. »Die Verbindung, von der keiner wissen darf. Er ist der Rote, der Gerechte, der Schöne. Von der Erde gekommen, kehrt er nun zur Erde zurück. Asche zu Asche. Staub zu Staub. Wechselt die Gesichter wie im Kaleidoskop.« Meine falsche Schwester lacht, ein irres Wiehern. Fast dieselben Worte hat sie laut Sal im Zenith gesagt, kurz nachdem er sie mit Vuks Leiche entdeckt hatte.

Als ich mir den Tatort ins Gedächtnis rufe, entfaltet sich die Szenerie rund um Tila: Blut sickert aus den Dielen, der Sofatisch sprießt hervor wie ein Pilz, Scherben verteilen sich auf dem Boden, alles in derart grelle, gesättigte Farben getaucht, dass die echte Welt nur noch als schwacher Widerschein durchgeht. Tila reißt die Hände hoch und presst sie auf die Ohren, schaukelt vor und zurück, den Mund zu einem stummen Schrei geöffnet.

»Das warst du.« Ehrfürchtig verfolgt Mia das Schauspiel. »Auch das.«

»Geh weg!«, brülle ich das Blut an, das Glas. Aber alles bleibt, wo es ist, es zehrt von meiner Wut.

Nichts geschieht, und ich ertrinke fast in Zorn und Furcht.

Ich muss diese Gefühle verdrängen.

Beim nächsten Ausatmen schließe ich die Augen und versuche, die Aggressionen loszulassen. Irgendwie gelingt es mir, mich zum winzigen Kern meines Selbst vorzutasten, wohin Mana-ma uns immer führen wollte. Weg mit allen Emotionen. Langsam, quälend langsam verblasst der Tatort, verschwindet. Ein flüchtiges Triumphgefühl blitzt auf, ehe ich mich wieder Mia widme, nun befreit vom Drang, ihr wehzutun. Zum Glück.

»Tila redet wirres Zeug«, sage ich. Pseudo-Tila hat sich auf die Bibel bezogen, nicht auf Mana-mas Heiliges Buch. Früher hätte ich mich darüber aufgeregt, jetzt knirsche ich nur mit den Zähnen und kralle mich noch fester in Mias Schultern. In der Realität würden meine Finger Quetschungen hinterlassen. »An wen hast du sie verraten?«

Mia fängt an zu zittern. Sie hat die Kontrolle über die Vervescape wiedergewonnen, aber ihre Labilität spiegelt sich in der Traumwelt. Der Boden bebt, Risse tun sich auf, vor dem Fenster schießen Blitze nieder. Aus den Spalten im Beton wachsen stachelige Bäume, schieben ihre Wurzeln über den Boden und recken sich zur Decke. Und die Bäume tragen Früchte – entsetzt stelle ich fest, dass es sich um geschrumpfte Menschen handelt, um eine Art dornige Alraunen, die uns mit Widerhaken bewehrte Hände entgegenstrecken und dunkle Mäuler aufreißen, ohne dass ein Laut ertönt. Im Grund ihrer Kehlen pulsiert ein schwaches rotes Licht, tiefrot wie Mias Wut. Ich will sie zurückdrängen, bin ihrer Kraft aber nicht gewachsen.

Das Skalpell verschwindet aus meiner Hand, Mia schüttelt meinen Griff ab, während die falsche Tila von Wurzelschlingen gefesselt wird. Sie krümmt und windet sich hilflos.

»Taema!« Tila durchbohrt mich mit dem Blick, und zwangsläufig sehe ich in ihr meine echte Schwester, als hätte sie ihren Weg in diesen Albtraum gefunden.

Die Dämonen umschlingen Tila, die holzigen Wurzeln graben sich in ihre Haut, schwarzes Blut rinnt aus Tilas Wunden. Neben mir gackert Mia vor Freude, von Euphorie gepackt, tief im Drogenrausch.

Ich werfe mich auf Tila, will meine Schwester befreien, so irrational es auch ist. Es ist nicht die echte Tila, aber wie könnte ich sie im Stich lassen? Meine Hände sind glitschig von dunklem Blut, und auch Mia attackiert die Alraunen, stößt ihnen Klingen in die Bäuche, bis das Licht in ihren Kehlen erlischt.

Und als sich die Gesichter der Dämonen wandeln, dreht mir eine jähe Einsicht den Magen um: Viele davon kenne ich, es sind die Männer und Frauen der Feuerstelle. *Wechselt die Gesichter wie im Kaleidoskop.* Hat Mia von diesen Alraunen gesprochen? Sie hat noch immer einen Hass auf viele Menschen von früher, selbst nach all den Jahren. Mia hat uns nie verraten, wieso sie der Feuerstelle den Rücken gekehrt hat, und während unserer Kindheit und Jugend im Mammutwald wurde nicht darüber gesprochen. Aus Höflichkeit haben Tila und ich nie nachgefragt.

Ich habe miterlebt, wie Mia von der Dunkelheit überwältigt wurde, wie sie noch gegen das Zeal kämpfte, das seine Klauen nur immer tiefer in ihren Geist trieb. Nun wird sie von Verve verschlungen, der Steigerung. Wird sie nach dem Aufwachen immer noch vor Zorn glühen und nach Blut hungern?

An Tilas Kopie geklammert, frage ich mich, ob ich womöglich die Dunkelheit in meiner Schwester übersehen habe. Oder in mir selbst, denn sind wir nicht eins?

Mia taucht aus ihrem Rausch auf, wenn auch nur kurz. »Du solltest dich bei Tila bedanken.«

»Warum?«

»Sie beschützt dich. Oder versucht es zumindest.«

»Mich muss keiner beschützen.« Auch in der Traumwelt reagiert mein Körper wie in der Realität, ein Pfeifen in meinen Ohren, als raste ich durch einen Tunnel, während mein Blickfeld sich zu einem dunklen Fleck verengt. Wut erfüllt mich, mächtiger denn je, und das Verlangen, Mia wehzutun, kehrt in erschreckender Intensität zurück. Meine Schwester hat bei ihr Hilfe gesucht, hat sich ihr anvertraut, und was tut Mia? Verpfeift sie bei irgendwem. Wenn sie zu den Ratel gegangen ist, bin ich aufgeflogen, noch bevor mein Einsatz begonnen hat. Wenn sie bei irgendeiner anderen Partei war, müssen wir uns auf einen weiteren Mitspieler einstellen. Oder war sie bei Vuk? Musste Tila ihn deshalb töten? Damit er nicht redet?

Tatsächlich habe ich keine Ahnung.

Aber wegen Mia, der kaputten Mia, könnte meine Schwester sterben. Ja, vielleicht hat Tila einen Menschen getötet, aber wäre sie dazu gezwungen gewesen, wenn Mia stärker gewesen wäre?

Noch ist Tilas Schuld weder bewiesen noch widerlegt, das darf ich nicht vergessen – aufgrund der Spurenlage konnte nur ein möglicher Tathergang rekonstruiert werden, eventuell musste Tila sich verteidigen, die Mordwaffe fehlt nach wie vor, und ich klammere mich weiter an die irreale Hoffnung, dass sich doch noch eine dritte Person im Separee befand. Aber sollte Tila gemordet haben, um mich zu beschützen … wie soll ich damit leben können? Vor allem, wenn ich sie jetzt nicht retten kann?

Die falsche Tila ist tot. Blut strömt aus ihrem Körper und wird zum schwarzen, öligen Morast, der sie bald vollständig umhüllt. Die Dämonen mit den Gesichtern unserer Kindheit und Jugend reißen die Mäuler unvorstellbar weit auf, tief in ihren Kehlen glühen Kohlen, während sie meine Schwester vertilgen. Auch unsere Eltern sind mit von der Partie. Mit verzückter, vor Begeisterung entstellter Miene schlürfen sie den Schlamm vom Boden.

Schreiend schnelle ich hoch und stürze mich auf Mia. Sie sticht zu, bewaffnet mit einem neuen Skalpell, doch ich weiche aus und schlage ihr die Waffe aus der Hand, ohne einen Gedanken an die Dämonen, die an meinen Füßen zerren. Meine Hände krampfen sich um Mias Kehle, ich drücke zu, immer fester. Unter mir höre ich ihr Ächzen, Mias Gesicht färbt sich violett. Aber ich kann nicht anders, kann keinen besänftigenden Einfluss auf den Traum ausüben.

»Hier soll ich klarträumen?«, keuche ich. »Am Arsch.«

Ich weiß, wie es in normalen Zealscapes läuft: Würde ich Mia dort im Traum töten, würde sie im Sessel erwachen, an die Gurte gefesselt, aus der Halluzination in die Realität katapultiert – schon das ist nicht ungefährlich. Aber in einer Vervescape? Gut möglich, dass die Schockwirkung auf Mias geschwächten Körper stärker ausfällt. Dass sie in der realen Welt stirbt.

Das sollte mich zögern lassen. Aber mein Griff lockert sich nicht.

Kräftige Hände packen mich an den Schultern und reißen mich zurück. »Lass sie los«, befiehlt Nazarin. »Lass sie. Sie hat nichts mehr zu sagen.«

Seine tiefe Stimme sprengt den Schraubstock des Verve-Rausches. Ruckartig lösen sich meine Hände von Mias Kehle. Auf ihrer Haut bleibt ein roter Abdruck.

»Das kommt vom Zeal«, sagt Nazarin. »Geht jedem so, der das Zeug nimmt. Jeder hat seine dunkle Seite.«

»Zeal?«, frage ich. »Oder Verve?«

Nazarins Stirn legt sich in Falten. »Was?«

»Unsere Zeal-Dosis ist kontaminiert. Das ist eine Vervescape.«

»Shit. Wir müssen hier raus.«

»Wo warst du so lange?«

»Mia hat mich in einem anderen Teil des Traums in eine Falle gelockt – aber die ist irgendwann verschwunden. Mia war abgelenkt, sie hatte keine Kontrolle mehr.«

Weil ich sie beinahe erwürgt hätte. Das meint er. Die Erinnerung treibt mir die Schamesröte ins Gesicht.

Mia kümmert sich schon nicht mehr um uns, als wäre ihr Programm nie unterbrochen worden. Mana-ma ist wiederauferstanden und zittert in ihrem schwarzen Gewand, und Mia macht sich an einer ihrer Hände zu schaffen, eine grausige Operation: Sie zieht die Haut ab und pult einzelne Sehnen heraus – aus dem Replikat einer Hand, die früher auf unserem Haar ruhte und uns segnete, auf dass wir uns von unserer inneren Dunkelheit reinigten.

»Mia«, sage ich.

Sie hebt den Blick und betrachtet mich geistesabwesend.

Wieder sammle ich mich um meinen inneren Ruhepunkt. »Du kannst auch anders leben, Mia. Du kannst dich davon befreien, dein Leben wieder in der echten Welt leben. Ich habe dich sehr geliebt. Du warst so gut zu uns in den Jahren, als wir dich so sehr brauchten. Sei wieder ein guter Mensch.«

Mias Atem stockt. Lange sieht sie mich starr an, und zwischen uns scheint ein flüchtiges Licht aufzuflammen. Als sie sich wieder zu Mana-ma dreht, werden ihre Schultern von stummem Schluchzen geschüttelt.

Ich wende Mia und ihrem Phantom den Rücken zu und lasse mich von Nazarins Händen auf meinen Schultern führen, von seinem beruhigend festen Griff. Erst jetzt fällt mir auf, dass auch er voller Blut ist, bemerke ich die Schnittwunden, die seine Arme und seine linke Wange verunstalten. Er trägt dasselbe dunkle Outfit wie im Zenith, es liegt eng an seinen Brustmuskeln, seinen schmalen Hüften. Eine Furcht einflößende Erscheinung. Was für Albträume musste er in den letzten Jahren ertragen?

Was für Albträume hat er selbst heraufbeschworen?

Schweigend schleppen wir uns durch die leeren Korridore des Wohnturms, über raschelndes, abgestorbenes Laub. Draußen, im strömenden Regen, wandert unser Blick noch einmal am Gebäude hinauf. Der Himmel brodelt noch immer in roten und blauen, schwarzen und violetten Tönen, eine endlose Weite wie eine klaffende Wunde. Noch summt die Mordlust des Verve in meinen Adern, aber ich tröste mich damit, dass ich mir dennoch nicht vorstellen kann, mich freiwillig auf eine solche Erfahrung einzulassen.

Nazarins Stirn legt sich an meine.

»Aufwachen.«

12

TILA

Nach dem Sturz träumten wir von Bäumen, das weiß ich noch.

Über mir ragten die Mammuts in die Höhe, vor dem blauen Himmel überkreuzten sich ihre Äste wie dunkle Gewitterblitze. Wir lagen auf der Seite und starrten nach oben. Kein Vogelgesang, kaum raschelnder Wind. Als wären Taema und ich die einzigen Menschen auf Erden.

»Sind wir tot?«, fragte ich sie.

Taema beugte sich zu mir und drückte ihre Stirn gegen meine. »Noch nicht.«

Unser Herz war schuld.

Dass es schwach war, wussten wir längst, schon als Kinder waren wir ein paarmal mit dem Schrecken davongekommen. Aus heutiger Sicht wirkt es sowieso seltsam, dass wir meistens halbwegs gesund waren, so ganz ohne vernünftige medizinische Versorgung. Aber an diesem Tag, wir waren sechzehn, hatten wir einen Herzinfarkt.

Also lagen jetzt wir in der Kurhütte, im selben Bett wie Adam, als wir ihm Weintrauben zugeworfen hatten. Ich fand es schrecklich, dort zu liegen, wo er gestorben war.

Und ich hatte eine Wahnsinnsangst, dass wir auch bald abtreten würden. Taema schlief viel. Wahrscheinlich bekam sie weniger Sauerstoff ab, weil ich etwas größer war, wenn auch knapp. Ich war die Stärkere. Angeblich.

Mir ging immer dieselbe Frage im Kopf herum: War das der Anfang vom Ende?

Ja.

Eben musste ich eine Schreibpause einlegen, Besuch von meinem Anwalt. Es dauert nicht mehr lange bis zu meiner Verhandlung.

Ich traue dem Typen nicht. Clive Ranganathan heißt er, ein großer Kerl mit massenweise Gel in den zurückgekämmten Haaren. Soll ein echt guter Anwalt sein, aber ich sehe ihm an, dass ich ihm am Arsch vorbeigehe. Er hat mich eindeutig als schuldig abgestempelt, also warum sollte er sich groß reinhängen? Warum sollte er ernsthaft versuchen, mich hier herauszuboxen? Würde er es schaffen, würde nur sein Ruf darunter leiden, denn jeder kriminelle Scheißkerl würde ihn anbetteln, seinen Fall zu übernehmen, bevor er vom System an die Wand gestellt wird. Nicht dass es heutzutage noch besonders viele kriminelle Scheißkerle gäbe in San Francisco, diesem leuchtenden Vorbild von einer Stadt.

Was sich aber bald ändern könnte.

Arme Unschuldige zu verteidigen macht immer am meisten Spaß, und Mr. Ranganathan ist schon jetzt tief gesunken. Er muss eine Person vertreten, die angeblich bei den Ratel mitmischt.

Er hat mir seinen Plan erklärt, aber ich habe nur mit einem Ohr zugehört. Beim Reden nickte er andauernd, und seine großen Hände wischten übers Tablet, um mir die ganzen Beweise gegen mich zu zeigen. Mehr Beweise als letztes Mal.

Irgendwann hörte ich gar nicht mehr zu. Ich fing an, »A Hazy Shade of Winter« zu summen, und bald zog Mr. Ranganathan beleidigt ab. Soll mir recht sein. Der kann mich sowieso nicht retten, das kann nur Taema. Aber versucht sie es überhaupt? Will ich das eigentlich?

Ich will nicht mehr über die Gegenwart schreiben. Zu deprimierend. Aber die Geschichten von früher werden auch immer schlimmer.

Weiß nicht, was mir mehr Angst einjagt, der Blick nach vorne oder der Blick zurück.

Nach ein paar Tagen Ruhe ging es Taema und mir besser, wir durften die Kurhütte verlassen und heimgehen. Unsere Eltern waren unendlich erleichtert, und das ist noch untertrieben. Am Abend gab es unser Lieblingsessen: Amaranth mit Gemüse und Hühnchen, Bratapfel als Nachtisch.

Ja, es war echtes Hühnchen und nicht der Retortenfraß, den hier alle essen. Wir züchteten die Hühner, wir töteten sie, und wir verspeisten sie.

Am Abendbrottisch war es sehr still, keiner wollte das Offensichtliche ansprechen: Von jetzt an ging es nur noch bergab.

Taema und ich hatten schon sehr früh kapiert, dass wir vielleicht nicht so lang zu leben hatten, aber plötzlich wurde es sehr konkret. Schon etwas bedrückend.

Mom und Dad taten mir so leid. Ganz im Ernst, die beiden waren die besten Eltern der Welt. Unsere Freunde zofften sich teils ununterbrochen mit ihren Eltern, aber bei uns gab es so gut wie nie Streit. Mom und Dad behandelten uns wie Gleichberechtigte, sie fragten auch mal nach unserer Meinung. Kaum schreibe ich über die beiden, heule ich schon wieder Rotz und Wasser. Mom und Dad fehlen mir am meisten, wenn ich an die Feuerstelle denke. Es war schön, an kalten Abenden zu viert am Feuer zu sitzen, Taema und ich meistens mit unserem Nähzeug, oder Taema am Lesen, während ich auf Dad einredete. Ich war enger mit Dad und Taema mit Mom – irgendwie komisch, wenn man mal drüber nachdenkt, wo wir doch zwangsläufig gleich viel Zeit mit beiden verbrachten.

Ich wünschte, die beiden wären mitgekommen.

Mom und Dad machten sich solche Sorgen, ich konnte kaum hinsehen – sie wollten auf keinen Fall, dass sich auf ihrem Gesicht abzeichnete, was sie ganz genau wussten: dass wir starben. Aber es gelang ihnen nicht.

Am Tag darauf mussten wir bei Mana-ma beichten gehen. Wir hatten schon den letzten Termin verpasst, aber weder Taema noch ich hatten Lust dazu. Hatten wir nie. Es ist kein Spaß, seine gesammelten Verfehlungen aufzuzählen.

In Mana-mas salbungsvollen Worten klang das natürlich anders. Wir sollten unser Selbst offenlegen, das Gute wie das Schlechte, wir sollten alles anerkennen und loslassen, um den nächsten Schritt zu tun. Aber das Schlechte schien Mana-ma wichtiger zu sein. Ist wohl meistens so.

Vor diesem Highlight mussten wir aber noch zur Meditation, unsere erste Sitzung, seit das Tablet schlappgemacht hatte. Auch darauf hatte ich wenig Lust und Taema offensichtlich auch nicht. Aber selbst wenn wir uns auf unsere Herzprobleme herausgeredet hätten, wäre unser Fehlen unangenehm aufgefallen. Also gingen wir hin.

An diese Meditation erinnere ich mich noch sehr deutlich. Wie wir unter dem vollkommen blauen Himmel im Gras lagen, bei allerbestem kalifornischem Wetter.

Als Taema und ich schnaufend und ächzend auf der löwenzahngespickten Wiese eintrafen, waren die anderen schon fast vollzählig versammelt. Mana-ma wartete am Wegesrand und rieb mit den Fingerspitzen der linken Hand ihren Daumen, wie immer, wenn sie ungeduldig wurde. Eine weitere bittere Pille rutschte durch unsere Kehlen und begann mit dem üblichen Prickeln zu wirken. Auf einmal leuchtete alles in viel kräftigeren Farben.

Irgendwo im Hintergrund fragte ich mich, ob diese komische Droge womöglich schlecht war für unser Herz. Wäre unser Herzinfarkt nicht die beste Ausrede gewesen, die Meditation wenigstens einmal ausfallen zu lassen? Aber bald war ich so high, dass mir alles egal war. Wir stolperten über die Wiese und schlossen uns dem großen Kreis an.

Mana-ma stand in der Mitte, und als der Drogensog stärker wurde, fingen wir alle an zu summen. Wir fassten uns an den Händen, während sie die Bilder aufzählte, die wir im Geist beschwören sollten. Schmetterlingsflügel. Rosenblätter. Der Himmel, von Wolken verdunkelt, aus denen erfrischender Regen fällt.

Ein Blitz raste durch den Menschenring, ein helles, reines Licht – und die Schmerzen, die sich mit jeder Meditation abgeschwächt hatten, waren wieder da. Wir krümmten uns stöhnend. Woran Mana-ma vielleicht sogar ihren Spaß hatte.

»Gut so«, hörte ich sie sagen, obwohl sie eigentlich zu leise sprach, um zu uns durchzudringen.

Der nächste Blitz. Wir waren nicht mehr auf der Wiese, sondern in einem Wald. Nicht in einem Mammutwald wie den Muir Woods – die Rinde der Bäume glänzte silbern, blauviolettes Laub, der Himmel über uns ein tiefgrüner Wolkenstrudel. Plötzlich standen alle Mitglieder der Feuerstelle in diesem merkwürdigen Wald und blickten sich verdutzt um, und mittendrin lächelte Mana-ma triumphierend.

»Mardel«, sagte sie. »Tritt vor.«

Er gehorchte und blinzelte Mana-ma benommen an.

»In der Beichte hast du häufig von deinen Kämpfen mit dem Alkohol berichtet.«

Mardels Wangen, die wegen seiner Sauferei sowieso immer gerötet waren, verdunkelten sich.

»Hier im heiligen Wald sollten wir dich von diesem Drang heilen können, mit vereinten Kräften und mit mir als Bindeglied zu Gott. Gestattest du uns, einen Versuch zu unternehmen?« Mana-ma streckte die Hand aus.

Er nickte, am ganzen Leib zitternd.

»Meine liebe Gemeinde, für euch alle erbitte ich Gottes Segen. Wir wollen uns an den Händen fassen und Mardel unsere heilenden Gedanken schicken. Auf dass es ihn nie wieder nach Alkohol verlangt, nach keinem Tropfen, und sein gereinigter Geist die Liebe Gottes empfängt.«

Wir sandten Mardel unsere Segensbitten, bei so vielen Teilnehmern natürlich mit unterschiedlichen Gewichtungen und Untertönen. Manche wollten ihn außerdem zu einem netteren Menschen machen, der nicht so leicht ausrastete. Seine Frau wünschte sich, er würde öfter lächeln. Andere wollten ihn einfach für immer von dem Drang befreien, im Übermaß zu trinken. All diese Gedanken nahm ich wahr, ich konnte in den Geist aller anderen Teilnehmer blicken. Nur Mana-ma blieb mir verschlossen, sie schottete sich ab wie mit ihren langen, schwarzen Gewändern.

Der nächste Lichtblitz. Ein explodierender Schmerz.

Wir lagen wieder auf der Wiese.

»Hervorragend«, sagte Mana-ma. Sie platzte vor Stolz. »Wusste ich's doch.«

Sie half Mardel auf die Beine. »Wie geht es dir, mein Sohn?«

»Mir geht es … besser«, antwortete er mit einem breiten Lächeln.

»Verlangt es dich nach Wodka?«

»Nein.« Er wirkte überrascht. »Kein bisschen.«

Wir alle jubelten.

Ich dachte, durch diesen Triumph bei der Meditation, der übrigens komplett über meinen Horizont ging, kämen wir vielleicht ausnahmsweise um die Beichte herum.

Pustekuchen. Gefeiert wird später, meinte Mana-ma.

Langsam gingen wir zurück zur Kirche.

In der Nacht davor hatte ich das Flimmern und Stolpern unseres Herzens gespürt, es konnte unser Blut kaum noch durch unsere Körper pumpen. Wie lange würde es noch durchhalten? In meiner düsteren Stimmung überlegte ich sogar, wer früher den Löffel abgeben würde, wenn Schluss war. Hoffentlich ich, sagte ich mir, egoistisch, wie ich bin. Ich wollte nicht mit ansehen, wie Taemas Augen erloschen.

Wir kamen an den Gewächshäusern vorbei. Manchmal halfen wir bei der Ernte, aber generell waren dafür die Gärtner verantwortlich.

Vor der Beichte mussten wir etwa eine halbe Stunde warten, schlaff an die Kirchenmauer gelehnt. Zwei andere waren vor uns dran, sie gingen in den Beichtraum und kamen mit total besinnlicher Miene wieder raus. Bei unserem Anblick hielten sie inne, fassten uns an den Schultern und küssten uns die Stirn. Sie wollten uns trösten, aber mir kam es vor wie ein Abschied. *Noch sind wir nicht tot!*, hätte ich sie am liebsten angeschrien und ihnen eine reingehauen, um sie aus ihrem Wahn herauszuholen.

Endlich waren wir an der Reihe. Einen Moment lang drückte ich noch meine Stirn an Taemas.

»T«, flüsterte sie.

»T«, antwortete ich.

Das gab uns Kraft.

Mana-mas Beichtstuhl war ein Zelt in einem abgelegenen Raum der Kirche, ein weißes Seidending mit Sitzkissen und einem niedrigen Tisch, alles in zarten Pastelltönen. Meistens gab es Tee, wenn man welchen wollte. Der Raum sollte eine beruhigende Atmosphäre vermitteln, ein Schrein der Wahrheit, Reinheit und Befreiung sein, aber an sich war es bloß eine Hippie-Therapeutenpraxis.

Mana-ma kauerte auf ihrem Lieblingskissen, wie immer ganz in Schwarz, ein dunkler Fleck in den blassen Farben des Beichtraums. In den Händen hielt sie eine Tasse Tee, und als sie uns sah, kräuselte sich die Haut um ihre Augen. Sie lächelte, ein verdammt stolzes Grinsen, immer noch high von ihrem Triumph auf der Wiese.

Äußerlich war sie eine echte Mutter, warmherzig und gütig und mit Lachfältchen, ihre Haut genauso braun wie unsere und ihre Augen unglaublich dunkel, beinahe schwarz, ihr Gesicht eingerahmt von den gleichen Korkenzieherlocken, wie Taema und ich sie hatten. Nicht dass bei uns Inzucht betrieben worden wäre, aber viele von uns waren schon entfernte Verwandte oder gar nicht mal so entfernte. Mana-mas Alter war schwer einzuschätzen, aber in meiner Erinnerung ist sie immer gleich. Alterslos. Vor langer Zeit dachte ich mal, sie wüsste alles. Dass sie das Sprachrohr Gottes wäre, die Verkörperung der Liebe.

Alles Quatsch.

Kurz bevor sie den Mund aufmachte, fragte ich mich noch, was zur Hölle sie eigentlich vorhatte. Was brachte es, ihre Gemeinde durch die Meditation zu verschmelzen? Was war das für eine Droge?

»Setzt euch, meine Kinder.« Mana-ma zeigte auf die Sitzkissen.

Um sie gleichzeitig anzusehen, mussten wir uns fast Wangenknochen an Wangenknochen auf die Seite legen. Taema war nervös, noch nervöser als ich, und fast hätte ich ihr zur Beruhigung übers Haar gestrichen. Keine Frage, sie glaubte immer noch an Mana-ma, zumindest deutlich mehr als ich. Sie hatte ein schlechtes Gewissen, weil wir Mana-ma vielleicht die Unwahrheit sagen mussten. Mir war es scheißegal.

Direkt belogen hatten wir Mana-ma noch nie, aber wir hatten ihr etwas verschwiegen, und das gefiel Taema nicht. Wir hatten ihr nie von dem Tablet erzählt. Oder davon, dass wir (okay, nur ich) von der großen weiten Welt träumten und von all den Sachen, die man dort anstellen könnte. Es gab einige Themen, die wir nie mit ihr besprachen. Um Sex und Lust machten wir generell einen Bogen, wir taten einfach so, als könnten wir keine Erregung empfinden, weil wir uns immer so nahe waren. Schwachsinn.

»Ich heiße euch willkommen in der Enklave des Ich«, sagte Mana-ma in ihrem Singsang und bedeckte Taemas und meine Stirn mit ihren Händen. »Schließt die Augen und malt euch aus, wie euch alle Dunkelheit, alles Unglück verlässt und nichts zurückbleibt als reines Licht.«

Das malten wir uns brav aus, langsam ein- und ausatmend, unser doppelter Brustkorb hob und senkte sich im Einklang. Ich stellte mir vor, ich wäre eingehüllt von getrocknetem Schlamm, der nun aufplatzte und von mir abfiel. Er verteilte sich auf dem Boden und wurde vom Wind verweht wie die Asche verbrannten Papiers. Vor meinem inneren Auge sah ich nur mich, ohne Taema. Aber als ich die Augen öffnete und Taemas Körperwärme spürte, fühlte ich mich nicht besser oder leichter. Unser Herz war immer noch zu schwach. Der Tod war uns immer noch sicher.

»Die Dunkelheit bleibt in euch gefangen, bis ihr ihr Ausdruck verleiht. Nennt ihr sie beim Namen, verliert sie jede Macht über euch. Gesteht, und ihr seid frei. Lasst die Dunkelheit zurückströmen in die Erde, und die Last auf euren Schultern wird sich verringern.«

Ich war nicht in der Stimmung dafür. Irgendwann hatte ich das alles mal geglaubt, also ein Stück weit. Fragt mich nicht, warum ich Mana-ma nie so sehr verfallen war wie die anderen, aber in mir war immer irgendwas, das nicht nachgeben wollte. Und durch das Tablet hatte sich dort etwas getan. Unwiderruflich. Ich musste hier weg. Mana-ma war anscheinend doch nicht die Stimme Gottes. Schon beängstigend, wenn einem plötzlich der ganze Glaube unter den Füßen wegbricht. Ich wusste nicht, wem ich noch trauen und was ich noch fühlen sollte, ob meine Moralvorstellungen wirklich meine eigenen waren oder nur Mana-mas.

Taema antwortete als Erste. Mit halb geschlossenen Augen lauschte ich ihrer sanften Stimme.

»Als unser Herz wehgetan hat, habe ich nicht an den Schöpfer gedacht oder an das Licht oder an die Güte. Ich habe etwas Falsches gedacht.«

»Was denn, mein Kind?«

»Ich wusste, dass mich meine Seele verlassen könnte und dass ich sie darauf vorbereiten sollte. Ich hatte ja die Zeit dafür. Aber ich konnte nur an den Schmerz denken und daran, dass ich nicht sterben will. Da waren nur noch Dunkelheit und Kälte. Ich hatte Angst.«

Mana-ma beugte sich vor. »Hattest du eine Vision? In seiner Gnade zeigt sich der Schöpfer hin und wieder jenen, die bald von Neuem in den Kreislauf eintreten …«

»N-nein.« Verschämt schüttelte Taema den Kopf und vergrub ihre Fäuste im Schoß. Es machte mich wütend, wie Mana-ma mit ihr spielen konnte. Taema war nicht schwach, im Gegenteil, aber sie war sensibel, und Mana-ma hatte ihr grundlos eingeredet, dass mit ihr etwas nicht stimmte.

Mir kam eine Idee. Aber ich wollte abwarten, bis ich dran war. So konnte ich noch eine Weile darüber nachdenken.

»Das ist nicht die einzige Dunkelheit in dir, oder?«, sagte Mana-ma. »Sprich es aus, Kind, lass sie frei.«

Ich zwang mich zu einem neutralen Gesichtsausdruck, aber am liebsten hätte ich Mana-ma das Maul gestopft. Wie konnte ich so lange übersehen, was für eine Schlange sie war?

»Was noch?«, drängte sie.

Taema befeuchtete sich die Lippen. »Die Meditation hat mir Angst gemacht.«

Mana-ma nickte. »Ich weiß, Kind. Die Größe Gottes ängstigt dich. Doch gemeinsam können wir Zugang zu seinem Reich finden. Deshalb sind wir hier. Hab keine Angst. Was wir erleben, ist ein Wunder. Ein Wandel. Etwas Göttliches.«

Wie geschickt sie sich um jede klare Aussage herummogelte.

»Ich gebe mir Mühe«, flüsterte Taema.

»Gibt es sonst noch etwas, mein Kind?«

Taema, die herzensgute Taema, dachte ehrlich darüber nach. Sie musste tief in sich graben, um irgendwelche dunklen Gedanken hervorzuholen. Für mich waren dunkle Gedanken kein Problem, aber ich erzählte Mana-ma längst nicht mehr davon. Erstens weil Taema nicht hören sollte, was so in meinem Kopf vor sich ging, und vor allem, weil ich es scheußlich fand, wie Mana-ma die dunklen Gedanken ihrer Gemeinde auskostete, wie sie sich darin suhlte.

Schließlich murmelte Taema irgendwas, dass sie manchmal von der Außenwelt träumte oder so, und Mana-ma spitzte die

Ohren. Sie richtete sich auf ihrem Kissen auf wie eine Katze mit gesträubtem Fell.

»Dort draußen hört niemand auf die Stimme Gottes«, sagte sie. »Auf die Vögel und Bäume und den Lauf der Zeit. Dort wird alles dem Willen der Menschen unterworfen. Die Natur, den eigenen Körper, ja sogar ihre Seele modeln sie nach Belieben um, ungeachtet des göttlichen Willens. Sie glauben, so könnten sie zu vollkommenen Wesen werden, und spucken dadurch doch nur dem Schöpfer ins Gesicht, denn mein Gatte hat sie bereits in Vollkommenheit erschaffen. Tatsächlich beschmutzen sie alles, womit sie in Berührung geraten. Vergiss das nie. Und nun lass die Dunkelheit ins Freie strömen, ein für alle Mal.«

»Ja, Mana-ma.« Taema wirkte völlig eingeschüchtert, und ich hätte fast die Zähne gebleckt und die Frau angefaucht. »Das ist alles, Mana-ma«, sagte meine Schwester.

Mana-ma schwenkte ein Stückchen kokelnden Salbei um Taemas Kopf, wodurch sie natürlich auch mich einräucherte, und summte gemeinsam mit Taema den einen Ton. Ich schnitt eine Grimasse, die beiden summten mir direkt ins Ohr.

Dann widmete Mana-ma sich meiner Wenigkeit.

»Tila, mein Kind«, säuselte sie. »Stell dir vor, wie die Dunkelheit aus deinem Körper fließt, sich am Boden sammelt und endlich in die Erde zurückkehrt …«

In meiner Fantasie flutete meine Dunkelheit den Raum bis zur marokkanischen Deckenleuchte. Und während Taema und ich oben schwammen, klebte Mana-ma am Boden wie ein Stein. Unter uns zerplatzten noch ein paar Blasen, dann war alles still. Und kurz darauf wurden Taema und ich von meiner inneren Dunkelheit fortgetragen, fort von der Feuerstelle und hinaus in die weite Welt, nach San Francisco. Die Dunkelheit deponierte uns im Golden Gate Park und strömte wieder in mich hinein, und ich war dieselbe wie zuvor.

»Siehst du es vor dir?«, fragte Mana-ma.

Lächelnd öffnete ich die Augen. »Ja.«

»Welcher Art ist die Dunkelheit, die du beim Namen nennen musst, um ihre Macht zu brechen?«

»Als ich glaubte, ich muss sterben, habe auch ich an Schmerz und Dunkelheit gedacht statt an Reinheit und Licht. Ich habe es nicht geschafft, meine Seele zu reinigen.«

Mana-mas Augen leuchteten auf. »Hattest du eine Vision?«

»Ja.«

Taema betrachtete mich von der Seite. Sie wusste praktisch immer, wann ich log, aber diesmal wusste sie nicht warum.

Voller Begeisterung ergriff Mana-ma meine Hände. Als ich ihre feuchtkalte Haut spürte, hätte ich mich beinahe losgerissen und die Finger an der Bluse abgewischt. »Sag mir, was du gesehen hast, Kind.«

Sie fiel darauf rein. In der Außenwelt denken wahrscheinlich viele, die hohen Tiere der Feuerstelle hätten den Sektenmist von Anfang an durchschaut und wären einfach nur kluge Geschäftsleute. Aber ich schätze, Mana-ma glaubt ernsthaft daran, ihr Glaube geht genauso tief wie der aller anderen, oder noch tiefer. Deshalb war der Rest ein Kinderspiel.

»Da war ein Mann, den ich noch nie gesehen hatte. Er hat mir zugerufen, dass ich umkehren soll, dass mich nichts als Elend erwartet. Dass man mir nichts als Lügen erzählt hat. Er hat mir sogar gesagt, wie er heißt.«

»Wie hieß er?«, fragte Mana-ma.

»Er nannte sich ›der Bruder‹.«

Da wurde sie blass und sackte nach hinten. Ich habe doch schon erwähnt, dass jede Mana-ma einen Gefährten hat, der

»Bruder« genannt wird? Schon seltsam, wenn man mal darüber nachdenkt, aber so hießen die Gefährten eben, und diese Rolle spielten sie auch in der Gemeinschaft. Sie sollten die anderen unterstützen, sogar Mana-ma. Aber verheiratet war Mana-ma natürlich nur mit dem Schöpfer, dessen Stimme sie war.

Aber weil die Toten an der Feuerstelle nun mal tabu waren, hätte ich eigentlich gar nichts davon wissen dürfen. Im Heiligen Buch wurde der Bruder nicht erwähnt, in den Predigten auch nicht, und Mana-mas »Bruder« war schon vor so vielen Jahren gestorben, dass es keinen Grund gab, noch über ihn zu reden oder auch nur an ihn zu denken.

Doch die Info war auf der Website über die Feuerstelle aufgetaucht, und außerdem hatte ich mal gehört, wie Mom und Dad nebenbei einen »Bruder« erwähnt hatten. Ich weiß noch, wie ich mich darüber gewundert hatte, denn sie sprachen eindeutig nicht von irgendeinem Bruder, sondern von *dem* Bruder. Deshalb fragte ich nach, und sie erklärten uns, worum es ging, aber wir durften mit niemandem darüber reden. Keine Ahnung, wieso sie bei dem Thema so nervös wurden.

»Der Bruder hat zu dir gesprochen?« Mana-mas Stimme bebte. Zum ersten Mal in meinem Leben hatte ich den Eindruck, dass sie es mit der Angst zu tun bekam.

Ich nickte. »Es hat ihn sehr erschreckt, mich zu sehen. Er hat mich immer wieder angeschrien, dass ich umkehren soll. Dass ich nur Finsternis und Schmerz finde, wenn ich weitergehe. Der Wald, hat er gesagt, ist Gift.«

Aber wäre ich umgekehrt, wäre ich nicht wieder in den Kreislauf eingegangen – Katastrophe. Wie hätte meine Seele wachsen und reifen sollen, in unserer Welt oder anderswo?

»Das kann nicht sein.« Mana-ma packte mich an der Schulter. »Das würde er niemals sagen. Du lügst doch. Du lügst!«

Fest in Mana-mas Griff, zuckte ich mit der Schulter. An der Brust zerrte meine Haut an Taemas. »Ich habe nur berichtet, was ich erlebt habe.«

Mana-ma blickte mir tief in die Augen. Ich weiß nicht, was sie darin entdeckte – anscheinend nichts Gutes. Sie wich von mir zurück. »Wer hier lügt, schändet die Heiligkeit des Beichtraums.«

Ich erwiderte nichts.

»Du lügst. Es kann nicht anders sein! Der Bruder kann dich nicht kontaktieren. Ausgeschlossen.«

Wieder zuckte ich ganz unschuldig mit der Schulter, wieder zerrte meine Haut an Tilas. »Vorhin sind wir alle in Verbindung getreten. Vielleicht kann ich Kontakt aufnehmen mit jenen, die schon einen Schritt weiter sind?« Ich plapperte nur so ins Blaue hinein, eventuell landete ich ja einen Treffer.

Volltreffer.

Mana-ma umfasste mein Gesicht mit beiden Händen und starrte mir in die Augen. Keine Ahnung, wonach sie suchte, aber fündig wurde sie nicht. Also ließ sie mich wieder los.

Zuerst kapierte ich gar nicht, dass sie mir eine Ohrfeige verpasst hatte, ich hörte nur den Knall und spürte das Brennen an der Wange. Taema schnappte nach Luft, aber ich blieb still. Da nahm Taema meine Hand.

»Raus hier«, sagte Mana-ma. »Raus mit dir.«

»Muss ich nicht zuvor die Dunkelheit aus meinem Inneren entlassen?«, fragte ich unschuldig.

»Ich fürchte, die Dunkelheit hat sich tief in dir eingenistet«, keifte Mana-ma. »Und jetzt raus hier.«

Wir standen auf und schoben uns unter ihrem Blick seitlich aus dem Beichtraum.

»Was zur Hölle sollte das?«, fragte Taema mich, sobald die

Kirche hinter uns lag. Wir gingen auf dem staubigen Fahrweg nach Hause. »Was sollte das bringen?«

»Sie macht das doch andauernd mit uns. Sie wickelt uns um den Finger. Ich wollte wissen, ob es auch andersrum funktioniert. Hat es.«

Es war erstaunlich leicht gewesen und irgendwie faszinierend, auch wenn ich tief drinnen wusste, dass es nicht richtig war. Als hätte ich einem Insekt die Beinchen ausgerissen.

Ich fragte mich, was noch so alles in mir steckte.

13

TAEMA

Völlig desorientiert erwache ich.

Mein Mund ist pelzig, mein Blickfeld verschwommen. Um mich herum das leise Summen technischer Geräte. Ich will mich bewegen, doch aus meinen Adern ragen Kabel, fixieren mich. Jetzt nicht in Panik geraten. Wo bin ich? Habe ich eine weitere OP hinter mir? Meine Hand will zur Narbe wandern, doch das geht nicht.

»T«, flüstere ich. Wo ist sie?

»Ist sie okay?«, fragt eine Männerstimme, die mir tendenziell bekannt vorkommt. »Sonst geht das Aufwachen doch schneller?«

»Das liegt an ihrem mechanischen Herzen. Wenn man in der Zealscape … in Erregung gerät, pumpt das Herz normalerweise schneller – und die Droge wird schneller verbraucht.«

Blinzelnd schüttele ich den Kopf.

Da beugt sich jemand über mich. »Alles okay, Tila?«

Als mich der Mann mit dem Namen meiner Schwester anspricht, zucke ich zusammen. Wo bin ich? Für mein Kopfschütteln ernte ich einen warnenden Blick. Ich kneife die Augen zusammen. Das ist ein Detective. Nazarin. Jetzt fällt es mir wieder ein. Und kaum konzentriere ich mich auf meine Atmung, kehren alle Erinnerungen zurück, während die letzten Verve-Rückstände aus meinem Kreislauf verschwinden.

Der Betreuer zieht mir die Nadeln aus dem Arm, erschaudernd spüre ich, wie sie aus meiner Haut gleiten. Eine altmodische, geradezu barbarische Prozedur, aber will man voll und ganz in Zeal oder Verve eintauchen, ist eine Injektion noch immer das Optimum. *Das war keine Zealscape,* will ich dem Betreuer ins Gesicht sagen. *Und das weißt du! Wie viel zahlen die Ratel dir? Hast du sie kontaktiert?* Aber hätte er das getan, müssten sie doch schon hier sein? Die Nachwirkungen der Droge werden spürbar: ein Kribbeln in den Adern, ein Zucken der Muskeln. Hätte ich Zeal konsumiert, würde der Drang zu töten, zu schlachten und zu metzeln einem leuchtenden Glücksgefühl weichen. Dank Verve bin ich angespannter denn je. Meine Zähne mahlen vor Zorn, ich balle die Fäuste.

Mia schläft noch immer tief und fest, liegt träumend im Sessel. Auf Zeal und Verve spielt die Zeit häufig ein wenig verrückt – meinem Gefühl nach habe ich höchstens eine Stunde in der Traumwelt verbracht, hier draußen sind volle drei Stunden verstrichen. Laut Zeitanzeige auf dem Wandschirm über Mias Kopf stehen ihr noch elf Stunden Mord und Totschlag bevor, ehe sie im grellen Tageslicht erwacht und sich der Erinnerung an ihre Taten stellen muss. Und in ungefähr achtzehn Stunden dürfte sie wieder hier sein, auf zur nächsten Runde. Wie kann sie diesen Wahnsinn Tag für Tag über sich ergehen lassen?

Der Betreuer hat die Arbeit abgeschlossen. Ich stemme mich hoch, noch unsicher auf den Beinen.

Als ich mich über Mia beuge, muss ich schlucken. An ihrer Kehle – ist das eine leichte Quetschung? Und eine zarte Wunde, wo sie vom Skalpell erwischt wurde? Wie kann das sein? In den Hosentaschen verkrampfen sich meine Hände erneut zu Fäusten.

Nazarin wirkt etwas lebendiger, als ich mich fühle, aber nicht viel, er ist recht blass um die Nase. Ich will ihn fragen, was er erlebt, ob auch er einen derart starken Tötungsdrang verspürt hat und wenn ja, wem er in unserer gemeinsamen Traumwelt ans Leder wollte.

Für Nazarins großzügiges Trinkgeld bedankt sich der Betreuer mit einem servilen Nicken und öffnet uns die Tür, ein Lächeln auf den Lippen, nein, ein anzügliches Grinsen. Er führt uns durch den Flur, sein perfekt frisiertes Haar unter der trüben Beleuchtung starr wie ein Helm. Der Diskretion wegen winkt er uns zum Seitenausgang.

Endlich im Freien wische ich mir über die Arme, als wollte ich den Schrecken der Traumwelt abstreifen. Ich zittere in der warmen Nachtluft San Franciscos und atme tief aus. Dann spitze ich die Ohren und lausche auf Alarmsignale, suche den Himmel nach unauffälligen Schwebeautos ab, die uns entführen sollen. Nur gut, dass wir die lästigen Masken tragen. Hoffentlich, hoffentlich hat sich der Betreuer nicht zu dicht über uns gebeugt und trotz Dämmerlicht die Nahtstellen entdeckt. Für den helllichten Tag taugen die Masken nicht, meist kommen sie auf Kostümfesten zum Einsatz oder im Nachtleben.

Nazarin und ich laufen durch den Mission District, vorbei an grellbunten Reklamen. All die lächelnden, strahlenden Männer und Frauen scheinen mich auszulachen.

»Wir müssen darüber reden«, sagt Nazarin. »Aber nicht hier.«

»Zurück ins Safehouse?« Aber dort fühle ich mich nicht mehr wohl, ich will keinen VR-Sessel in meiner Nähe haben und keine künstlichen Blutlachen im Obergeschoss.

»Es gibt noch ein Safehouse. Hier in der Nähe, gleich um die Ecke. Dort können wir die Situation rekapitulieren. Und dann zurück zu unserem eigentlichen Unterschlupf.«

Nazarin marschiert los, ich folge ihm mit Abstand.

Das andere Safehouse stellt sich als kleines Apartment heraus, das Nazarin als zweites Zuhause nutzt. Er hat noch eine weitere Bleibe, von der die Ratel wissen, während sie von dieser Wohnung keine Ahnung haben, sie läuft nicht auf Nazarins Namen. Manchmal, sagt er, treffe er sich hier mit Vorgesetzten, beim Hauptquartier des SFPD darf er nicht auftauchen. Außerdem komme er hierher, um für sich zu sein, mal allem zu entfliehen. Doch bald wird das Apartment aufgelöst oder einem Kollegen zugewiesen, denn für meine Ausbildung musste Nazarin ins neue Safehouse ziehen.

Obwohl er hier häufiger übernachtet, fehlt dem Apartment jede persönliche Note, man könnte es für eine Hotelsuite halten. Wohn-, Schlafzimmer und Küche sind in einem einzigen, recht weitläufigen Raum zusammengefasst. In einer Ecke steht das Bett, mit großen Kissen an der Wand, es dient auch als Sofa, in einer anderen Ecke befindet sich die Kochnische, in einer weiteren das Bad (dankenswerterweise hinter einer Tür), in der vierten der Schrank. Am Fenster steht ein Tisch mit Stühlen, an den Nazarin mich mit einem Wink bittet.

Ich frage mich, wie es in seinem anderen Apartment aussieht, ob dort irgendetwas zu finden ist, das Einblick in sein Leben gewährt, ein paar Fotos wenigstens? Als Tila und ich noch zusammen wohnten, war das Regalbrett im Flur mit sorgfältig ausgewählten Gegenständen bestückt, ein erster Eindruck von uns beiden: Holofotos von Tila und mir, Arm in Arm. Die Abschlussurkunde meines Ingenieursstudiums, eine kleine gläserne Auszeichnung für meine Arbeit an VivaFog. Ein wundervolles glasiertes Gefäß, das Tila angefertigt hatte, mit künstlichen Sonnenblumen darin, außerdem ein paar kleinere Kunstwerke von ihr und eine Glasskulptur, ein Geschenk eines Zenith-Kunden. All das auf einem Tuch aus unserem gemeinsamen Urlaub im Vereinten Korea. Heute steht dort nur noch meine Hälfte, neben weiteren Fotos und einigen Ehrungen für berufliche Erfolge, und man hat das Gefühl, dass etwas fehlt.

Nazarin reicht mir ein Glas – mal wieder SynthGin mit Tonic. Besser als nichts. Ich kippe ihn runter und verziehe den Mund bei dem irgendwie unechten Geschmack. Als ich die Augen schließe, erscheinen mir wieder brüllende Alraunen mit vertrauten Gesichtern. Eine davon sah aus wie Mardel. Ich reiße die Augen auf. »Hast du noch mehr?«

Mit meinem Glas geht Nazarin die drei Schritte zur Kochnische und schenkt mir artig ein. Ich leere es in einem Zug.

»Keine Ahnung, was du erlebt hast oder was du in Erfahrung bringen konntest.« Er hat kaum an seinem Drink genippt, lässt die Flüssigkeit nur im Glas kreisen. Ein schöner, aber auch einschüchternder Mann. Nazarin hat sein Oberteil abgelegt, darunter trägt er ein ärmelloses Shirt, kräftige Muskeln unter der braunen Haut seiner Oberarme, ein Geflecht aus blassen Narben auf den Unterarmen. Das Deckenlicht hüllt sein Gesicht zur Hälfte in Schatten. Auch die Schuhe hat er ausgezogen, und als ich seine Socken sehe, den großen Zeh, der sich fast durch den Stoff bohrt, beschleicht mich das seltsame Gefühl, ihn beschützen zu müssen.

»Wie war es bei dir?«, frage ich. »Was hast du erlebt?« Es fällt mir schwer, von meinen Erfahrungen zu berichten, solange ich nichts von seinen weiß. Was Nazarin offenbar versteht. Endlich leert er seinen Drink, geht zur Kochnische und besorgt Nachschub. Schenkt sich ein halbes Glas ein, überlegt es sich anders und trägt die ganze Flasche zum Tisch. Gute Idee.

»Kann es sein, dass Mia etwas gegen Männer hat?«, sagt er.

»Ja.« Frischer SynthGin plätschert in mein Glas. Ich denke an Mana-ma. »Aber sie hasst auch viele Frauen.«

»Ich bin direkt in einer Gefängniszelle gelandet.«

Ob die Zelle wohl irgendeine Ähnlichkeit hatte mit derjenigen, in der Tila sitzt, während wir uns hier unterhalten?

»Es war stockdunkel«, fährt Nazarin fort. »Erst dachte ich, mit der Droge wäre irgendwas schiefgegangen, ich wäre tot.« Ein bitteres Lächeln, als wäre das alles zum Lachen. »Ich habe nicht erkannt, dass es eine Vervescape ist, mir kam das Ganze nur etwas dubios vor. Ich habe wenig Erfahrung, weder mit Zeal noch mit Verve.«

Interessant. Wo Zeal doch für so viele Menschen zum täglichen Leben gehört.

»Jedenfalls wurde mir schnell klar, dass ich da raus muss.« Noch ein Schluck SynthGin. »Ich fand einen Weg ins Freie, aber plötzlich waren da diese Dämonen. Sie hatten das Gebäude umzingelt, eingekesselt. Was für kranke Scheißviecher.«

»Stimmt. Viele von ihnen hatten Gesichter von Menschen, mit denen ich aufgewachsen bin.«

Nazarin schüttelt sich. »Ich kämpfte mich durch. War ein übles Gemetzel. Dann erwischte mich die Droge voll, und mir erschienen lauter Leute, denen ich schon öfter den Tod gewünscht habe. Mit denen war ich auch eine Weile beschäftigt.« Er trinkt den letzten Tropfen.

»Moment. Das heißt, du hast die Vervescape genauso beeinflusst wie ich?«

Das lässt ihn innehalten. »Sieht so aus.«

»Und das heißt, du bist ein Klarträumer oder könntest zu einem werden.« Klirrend stelle ich das Glas ab. »Wenn du klarträumen kannst, brauchst du mich nicht mehr.« Kann ich den Job kündigen? Kann ich aufhören, bevor es richtig angefangen hat? Eine schmerzlich schöne Vorstellung.

»Ich wurde nicht dafür ausgebildet, und ich bin nicht halb so gut wie du. Mit der zweiten Welle wurde ich kaum fertig. Die hätten mich fast umgebracht. Am Ende musste ich sie alle töten. In Stücke schneiden.«

Ich habe einen Kloß im Hals.

»Die meisten hatten es nicht anders verdient. Ein paar davon sind hinter Gittern gelandet und dann still und leise in der Stasis. Aber manchmal wäre es mir trotzdem lieber, ich hätte sie eigenhändig töten dürfen.«

»Jeder hat seine dunkle Seite«, flüstere ich, ein Echo von Nazarins Worten.

»Oh ja. Aber trotzdem hätte der gemeinsame Traum besser funktionieren sollen, trotz Verve. Ich hätte neben dir auftauchen müssen. Und ich hätte mit Mias Stärke rechnen müssen. Mia ist an der Feuerstelle aufgewachsen, wie du.«

»Aber zu Mias Zeiten wurde die Meditation noch nicht so groß aufgezogen«, sage ich, während ich mit den Gedanken ganz woanders bin.

»Ach ja?« Interessiert beugt Nazarin sich vor. »Wann hat es angefangen?«

Ich blicke ins Leere und versuche, mich zu erinnern. »Ein, zwei Jahre, bevor Mia gegangen ist, also … vor fünfzehn Jahren oder so? Mana-ma hatte die fixe Idee, dass wir alle zu einer Einheit verschmelzen könnten, und sollte das klappen, würde sie die Stimme Gottes noch deutlicher vernehmen. Dafür haben wir trainiert. Vorher drehte sich das Meditieren eher um die Reinigung des eigenen Geists, wir sollten keinen Einfluss auf irgendwas ausüben. Aber vielleicht hat Mia trotzdem ein paar Grundlagen erlernt, die ihr jetzt helfen, ihre Vervescape zu kontrollieren.«

»Und hat diese neue Art der Meditation funktioniert?«

»Oh ja. Gegen Ende mussten wir nur die Pille schlucken, und

schon landeten alle Feuerstellenbewohner in einer großen gemeinsamen Traumwelt.«

Nazarins Unterkiefer klappt nach unten wie in einem Animationsfilm. »Eine Pille? Was war das für eine Droge?«

»Ich weiß es nicht. Mana-ma hat ihre Geheimnisse streng gehütet. Vielleicht war es ja der Leib Gottes?« Meine Stimme trieft vor Sarkasmus.

Mit gerunzelter Stirn dreht und wendet Nazarin den neuen Hinweis im Kopf. Bald wird er sich deswegen mit dem SFPD kurzschließen, aber vorher habe ich noch eine Frage.

»Was wäre passiert, wenn Mia mich im Traum getötet hätte?«

»Wenn sie sich in einem Klartraum befand und wusste, dass du kein Traumprodukt warst? Dann hätte es Mittel und Wege gegeben, dich … dauerhaft zu töten.«

»Ich hätte da drin sterben können?« Am liebsten würde ich Nazarin das Glas ins Gesicht schleudern. »Von einem Selbstmordkommando war nie die Rede.«

Da blitzen seine Augen. »Wie hat die Geschichte denn angefangen? Mit einem realen Mord. Deine Schwester hat einen Ratel-Killer ermordet.«

»*Soll* einen Ratel-Killer ermordet haben.«

Ein raues Geräusch dringt aus seiner Kehle. »Bist du dir immer noch sicher, dass sie es nicht war?«

Ich erwidere nichts. Wieso ergreife ich immer noch Partei für Tila, obwohl sie mit jedem Hinweis schuldiger erscheint? Aber sollte sie Vuk umgebracht haben, muss ich mich daran festhalten, dass ein Mord nicht mit einem Akt der Selbstverteidigung zu vergleichen ist.

»Du wusstest von Anfang an, worauf du dich einlässt«, sagt Nazarin. »Du warst dir des Risikos bewusst – auch des Risikos, nicht zu überleben. Also tu jetzt nicht so, Taema. Wer in die

Unterwelt San Franciscos hinabsteigt, der muss damit rechnen, sich die Hände schmutzig zu machen.«

Wir starren uns gegenseitig an.

»Aber in Zukunft machen wir es anders«, erwidere ich. »Bevor wir eine Aktion starten, erklärst du mir die Risiken haargenau. Du lässt mich nicht noch mal ins offene Messer laufen. Klar?«

Nazarin bricht den Blickkontakt als Erster und nimmt einen Schluck SynthGin. »Klar. Wenn es dich beruhigt – ich hätte nie gedacht, dass es heute so brenzlig wird. Wäre es auch nicht geworden, hätten sie uns Zeal gegeben und nicht Verve. Zeal ist deutlich statischer, wenn man in einen fremden Traum einsteigt.«

»Ja. Eine wundervolle Überraschung.«

»Die leider ein größeres Problem mit sich bringt.«

»Noch ein Problem? Na toll.« Ich weiß, durch den SynthGin werde ich dünnhäutig, aber mein Sarkasmus lässt sich nicht bremsen.

»Wenn die Ratel unser Zeal mit Verve versetzt hatten, versuchen sie sicher, die dazugehörigen Träume mitzuschneiden und auszuspähen.«

Verdammt. »Und sollten sie Mias Träume durch einen Klarträumer ausspionieren, fliegen wir komplett auf.«

»Genau.«

»Wir sitzen in der Scheiße.«

»Nicht zwangsläufig. Erstens: Du erinnerst dich an die manipulierte Zeal-Lounge, wo ich den Security-Job hatte? Dort hat es nicht funktioniert. Die Ratel konnten die Dosis nicht richtig austarieren, sie konnten keine einzige Traummillisekunde ausspähen. Zweitens: Vielleicht schneiden sie noch gar keine Träume mit. Vielleicht wollen sie nur über physiologische Reaktionen Klarträumer identifizieren. So könnten sie auf Mia aufmerksam werden, aber wegen ihrer schlechten Gesundheit dürfte sie kaum infrage kommen.«

Ich sehe die schluchzende Mia vor mir. »Mia fürchtet sich vor irgendwem. Sie hat Tila verraten. Möglicherweise steht sie längst in Kontakt mit den Ratel.«

»Mag sein. Aber wenn ja, und wenn Mia deine Schwester an die Ratel verkaufen wollte, ist das vermutlich schon passiert. Drittens: Falls die Ratel den Traum doch mitschneiden konnten, haben sie bestimmt noch eine Menge anderer Träume auf Halde. Die müssen sie erst mal abarbeiten, und Klarträumer sind immer noch Mangelware. Nur deshalb konnte Tila die Karriereleiter so schnell hinaufklettern. Das heißt: Falls es einen Mitschnitt gibt, musst du ihn während ›Tilas‹ nächster Schicht in der Verve-Lounge löschen – unbemerkt. Keine leichte Aufgabe.«

»Was ist schon leicht?« Seufzend reibe ich mir das Gesicht. Ich bin todmüde.

»Was ist in deinem Traum passiert?«, fragt Nazarin.

Das wollte er von Anfang an fragen, doch er hat abgewartet, bis ich dank meines Alkoholpegels antworten kann, ohne laut zu schreien – sehr schlau. Aber ich durchschaue seine Taktik. So besoffen bin ich auch wieder nicht.

Ich reagiere nicht sofort, starre lieber ein Weilchen aus dem Fenster. Dieses »Safehouse« liegt in der Fell Street am Panhandle-Park, mit Blick auf den schmalen grünen Streifen hinüber zum Golden Gate Dome. Zwischen zwei Plantagentürmen sind noch die Türme der Grace Cathedral auszumachen, ein hübscher Anblick: zwei strahlend weiße Riesen, flankiert von dreißig Etagen hohen Glaspfeilern voller Obstbäume.

Als ich aufstehe, gerate ich ins Wanken.

Nazarin lehnt sich zurück. »Du bist betrunken.«

»Geschickt kombiniert, Detective.«

»Komm schon. Sag mir, was da drinnen passiert ist.«

Ich stolpere zum minimalistischen Badezimmer. »Gleich.«

Nach dem Pinkeln lehne ich mich gegen das winzige Waschbecken, presse die Handballen in die Augenhöhlen und atme angestrengt ein und aus. Es ist spät, ich fühle mich zum Kotzen, und ich habe eine Viertelflasche Pseudo-Gin intus, mindestens. Oh ja, ich bin stockbesoffen.

Als ich aus dem Bad trete, hat Nazarin mir ein Riesenglas Wasser hingestellt, das ich in großen Schlucken hinunterschütte. Ich kann es nicht weiter hinausschieben. Ich muss in die Albtraumwelt zurückkehren, zum Glück nur vorübergehend.

Ich erzähle Nazarin alles, erspare ihm nichts, und mein Gedächtnis ist nicht von schlechten Eltern. Von den Alraunendämonen erzähle ich, von der falschen Mana-ma, der falschen Tila, von Mias Skalpell. »Es kam mir vor, als wäre Mia noch tiefer im Verve versunken – und da fing Tila an, wirres Zeug zu reden … weil Mia sie dazu gebracht hatte? Vielleicht wollte Mia uns einen Hinweis geben, aber es klang einfach nur irre.«

»Was hat sie gesagt?«

»Irgendwas über eine Verbindung, die Tila entdeckt hätte, und dann: ›Er ist der Rote, der Gerechte, der Schöne. Von der Erde gekommen, kehrt er nun zur Erde zurück. Asche zu Asche. Staub zu Staub. Wechselt die Gesichter wie im Kaleidoskop.‹«

»Klingt wie das durcheinandergewürfelte Bibelzeug, das Tila laut Sal im Zenith losgelassen hat.«

»Das hat mich ja so irritiert. Wenn Mia mir einen Fingerzeig geben will, warum zitiert sie dann nicht aus Mana-mas Heiliger Schrift? Die mussten wir doch alle auswendig lernen, nicht die Bibel. Okay, Mana-ma hat uns auch aus anderen religiösen Texten vorgelesen, alles Mögliche, die Thora, den Koran, das Buch

Mormon, gnostische Schriften, was es so gibt – aber immer nur aus dem Zusammenhang gerissene Passagen, wie es ihr gerade gepasst hat. Und dann hat sie sich meistens ewig darüber ausgelassen, dass diese Texte bloß verzerrte Echos der wahren Stimme Gottes sind, die natürlich nur sie vernimmt.«

In meinem Magen rumort ein altes Schuldgefühl. Ich habe lange fest daran geglaubt, dass Mana-ma die Stimme Gottes hört. Dass sie Gottes Werkzeug zur Erlösung der Menschheit ist. Ich habe mich so lange stur gestellt, mich so lange geweigert, die Augen zu öffnen. Dann, als Tila und ich die Feuerstelle verlassen hatten und Mana-ma endlich das letzte bisschen Macht über mich eingebüßt hatte, gerieten wir in eine Phase, in der wir alle heiligen Bücher lasen, die wir in die Finger bekamen. Buddhistische Schriften, Überlieferungen aus dem alten Ägypten (okay, das *Buch von der Himmelskuh* führte ich mir vor allem wegen des verlockenden Titels zu Gemüte) oder Texte von Ellen White, der Mitbegründerin der Siebenten-Tags-Adventisten. Auch ein Haufen Zeug von anderen Sekten war dabei, hauptsächlich von jüngeren als Mana-mas Feuerstelle, etwa von den Konturen Gottes oder der Grünen Brut, die Augenzeugenberichte über Außerirdische durch die Existenz von Feen erklärte und jahrzehntelang bei den Fliegenpilzen im Wald hauste.

Tila und ich lasen alles, egal was, und hofften immer, irgendwo auf die Wahrheit zu stoßen.

Fündig wurden wir nicht. Aber ich weiß noch, wie wir in unserem kleinen Apartment in Inner Sunset saßen, Oberschenkel an Oberschenkel, unsere Wangen aneinandergepresst, und zusammen lasen wie früher, als wir noch verbunden waren. Ich kann immer noch am besten nachdenken, wenn ich neben Tila sitze, ihren gleichmäßigen Herzschlag spüre, der exakt mit meinem übereinstimmt, und ihren leisen Atem höre. Womöglich fühle ich mich deswegen so verloren – ohne Tila kann ich nicht klar denken, und alle schönen Erinnerungen an unsere gemeinsame Zeit tun weh.

Die Stille hat zu lange angehalten. Ich bemerke, wie Nazarin mich beobachtet, während ich nur in die Ferne starre.

»Okay«, sagt er. »Überlegen wir mal, was Mia gemeint haben könnte. Die Sprache klingt sehr religiös, daher würde ich mal auf die Bibel tippen.« Mit einem Zwinkern aktiviert Nazarin über seine Optikimplantate den Wandschirm, auf dem die King-James-Bibel erscheint. Er trommelt mit dem Daumen auf seine Unterlippe. »Vuk ist tot. Kann also gut sein, dass von ihm die Rede ist. Damit wäre zumindest das mit der Asche geklärt. Das erinnert an: ›Denn du bist Erde und sollst zu Erde werden.‹«

»*Ashes to ashes, funk to funky … we know that Mia's a junkie!*«, singe ich. Bei so viel SynthGin wird man zwangsläufig albern.

Und über Nazarins verwirrten Blick kichere ich gleich noch mehr. »Vergiss es. Das ist aus einem alten Lied von einem gewissen David Bowie. Sorry.« Der Song wurde nach 1969 veröffentlicht, ich habe ihn also erst in San Francisco kennengelernt, als Tila und ich uns im Selbststudium durch die Musikgeschichte arbeiteten. Mit einem Räuspern versuche ich, mich zu beruhigen. »Frag mich nicht, was Mia mit ›der Rote, der Gerechte, der Schöne‹ gemeint hat.«

Nazarin sucht nach Textstellen, die irgendeinen Bezug zur Farbe Rot aufweisen, und an der Wand erscheint:

Jesaja 1,18: So kommt denn und laßt uns miteinander rechten, spricht der Herr. Wenn eure Sünde gleich blutrot ist, soll sie doch schneeweiß werden; und wenn sie gleich ist wie Scharlach, soll sie doch wie Wolle werden.

2. Mose 28,15: Das Amtschild sollst du machen nach der Kunst, wie den Leibrock, von Gold, blauem und rotem Purpur, Scharlach und gezwirnter weißer Leinwand.

»Kannst du damit was anfangen?«, fragt Nazarin.

Ich schüttele den Kopf. »Nein.«

Als er nach »der Schöne« sucht, findet er einen Satz aus dem Hohelied:

Mein Freund antwortet und spricht zu mir: Stehe auf, meine Freundin, meine Schöne, und komm her!

Ich schüttele wieder den Kopf. Natürlich ist Tila meine beste Freundin, aber die Zeile hilft mir trotzdem nicht weiter. Oder will Tila, dass ich zu ihr komme?

Nazarin zieht die Stirn kraus. »Irgendwas finden wir schon. Es muss irgendeine Auffälligkeit geben, eine Spur.«

Er versucht es mit einer nicht auf die Bibel beschränkten Suche nach »der Rote, der Gerechte, der Schöne«.

»Das ist es«, flüstert Nazarin.

Aleph daleth mem. Kurz gesagt eine dreiradikalige Wurzel des Hebräischen, deren Bedeutungsdimension unter anderem umfasst: rot, gerecht, schön. Ein damit verwandtes Wort ist: »adamah«, übersetzt »Staub« oder »Erde«.

»Adam.« Ich stoße den Namen rau hervor. Vor mir dreht sich alles, ich muss mich zurücklehnen und die Augen schließen, das Gesicht hinter den Händen verbergen.

»Der erste Mensch?«, meint Nazarin. »Sagt dir das was?«

Und ob. Aber ich denke nicht an den Adam der Schöpfungsgeschichte, an den Sündenfall oder die Erbsünde. Ich denke an den netten Jungen mit dem aufrichtigen Lächeln, der seine Schmerzen weglachte, während er mit dem Mund grüne Weintrauben auffing, den Stumpf seines linken Arms neben sich auf dem Kopfkissen, den infizierten Fuß hochgelagert. Eine Szene aus einem anderen Leben. Aus einer anderen Welt, drüben am anderen Ufer der Bucht.

»Ja. Wir kannten mal einen Jungen, der Adam hieß. Aber ich

weiß nicht, was er damit zu tun haben soll. Ich habe nicht die geringste Ahnung.«

»Vielleicht wollte Mia, dass wir mit ihm reden. Wo ist er jetzt?«

Mit geschlossenen Augen sage ich: »Adam ist tot. Er ist vor zehn Jahren gestorben, an der Feuerstelle. Vielleicht hat Mia einen anderen Adam kennengelernt. Oder sie hat nur vor sich hin gebrabbelt, so dicht, wie sie war. Scheiße, ich weiß es nicht. Wirklich nicht. Und ich kann jetzt nicht darüber nachdenken.« Ich nehme die Hände vom Gesicht und greife nach der Flasche, in der sich allerdings nur noch ein kleiner Rest befindet.

»Durst?« Nazarin zaubert eine Flasche SynthTequila hervor und hält sie mir hin wie eine Opfergabe.

»Das dürfte reichen.«

Auf dem Tisch am Fenster stehen die leeren SynthTequila-Gläser, sie schimmern silbern im Mondlicht. Nazarin und ich liegen auf dem Bett. Der Detective lehnt lang ausgestreckt an der Wand, die Arme hinter dem Kopf, die Augenlider auf Halbmast, die Lippen geöffnet. Ich ruhe auf der Seite, den Kopf auf der Ellenbogenbeuge. Er ist ein schöner Anblick. Im weichen Licht wirkt er nicht mehr gar so grimmig. Seine Narben verschwimmen.

Als er sich streckt, rutscht sein Shirt nach oben und gewährt mir einen kurzen Blick auf die Muskelwölbungen seines flachen Bauchs.

»Noch was zu trinken?«, fragt er leise.

»Nein.« Ich richte mich auf und rutsche etwas näher an ihn heran. Dann halten wir inne, beobachten uns gegenseitig. Jeder weiß, was der andere will. Aber sollen wir diese Grenze überschreiten?

Die alte Taema hätte sie niemals überschritten. Weil es unangebracht wäre, unprofessionell. Aber mein neues Ich? Die neue Taema, die eben in einer Traumwelt fast ihre Pflegemutter ermordet hätte? Die ist ein anderes Kaliber.

Nazarin öffnet den Mund, will etwas sagen.

Ich überbrücke die letzte Distanz.

Sein Mund ist so warm. Seine Lippen öffnen sich weiter, seine Zungenspitze tanzt sanft über meine, ein Geschmack nach Tequila. Bartstoppeln kratzen mich am Kinn. Ich ziehe ihn an mich. Nazarins Körper ist ganz anders als sein Mund, hart, kantig, kräftig. Als ich mich auf ihn rolle, wandern seine Lippen von meinem Mund zum Nacken. Ich schließe die Augen. Ein Lächeln umspielt meine Lippen.

Ich richte mich wieder auf, Nazarin zieht mir das Shirt aus. Zuerst gleiten seine Finger an meiner Narbe entlang, dann greift er hinter mich und öffnet den BH. Die Träger rutschen an meinen Armen hinab, ich werfe den BH auf den Boden und helfe Nazarin mit seinen Klamotten.

Wir lassen es nicht langsam angehen. Keine Zeit für Zurückhaltung, für Zärtlichkeiten. Wir nehmen uns, was wir wollen und brauchen, geben dem anderen aber auch, was er sich wünscht. Meine Trennung von David liegt ein knappes Jahr zurück, eine lange Zeit des Alleinseins. Ich konzentriere mich ganz und gar auf Nazarin und das, was er in mir auslöst, um endlich meine rasenden Gedanken zum Schweigen zu bringen.

Hinterher liege ich auf ihm, meine Brüste an seinem Oberkörper. Aus dieser Nähe sehe ich all die Narben, die seine Haut kreuz und quer durchziehen. Ich zeichne sie mit den Fingerspitzen nach, während Nazarin in den Schlaf abdriftet, und frage mich, welche Geschichten sie wohl zu erzählen hätten.

Nazarins Herz schlägt im selben Takt wie meines.

14
TAEMA

An Nazarins Seite geschmiegt werde ich wach.

Jetzt, bei Tageslicht, habe ich trotz meiner wohligen Erschöpfung das dumme Gefühl, dass es nicht die klügste Idee war, mit meinem Undercoverpartner zu schlafen. Vorsichtig löse ich mich von ihm und fahre mir mit der Zungenspitze über die trockenen Lippen. Von Synthalkohol bekommt man keinen Kater, aber irgendeine untergründige Ahnung verrät dem Körper trotzdem, dass ihm übel mitgespielt wurde. Ich stütze mich auf die Knie.

Ich habe von Adam geträumt, meiner Teenagerliebe. Von seinen Besuchen, oft blieb er zum Abendessen, dann saß er bei uns im Zimmer und blätterte Bücher durch, während ich zusah, wie seine Finger die Seiten umschlugen. Ich fragte mich ständig, ob er auf mich stand oder auf meine Schwester oder auf uns beide. Er war so groß, und er half beim Umgraben der Getreidefelder, davon kam seine Kraft. Vor meinem geistigen Auge sehe ich sein Gesicht klar und deutlich, als hätte ich ihn gestern erst getroffen.

Nazarin krümmt sich auf der Seite zusammen, mir zugewandt, aber das Gesicht so tief im Arm vergraben, dass ich nur den Rand seiner Augenbrauen und seine kurzgeschorenen Haare sehe. Ein süßer Typ, erstaunlich süß angesichts seiner robusten, bedrohlichen Erscheinung. Szenen der vergangenen Nacht flimmern durch meine Gedanken, schöne Erinnerungen, die mich dennoch nervös machen – wie wird er reagieren, wenn er aufwacht? Eine Minute lang beobachte ich ihn und versuche, dieses leichte Unwohlsein aus meinem Körper zu vertreiben, echte Schmerzen habe ich aber nicht. Als Nazarins Atmung stockt und sich seine Brauen zusammenziehen, frage ich mich, wovon er träumt.

Dann will ich aufstehen, doch da spannt sich Nazarins Körper an, sein Arm schnellt hervor und fixiert mein Handgelenk. Ich schreie überrascht auf, wir beide erstarren. Nazarin sieht mich an, und sein Blick klärt sich, die Erinnerung an die Nacht kehrt zurück. Nach einem flüchtigen Blick auf meinen nackten Oberkörper lässt er mich los. Ich reibe mir das schmerzende Handgelenk.

»Sorry«, murmelt er. »Habe einen leichten Schlaf.«

Das ist untertrieben. Normalerweise schläft er mit einem offenen Auge und mit einer Kanone unter dem Kissen.

Ich stehe auf. Als ich in meine Kleidung schlüpfe, spüre ich Nazarins Blicke. Im Bad schließe ich die Tür und schaue in den Spiegel, ein Schock, immer noch. Für einen Sekundenbruchteil schöpfe ich Hoffnung, denn vor mir steht meine Schwester – im nächsten Augenblick zerschellt das Hochgefühl an der Erkenntnis, dass ich bloß mich selbst sehe, mein neues Ich. Meine nachgemachte Tila-Frisur ist im Eimer. Ich bemühe mich, die blauen Stacheln einigermaßen zurechtzuschieben, gebe es aber bald wieder auf.

Als ich aus dem Bad trete, steht Nazarin in ärmellosem Shirt und Boxershorts an der Kochnische und macht Kaffee. Ich sehe die Beule in seinen Shorts, Erregung durchzuckt mich und sammelt sich zwischen meinen Beinen. Selbst jetzt, bei Tageslicht und im vollen Bewusstsein, dass es eine schlechte Idee wäre, ist die Versuchung mehr als präsent, zu ihm zu gehen, ihn gegen die Wand zu drücken und das Ganze zu wiederholen. Mit einem Räuspern lasse ich den Blick von Nazarin abgleiten, nehme den dampfenden Becher entgegen und nippe dankbar an meinem Getränk.

Es ist echter Kaffee, echtes Koffein sickert in meinen Kreislauf. Koffeinhaltiges wurde in San Francisco noch nicht verboten, ist dank Sondersteuern aber lächerlich teuer.

»Nicht zu fassen«, sagt Nazarin bewundernd. »Du bekommst schon wieder was runter? Wäre das richtiger Alkohol gewesen, ich würde heute kein Auge aufkriegen.«

Tun wir jetzt so, als wäre nichts geschehen in der Nacht? Ich spiele mit. Ist einfacher. »Hast du schon mal echten Alkohol getrunken?«, frage ich beim nächsten Schluck.

»Aber klar. Ich habe nicht immer in diesem Hippie-Ökotopia gelebt.«

»Woher kommst du?«

»Ursprünglich aus der Türkei, aber ich bin mit acht nach Dakota gezogen.«

»Ah. Ein Bursche vom Land.« Die Frage nach den Gründen für den Umzug spare ich mir. In der Region tobte damals ein hässlicher Bürgerkrieg, inzwischen ist sie aber stabil – nach Chemieangriffen, Bomben und Unmengen ziviler Opfer.

»Ich bin auf einer Farm aufgewachsen. War vielleicht ein bisschen ähnlich wie bei dir, so gesehen.«

Mein Mund zuckt, meine Hand schwebt über meiner Narbe. »Nicht allzu ähnlich, würde ich sagen.«

Nazarin hebt zustimmend die Kaffeetasse und sieht nach unten – zur Narbe, zu meinen Brüsten? Wieder meldet sich ein vibrierendes Verlangen.

Reiß dich zusammen.

»Sicher nicht«, sagt Nazarin und spricht damit aus, was ich

denke. Doch er redet weiter über seine Kindheit. »Aber ich kann es mir trotzdem ein bisschen besser vorstellen, als wenn ich hier groß geworden wäre.« Er deutet auf die fernen Wolkenkratzer hinter dem Fenster. »Draußen bei uns gab es reichlich Schwarzgebrannten. Und richtiges Bier. Das Synthgesöff würde da kein Mensch anrühren, für kein Geld der Welt. Da ist es Ehrensache, das echte Zeug zu kippen, auch wenn einem am Morgen der Schädel platzt.«

Nazarin verstummt und sieht zu Boden, sein Blick vernebelt sich.

Anscheinend werden wir heute beide von Erinnerungen verfolgt – dann realisiere ich, dass er angepingt wurde. Während er der Audionachricht lauscht, leere ich meinen Kaffee und schenke mir den nächsten ein.

Nach einer Weile schüttelt Nazarin den Kopf, als müsste er schleunigst zu klarem Verstand kommen. Sein Starren lässt meine Eingeweide gefrieren.

»Was ist? Ist was mit Tila?«

»Nein, mit Mia. Sie ist tot.«

Auf die Schnelle bekomme ich keine Antworten. Nazarin wurde von den Ratel angefordert, und beim SFPD wartet man noch auf den Obduktionsbericht. Wir sind ins alte Safehouse zurückgekehrt, ins Lebkuchenhaus, wo ich den Tag großteils allein verbringe. Ich trainiere und gehe Kampfsequenzen aus der Gehirnübertragung durch, ziehe mir eine Soloportion aus dem Replikator und schmecke fast nichts. Bei meiner ausführlichen Dusche drehe ich das heiße Wasser auf, bis es kaum noch zu ertragen ist, den Blick auf meine Zehen gerichtet. Danach versuche ich es zuerst mit Lesen, dann mit einem Film auf dem Wandschirm, kann der Handlung aber nicht folgen. Am

Schluss streife ich bloß durch die verwaisten Zimmer und starre wie betäubt ins Leere.

Mia ist tot. Die Frau, die uns aufgenommen, die uns gestützt hat auf unserem Weg in die Schöne Neue Welt von San Francisco. Sie hatte ihre Fehler, sie musste mit sich kämpfen, aber sie liebte uns und wir sie. Jetzt ist sie tot. Wurde Tila benachrichtigt? Was denkt sie jetzt wohl?

Spätabends kehrt Nazarin mit dem Obduktionsbericht zurück. Er legt das Tablet auf den Küchentisch, wir setzen uns nebeneinander auf die Hocker. Wir haben immer noch nicht konkret über letzte Nacht geredet, aber dazu habe ich auch keine Lust mehr.

»Sie haben mir gleich gesagt, dass sich noch kein klares Bild ergeben hat«, fängt er an. »Mia wird vorerst nicht eingeäschert.«

Ein Ruck geht durch meine Schultern. Mia soll zu Asche zerfallen? Ein unerträglicher Gedanke.

»Tut mir leid«, sagt Nazarin. »Ich musste mir schon häufiger anhören, dass ich bei Todesfällen sehr unsensibel sein kann. Als ich noch eine Partnerin hatte, hat sie meistens die schlechten Nachrichten überbracht.«

»Besonders einfühlsam war das wirklich nicht. Aber warum arbeitest du jetzt allein?« Wie seltsam, dass mir diese Frage noch nie in den Sinn gekommen ist – und so kann ich Zeit gewinnen. Ich will den Obduktionsbericht nicht sehen.

»Sie wurde getötet. Kurz, bevor ich undercover gegangen bin. Aber wenn man so will, bist du jetzt meine Partnerin.« Als Nazarin den Blick abwendet, strahlt sein Körper eine völlig neue Anspannung aus.

»Tut mir leid«, sage ich.

»Ja. Mir auch.«

»Wart ihr euch … sehr nahe?«

Er hebt eine Augenbraue. »Wir haben nicht gevögelt, falls du das meinst.«

Darauf reagiere ich nicht, aber natürlich denke ich sofort an Nazarins nackten Körper. Eine angenehme Vorstellung.

»Sie war verheiratet – mit Dr. Mata«, fährt er fort. »Kim hat sie über mich kennengelernt. Aber ja, wir mochten uns sehr. Sie war ein verdammt guter Cop. Wir haben zusammen eine Menge Fälle gelöst, eine Menge Arschlöcher hinter Gitter gebracht. Aber eins ist uns offensichtlich durchgerutscht, und dann war sie tot.«

»Hast du den Täter erwischt?«

»Leider nein. Der Bastard ist davongekommen. Aber sollte ich jemals rausfinden, wer es war … im Knast würde er sicher nicht landen.« Nazarin mahlt mit den Zähnen, zögert, unsicher, ob er mich an seinen Gedanken teilhaben lassen soll. »Ich würde darauf wetten, dass die Ratel dafür verantwortlich waren.«

Ist er deswegen undercover gegangen? »Wenn die Ratel deine Partnerin getötet haben, müssten sie doch deine Identität kennen.«

»Du bist nicht der einzige Mensch, der mit einem falschen Gesicht herumläuft und unter falschem Namen.«

Ich frage mich, wie Nazarin früher ausgesehen haben mag und wie er wirklich heißt. Aber würde er es mir verraten? »Wie hieß deine Partnerin?«, frage ich daher lieber.

Nazarin schließt die Augen. »Juliane. Juliane Amello.«

»Ein hübscher Name.« Ich hebe meine Kaffeetasse, er stößt seine dagegen. »Auf Juliane«, sage ich.

Ein kurzes Lächeln über meine Gefühlsduselei, dann nimmt Nazarin den ersten Schluck. »Kaffee zum Anstoßen?«

»Kriegst du schon wieder SynthGin runter? Oder SynthTequila?«

Er verzieht das Gesicht, und ich muss lachen. Doch als sein Blick zum Tablet zuckt, verfliegt meine Heiterkeit. Ich will keine hohle Mia-Kopie sehen, und ich will nicht die Mia aus der Vervescape in meiner Erinnerung bewahren – oder daran denken müssen, dass Mia Tila und mich ruiniert haben könnte. In mir soll die Frau weiterleben, die zwei verängstigten Sechzehnjährigen Schutz gewährte.

»Hast du noch was übers Mirage herausgefunden?« Wieder versuche ich, Zeit zu gewinnen.

»Scheint alles im grünen Bereich zu sein. Ein Springerkollege meinte, dass die Traumaufnahmen auch im Mirage gefloppt sind. König und Dame sind nicht erfreut. Bisher konnten sie nur wenige Träume zugleich mitschneiden, einzeln oder in Zweiergruppen. Sie wollen mehr.«

»Wie viel?«

Er seufzt. »So viel wie möglich. Sie wollen möglichst viele Leute anfixen, die ihren Stoff dann direkt von ihnen beziehen. Geld und Daten fließen zu den Ratel und machen sie zur einzig wahren Macht in San Francisco.«

Weswegen die Regierung und Sudice die Ratel zerschlagen müssen, ehe sie unangreifbar werden. Wie wäre es in einer Stadt unter Kontrolle der Ratel? Wo man noch weniger Privatsphäre hätte, nicht mal mehr Herr über seine Träume wäre?

»Und die Zealoten halten als Versuchskaninchen her«, sage ich. »Das ist Wahnsinn. Gab es schon Tote durch Verve?«

»So einige.«

»Und warum geht die Regierung nicht ernsthaft dagegen vor? Es gäbe sicher einen Weg, die Leute zu beschützen.«

Nazarins Gesicht zeigt keine Regung. »Solange alles bleibt, wie es ist, können die Behörden die Ratel im Auge behalten. Sollten die Ratel begreifen, wie viel wir wissen, ziehen sie sich tiefer in den Untergrund zurück. Vielleicht entführen sie ihre Versuchskaninchen dann einfach. Zealoten gelten als verzichtbar.« Er presst die Lippen aufeinander.

Verzichtbar. So wie Mia.

»Wenn man so will, sind die Behörden kaum besser als die Ratel, was?« Es rumort in meinem Bauch. Stehe ich auf der richtigen Seite? Gibt es hier überhaupt eine richtige Seite?

»Pass auf, was du sagst.« Nazarin schiebt sich dicht an mich heran.

Mein Kopf sinkt in die Hände. Ich will aussteigen. Meine Mission aufgeben. Ich kenne mich nicht mehr aus, finde mich in diesem Chaos nicht zurecht. Aber dann landet Tila in der Stasis.

»Bist du so weit?«, fragt Nazarin.

Auf mein Nicken hin betätigt er einen Schalter, und das Hologramm entfaltet sich wie ein makabres Bilderbuch.

Vor uns erscheint Mia. Allein. Sie hängt nicht mehr an der Maschine, ist aber erst vor Kurzem aus dem Rausch erwacht. Zu ihrer Rechten scrollen medizinische Informationen durch, ein Überblick über die körperlichen Schäden durch Zeal und Verve: Unterernährung, Nierenleiden, Abszesse an Einstichstellen. Zahnfäule. Gelbsucht. All das spiegelt sich im Hologramm – Mia wirkt abgemagert und kränklich, wie neulich, als ich sie im Sessel liegen sah, festgegurtet und mit Kabeln in den Armen, während sie in der Zealoten-Lounge in Albträumen schwelgte. Doch jetzt stehen Mias Augen offen, sie zucken hin und her auf ihrem schwankenden Weg zu der Elendswohnung, die ihr Zuhause ist.

Ihr Zuhause war.

Ich würde gern den Blick abwenden, kann es aber nicht. Hinter Mia taucht ein Schatten auf, der Körpergröße nach zu urteilen ein Mann, das Gesicht verhüllt von einer dunklen Stoffmaske. Er schlingt Mia den Arm um den Hals, reißt sie nach hinten und flüstert ihr etwas ins Ohr.

Ich friere das Geschehen ein. »Woher wissen wir, dass er ihr etwas zugeflüstert hat?« Zudem wirkt Mias Gesicht viel detaillierter und ausdrucksstärker als Tilas und Vuks in der Rekonstruktion des Tathergangs. Da fällt mir auf, dass wir die Szene stets aus demselben Blickwinkel sehen, und ich könnte mir die Frage selbst beantworten.

»Sie wurden von einer Überwachungskamera erfasst«, sagt Nazarin.

»Denkst du, der Mörder kam von den Ratel?«

»Ganz ehrlich: Ich weiß es nicht. Ich hoffe nicht. Der Fall passt nicht in ihr übliches Tatmuster. Wenn die Ratel einen Mord anordnen, soll es hinterher jeder wissen.« Wieder knirscht Nazarin mit den Zähnen, wahrscheinlich in Gedanken bei seiner Partnerin. Er drückt auf Play.

Als Mia die geflüsterten Worte des Maskierten hört, reißt sie die Augen auf. »Welche verlorene Seele bist du?«, fragt sie so laut, dass es vom Mikro eingefangen wird.

Statt zu antworten, legt er ihr die Hände an die Wangen.

»Ich wollte es versuchen«, sagt Mia. »Ich wollte wieder ein guter Mensch sein. Aber dafür ist es wohl schon lange zu spät.« Sie schließt die Augen. »Ich verzeihe dir.«

Der Mann bricht ihr das Genick, Mia sackt zu Boden. Im nächsten Augenblick ist er verschwunden. Mia auch. Nur ihr Körper bleibt zurück.

Das Bild verdunkelt sich, ich wende mich ab. Trauer und Furcht zerren mich zu Boden wie ein bleischweres Gewicht im Magen. Ich schlinge die Arme um meinen Oberkörper und ziehe die Schultern hoch.

»Ich weiß, du musst das erst mal verdauen. Ich will dich nicht überfordern.« Nazarin lehnt an der Küchentheke, nah, aber nicht zu nah. Hervorragend ausgebildet. »Aber ich glaube, eine Sache könnte uns weiterhelfen. Was meint Mia mit ›verlorenen Seelen‹? Und was hat Tila in Mias Traum mit den ›gewechselten Gesichtern‹ gemeint?«

Ich beuge mich zu ihm und senke die Stimme zu einem Wispern. »Sicher, dass der Typ nicht von den Behörden geschickt wurde?« Dicht neben mir erschaudert Nazarin. »Wenn Mia wegen uns beim Klarträumen erwischt und eliminiert wurde, damit sie nicht in die Fänge der Ratel gerät …« Würde es mich beruhigen, wenn die Behörden hinter dem Mord stehen? Ja, ein wenig, auch wenn der Gedanke kaum weniger beängstigend ist. Doch unter der Oberfläche schwelt die eigentliche Frage: Sind wir schuld an Mias Tod?

Nazarin schüttelt den Kopf. »Nein. Ich konnte auf alle Daten zugreifen. Keine Ahnung, wer sie umgebracht hat, aber er kam nicht von uns.«

Außer es steht in keiner Akte. Weil Nazarin nichts davon wissen soll. Das kann man nicht ausschließen.

Ich ziehe die Stirn kraus. *Wechselt die Gesichter.* Laut Obduktion hatte Vuk eine Reihe plastischer Operationen durchgemacht. Selbst seine Ohrenform hatte er verändert. Kannte Tila ihn irgendwoher?

Wechselt die Gesichter wie im Kaleidoskop.

In meinen Gedanken keimt eine entsetzliche Theorie. »Scheiße, das kann doch …«

»Was?«

»Schalt den Wandschirm ein.«

Vor uns erscheint der leere Startbildschirm.

»Zeig mir die kosmetischen Eingriffe, die mutmaßlich bei Vuk vorgenommen wurden.«

Nazarin gehorcht, ich starre auf die Liste. Wie erwartet.

»Jetzt zeig mir sein Gesicht.«

Ein Foto von Vuk taucht auf. Ich studiere es genau – und bin drauf und dran, meine Theorie wieder zu verwerfen. Es ist ein vollkommen anderes Gesicht.

»Gib mir das Tablet.«

Nazarin reicht es mir, ich ziehe den Stylus aus dem Rand und versuche mich an einer Skizze. Im Zeichnen bin ich bestenfalls mittelmäßig, aber ich konzentriere mich auf die Form der Augen, der Nase, auf den breiten Mund. Ich male ihn mit einem angedeuteten Lächeln, als hätten wir ihm eben eine Traube zugeworfen und seine Lippen verfehlt. Dann projiziere ich die Skizze seines Gesichts auf den Wandschirm, direkt neben Vuk. *Vielleicht doch? Es könnte sein.* Die Kieferpartie hat den gleichen Schwung. Die Augen haben dieselbe Farbe, ein warmes Haselnussbraun, wie in meiner Erinnerung. Ich schließe die Augen und visualisiere das Gesicht aus dem Traum, aus dem ich heute früh erwacht bin, öffne sie wieder und betrachte Vuk. *Das ist es.*

»Die Verbindung, von der keiner wissen darf.«

Nazarin errät meine Gedanken sofort, zum Glück, denn in verständliche Worte fassen könnte ich sie nicht.

»Schwierig«, meint er. »Aber machbar – mit vielen Eingriffen. Vielleicht war Vuk früher dieser Junge. Adam.«

Ich schüttele den Kopf. Ich habe den Schluss selbst gezogen, aber daran glauben kann ich nicht.

Vuks linker Arm war eine Prothese. Metall unter künstlicher Haut, wie das mechanische Herz in meiner Brust. »Unser Adam kam ohne linken Unterarm zur Welt. Aber er ist doch gestorben. Er ist tot.«

»Hast du die Leiche gesehen?«

»N-nein …« An der Feuerstelle wurden keine Beerdigungen abgehalten.

Was ist eigentlich mit unseren Toten passiert?

Als Adam damals in der Kurhütte lag, wirkte er krank, aber nicht wie ein Todgeweihter. Tags darauf war er verschwunden. »Also ist er entkommen? So wie Tila und ich?«

»Kann sein.« Nazarin trommelt mit den Fingern auf der Küchentheke, und ich denke an früher. Unsere Flucht war keine Kleinigkeit, sie musste sorgfältig geplant werden. Adam ist nicht geflohen. Ich blicke Nazarin in die Augen und ahne, was er als Nächstes sagen wird.

»Oder Mana-ma hat ihn an die Ratel verkauft.«

Welche verlorene Seele bist du? Das hat Mia ihren Mörder gefragt.

Am Ende war Adam nicht der Einzige? Was für Verluste hatte die Feuerstelle noch zu beklagen? Wer könnte sich noch in der Stadt aufhalten?

»Im Jahr vor unserer Flucht sind mindestens drei Teenager gestorben. Einmal war es eine eitrige Schnittwunde, einmal eine hartnäckige Grippe. Und plötzlich waren sie weg. Alles Jungs.« Mein Bauch schmerzt.

»Und du hältst es für möglich, dass Adam und die anderen von deiner Mana-ma … verkauft wurden?«

»Ja. Es könnte sein. Dadurch wäre Geld hereingekommen, und irgendeine Einkommensquelle brauchte die Feuerstelle. Nur durch unsere Handarbeiten und unser Obst und Gemüse konnten wir uns bestimmt nicht über Wasser halten. Außerdem wurden viele von uns zu unbedingtem Gehorsam erzogen, sie hören auf Befehle. Aber dass aus Adam ein Killer geworden sein soll? Ich kann es mir nicht vorstellen. Und Gemeindemitglieder an die Unreinen zu verkaufen … das hätte gegen alle ethischen Regeln verstoßen, die Mana-ma uns beigebracht hat.«

Nazarin atmet aus. »Eine Gehirnwäsche kann sehr wirkungsvoll sein, vor allem über Jahre hinweg. Könnte sein, dass Adam psychisch gebrochen wurde. Und … keine Ahnung, aber vielleicht ist deine Mana-ma nicht so heilig, wie sie tut. Auf jeden Fall ist das bloß ein Indiz neben anderen Indizien.«

»Wieso sagst du immer ›deine Mana-ma‹? Sie ist nicht *meine* Mana-ma.« Aber sie war es mal. Früher habe ich allen Ernstes an sie geglaubt.

»Sorry, mein Fehler. Ich schicke die Skizze zum Revier, vielleicht finden die Kollegen eine Übereinstimmung.«

»Ich hoffe, die Zeichnung ist nicht zu schlecht. Leider habe ich keine Fotos.«

»Warten wir mal ab, was die Kollegen sagen. Die Zeichnung ist wunderbar.«

Sein Lob lässt ein irritierendes Glückskribbeln durch meinen Körper huschen. »Angenommen, wir liegen mit allem richtig – dann gäbe es eine Verbindung zwischen der Feuerstelle und den Ratel. Und darauf könnte Tila gestoßen sein. Ein guter Grund, sich mit den Ratel anzulegen.«

Ich muss einen Schwindelanfall niederringen. Wenn Tila so gute Gründe hatte, wieso hat sie mich dann nie um Hilfe gebeten? Und wenn Vuk unser Adam war, wieso in aller Welt sollte Tila ihn umbringen? Sie hat ihn genauso sehr geliebt wie ich. Sie hätte doch versuchen müssen, ihm zu helfen.

Tila hat dumm und voreilig gehandelt und sich von mir abgekapselt. Früher hätte sie mich nie fallen gelassen … aber früher hatte sie auch nicht darüber zu entscheiden.

Um aus dem Kreislauf der unbeantworteten Fragen auszubrechen, werfe ich einen Blick auf den Obduktions- und Polizeibericht. Als ich begreife, was dort steht, schnappe ich nach Luft. »Hast du das gesehen?«

Nazarin beugt sich über meine Schulter.

Es ist die Aussage einer Nachbarin: Mia habe sich gestern Abend und heute früh auffällig verhalten.

»Sie war wie verwandelt«, meinte die Frau, die ihren Namen nicht nennen wollte. »Sie hat uralte Songs vor sich hin gesungen, aus den Sechzigerjahren des letzten Jahrhunderts, und sie hat gesagt, dass sie vom Zeal loskommen und wegziehen will. Sie war glücklich, aber auch irgendwie … ruhelos? Ich dachte, sie ist noch high, sie hatte so glasige Augen.«

»Sie wollte aufhören?« Ich ersticke fast an meiner Trauer. »Dann ist das alles noch furchtbarer.«

Nazarin runzelt die Stirn. »Aber das geht nicht so einfach. Wir haben ihre Werte gesehen. Sie hing verdammt tief drin. Zu tief für eine abrupte Veränderung.«

»Vielleicht bin ich zu ihr durchgedrungen.«

»Was meinst du?«

»Im Traum, kurz bevor wir gegangen sind. Ich habe ihr gesagt, dass es ihr wieder besser gehen kann, wenn sie das will. Weißt du noch? Ich habe ihr gesagt, sie soll wieder ein guter Mensch sein.«

Eine seltsame Starre legt sich auf Nazarins Gesicht.

»Was ist?«

»Nichts.«

Er steht auf und lässt mich verwirrt am Küchentisch sitzen. Kurz darauf höre ich, wie er im Trainingsraum auf den Boxsack einschlägt.

Etwa eine Stunde später fragt Nazarin mich, ob ich einen Spaziergang machen und etwas frische Luft schnappen will. Dabei zucken seine Augen unmerklich zum Wandschirm.

Ich nicke und ziehe mir meine Jacke über, wir laufen in die Nacht. Draußen schaltet Nazarin einen Weißrauscher ein, ein fingernagelgroßes Gerät, das die Sensoren aller nahen Kameras stört – so kann unser Gespräch nicht abgehört werden. Es wäre praktisch, wenn wir es auch im Safehouse einsetzen könnten, um uns offen zu unterhalten, doch die zerhackten Aufnahmen würden das SFPD stutzig machen. Dicht nebeneinander gehen wir durch die dunklen Straßen, Nazarins rechte Hand ist in der Tasche vergraben. Seine Finger wölben sich um den Griff einer Waffe, das weiß ich.

Keine Ahnung, was er mir zu sagen hat, aber sein Arbeitgeber soll nichts davon wissen.

»In den letzten paar Monaten habe ich eine Theorie entwickelt. Aber bevor ich damit zum SFPD gehe, brauche ich handfeste Beweise.«

»Beweise wofür?«

»Ich glaube, Verve ermöglicht nicht nur den Zugriff auf fremde Träume.«

Ich mustere Nazarin. Das Licht der Straßenlaternen fließt über sein Gesicht und wirft tiefe Schatten.

»Ich glaube«, fährt er fort, jedes Wort mit Bedacht wählend, »dass manche Klarträumer durch das Steuern einer Vervescape Persönlichkeiten verändern können. Und ich glaube, das … ist dir bei Mia gelungen. Außerdem glaube ich, die Behörden – nicht die Ratel – haben das begriffen und Mia deshalb getötet.«

Ein paar Schritte brauche ich, um diese Informationen zu verarbeiten. Mein Geist sträubt sich dagegen. »Fuck.«

»Es passt ins Bild. Ein paar Springer und Bauern haben sich von heute auf morgen radikal verändert, das habe ich selbst erlebt. Sie erkannten mich nicht mehr, obwohl wir uns erst einen Tag davor unterhalten hatten. Stell dir mal vor, wie gefährlich eine solche Droge wäre.«

»Ob sie nun von den Ratel kontrolliert wird oder von der Regierung.«

»Du sagst es.«

»Du denkst … du denkst, die Ratel haben Adams Persönlichkeit überschrieben und so Vuk hervorgebracht?«

»Ganz genau.«

»Und was ändert das für uns?«

»Nichts. Wir halten uns an den Plan des SFPD. Es gibt keine Alternative.«

»Aber sollten wir die Ratel zu Fall bringen, gelangt Verve in die Hände der Behörden.«

»Stimmt.« Darüber wirkt auch Nazarin wenig glücklich.

»In dieser Konstellation gibt es kein Gut und Böse, oder? Es gibt nur schlecht und noch schlechter.«

Stundenlang wandern wir durch die Straßen, und irgendwann schließt sich Nazarins warme, schwielige Linke um meine Rechte. Ich wehre mich nicht.

15
TILA

Die Leute, die noch an der Feuerstelle leben, tun mir leid.

Ich habe versucht, diesen Ort hinter mir zu lassen und möglichst zu vergessen, aber das mit dem Vergessen wird wohl nie klappen. Nicht so ganz. Ich muss ständig an die vielen Menschen denken, die bis heute die Regeln aus Mana-mas Heiligem Buch befolgen, ihren Predigten lauschen und ihre Stimmen im Gesang vereinen. Glauben die wirklich, sie müssten bloß schön brav sein, und schon ist ihnen ihr Seelenheil sicher, und sie dürfen sich ihr Leben im nächsten Kreislauf aussuchen?

Eins war mir nie klar: Wie viele von ihnen waren wirklich glücklich, und wie viele taten nur so? Wie viele kannten die Wahrheit über Mana-ma?

Mardel musste die Wahrheit letztendlich erkennen. Ja, er trank wirklich keinen Alkohol mehr. Nur leider trank er auch sonst nichts mehr.

Am Anfang fiel es keinem auf. Ich hörte nur, wie Dad von Mardels kränklichem Aussehen erzählte und dass Mardel kaum noch für die Feldarbeit zu gebrauchen war, aber das schoben wir auf den Alkoholentzug. Am dritten Tag war er dann ernsthaft dehydriert. Die anderen redeten auf ihn ein, Wasser zu trinken, doch er schüttelte bloß den Kopf und spuckte es wieder aus, nur ein paar Tropfen konnten sie ihm mit Gewalt einflößen. Wir probierten es mit einer weiteren Meditation, in der wir ihn anflehten, statt Alkohol Wasser zu trinken, aber es schlug nicht an, nicht wie beim ersten Mal. Vielleicht minderte unsere Angst die Wirkung? Ein paar Tage hielt Mardel noch durch, dann war er tot.

Mana-ma verdrehte die Geschichte clever: Gott hatte ihn schlicht zu sich gerufen. Aber ich wusste, dass Mardel ein fehlgeschlagenes Experiment war. Würde Mana-ma noch mal versuchen, uns durch Meditation zu verändern, und wen würde sie diesmal auswählen? Was, wenn es wieder schiefging?

Ich wollte es gar nicht wissen. Lieber schnell weg.

Unsere Eltern stammten aus San Francisco. Sie waren als idealistische Teenies bei der Feuerstelle eingestiegen, und wenn ich nicht irre, hatten sie irgendwann in den nächsten gut dreißig Jahren kapiert, dass das ein Fehler war.

Mom half beim Führen der Bücher, und Dad war sozusagen Mana-mas Mann fürs Grobe, er und Onkel Tau (der nicht unser richtiger Onkel war). Wirklich grob werden mussten die beiden zum Glück nur selten, aber wenn sich irgendwer nicht in die Riemen legte, unterhielten sie sich mal in aller Ruhe mit ihm. Mana-mas engste Vertraute und Gefolgsleute waren allerdings andere: Kieran, Niran und Daniel.

Als wir sechzehn waren, waren die drei zwischen siebenundzwanzig und dreißig. Ich schätze, sie sind immer noch Mana-mas größte Beschützer. Mana-ma hatte sie von klein auf für ihre Rolle präpariert, sie waren treu wie Wachhunde und genauso Furcht einflößend.

Nach dem Herzinfarkt waren alle sehr nett zu uns. Wir wurden von unseren Arbeitspflichten befreit (die wir sowieso nicht hätten erfüllen können, so schwach, wie wir waren), und unsere Freunde und Freundinnen kamen häufig zum Kartenspielen vorbei; dabei spielten Taema und ich immer als Team, sonst hätten wir zu leicht schummeln können. Bei diesen Besuchen waren die anderen sehr zurückhaltend, sie schauten uns nicht mal richtig in die Augen. Klar, sie wussten wahrscheinlich alle, dass es mit uns zu Ende ging, und konnten nicht damit umgehen. Ich hätte sie am liebsten gezwungen, uns anzusehen, direkt ins Gesicht, aber dann wäre es vermutlich aus gewesen mit den Kartenspielbesuchen.

Ab und zu fragten wir Mom und Dad, wie viel Zeit wir noch hatten, bloß eine Antwort bekamen wir nie. Nachts hörten wir sie drüben im anderen Zimmer flüstern, wir verstanden kein Wort, auch nicht mit dem Ohr am Türpfosten. Trotzdem ging es ganz klar um uns, der Tonfall war eindeutig: gedämpft und besorgt. Ängstlich.

Es war spät in der Nacht, Taema und ich lagen im Bett, als ich endlich die Frage stellte, die mir seit dem Infarkt im Kopf herumging: »Da draußen könnten sie uns gesund machen, oder?«

Einen Moment lang war Taema still, dann strich sie mir durchs Haar. Das mochte ich immer sehr, dieses unglaublich beruhigende Kitzeln. Ich strich ihr auch durchs Haar, so beruhigten wir uns gegenseitig.

»Könnten sie bestimmt«, sagte Taema. »Aber das ändert doch nichts. Mana-ma lässt uns nicht gehen.«

Der Sumpf war kaum zu überwinden, selbst mit einem Boot, und Mana-mas Augen waren überall. Außerdem wusste ich, was Taema dachte, aber nicht laut sagen wollte: Sollten wir es nach draußen schaffen, wären wir unrein. Im Vergleich zu mir war sie immer noch verdammt gläubig, trotz allem. Es war frustrierend. Warum kapierte sie nicht, wie kaputt hier alles war? Das regte mich echt auf.

»Ein paar haben es nach draußen geschafft«, sagte ich leise. »Mia zum Beispiel. Sie ist gegangen, gegen Mana-mas Willen.«

»Aber keiner weiß, wie sie das gemacht hat und was aus ihr geworden ist.«

Eine Weile brütete ich vor mich hin, Taemas raue Locken an meiner Schläfe. Sie konnte einem furchtbar auf die Nerven gehen, aber verlieren wollte ich sie natürlich nicht. Der Tod machte mir eine Wahnsinnsangst. Denn dann wäre ich zum ersten Mal allein gewesen.

Es war sonnenklar: Wir mussten hier weg, sonst war alles aus. Taema wollte auf dem Tablet auf keinen Fall nach Infos über siamesische Zwillinge suchen, sie fürchtete sich davor, schlimme Dinge zu erfahren – keine Ahnung, was genau. Aber als das Ding noch in Gang gewesen war, hatte ich gewartet, bis sie eingeschlafen war, und heimlich recherchiert.

Da draußen konnte jeder sein Aussehen verändern, und die meisten taten das auch. Ich wusste, dass Fettleibigkeit sehr selten war, Essstörungen auch, hässliche Narben und Pockennarben und fehlende Gliedmaßen sowieso. Alle Menschen waren ganz. Perfekt. Und siamesische Zwillinge gab es da draußen nicht. Ich fand keine Hinweise auf Leute wie uns, nirgendwo. Vielleicht wurden sie alle abgetrieben und durften gar nicht erst zur Welt kommen, oder der Schaden wurde direkt nach der Geburt behoben.

Also wie würden die Stadtmenschen auf uns reagieren, sollten wir es nach draußen schaffen? Jetzt wusste ich, wieso die Besatzung des Versorgungsschiffs uns immer so komisch anstarrte – sogar diese Handlanger und Droidenbewacher waren wunderschön. Aber sollten wir deswegen hier herumsitzen und langsam krepieren? Wenn wir rauswollten, mussten wir auf unsere wertvollsten Verbündeten setzen. Auch wenn wir sie dadurch in die Zwickmühle brachten.

»Mom und Dad wissen bestimmt, was zu tun ist.«

16

TAEMA

Den nächsten Tag verbringe ich allein.

Nazarin ist ins andere Safehouse zurückgekehrt, er berät sich mit seinen Chefs beim SFPD. Und er will sich durch die OP-Protokolle einer Reihe Chirostuben arbeiten und überprüfen, ob Vuk dort in Behandlung war. Ein aussichtsloses Unterfangen – sollten Vuk und Adam eine Person gewesen sein, wird man keinen offiziellen Hinweis auf seine Existenz finden, schon gar nicht auf plastische Eingriffe.

Morgen hat Nazarin ein volles Programm bei den Ratel, denn der Samstag naht, die Party, und es gibt noch viel zu tun. Am Samstagabend wird Nazarin vielleicht endlich Ensi gegenüberstehen, von Angesicht zu Angesicht.

Ich kann den süßen kleinen Adam immer noch nicht in Einklang bringen mit dem hartgesottenen Killer, zu dem er herangewachsen sein soll. Liege ich doch vollkommen falsch? Wohl kaum. Aber was weiß ich schon über die Menschen? Meine Schwester könnte einen Mord begangen haben – und wie habe ich mich denn verhalten in Mias Vervescape?

Die Erinnerung an diesen kranken Albtraum ist kaum zu ertragen. Seit dem Abschied von der Feuerstelle habe ich mich nach Kräften angepasst: Ich habe mir einen guten Job erarbeitet, ein Apartment gekauft, Steuern gezahlt. Ich falle nicht auf, höchstens durch meine Narbe. Ich wollte nie die Rolle der sonderbaren jungen Frau spielen, des ehemaligen Sektenmitglieds, in dieser perfektionierten Welt wollte ich nie auf meine sechzehn Jahre als Hälfte eines siamesischen Zwillingspaars reduziert werden. Und mich vor allem von Ärger fernhalten.

Jetzt stecke ich bis zum Hals drin.

Nazarin hat die ganze Zeit weiter für die Ratel gearbeitet, ein Balanceakt zwischen unseren Trainingseinheiten und Aufträgen im Untergrund. Bald muss ich in seine Welt eintauchen.

Das Alleinsein zwingt mich, über meine Lage nachzudenken. Ich habe keinen Job mehr. Den letzten habe ich gekündigt, das Angebot aus China abgelehnt. Dabei wünsche ich mir nichts sehnlicher, als mich wieder über Zahlen und Kalkulationen zu beugen oder hinauszufliegen in die Bucht, um meinen Maschinen, meinen Babys, einen Besuch abzustatten und von der Spitze einer VivaFog-Anlage auf die Stadt zu blicken. Ich will die Menschheit hinter mir lassen und bei der Technik Zuflucht suchen, bei kalter Logik. Vielleicht kann ich irgendwann dorthin zurückkehren. Hoffentlich.

Mir wurde erlaubt, zu meinem Apartment zu fahren und Kleidung zu holen. Vor der Tür des Safehouses pinge ich Nazarin, dass ich jetzt aufbreche, dann setze ich mich in die leuchtend grüne MUNI, auf dem Zug blinken Reklamen. Doch auf halber Strecke ändere ich den Kurs. Ich kann jetzt nicht nach Hause. Ich steige aus und nehme die MUNI zum Apartment meiner Schwester. Tilas Klamotten passen ohnehin besser zu meiner Rolle. Mein VeriChip öffnet mir die Tür, wodurch mir erst klar wird, dass ich ohne Schlüssel nicht in mein Apartment gekommen wäre. Bei Tila herrscht heilloses Chaos. Wegen ihres üblichen Hangs zur Unordnung? Oder wegen der Wohnungsdurchsuchung durch das SFPD? Wer weiß. Ich war schon unzählige Male hier, aber als ich meine Tasche abstelle, fühle ich mich wie ein Eindringling,

Erst mal aufräumen, sage ich mir – eine Ausrede, die mir erlaubt, mich systematisch durch Tilas Sachen zu wühlen. Womöglich finde ich hier noch irgendeine Spur?

Tila bewahrt ihre Kleidung ungefähr in derselben Ordnung auf wie ich. Ihre Unterwäsche liegt in der gleichen Schublade, nur dass sie das Zeug achtlos hineinschmeißt, auch Jeans und Röcke knüllt sie bloß in den Schrank. Ich nehme mir die Zeit, alles zusammenzufalten und nach Farben zu sortieren, doch hier ist nichts Auffälliges zu entdecken, weder in den Fächern noch im Schrank. Schließlich suche ich mir ein paar Sachen fürs Safehouse aus – meine Hand verharrt über Tilas grünem Lieblingskleid, doch Mias Traum ist noch zu präsent. Ich lasse es auf dem Kleiderbügel.

Unter dem Bett finde ich nichts als Staub. Keine Pistole unter dem Kopfkissen, keine Handgranaten im Nachttisch. Habe ich das ernsthaft erwartet?

Irgendwann gebe ich auf und lasse mich seufzend aufs Bett sinken, kuschele mich unter die Decke. Tila fehlt mir so sehr, es tut körperlich weh. Ich bin wütend auf sie, ich habe Angst um sie, ich habe sogar ein wenig Angst vor ihr – davor, was ich noch über sie erfahren könnte. Doch ich habe noch nie so lange darauf verzichten müssen, mit ihr zu sprechen, sie zu sehen, es ist ein schmerzhafter Mangel. Das Bettzeug duftet noch nach ihrem Parfüm: Maiglöckchen. Ich vergrabe die Nase im Kopfkissen.

Endlich lasse ich die Tränen fließen. Bisher habe ich meine Gefühle tief in mich hineingefressen, ich wollte stark bleiben und jede Regung durch Mana-mas Techniken unterdrücken. Jetzt ist der Schmerz zu groß. Es sind keine hübschen Tränen. Ich zetere und jammere, meine Nase läuft, liefert sich ein Wettrennen mit meinen Augen. Das Kopfkissen an die Brust gedrückt, wiege ich mich vor und zurück wie ein verirrtes kleines Mädchen. Ich weiß nicht, wie ich Tila retten soll. Ob ich das schaffen kann. Oder ob es ganz anders kommen wird. Aber wenn ich den Fall nicht aufklären kann, landet meine Schwester in der Stasis, und ich kann mir nicht vorstellen, sie nie wiederzusehen. Es würde mich buchstäblich in Stücke reißen.

Nach langer Zeit versiegen die Tränen. Schniefend richte ich mich auf und nehme mir ein Taschentuch aus der Box auf dem Nachttisch. Darunter liegt Tilas Skizzenbuch. Immer noch schniefend ziehe ich es hervor und blättere es auf den Knien durch.

Menschen beobachten war eines ihrer Lieblingshobbys. Tila hat mir häufig erzählt, wie viel Spaß sie daran hat, die Leute in ihrer Umgebung im Skizzenbuch festzuhalten. *»Das ist was anderes als ein Foto. Es ist ehrlicher«*, sagte sie einmal zu mir und lehnte sich über die Seite, um eine Augenbraue zu schraffieren. Tablets benutzte sie nie, sie zeichnete immer wie früher an der Feuerstelle, mit Stift und Papier. *»Es gibt so viele Menschen. Und wir haben eigentlich keine Ahnung, wie sie so ticken. Nur ein paar wenige Menschen auf dieser Welt kennen wir wirklich, so richtig, bei den anderen tun wir bloß so. Aber beim Zeichnen kommt es mir manchmal vor, als könnte ich etwas herausfinden über die Menschen. Etwas Wahres. Das sie mir vielleicht gar nicht zeigen wollen. Manchmal glaube ich, ich spiele immer nur eine Rolle – außer bei dir, Taema.«*

Ich blättere zur nächsten Seite. Hier hat Tila die Hosts und Hostessen des Zenith skizziert, Pallua erkenne ich, Leylani und ein paar andere, die mir am Abend im Club begegnet sind oder in den Daten der Gehirnübertragung. Auch einige ihrer Lieblingskunden sind dabei, schöne Männer und ein paar Frauen, alle lächelnd, mit Champagnerglas in der Hand. Neben den Gesichtern stehen Namen in sauberen Druckbuchstaben, übersetzt in unser Geheimalphabet: Nadia. Jeiden. Locke. Männer und Frauen, die Geld wie Heu haben – und damit ihre Einsamkeit in Schach halten.

Danach hat Tila wildfremde Leute skizziert, Entdeckungen in Cafés und Restaurants. Ich weiß noch, wie sie einmal den alten Mann in der Bar am Ende der Straße zeichnete – der natürlich noch recht jung wirkte, wie jeder in San Francisco. Aber den über Siebzigjährigen ist ihr Alter dennoch anzusehen, an den Augen.

Der Mann saß jeden Tag an der Theke, auf demselben Hocker, vor sich ein Glas SynthScotch, und starrte mit verschlossenem Blick in die Ferne, wie üblich, wenn jemand auf seine Optikimplantate zugreift. Tila und ich spekulierten häufig, was er wohl las oder sich ansah, in was für einer kleinen Welt er sich verlor, vollkommen bewegungslos, es sei denn, er führte das Glas an die Lippen oder hob den Zeigefinger für die nächste Runde. Und ich erinnere mich, wie sich meine Zwillingsschwester über ihr Skizzenbuch beugte und sein Gesicht schattierte, während ich gegenüber von ihr Kalkulationen für mein damals aktuelles, mittlerweile längst überholtes Projekt anstellte. Stille Zweisamkeit.

Ich presse die Augen zusammen, will nicht schon wieder weinen. Aber ich habe sowieso keine Tränen mehr übrig. Also streife ich durch die anderen Zimmer und suche unter den Sofakissen und in jedem Küchenschrank, in allen Ecken und Winkeln.

Mitten in der Küche bleibe ich mit weit aufgerissenen Augen stehen. Wie konnte ich das übersehen?

Ich weiß doch, wo Tila ihre Geheimnisse versteckt.

Sie hat es mir gezeigt, kurz nach ihrem Einzug. Das Versteck sollte ihre Variante der Keksdose werden, dort sollte ich bei meinen Besuchen Nachrichten deponieren, ein kindisches

Spiel, das mir aber gefiel. Und trotzdem habe ich ihr in all den Monaten, die sie hier gewohnt hat, keine einzige Botschaft hinterlassen, obwohl ich es mir jedes Mal vorgenommen hatte – Tilas Botschaften waren immer so clever und individuell, dass mir meine Antworten unsagbar lahm erschienen wären. Ich habe Tila nie mit Briefen oder kleinen Geschenken überrascht, was sie aber nie erwähnt hat. Ob es sie verletzt hat, konnte ich nie beurteilen.

Ich gehe ins Gästezimmer und zerre schnaufend das Bett von der Wand. Noch so ein Grund, wieso ich Tila nie Nachrichten hinterlassen habe – ihr Versteck ist nicht so leicht zu erreichen wie die Keksdose in meiner Küche. Tila hat schon immer stärker zur Paranoia tendiert. Aus guten Gründen, wie ich inzwischen weiß.

Kein Hinweis darauf, dass die Cops das Bett beiseitegeschoben hätten, auch Tilas selbst installierter Safe wirkt unangetastet. Ich hole den Schlüssel, den sie mir gegeben hat, aus der Handtasche und schiebe ihn ins Schloss, und die Tür öffnet sich.

Im Fach liegen ein weiteres Skizzenbuch und ein daumennagelkleiner DataPod. Einerseits drängt es mich, dessen Daten sofort auf meine Implantate zu laden, andererseits habe ich Angst.

Ich schlage erst mal das Skizzenbuch auf. Die ersten paar Seiten sind leer, doch weiter hinten werde ich fündig.

Hier wirken Tilas Skizzen lockerer, abstrakter – ihr typischer Stil, wenn sie aus der Erinnerung zeichnet, statt ein Modell vor sich zu haben. Noch mehr schöne, ebenmäßige Gesichter, wie sie in San Francisco die Regel sind, aber mit härterer Ausstrahlung. Narben und kriegerische Tattoos. Zischende Tintenschlangen winden sich um einen Hals, die Giftzähne im aufgerissenen Maul umrahmen einen Wangenknochen, die gespaltene Zunge leckt über die Haut. Verbrechervisagen. Und wieder stehen daneben Namen. Ein blonder Kerl heißt Hatchet, eine Japanerin mit langem, schimmerndem Haar Haruka.

Auf der nächsten Seite entdecke ich die detailliertere Zeichnung eines Typen mit übertrieben glatter Haut und den abgründigen Augen eines Menschen, der älter ist, als er scheint. Üppige Locken liegen um seine Schläfen und hohen Wangenknochen, seine symmetrischen, mit absichtlichen Makeln behafteten Züge. Ein sinnlicher Mund, eine lange, schmale Nase. Knapp unter dem linken Auge ein Muttermal, umschlossen von einer tätowierten Mondsichel. Neben dem Porträt ist in unserem Geheimalphabet zu lesen: Ensi.

Das ist er. Der König der Ratel. Ich beuge mich vor, bis meine Nasenspitze fast gegen das Papier stößt, und präge mir jede Einzelheit ein. Den steinernen Blick, den strengen Ausdruck. Die Locken. Das Mondsichel-Tattoo am linken Auge. Diesen Mann wollte Tila zur Strecke bringen. Jetzt muss ich das übernehmen.

Ich blättere um und sehe Malka vor mir, die Dame. Schön wie ein Supermodel, mit dunklem, leicht gewelltem, locker fallendem Haar und einem fragenden Lächeln auf den Lippen. Und ein paar Seiten weiter, zwischen anderen abgebrühten Kriminellen, finde ich ein unverwechselbares Gesicht: Nazarin. Hier wirken seine Züge kälter, die Augen verschwinden im Schatten seiner Stirn, die Narben treten scharf hervor. Seine Skizze ist überraschend detailreich, als hätte er für Tila Modell gesessen. Sein Name: »Skel«.

Nazarin hat seine seltenen Begegnungen mit meiner Schwester selbst erwähnt – eigentlich nicht verwunderlich, dass er zwischen anderen Ratel-Mitgliedern auftaucht. Dennoch ist es ein surreales Gefühl, Tilas Zeichnung seines Gesichts zu betrachten. Sie wirkt seltsam vertraut.

Ich klappe das Skizzenbuch zu und gehe in die Küche, um mich am Wandschirm in mein Benutzerkonto einzuloggen. Ich will mir irgendetwas reinziehen, will wegdämmern und mein Leben hinter mir lassen, wenigstens für eine Weile.

Natürlich erscheint nicht mein Konto, sondern Tilas, schließlich weist mich mein VeriChip als meine Schwester aus. Da fällt mir etwas auf: Ob sie auch Tilas VeriChip umprogrammiert haben? Könnte doch sein, dass offiziell betrachtet Taema im Gefängnis sitzt, während Tila frei herumläuft … oder existiert Taema momentan nicht?

Ich schüttele den Kopf. Dann gewinnt meine Neugier die Oberhand, und ich wühle mich mit derselben planvollen Skrupellosigkeit durch Tilas Mailbox wie durch ihr Apartment. Ihr Nachrichteneingang ist blitzsauber, keine Auffälligkeiten. Ich aktiviere die Bewegungssensoren, rufe mit einem kurzen Wink den Cloud-Speicher auf und gehe in aller Ruhe die Ordner durch. Dazu schenke ich mir ein Glas Weißwein ein, das ich unvernünftig schnell hinunterkippe. Aber sobald ich leicht beschwipst bin, höre ich wieder auf, der Synthehol soll nur meinen Schmerz herunterdimmen.

Es dauert eine Weile, sämtliche Dateien meiner Schwester durchzuackern. Ich sehe mir alle ihre Fotos an, viele Aufnahmen von uns beiden mit unserem identischen Lächeln. Einige Zeit verbringe ich mit den Bildern unserer Weltreise. Als VivaFog offiziell von der Stadt übernommen wurde, brachten mir meine frühen Investitionen in die Technologie eine riesige Rendite ein, und ich nahm mir drei Monate frei, schnappte mir Tila und reiste mit ihr rund um den Globus. Wir waren überall, in Jakarta, New Cairo und New Tokyo, in Auckland … so viele Eindrücke, so viele lebhafte Erinnerungen. Kein Land, das uns auch nur ansatzweise interessierte, war sicher vor uns. Danach waren wir nicht mehr dieselben, unser beschränkter Horizont tausendmal gesprengt. Man kann auch ganz anders leben als an der Feuerstelle oder in San Francisco.

Auch hier ist nichts Verdächtiges zu entdecken. Aber da ist ja noch der DataPod.

Endlich nehme ich mir das Ding vor. Ein winziges Gerät, das sich perfekt in die Hand schmiegt, das Wirbelmuster im Metall erinnert an eine Muschel. Seufzend setze ich den DataPod ins Ohr.

Er verbindet sich mit meinen Audioimplantaten und überträgt seine Daten direkt auf meine Optikimplantate. Ich richte den Blick auf den weißen Küchentisch. Diese Informationen sind nur für meine Augen bestimmt.

Vor mir blinkt ein Ordner namens »Eko«, Tilas Name im Zenith, aber falsch geschrieben. Er enthält mehrere Dateien mit Nonsens-Bezeichnungen, offensichtlich hat Tila wahllos auf die Tastatur eingehämmert. Nachdem ich mir ein weiteres Glas Weinersatz eingeschenkt und zur Hälfte geleert habe, öffne ich die erste Datei.

Eine Einladung zu einer Party. Meine Augenbrauen schießen nach oben – auf diese Party geht Nazarin doch am Samstag. Weiß er, dass auch Tila eingeladen ist?

Das Ganze soll im Xanadu stattfinden, einem historischen Gebäude, das nach dem Großen Beben mit enormer Sorgfalt nach Frank Lloyd Wrights Originalentwürfen wiederaufgebaut wurde und angeblich dem öffentlichkeitsscheuen Millionär Alex Kynon gehört. Mir ist neu, dass dort Partys steigen, dass man es überhaupt besuchen kann. Mir war ebenfalls nicht bewusst, dass der Besitzer enge Beziehungen zu den Ratel pflegt, aber woher hätte ich es wissen sollen? Die Ratel sind große Geheimniskrämer.

Ich öffne die zweite Datei und atme scharf ein. Dann die nächste Datei. Ich überfliege eine nach der anderen.

Das ist eine Goldgrube.

Tilas Notizen zu den Ratel, verfasst in unserem Geheimalphabet und Seite für Seite eingescannt, die Originale sicher längst zerstört. Beim Lesen brennen mir Tränen in den Augen. Damit ist bewiesen, dass Tila zwar tatsächlich für die Ratel, aber in Wahrheit *gegen* sie gearbeitet hat. Ihre Aufzeichnungen hat sie an einem Ort versteckt, von dem nur ich wusste. Hätte ich ihr eine Botschaft hinterlassen wollen und dabei diese Unterlagen entdeckt, hätte sie mir dann alles erzählt? Ich verschiebe die Dateien in einen verschlüsselten Unterordner tief in meinen Implantaten und danke dem Schicksal oder den Sternen, die mich auf diese Notizen gestoßen haben, bevor ich mich in den Untergrund wagen muss. Diese Informationen könnten mir das Leben retten.

Im Geist arbeite ich mich durch weitere Dateien. Dabei stolpere ich über einen Eintrag, der Schamgefühle weckt, aber auch Wut.

»Es gibt da einen Laufburschen/Security-Springer, über den ich näher ans Verve rankommen kann«, schrieb Tila vor rund vier Monaten. *»Skel heißt er. Bei der Party heute Abend werde ich meinen Charme anknipsen und den Typen mit nach Hause nehmen, und danach überrede ich ihn, mir Malka vorzustellen. Dann kann ich ihr beweisen, dass ich das Klarträumen draufhabe.«* Ich spüre, wie sich meine Wangen röten, und ärgere mich darüber.

Im selben Moment läutet es an der Tür, ich reiße den Kopf hoch. Hastig beende ich die Verschlüsselung der Dateien und ziehe den Datapod aus dem Ohr.

»Komme!« Ich renne ins Gästezimmer, stopfe Skizzenbuch und Datapod in den Safe und schiebe das Bett davor. Noch vor ein paar Tagen wäre ich nun völlig außer Atem gewesen. Danke, Muskelmods. Danke, Trainingsstunden.

Ich spähe durch das Guckloch in der Tür. Nazarin. Mit einem tiefen Einatmen zwinge ich mich zur Ruhe.

Als ich ihm öffne, drängt er sich sofort herein und schließt die Tür wieder. »Was machst du hier? Du wolltest doch zu deinem Apartment.«

Schulterzuckend schaue ich mich um, so kann ich seinen Blick meiden. »Mir ist aufgefallen, dass ich noch kein einziges Mal hier war, seit das alles angefangen hat. Und ich wollte mir Klamotten holen.«

»Wir müssen zurück zum Safehouse. Dein VeriChip behauptet in der Regel, du wärst hier, weil die Ratel jederzeit das Signal orten können. Aber wenn du wirklich hier bist, bricht das System zusammen.«

»Ihr habt Kameras hier, oder? In den Wandschirmen?«

Verwirrung kräuselt Nazarins Stirn. »Haben wir?«

»Oder gibt es hier keine Kameras?«

Eine kurze Pause, Nazarin scannt das Apartment mit seinen Implantaten. »Nein.«

»Dann sollten wir uns kurz unterhalten.«

Er öffnet den Mund, will nach dem Grund fragen, doch ich hebe warnend die Hand. Der Ärger über meine Entdeckung in Tilas Notizen hat sich zu einem Zorn verhärtet, den ich schon aus Mias Albtraum kenne. Ich gehe voraus ins Wohnzimmer.

»Wie gut kennst du meine Schwester wirklich, *Skel*?« Bis jetzt habe ich auf einen Irrtum gehofft, auf ein Missverständnis, doch Nazarins betretener Blick bestätigt meine Befürchtungen. Mein Magen verkrampft sich. »Sag schon. Und lüg mich bloß nicht an, oder ich bin hier raus.« Eine leere Drohung, dennoch verschränke ich die Arme. »Du hast Tila nicht nur ein-, zweimal gesehen.«

Nazarin schluckt angestrengt und blickt zu Boden, weicht mir aus. »Doch, das stimmt. Ich habe nur nicht so klar gesagt, was … was bei einer dieser Gelegenheiten passiert ist.« Er befeuchtet sich die Lippen und sucht nach Worten.

Ich schenke mir noch ein Glas SynthWein ein, trinke aber keinen Tropfen. Wein hatte ich vorerst genug, ich will mich bloß ablenken. In meinem Inneren brodelt die Wut. Trauen die mir alle nicht zu, die Wahrheit zu verkraften? Wie weit ich schon gegangen bin, ohne zu wissen, was hier wirklich läuft …

»Das erste Mal habe ich sie vor ein paar Monaten gesehen«, sagt Nazarin. »Tila tauchte auf einer Party für Springer, Türme und Bauern auf. Ich dachte, sie ist nur irgendein ehrgeiziges Mädchen, das bei den Ratel mitmischen will, das scharf ist auf die Macht und sich deshalb an ein mächtiges Mitglied dranhängen wird. Sie wusste, wie man Blicke auf sich zieht. Kein Wunder, als Hostess.«

Nazarin starrt ins Leere, verharrt immer noch mitten in der Küche. Dann setzt er sich gegenüber von mir hin, die Stuhlbeine scharren leise übers Linoleum.

Ich schweige. Soll er doch um Worte ringen. »Gegen Ende der Party waren wir ganz schön dicht. Bei solchen Feiern wird echter Alkohol ausgeschenkt, was wir beide nicht gewohnt waren. Ich wusste nicht, was Tila sich von dem Abend erhofft hatte, aber es hatte wohl nicht geklappt. Aber mich fand sie irgendwie gut. Ich hatte keine Ahnung warum, ich war ja nur ein kleines Licht. Sie wollte, dass ich mitkomme in ein Hotel.«

Es fühlt sich an, als hätte er mich geschlagen. Doch ich hätte damit rechnen müssen. Hätte darauf kommen müssen. Ich versuche, die Erinnerungen beiseite zu drängen, was mir aber nicht gelingt: Wie Nazarins Hände beim Tanzen im Zenith auf meinen Hüften ruhten. Mit was für geübten Griffen er mir die Kleidung abstreifte. Als wäre ihm mein Körper vertraut gewesen.

Tila ist mir zuvorgekommen. Wie immer. Nazarin hat sich nicht zu mir hingezogen gefühlt, sondern zu ihr. Ich sehe eben aus wie sie.

Paranoia überflutet mich: Hat meine Schwester auch mit irgendwelchen meiner Verflossenen geschlafen? Mit David? Mit Simone? Ich schüttele den Kopf. Das pausenlose Lügen und Betrügen geht nicht spurlos an mir vorbei, und noch bin ich nicht mal in den Untergrund abgetaucht.

Ich nehme das Weinglas in die Hand, die klare Flüssigkeit schwappt hin und her. Ich stelle es wieder ab.

Für Tila und mich ist es immer seltsam, einem Menschen zu begegnen, mit dem die andere geschlafen hat – einer Person, die eine ziemlich genaue Vorstellung davon hat, wie man nackt aussieht, ohne dass man sie je berührt hätte. Die einen vielleicht betrachtet, wie er/sie die andere betrachtet.

Dieser Augenblick mit Nazarin ist schlimmer als alles Bisherige.

»Ich bin nicht mitgegangen«, sagt er ruhig.

Verdutzt blicke ich auf.

»Es war nicht leicht, ihr zu widerstehen, aber ich bin allein nach Hause. Letzten Endes wusste ich, wie dumm es wäre, mit ihr zu schlafen. Ich hatte klare Anweisungen: keine engen Beziehungen mit Personen im Umfeld der Ratel. Aber Tila ist mir nie aus dem Kopf gegangen.«

»Wollte sie dich zu irgendwas überreden?«, frage ich vorsichtig. Nazarin soll nichts ahnen von meinem Fund – zumal ich noch nicht weiß, ob ich ihm glauben soll. Wenn sie sich wirklich darauf einschießt, bekommt Tila immer, was sie will, meines Wissens sind ihre Annäherungsversuche noch nie gescheitert. Wer sich zwischen uns beiden entscheiden müsste, würde so gut wie sicher Tila nehmen.

»Ja. Später wollte sie, dass ich ihr Malka vorstelle.«

»Die Dame.«

Nazarin legt den Kopf schief. »Damals hatte ich Malka noch nie gesehen, nicht mal von Weitem. Ich konnte nicht damit dienen. Danach hat Tila mich nicht mehr beachtet.«

Klingt ganz nach meiner Schwester. Im Geheimen rufe ich erneut ihre Notizen auf – nirgendwo heißt es, sie habe tatsächlich mit ihm geschlafen, und nach diesem einen Eintrag verlagern sich ihre Interessen auf andere Themen. Tila schildert ihren Frust, weil sie nicht an Malka herankommt, »Skel« tritt nicht mehr in Erscheinung. Möglicherweise sagt Nazarin die Wahrheit. Ich hoffe es.

»Dann habe ich die Mordanklage gesehen und das Foto von Tila und erfahren, dass sie eine Zwillingsschwester hat – da wusste ich, wie ich ihre Aktivitäten ausforschen kann. Am Anfang war ich nur neugierig. Bis herauskam, dass Tila als Klarträumerin in Verve-Lounges gearbeitet hat. Also hatte sie es schon weit gebracht bei den Ratel – so weit, dass ihr niemand mehr folgen konnte.«

»Außer mir.«

»Ja. Außer dir.«

Er weiß nichts mehr zu sagen. Ich nippe am Wein, nein, ich kippe ihn hinunter. »Wieso hast du das nie erwähnt? Am besten, bevor wir miteinander ins Bett gegangen sind?« Das Glas ist leer, und ich versuche angestrengt, mir die beiden nicht zusammen vorzustellen.

»Es ist nichts passiert. Und bei den Ratel haben auch noch

andere versucht, mich ins Bett zu kriegen.« Er zuckt mit den Schultern. »Ich kenne deine Schwester kaum, und ich will auch nicht so tun. Aber wenn es dir hilft – ich kann mir nicht vorstellen, dass sie grundlos tötet.«

»Sie hat niemanden getötet.«

»Noch mal: Bist du dir da so sicher? Oder sagst du das nur noch aus Gewohnheit?«

Ich fixiere das leere Glas. »Du hättest mir davon erzählen müssen.«

»Stimmt.«

Ich sehe ihm in die Augen. »Keine Widerrede? Keine Rechtfertigungen?«

»Nein. Du hast völlig recht. Ich darf dir keine Informationen vorenthalten, auch nichts scheinbar Nebensächliches. Alles könnte entscheidend sein. Es tut mir leid.« Nazarins Körpersprache signalisiert nichts als Aufrichtigkeit, er wirkt grundehrlich. Aber ich traue meinem Urteil nicht mehr, in keiner Frage. Was muss Tila auch so eine Scheiße abziehen.

»Das ist schon das zweite Mal, dass du mir etwas Wichtiges verschwiegen hast.«

Nazarin betrachtet mich ernst. »Ich wollte mit dir schlafen. Nicht mit deiner Schwester.«

Mein Atem stockt. Nazarin ist direkt zum Kern meiner Ängste vorgedrungen. Als ich den Blick niederschlage, fällt er auf das gerahmte Holofoto von Tila und mir, Arm in Arm, lächelnd. Wie jung wir aussehen, wie glücklich. Es kommt mir vor, als wäre ich in einer knappen Woche um zwanzig Jahre gealtert. Ich dachte, ich kenne Tila besser als jeden anderen Menschen. »War trotzdem nicht die klügste Idee, mit dem eigenen Undercoverpartner zu schlafen, was? Hast du das, äh … gegenüber deinem Vorgesetzten erwähnt?«

Nazarins Gesichtszüge versteinern. »Nein. Dann hätten sie mich wahrscheinlich von dem Fall abgezogen, egal, wie gut ich bei den Ratel Fuß gefasst habe. Interessenkonflikt. Sie hätten einen Neuen geholt und von vorne angefangen, und für deine Schwester wäre es wahrscheinlich zu spät gewesen.«

Seine wohlüberlegten Worte ermüden mich. »Nur die Ruhe, von mir erfährt das SFPD nichts.« Da kommt mir ein schrecklicher Gedanke. »Gibt es im anderen Safehouse Kameras?«

»Nein. Natürlich nicht. Keine Sorge.«

Ich atme aus.

»Du hast recht, die Nacht war nicht die klügste Idee«, sagt Nazarin leise. »Aber ich bereue keine Sekunde davon.« Er zögert, wirft mir einen Blick zu. »Du?«

Ich kann mir ein winziges Lächeln nicht verkneifen. »Nein. Wir sollten es aber trotzdem nicht wiederholen, was? Nicht, solange die Sache hier läuft.«

Nazarin nickt. »Klingt vernünftig.«

Ich stehe auf und strecke ihm die Hand hin. »Okay. Keine Geheimnisse mehr. Ich bin zwar kein echtes Mitglied der Ratel, aber dumm bin ich nicht. Wenn du wissen willst, was bei den Ratel wirklich vor sich geht, bin ich deine beste Chance. Also spiel nicht immer den Beschützer, und sicher dich nicht ständig ab. Sonst bringst du uns noch beide unter die Erde.«

Er steht auf und nimmt meine Hand, seine Finger sind warm. »Versprochen.«

Lange sehe ich ihn an, und Nazarin weicht nicht aus. Er will mich küssen, ich will ihn küssen, aber nur unsere Hände berühren sich.

Meine Verwirrung, meine Eifersucht bleiben, doch ich kann sie beiseiteschieben, kann mich beruhigen und sammeln.

Es ist ein Neuanfang. Von jetzt an sind wir Partner.

Ich habe keine Lust mehr auf das Safehouse. Es ist kein Zuhause.

Nazarin erzählt mir von der Party. Er wünschte, er könnte mich auf die Gästeliste setzen lassen, denn für mich wäre es leichter, auf der Feier einzusteigen als direkt in der Verve-Lounge. Ich berichte ihm von Tilas Einladung, die ich doch problemlos nutzen könnte, und werde mit einem unbezahlbaren Gesichtsausdruck belohnt.

Tilas gesammelte Notizen habe ich versteckt, aber die Einladung landet nun auf dem Wandschirm. Ich hätte sie auf Tilas Festplatte entdeckt, behaupte ich – eine harmlose Lüge und trotzdem ziemlich unverschämt, da ich Nazarin gerade auf bedingungslose Ehrlichkeit eingeschworen habe. Aber noch darf ich die anderen Dateien nicht erwähnen, ich muss sie erst noch vollständig übersetzen und auf belastende Informationen abklopfen. Es geht um meine Schwester, daher bin ich zuerst dran. Sollte ich etwas Nützliches finden, werde ich ihm Bericht erstatten.

Ich gebe Nazarin auch die Zeichnung von Ensi, er soll sie ans Hauptquartier weiterreichen. Erstaunt schüttelt er den Kopf. »So sieht er also aus? Weißt du, wie lange wir schon versuchen, uns ein Bild von ihm zu machen? Das ist schon mal ein gewaltiger Fortschritt.«

Gern geschehen. Dann fällt es den Behörden vielleicht leichter, Tila laufen zu lassen, ob sie nun schuldig ist oder nicht.

Über Nacht werde ich wieder an den Sessel geschnallt, lasse mich wieder vom SFPD mit vertraulichen Infos über die Ratel füttern. Bisher habe ich aufgrund meiner Undercoverrolle nur bei diesen Gelegenheiten andere Cops als Nazarin gesehen. Doch natürlich gibt es sie. Sie werden sich gut getarnt rund um das Xanadu postieren, um im Rahmen ihrer Möglichkeiten Unterstützung zu leisten, eine weitere kleine Gruppe wird hier im Safehouse stationiert. Aber sollte es auf der Party Probleme geben, werden sie kaum stürmen und die verdeckten Ermittlungen des SFPD gefährden, das weiß ich so gut wie Nazarin. Bis Samstag müssen wir mich so gut wie möglich vorbereiten.

Dann sind wir auf uns allein gestellt.

Heute ist Donnerstag. Vor exakt einer Woche wurde mein Leben in Aufruhr versetzt – schwer zu begreifen. Nazarin ist von früh bis spät für die Ratel unterwegs: weitere Security-Jobs, weitere Verve-Lieferungen, diesmal bei anderen Zealoten-Lounges.

Ich frage mich, wie weit er als Ratel-Handlanger geht. Füllt er seine Rolle vorbehaltlos aus? Übt er Gewalt aus? Mittelbar auf jeden Fall. Durch jede abgelieferte Waffe oder Verve-Ampulle kommt jemand zu Schaden oder wird getötet. Bald werde ich es aus nächster Nähe miterleben.

Bald muss ich vielleicht selbst aktiv werden.

Ob ich das über mich bringe? Seit ich die Feuerstelle verlassen habe und in San Francisco heimisch geworden bin, halte ich mich strikt an die Gesetze. Sollte ich im Einsatz Straftaten begehen müssen, tue ich dies mit Billigung der Behörden – aber was, wenn sie mir hinterher über irgendeine Gesetzeslücke in den Rücken fallen? Was, wenn sie sich nicht an unsere Abmachung halten und Tila einfach hinter Gittern bleibt? Oder wenn sie mich ebenfalls einsperren? Ich weiß, was es mit Verve auf sich hat. Werden sie nicht versuchen, die wahre Natur der Droge zu vertuschen?

Für diesen Fall behalte ich ein bisschen Munition in der Hinterhand. Noch vor einer Woche hätte ich mir solche kriegerischen Gedanken nie zugetraut.

Ich arbeite mich durch Tilas Notizen, im Schneidersitz auf

dem Boden hockend, den Kopf im Nacken, die Augen geschlossen. Wie oft habe ich die Einträge schon durchgelesen? Sie enthalten so viel Nützliches. Einzelheiten über die Beziehungen zwischen verschiedenen Ratel-Mitgliedern, über Hierarchien, aber auch Nebensächliches wie Lieblingsdrinks und Lieblingsgerichte diverser Personen, eine Begleiterscheinung von Tilas Hostessenjob. Tila schildert Straftaten, die sie beobachtet hat, etwa wie Verve-Pakete abgeholt wurden, und gibt Erkenntnisse aus Träumen wieder: Ich erfahre, welche Unternehmen auf allen Ebenen von den Ratel unterwandert sind, die so gewinnbringende Insiderinformationen sammeln und Schutzgeld erpressen. Einige ihrer Enthüllungen belasten die Behörden, ein paar hochrangige Beamte haben Verve ausprobiert, ebenso ein paar Angestellte von Sudice. Dieses Wissen hebe ich mir auf, zu Tilas und meinem Schutz, wenn das alles vorbei ist.

Tila stellt Mutmaßungen zum Potenzial von Verve an – sollte es weite Verbreitung finden, könnten sich die Ratel eine zu absolutem Gehorsam verpflichtete Armee heranziehen, wogegen die Behörden und Sudice chancenlos wären. Aber Tila fragt sich auch, was Verve in den Händen der Regierung anrichten könnte: *»Klar, unsere Stadt ist hübsch anzusehen. Aber die Ratel haben sich in sie hineingefressen wie Termiten, und die Behörden sind nicht viel besser. San Francisco zerfällt von innen her wie faules Holz.«*

In Tilas Notizen hallen außerdem Nazarins Worte vor dem Mirage wider: In den Reihen der Ratel gebe es Unruhe. Im Besonderen erwähnt sie einen jungen Mann, der trotz seines raschen Aufstiegs durch nichts zufriedenzustellen scheint.

Leo. Weißblond mit schwarzen Augen. Hat kapiert, wie viel oben an der Spitze hängen bleibt und wie wenig Ensi nach unten abgibt. Wird aber vermutlich vorerst nicht aktiv. Geht vorsichtig und methodisch vor, will aber hoch hinaus. Schätze, er wird sich dabei eher früher als später den Tod holen, noch bevor er ernsthaft Ärger machen kann. Aber man sollte ihn im Auge behalten. Potenzieller Verbündeter.

In Tilas Skizzenbuch findet sich eine Zeichnung von Leo: ernstes Gesicht, intensiver Blick.

»Ach, Tila«, seufze ich. Sie hat sich tief in die Ratel hineingegraben, seit Monaten, und alles schriftlich festgehalten, während sie bei ihren Besuchen in meinem Apartment die einfache Zenith-Hostess spielte. Das sollte mich verletzen. Wütend machen. Aber diese Phase habe ich offenbar überwunden, darüber bin ich hinaus. Ich bin nur noch tieftraurig und enttäuscht, und ich habe wahnsinnige Angst.

Den ganzen Tag lese ich in Tilas Notizen, präge mir jedes Detail ein. In den Pausen verausgabe ich mich im Trainingsraum am VR-Overlay, weiche virtuellen Gegnern aus, ziele mit virtuellen Waffen. Und ich ziehe mir ein Maximum an Informationen über das Hacken von Implantaten und das Verschlüsseln darin gespeicherter Informationen, um meinen Schatz so effektiv wie möglich vor den Behörden zu verstecken.

Donnerstag geht fließend in Freitag über. Gegen Sonnenaufgang stolpert Nazarin herein, für eine halbe Sekunde wache ich auf, als er meinen Sessel deaktiviert. Erst Stunden später fasse ich mir ein Herz und berichte ihm von einem bestimmten Hinweis aus Tilas Notizen – vor der Party muss es sein.

»Morgen im Xanadu«, sage ich beim Kaffee, »soll ich einer Prüfung unterzogen werden.«

Nazarin hat bestenfalls drei Stunden geschlafen, er wirkt erschöpft und ausgelaugt. Doch als er das hört, reißt er den Kopf hoch. »Wie kommst du darauf?«

»Bei Tila habe ich … ein paar Notizen gefunden.« Ich überreiche ihm Kopien meiner handschriftlichen Übersetzungen. Tilas Erkenntnisse über die Behörden und Sudice habe ich weggelassen, um später etwas in der Hand zu haben, genauso ein paar Informationen, aus denen ich nicht schlau geworden bin, die meiner Schwester also potenziell gefährlich werden könnten. Alles andere entspricht den Originalen, und unsere Handschrift ähnelt sich so sehr, dass Nazarin nicht misstrauisch werden sollte.

Er liest sich die Seiten sofort durch, während ich am Kaffee nippe und seinen geneigten Kopf studiere, das Spiel des durchs Erkerfenster fallenden Sonnenlichts auf seinen Wangenknochen. Am Ende legt er die Stirn in die Hände. »Scheiße. Das ändert alles.«

Wir intensivieren die Vorbereitungen, Nazarin zunehmend erfüllt vom Mut der Verzweiflung: Er unterbricht meine Gehirnübertragungen nicht mehr für ein bisschen durchgängigen REM-Schlaf, dafür bleibt keine Zeit. Er peitscht mich an, und meine Muskeln legen zu, meine Schnelligkeit, zwischendurch pumpt das SFPD mehr und mehr Wissen in mein Gehirn. Draußen in der Stadt leben meine Freunde, leben Tilas Freunde weiter ihr altes Leben.

Dann lerne ich das Team kennen, das uns während der Xanadu-Aktion den Rücken freihalten soll. Es ist bloß eine Vierergruppe – der Kreis der Eingeweihten, die von Tila und mir wissen, wird immer noch möglichst klein gehalten. Die indischstämmige Polizistin kenne ich von Tilas Verhaftung in dieser entsetzlichen Nacht: Officer Jina Shareef, eine Frau mit festem Händedruck. Auch Officer Oloyu ist mit von der Partie, allerdings nur aushilfsweise, ansonsten ist er an dem geheimen Ort stationiert, wo Tila in der Zelle sitzt. Fast frage ich ihn, wie sie sich hält, aber ich fürchte die Antwort zu sehr. Die beiden anderen Cops haben schon viele Undercovereinsätze hinter sich, einige davon mit Nazarin: Detective Lucas und Detective Tan, zwei große, kantige Kerle, Typ Bodyguard, denen man ansieht, dass sie mit der Waffe umzugehen wissen. Die Officers werden uns von Weitem überwachen, allesamt in der Nähe des Xanadu postiert, darüber hinaus wird ein Schwebeauto bereitstehen, mit dem wir im Fall des Falles verschwinden können.

Am Morgen der Party gehe ich Tilas Notizen ein letztes Mal durch, ohne noch auf echte Entdeckungen zu hoffen. Die Puzzleteile haben sich längst zu einem Bild zusammengefügt.

Über die »Prüfung« ist lediglich bekannt, dass wieder einmal Tilas Fähigkeiten als Klarträumerin getestet werden sollen, vielleicht soll sie so zur nächsten Stufe der Verve-Lounges aufsteigen. Worin der Test genau besteht, weiß niemand, weder Nazarin noch das SFPD. Noch Tila, obwohl ich glaube, dass sie eine Ahnung hatte, die sie nie zu Papier gebracht hat.

Wir haben getan, was wir konnten.

Ob es gereicht hat, wissen wir erst, wenn ich bestanden habe oder durchgefallen bin.

Tila wollte Ensi zur Strecke bringen, das Oberhaupt der Ratel. Ihre Gründe kann ich nicht nachvollziehen, und ich weiß nicht, wie sie sich jemals Chancen ausrechnen konnte, über ihn zu triumphieren. Aber auf der Party im Xanadu kann ich mich an die Beute anpirschen.

17

TAEMA

Das Xanadu ist ganz in der Nähe des Union Square.

Wer ist der milliardenschwere Alex Kynon wirklich? Der Name ist bloß ein Pseudonym, maskiert von tausend Schichten bürokratischer Verschleierungstaktiken.

Ich bin schon unzählige Male über den Union Square spaziert, häufig zur Weihnachtszeit, wenn Tila und ich hierherkommen, um die vielen Lichter zu bewundern, den riesigen Weihnachtsbaum in der Mitte und die eigens angelegte Eisbahn, wo die Leute auf altmodischen Schlittschuhen umherflitzen. Die Stadtverwaltung will die Vergangenheit bewahren wie ein Insekt in Bernstein, doch die Atmosphäre, die hier in alten Zeiten geherrscht haben muss, lässt sich kaum einfangen – wie auch, wenn Männer und Frauen in hypermoderner Mode durch die Straßen streifen und nur noch aus purer Nostalgie selbst shoppen gehen, Schritt auf Tritt verfolgt von mit Einkäufen beladenen Droiden. Aber die Stadt gibt sich Mühe, das weiß ich zu schätzen.

Vor dem Abschied haben Nazarin und ich tausendmal den Plan durchgesprochen: Wir nehmen unterschiedliche MUNI-Linien, sodass wir zu unterschiedlichen Zeiten und aus unterschiedlichen Richtungen am Union Square ankommen, bei der Party treffen wir dann aber fast gleichzeitig ein. Tila und Skel wurden schon früher beim Flirten beobachtet, wir dürfen also freundschaftlich miteinander umgehen, sollten uns aber nicht zu lange damit aufhalten. Nazarin will sein Netzwerk ausbauen und vor allem mit einem unzufriedenen Ratel-Mitglied reden, den Kontakt intensivieren. Er hält sich an sein Versprechen, mir nichts zu verschweigen, und verrät mir den Namen: Es ist Leo, der Emporkömmling aus Tilas Notizen.

Meine Missionsziele bestehen darin, die Prüfung zu absolvieren, dabei möglichst nicht umzukommen und außerdem herauszufinden, was auf der nächsthöheren Ebene der Ratel läuft.

Kinderspiel.

Nazarin tritt an meine Seite. Ich habe am Dewey Monument gewartet, oben auf der Säule balanciert die junge Frau auf den Zehen, Siegerkranz und Dreizack in die Luft gereckt.

Er zögert. »Du siehst toll aus«, sagt Nazarin schließlich.

»Danke.« Er hat mich beim Aufbruch gesehen, aber erst jetzt, in der warmen Abendluft, habe ich den Mantel aufgeknöpft. Ich habe alle Klamotten aus Tilas Apartment sicher dreimal durchprobiert, bis ich mich für ein Outfit entscheiden konnte. Das Rennen gemacht hat ein silberner, figurbetonter Catsuit mit Reißverschluss, der meinen Körper vom Hals über die Handgelenke bis zu den eingebauten High Heels umschließt. Bei solchen Feierlichkeiten muss ich Aufmerksamkeit erregen, das weiß ich aus Tilas Notizen, und ich will doch hoffen, dass mich in diesem Aufzug niemand ignorieren kann. Ich bin eine wandelnde außerirdische Discokugel in Menschengestalt.

Mein Kopf zuckt zum Xanadu. »Warst du schon mal dort?«

»Nein.«

»Der König und die Dame sollen beide auftauchen?«

»Angeblich ja.«

Ensi ist das offizielle Oberhaupt der Ratel, aber bleibt man bei der Schachmetapher, gibt es keine bedeutendere Figur als die Dame. Die Dame erledigt die Drecksarbeit, bei Bedarf nimmt sie auch mal andere Steine vom Brett. Ich erinnere mich an die Skizze der wunderschönen Frau mit dem langen dunklen Haar, dem süffisanten Lächeln und dem grausamen Funkeln in den Augen.

»Okay«, sagt Nazarin. »Wir müssen dann.«

»Ja.«

Er fasst mich an der Schulter. »Wir stehen das gemeinsam durch. Du hast dich bestmöglich vorbereitet. Du schaffst das.«

»Wenigstens einer glaubt an mich.«

Er lächelt flüchtig. »Und wie ich an dich glaube. Du bist zäh wie Leder.«

Nazarins Worte machen mir Mut, ganz wie beabsichtigt. Ich blicke ihm hinterher, während er den Bürgersteig entlanggeht, und zähle die Sekunden.

Dann folge ich ihm, begleitet vom Klappern meiner silbernen Absätze.

Bis zu den Toren ist es nicht weit. In früheren Zeiten bestand der Häuserblock aus Edelgeschäften, heute befindet sich alles im Privatbesitz. Nichts davon war mir bekannt, ich habe es erst durch die SFPD-Gehirnübertragung erfahren, der Durchschnittsbürger hat keine Ahnung. Der Reichtum ist nicht mehr ganz so ungleich verteilt wie vor dem Großen Umbruch: In der Regel reicht der Verdienst für ein angenehmes Leben, echte Armut ist Geschichte außer unter erbärmlichsten Zealoten. Jeder kann sich alles Mögliche aus dem Replikator ziehen, ein Überfluss, der restlos wiederverwertet wird. Trotzdem gibt es noch unanständig wohlhabende Leute in San Francisco, die sich aber weniger in den Vordergrund spielen als die High Society Hollywoods, um mal ein Beispiel zu nennen. Dort sind Status und Hierarchie noch etwas wert. Hier gilt es als Verschwendung, Unmengen von Geld anzuhäufen.

Nazarin durchquert das Tor. Eine Minute später tauche ich auf und werfe Tilas Einladung über meine Optikimplantate auf den kleinen Wandschirm links. Ein leises Klicken, die Tür öffnet sich, ich trete ein.

Vor uns liegt ein großes, scheinbar aus Backstein gemauertes Gebäude, das tatsächlich aus sprengungs- und säuresicherem Material besteht. Wir erreichen eine zweite Pforte, eine Kopie des ursprünglichen, von einem vierfachen Ziegelbogen eingefassten Art-Déco-Eisentors. Wie so viele Bauten wurde auch das Xanadu beim Großen Beben zerstört und danach in größerem Maßstab wiedererrichtet. Das Originalgebäude beherbergte ein Geschäft, die Nachahmung ist dagegen ein herrschaftlicher Wohnsitz.

Nazarin – nein, er heißt Skel, er *ist* Skel – lässt sich so viel Zeit, dass wir fast nebeneinander in den abgedunkelten Tunnel treten. Er dreht sich nicht um, nimmt keine Notiz von mir, aber ich bin dankbar für seine Nähe.

Mit einem tiefen Einatmen ermahne ich mich zur Ruhe. Noch ein paar Schritte, und ich befinde mich im selben Gebäude wie König und Dame der Ratel. Darauf habe ich mich vorbereitet. Ich bin in jeder Hinsicht zu meiner Schwester geworden, zu einer Klarträumerin in Diensten einer Verve-Lounge, die von der größten Mafiabande San Franciscos betrieben wird. Ein surrealer Moment, fern jeder vorstellbaren Realität. Trotzdem setze ich weiter einen Fuß vor den anderen, taste ich mich vor ins Ungewisse.

Der Tunnel füllt sich mit weichem Licht, mit Grün, Blau und Violett. Ein leichter Nebel streicht um unsere Hüften und verströmt Fliederduft.

»In Xanadu schuf Kubla Khan ein Lustschloss, stolz und kuppelschwer«, flüstere ich.

Nazarins Schritte stocken, ich spüre seine Verwirrung, als er sich beinahe umdreht. Offenbar kein Coleridge-Kenner.

Wir gelangen ins Innere, immer noch in ein paar Metern Abstand voneinander, und lassen uns von Droiden die Mäntel abnehmen. Ich streife meine äußere Hülle ab wie einen Schutzpanzer, jetzt trage ich nur noch meine zweite Haut aus glänzendem Silber. Nazarin liefert seine Pistole ab, keine Waffen auf Partys. Als sein Blick über meinen Körper gleitet, reagiere ich nicht. Ich starre in die Höhe, und mir bleibt unwillkürlich der Mund offen stehen.

Die Decke ist vollkommen durchsichtig. Gefertigt aus feinstem kugelsicherem Glas, gewährt sie freie Sicht auf Mond und Sterne. Trotz der ernsten Lage nimmt mich die Schönheit des Xanadu gefangen. Rund um den zentralen Ballsaal windet sich eine Nachbildung der ursprünglichen Spiralrampe, nun viel größer, man fühlt sich wie in einem Schneckenhaus, auch wegen der kreisrunden Löcher, die hier und da klaffen wie in der Schale von Seeohren. Cremefarbene Wände, bunte Lichter werfen einen grünblauen Schimmer auf glatten Putz. Von der Decke hängen verschlungene Ranken, in ihrer Mitte ein gigantischer Kronleuchter aus organischem Grün, zwischen den Blättern glitzern Smaragde und andere Edelsteine. Elefanten trinken aus einer von Palmen eingerahmten Wasserstelle, Vögel ziehen darüber hinweg – mechanische Tiere mit Kameraaugen für die nebenan postierten, jederzeit einsatzbereiten Sicherheitsleute.

Im Ballsaal tummeln sich weniger Menschen als gedacht, doch gegen das Flair, den Style der Anwesenden wirkt die Abendgesellschaft des Zenith beinahe schäbig. Zugleich ist die Gefahr überall spürbar, viele Gäste schmücken sich mit animierten Tattoos und tragen Narben zur Schau. Ein paar bewegen sich zur Musik, schlingen Glieder um Glieder, Haut presst sich gegen Haut. Andere stehen eng beisammen und unterhalten sich murmelnd, während wieder andere von Gruppe zu Gruppe streifen, ab und zu für ein paar Worte verweilen und dann weiterschwirren wie Schmetterlinge, die aus jeder Blüte ein wenig Nektar saugen. So hübsch all diese Gestalten auch sind, mir geht nicht aus dem Kopf, wie viel Gift sie versprühen können. Wieder kommen mir Zeilen aus dem alten Gedicht in den Sinn:

Dort glänzten Gärten von der Bäche Schein,
Dort blühte weihrauchträchtig mancher Baum;
Dort schloss der Forst, uralt wie das Gestein,
Die Falten um manch sonnengrünen Raum.

Ich straffe die Schultern und setze Tilas sinnliches Lächeln auf, überlagere meine Persönlichkeit durch ihre. Ich bin Tila. Selbstbewusst. Stark. Ich kenne keine Angst. Ein Droide löst sich von der Bar in der Nische, passiert mich und bietet mir dabei ein Glas Champagner an. Beim ersten Schluck muss ich beinahe würgen – das ist echter Schaumwein, das Zeug hat nichts Künstliches an sich. Ein Brennen in meiner Kehle, ein Kribbeln in meinen Geschmacksnerven, an meiner Zunge zerplatzen Bläschen.

Einige Gesichter kenne ich aus Tilas Skizzenbuch. Äußerlich bleibe ich ruhig, während mein Blick umherschnellt. König und Dame sind nirgends zu entdecken.

Nazarin taucht in die Menge ein und bald wieder auf, um mich mit einer angedeuteten Umarmung zu begrüßen, wie eine flüchtige Bekannte. »Hier stimmt was nicht«, flüstert er mir ins Ohr. »Sieh dich vor.«

Ehe ich nachfragen kann, ist er verschwunden, und ich bleibe irritiert zurück. Natürlich dürfen Nazarin und ich nicht ständig aneinanderkleben, aber wenn Tila und er schon bei einer früheren Party geflirtet haben, könnten wir das Spiel doch weiterspielen? Wie kann er mich so stehen lassen? Hat er vergessen, was mir heute Abend blüht?

Personen aus Tilas Skizzenbuch kommen zu mir und sagen Hallo. Lächelnd küsse ich Wange um Wange, begrüße sie alle mit Namen und kann doch nicht vergessen, dass es die Hände von Mördern sind, die sich sanft auf meine Schultern legen. All diese höflichen, freundlichen Gäste sind hartgesottene Verbrecher, viele haben sich mit Mordanschlägen verdient gemacht. Fast glaube ich, die Geister ihrer Opfer um mich zu spüren, ein Gewühl aus unsichtbaren, kalten Leichen inmitten der Feiernden.

Mit einem Kopfschütteln versuche ich, die wirren Gedanken zu vertreiben. Ich beäuge den parfümierten Nebel misstrauisch – haben sie dort etwas hineingemischt, wie im Casino, wo Pheromone in die Luft gepumpt werden? Oder war etwas in meinem Champagner – in meinem echten Champagner! Warum habe ich so schnell getrunken …

Ich muss einen klaren Kopf behalten.

Mein Wissen über die Ratel reicht weiter denn je und ist dennoch lückenhaft. Tila hat einen anderen Weg in die Organisation genommen als Nazarin. Mag sein, dass auch sie vorübergehend kleine Erledigungen machen musste, doch kaum hatte sie ihr Talent zum Klarträumen unter Beweis gestellt, konnte sie tiefer vordringen, ohne die üblichen Hürden zu nehmen. Bis jetzt. Jetzt ist sie dem Kern so nahe, dass sie zu einem bedeutenderen Auftrag herangezogen werden soll – wenn, ja wenn sie die Prüfung besteht. Wenn ich bestehe.

Ich zwinge mich zur Ruhe. Immer schön lächeln, als könnte ich kein Wässerchen trüben.

Wie haben sich die Ratel Vuks Verschwinden erklärt? Denken sie, er ist abtrünnig geworden, oder wissen sie von seinem Tod? Tila hatte am fraglichen Abend keinen Dienst im Zenith, doch irgendjemand wird sie dort gesehen haben. Sal auf jeden Fall. Hat er die Seiten gewechselt und Tila an die Ratel verpfiffen? Könnte doch sein, dass ich hier in eine aufwendig inszenierte Falle tappe. Nazarin meinte, der Killer, also Adam-alias-Vuk, sei nicht hinter Tila her gewesen. Aber soll ich das glauben?

Mit Blicken suche ich den Raum nach Nazarin ab. Um meinen ausgetrockneten Mund zu befeuchten, trinke ich noch ein Glas Champagner, die Luftbläschen steigen mir schon zu Kopf. Ist das nicht alles eine verdammt dumme Idee? Hier faktisch ohne Rückendeckung reinzugehen, weil sämtliche Überwachungsmaßnahmen sofort von den Scannern am Tor erfasst worden wären? Haufenweise Cops könnten binnen Sekunden vor Ort sein, wenn wir sie denn zu Hilfe rufen könnten, wofür die Chancen denkbar schlecht stehen: Nach außen werden alle Signale blockiert.

Langsam verfalle ich in Panik, unter dem Silberstoff bricht mir der Schweiß aus. Wo steckt Nazarin? Er würde mich doch nicht einfach im Stich lassen. Oder? Immer wieder begrüße ich wildfremde Leute und kämpfe mich durch eine Plauderei nach der anderen, obwohl mein Gehirn bereits überhitzt, um Fehltritte zu vermeiden. Niemand erwähnt die Ratel, nicht mal am Rande. Die Leute machen Bemerkungen zur Kulisse, zur unfassbaren Architektur des Xanadu, zum Champagner, zu den salzigen Kaviarblinis. Ich will nur noch schreien.

Mach es wie Tila. Sie wüsste, wie man sich auf diesem Parkett bewegt. Tila kann nichts aus der Ruhe bringen.

Die Party zieht sich in die Länge. Mir schmerzen die Wangen vor angestrengter Fröhlichkeit und künstlichem Flirten, vor gespielter Sorglosigkeit und Ahnungslosigkeit gegenüber meiner prekären Lage. Ich tanze mit verschiedensten Menschen, nippe am Champagner, knabbere dekadente Leckereien. Immer noch keine Spur von Nazarin. Sieht aus, als hätte er mich wirklich den Wölfen zum Fraß vorgeworfen. Als silbern glitzernden Köder.

Endlich kehrt er zurück – in Begleitung eines attraktiven Kerls, der schamlos mit Nazarin flirtet, was dieser mit bemerkenswerter Gewandtheit erwidert. Gegen meinen Willen flackert in mir eine leichte Verärgerung über diese Vorstellung auf – dann zucke ich zusammen: Der Typ an Nazarins Seite ist kein anderer als Leo, der potenzielle Verbündete aus Tilas Notizen. Als ich ihn gegenüber Nazarin erwähnt habe, wusste der längst Bescheid. Ich gehe den beiden entgegen.

»Hallo zusammen. Tolle Party, was?« Ich rede wie eine Vollidiotin.

Nazarin deutet auf mich. »Tila hattest du doch schon kennengelernt, Leo?«

»Wie könnte ich sie je vergessen.« Leo beugt sich vor und küsst meinen Handrücken.

Was für einen Eindruck Tila wohl bei ihm hinterlassen hat?

Leo gibt sich gelassen, doch sein Blick huscht ständig durch den Saal. Ist es ihm unangenehm, anderen in die Augen zu sehen? Er bewegt sich mit der Eleganz eines Kampfsportlers.

Jetzt schaut er mir doch in die Augen. »Die Party kommt gerade erst in Fahrt, was? Sollte noch ein ziemlich unterhaltsamer Abend werden.«

Ich lächele, doch ein vages Gefühl versetzt mich in Alarmstimmung.

Nazarin mustert Leo mit schmalen Augen. »Wenn du uns kurz entschuldigst? Ich würde Tila gerne für einen Tanz entführen.«

»Aber natürlich.« Lächelnd wendet Leo sich an mich. »Aber danach muss ich Tila vielleicht ebenfalls entführen, wenn sie nichts dagegen hat.« Ein geschmeidiger Typ. Sehr geschmeidig.

»Ich freue mich darauf«, sage ich und meine das Gegenteil. »Aber jetzt besorge ich mir erst mal einen Drink.« Nazarin streckt die Hand aus und berührt mich am Ellenbogen, er will mir etwas mitteilen, aber hier kann er kein Wort riskieren. Der Saal hat sich mittlerweile merklich gefüllt, viel zu viele gespitzte Ohren könnten jedes Flüstern belauschen, und Optik- sowie Audioimplantate werden von Techblockern unterdrückt.

Aus der Ferne verfolgt Nazarin, wie ich einem Droidendiener eine weitere Champagnerflöte abnehme, die ich sicher nicht leeren werde.

Als ich mich umdrehe und zu Nazarin zurückgehen will, steht mir eine von zwei Wachen flankierte Lady gegenüber, die mich von Kopf bis Fuß mustert, ein wissendes Lächeln auf den Lippen. Sie kennt mich. Sie sieht mich nicht zum ersten Mal.

Und ich kenne sie, was ich aber erst nach ein paar Sekunden begreife, da sie die Haare hochgesteckt hat.

Es ist Malka. Die Dame.

Aus den Spannungslinien um ihre Augen schließe ich auf mehrere Liftings. Geschwungene, hochsitzende Brauen, volle, in den Winkeln gekrümmte Lippen und tiefbraune Haut. Eine elegante Frisur, die von einem kristallbesetzten Metallnetz in Form gehalten wird.

»Tila.« Malka neigt den Kopf. Sie stinkt regelrecht nach Macht. Die Bodyguards an ihrer Seite sind Droiden mit leeren

Gesichtern, die auf der Suche nach Gefahrenquellen stetig hin und her schwenken.

Ich begrüße die Dame mit einem ausdruckslosen Lächeln, meine Gedanken drehen sich panisch im Kreis. Ein Blick auf Nazarin – er beobachtet mich wie erstarrt, seine Augen geweitet.

»Der Khan des Xanadu wird dich nun empfangen«, sagt Malka. »Zeit, dein Können auf die Probe zu stellen.«

Ein kurzes Zögern, dann setze ich wieder das dümmliche Grinsen auf. »Wundervoll. Darauf hatte ich mich schon gefreut.«

Malka lacht, ein leiser, kehliger Laut, und massiert sich den linken Daumen. »An deiner Stelle wäre ich nicht unbedingt erfreut. Komm, Vögelchen.«

Sie hakt sich bei mir unter und führt mich durch die Menge. Wird sie von Gästen begrüßt, bleibt Malka stehen und stellt mich vor. Ich beobachte die Reaktionen der Menschen, sehe ihre Ehrfurcht und Angst vor der Dame.

Andere entdecken mich an Malkas Seite und fragen sich, womit ich diese Vorzugsbehandlung verdient habe. Wieso holt Malka mich persönlich ab, wie gut kennt sie mich? Über die Dame schwiegen sich Tilas Notizen weitgehend aus. Ich bewege mich im luftleeren Raum.

»Komm«, sagt Malka. »Wir sollten uns nicht verspäten.«

Meine Nervenenden scheinen kollektiv zu gefrieren. Erst als die Dame mich am Arm zieht, löse ich mich aus der Versteinerung und folge ihr auf die Spiralrampe. Einen Blick über die Schulter wage ich noch: Nazarin beobachtet mich, fast schon unverhohlene Panik in den Augen, von Leos Gerede registriert er kein Wort mehr. Nazarin wollte mir noch etwas mitteilen – dafür ist es zu spät. Ich will ihn anlächeln und bringe es nicht fertig. Also wende ich mich ab und laufe weiter nach oben.

Ich habe keine Wahl.

Diese Ebene des Xanadu ist menschenleer. Knapp über uns schwebt die Glasdecke, man glaubt beinahe, sie berühren zu können. Kleine Räume zweigen vom riesigen Schneckenhaus des zentralen Saals ab, ein Labyrinth aus verborgenen Winkeln. Über das Geländer spähe ich hinab auf die Feiernden. Nur Nazarin blickt in die Höhe. Ich nicke ihm zu und versuche mich erneut an einem Lächeln. Ein seltsames Gefühl der Freiheit erfasst mich. Tief in mir weiß ich, dass ich Angst haben sollte, doch es kommt mir vor, als … als müsste es sein, wie es ist. Ich folge den Brotkrumen, die Tila ausgestreut hat, und warte ab, ob sie mich zum Knusperhaus führen, zur gefräßigen Hexe.

Die Dame öffnet eine Tür, dahinter ist kaum etwas zu erkennen. Ein dunkler, geschwungener Gang.

»Leg die hier an.« Sie reicht mir ein weißes Kästchen.

Ich öffne es – im Inneren liegen weiße Elektroden, die ich mit Malkas Hilfe an meinen Schläfen anbringe, im Nacken und über dem Herzen. Außerdem finde ich eine schmale dunkle Brille. Ich setze sie auf. Irgendwie albern.

»Damit überwachen wir deine Körperreaktionen.«

»Okay.« Ob mein mechanisches Herz irgendwelche Auswirkungen auf die Messergebnisse hat? Bestimmt wissen die Ratel davon, ohne Zweifel. Sie wissen alles. Nur eines hoffentlich nicht: dass ich mein Gesicht verändert und den Platz meiner Schwester eingenommen habe.

»Gut, gut. Geh den Gang entlang. Am Ende links.«

Ich befeuchte mir die Lippen. »Irgendwelche Ratschläge?«, frage ich gezwungen locker. So aussichtslos der Versuch auch wirkt, Malka ist mein einziger Ansprechpartner, und im Moment würde ich sogar den Teufel höchstpersönlich um Hilfe bitten.

Malkas Freude über meine Frage ist deutlich zu spüren. Als sie sich dicht zu mir beugt, rieche ich Jasmin und kostspieliges Make-up. »Du sagst kein Wort, außer auf direkte Anweisung. Du lügst nicht. Du siehst nie weg. Und du enttäuschst uns hoffentlich nicht.«

Sie schaut mir in die Augen, bohrend und suchend, als wüsste sie von all meinen Sünden – und weicht nach ein paar Sekunden wieder zurück. Was hat sie in mir entdeckt? Ein Wirbeln türkisfarbener Seide, dann ist Malka verschwunden.

Restlos verwirrt bleibe ich zurück, geplagt von Kopfschmerzen und anhaltendem Schwindelgefühl. Irgendetwas müssen sie in den Kunstnebel im Ballsaal gemischt haben. Wieso will ich nicht zum Fenster dort drüben rennen, zum Erdboden hinabklettern, über den viel zu hohen Zaun springen und Reißaus nehmen? Wie würde Tila sich behaupten, würde sie durch diesen Gang zur Prüfung schreiten? Wäre sie Vuk nie begegnet und wäre dieser noch unter den Lebenden, wäre sie jetzt an meiner Stelle, und ich wüsste von nichts. Es ist, als hätte sich mein Kopf vom Körper losgelöst, als schwebte er allein durch den dunklen Gang.

Meinen Anweisungen gemäß wende ich mich nach links und drücke die Tür auf.

Offensichtlich treffe ich als Letzte ein. Im Raum stehen vier Stühle, drei davon sind besetzt. Am Rand sitzt ein Mädchen mit einer hüftlangen grellroten Mähne, schwarzer Hose und Glitzertop, in der Mitte ein Mann mit einem Büschel blonder Haare auf dem Schädel und schwarzem Lidstrich, der einen roten Anzug trägt und eine tätowierte Vogelspinne auf dem Handrücken hat. Daneben befindet sich ein ganz in schwarzes Leder gekleideter Kerl mit dunkelgrünem Haar. Alle äußerst attraktiv, das versteht sich von selbst.

Ich setze mich auf den letzten Stuhl und schlage die Beine übereinander, um das Zittern zu unterdrücken.

Um uns herum herrscht absolute Leere. Weiße Wände, weiße Stühle, auch der Boden weiß. Ich öffne die Lippen, erinnere mich aber an Malkas Rat: *Du sagst kein Wort.* Mein Mund klappt wieder zu, meine Zähne knirschen. Lässt die Wirkung der Droge aus dem Ballsaal nach? Die Angst lähmt mich zunehmend.

Ein Blitzen am Rand meines Blickfelds, ein leises Piepen im Ohr. Eine neue Nachricht. Die wohl auch an die anderen ging, denn alle drei erstarren. Die weiße Wand vor meinen Augen scheint sich zu kräuseln, zu wellen. Die Elektroden kribbeln auf meiner Haut.

»Ihr wurdet hierhergebeten, weil ihr euch gut geschlagen habt. Ihr habt mir treu gedient und allen Anforderungen genügt«, spricht eine verzerrte Männerstimme, die merkwürdig verrauscht durch meinen Geist hallt. »Ihr habt eine Stufe erklommen, die für die meisten unerreichbar bleibt.«

Ich habe nichts erklommen. Ich habe nichts dazu beigetragen. *Wie hast du es so weit gebracht, Tila?* Aber ich kann sie nicht fragen.

»Nun dürft ihr euch für einen Moment zurücklehnen. Seht einfach zu. Hört zu.«

Du siehst nie weg.

Bilder strömen auf die leere Wand, fast zu schnell, um sie zu erfassen, bevor das nächste ins Blickfeld schnellt: eine Gottesanbeterin, ein Katzenmaul von innen, die leuchtenden Algen in der Bucht von San Francisco. Ein Schlachtfeld nach dem Gefecht. Blut, das gegen weiße Wände spritzt. Eine modrige Leiche. Ein kleines Mädchen mit Zöpfen, das einen Teddybären am Arm baumeln lässt. Tintenflecken, wie in Psychotests früherer Zeiten. Natur. Krieg. Die Menschheit. Immer und immer wieder von Neuem.

Gleichzeitig ertönen Geräusche, von leisen Vogelrufen bis zu schrillem Kreischen und Sirenenlärm. Auch Gerüche wehen herüber, manche davon angenehm: Zimt, der frische Duft zerriebener Kiefernnadeln und zerstampfter Äpfel. Andere ekelhaft: fauliger Fisch, verwesendes Fleisch, der Zwiebelgestank ungewaschener Leiber.

Der Blondschopf beugt sich vor und übergibt sich auf den weißen Boden. Für einen Moment zuckt mein Blick zur Seite, dann fixiere ich wieder die Wand.

Du siehst nie weg.

Ich weiß nicht, was mit all dem bezweckt wird. Was Gegenstand der Prüfung ist. Ob ich bestehe oder scheitere.

Die Bilder scheinen kein Ende zu nehmen. Meine Hände krallen sich an die Sitzfläche. In meinem Magen rumort es, doch ich beiße die Zähne zusammen, will es dem Blondschopf nicht gleichtun. Als sich noch jemand übergibt, blicke ich nicht zur Seite. Ich tippe auf die Rothaarige.

Da versiegt der Bilderstrom. Strahlendes Weiß flutet den Raum, ich sinke erleichtert gegen die Lehne, umgeben vom Gestank der Magensäure und vom Angstaroma frischen Schweißes.

»Und jetzt«, spricht die verzerrte Stimme in unserem Geist, »steht auf.«

Wir gehorchen. Ein rascher Blick auf die anderen: Im roten Haar des Mädchens klebt Erbrochenes, die Strähnen des Blonden stehen wirr ab, allein der Grünhaarige wirkt einigermaßen unbeeindruckt. Was für ein Bild biete ich?

»Jetzt wendet euch einander zu. Tila, betrachte den Mann mit dem grünen Haar.«

Als mich der Fremde direkt anspricht, zucke ich beinahe zusammen. Wenn das nicht der sonderbarste Test ist, den ich je absolviert habe: Ich kenne weder Regeln noch Punktestand – und ich konnte mich kaum vorbereiten, weil Tilas Notizen genau da abbrechen, wo es spannend wird.

»Studiere das Gesicht deines Gegners, Tila.« Eine leichte Veränderung in der künstlich modulierten Stimme, sie wirkt eine Spur menschlicher. »Präge dir jedes Fältchen ein.«

Also mustere ich den Grünhaarigen. Ein Mann, der fast noch ein Junge ist, kaum älter als zwanzig und wohl zur Hälfte chinesischer und mexikanischer Abstammung. Was für Grausamkeiten musste er begehen, um es so weit zu bringen?

»Gut. Und jetzt sieh den Blonden an.«

Ich gehorche. Als ich den Kopf drehe, sehe ich, wie sich die Rote und der Grüne einander zuwenden – und kaum betrachten wir alle unser nächstes Gegenüber, klappt der Blondschopf vor mir zusammen. Blut fließt aus seiner Nase, seinen Ohren und Augenhöhlen. Er ist tot.

»Durchgefallen«, flüstert die Stimme in unserem Geist.

Scheiße! Ich sollte mehr nachdenken. Mehr fühlen. Aber ich kann nicht. Ich muss mich voll und ganz darauf konzentrieren, nicht als Nächstes dran zu sein.

»Schaut nach vorne.«

Erneut starren wir auf die Wand. Weitere Bilder rauschen vorüber, noch schneller. Selbst wenn ich wollte, ich könnte niemandem begreiflich machen, was ich dort sehe. Neben mir ertönt ein Würgen. Warum leiden die anderen stärker als ich? Mein Magen schmerzt, mein Kopf ebenso, ein Druck hinter meinen Augen, aber noch halte ich stand.

Du siehst nie weg.

Die Stimme fragt mich aus. Einmal blinzeln für Ja, zweimal

für Nein, so lauten die Anweisungen. Sie interessiert sich nicht für meine – oder Tilas – Arbeit für die Ratel, sondern stellt mich vor hypothetische Entscheidungen. Einige sind knifflig: *Würdest du für die Summe X das Haustier deiner Kindheit töten? Würdest du dein Leben riskieren, um ein Kind vor dem Ertrinken zu retten? Oder eine Person, die dich ungerecht behandelt hat?* Andere finde ich mehr als dämlich: *Würden auf dem weißen Sofatisch vor dir ein Eisbecher und eine Schale Zuckerstreusel stehen, würdest du dir Streusel aufs Eis streuen?*

Jedes Mal antworte ich ohne Nachdenken. Es ist ein Verhör mit doppelten Böden und untergründigen Botschaften, unkalkulierbaren Beeinflussungen. Finten und kurze Geraden, gefolgt von Haken und Schwingern. Ich versuche gar nicht erst, der Stimme einen Schritt voraus zu sein. Es ist unmöglich.

Als Nächstes erwischt es die Rothaarige. Sie kippt einfach vom Stuhl. Das Blut fließt Ton in Ton mit ihrem Haar.

Das ist Wahnsinn, denke ich irgendwo in weiter Ferne, *absoluter Wahnsinn*. Wer stirbt als Nächstes? Ich?

Ist das eine Falle? Vier Kandidaten, die hoffen, sich einen Namen bei den Ratel zu machen – vielleicht weiß der König längst, dass keiner von uns würdig ist? Weshalb er uns zuerst beim Lügen ertappen und dann nacheinander ausknipsen will? Wäre doch ein schöner Zeitvertreib.

Vielleicht wüsste er noch gerne, ob wir ihn verraten haben, bevor er uns tötet.

Der Grünhaarige wird nervös, Schweiß rinnt ihm über die Schläfen, ich bleibe dagegen überraschend ruhig. Zweifellos staunt er über meine Unerschrockenheit, wodurch ich noch mehr Mut fasse. Ich stehe auf und fixiere ihn. Hinter den dunklen Brillengläsern weiten sich seine Pupillen, er lauscht auf seine Instruktionen. Und stürzt sich auf mich.

Er erwischt mich am Arm, schnürt mir mit festem Griff das Blut ab, und als ich mich losreißen will, packt er noch fester zu. Zorn verzerrt sein feuerrotes Gesicht.

Er will mich töten.

»Töte ihn«, wispert die Stimme in meinem Geist. »Oder du wirst getötet.«

Ich stampfe ihm auf den Spann, wie ich es von Nazarin gelernt habe, der scharfe Absatz meiner High Heels bohrt sich in seinen Fuß, ein hörbares Knacken, ein Schrei. Ich drehe meinen Arm in seinem Griff und kann ihn abschütteln.

Der Grüne stürmt erneut auf mich zu. Jetzt bin ich darauf gefasst, das Sparring mit Nazarin zahlt sich aus – doch ewig werde ich ihm nicht ausweichen können, er ist deutlich kräftiger als ich, und sein Zorn brennt so viel heftiger. Ich sehe mich nach einer Waffe um und greife nach dem nächstbesten Stuhl, steige über die Leiche des Blonden hinweg und schwinge das Ding durch die Luft, um den Grünen zurückzuschrecken. Dann halte ich den Stuhl vor dem Oberkörper wie eine Dompteurin, die eine grünmähnige Bestie zähmen will. Die Signale meiner Implantate sind blockiert, in meinem Kopf melden sich weder Bilder noch Stimmen, auch die automatisierten Selbstverteidigungsprogramme schweigen. Ich muss mich allein behaupten.

Der Grüne greift an, ich prügele mit dem Stuhl auf ihn ein, schnaufend vor Anstrengung, bringe ihn aber kaum ins Stolpern. Da packt er den Stuhl mit aller Kraft. Meine Finger rutschen ab.

»Hör auf damit!«, schreie ich ihn an. Malkas Rat, kein Wort zu sagen, ist vergessen. Der Grüne antwortet mit einem Brüllen, nein, einem Röhren, und donnert mir den Stuhl auf die Schulter. Ächzend sacke ich zusammen und rolle mich gerade noch zur Seite, als das Holz abermals niederrauscht und am

Boden zersplittert. Ich schnappe mir ein abgebrochenes Stuhlbein mit scharfer Spitze, und besessen von derselben Wut wie in Mias Albtraum stoße ich es mit einem Fauchen nach oben.

Blut spritzt mir auf die Hände. Der Grünhaarige keucht auf. Seine Wut ist verflogen. Sie ist der Angst gewichen, dem Schmerz.

»Oh Gott«, sage ich. »Oh Gott. Oh Gott. Oh Gott.«

Er fällt direkt auf mich und treibt sich dadurch den Holzpflock tiefer in den Körper. Sein Blut fließt auf mich. Ich stoße ihn weg. Wie schwer er ist. Mühsam krieche ich unter ihm hervor und übergebe mich, würge und würge, entleere meinen Magen. Danach kauere ich am Boden, die Arme um die Knie geschlungen, am ganzen Leib zitternd. Um mich herum liegen drei Leichen, das reine Weiß ist befleckt von Pfützen aus Blut und Erbrochenem.

Hat Tila Vuk umgebracht? Ich weiß es nicht. Aber ich habe einen Menschen getötet. Ich bin nicht mehr dieselbe wie vor einer Woche, bin keine brave Ingenieurin mehr. Ich habe einen Menschen getötet. Ich spreche es aus: »Ich habe einen Menschen getötet.« Und obwohl ich fast an den Worten ersticke, zwinge ich mich, sie zu wiederholen: »Ich habe einen Menschen getötet.« Meine Kehle ist rau vom Kotzen und Schreien. Ich will mich nur noch auf dem Boden zusammenrollen und verschwinden.

Ich schließe die Augen, presse sie fest zusammen, während mein Herz noch immer unbegreiflich ruhig schlägt. Ich zerre mir die Brille von der Nase und schleudere sie durch den Raum, reiße mir die Elektroden von der Haut.

»Augen auf«, sagt die Männerstimme.

Ich gehorche. Der Raum hat sich vollständig geleert, bis auf die abkühlende Lache meines Erbrochenen. Kein rothaariges

Mädchen mehr, kein Blondschopf, kein Grünhaariger. Als hätten sie nie existiert. Sie haben nie existiert.

Vor mir steht jemand. Ensi.

Das Oberhaupt der Ratel.

Ein groß gewachsener, sehnig-muskulöser Mann mit kurz geschnittenen Locken, die Haut ein wenig dunkler als meine. In kragenlosem blauem Seidenhemd und schwarzer Hose könnte man ihn fast für einen Priester halten.

Er streckt die Hand aus. »Hoch mit dir. Wird Zeit, dass wir uns unterhalten.«

Ich ergreife seine Hand.

18

TILA

Ich hatte keine Ahnung, wie wir das Thema Flucht gegenüber Mom und Dad anschneiden sollten. Taema auch nicht.

Hey, Mom. Hey, Dad. Könntet ihr mal kurz auf eure Glaubensgrundsätze pfeifen und uns helfen, euch zu verlassen?

Aber die beiden waren nicht an der Feuerstelle geboren worden. Sie kannten die Außenwelt oder hatten sie zumindest mal gekannt, vor rund dreißig Jahren. Wenn uns irgendwer hier rausschaffen konnte, dann Mom und Dad.

Und es musste schnell gehen, sonst waren wir tot. Taema und ich waren nur noch müde, und unsere Knöchel waren dermaßen geschwollen, dass wir alte Schuhe von Mom tragen mussten, potthässliche Dinger. Wir hatten null Appetit, und wenn ich nachts wach wurde, atmete Taema total stockend, ab und zu hörte sie sogar komplett damit auf. Dann hielt ich die Luft an und wartete, bis es wieder losging.

Die ganze Zeit spürte ich das Hämmern unter unserer Haut, unser Herz war wie ein Fisch, der unbedingt aus dem Teich hüpfen wollte. Die einfachsten Tätigkeiten fielen uns jeden Tag schwerer, Mom musste uns beim Anziehen helfen und Dad beim Baden, was uns peinlich war, aber Mom war zu schwach, uns zu heben. Tschüss, letzter Rest Intimsphäre.

Deswegen brachten wir die Sache eines Abends zur Sprache. Nach dem Abendessen, Dad stand an der Spüle, Mom trocknete das Geschirr ab und räumte es weg, dabei summten die beiden vor sich hin. Sie waren immer noch sehr verliebt ineinander – sind sie hoffentlich noch heute, zehn Jahre nach unserem Abschied. Damals fand ich es schade um den schönen Moment.

Ich übernahm das Reden, darauf hatten wir uns geeinigt. Wir mussten ein paar harte Wahrheiten aussprechen, das war nichts für meine Schwester. Taema zitterte, ihre Finger gruben sich in meine Rippen. Nervös war ich auch, aber bei so was war ich die Stärkere. Ich hatte kein Problem damit, Mom und Dad zum Weinen zu bringen, wenn wir dadurch bekamen, was wir wollten. Was wir brauchten. Einen Strohhalm, an den wir uns klammern konnten.

»Wir wollen nicht sterben.« Ich kam sofort zum Punkt.

Unsere Eltern hörten auf zu summen.

Dad drehte vorsichtig den Wasserhahn zu. »Wie bitte, Tila?« Obwohl er mit dem Rücken zu uns stand, wusste er, wer gesprochen hatte. Er und Mom kamen zu uns und setzten sich gegenüber auf die Couch. Mom schob sich die Locken hinter die Schulter, Dad kaute auf der Unterlippe wie immer, wenn er nervös war. Ihre Gesichter wirkten angespannt, sie wollten auf keinen Fall irgendwelche Gefühle zeigen.

»Wir wollen nicht sterben«, sagte ich noch mal. »Und wir müssen nicht, wenn wir die Feuerstelle verlassen und in die Stadt gehen. Helft ihr uns dabei?« Auch ich zeigte ihnen nicht, wie es in mir aussah.

Als sich Moms Gesicht verzerrte, legte Dad ihr den Arm um die Schultern. »Meine lieben Mädchen.« Seine Stimme brach. »Ich wünschte, das wäre möglich. Aber man kann die Feuerstelle nicht verlassen.«

»Mia hat sie verlassen. Das wissen wir.«

Die Sache war unter den Teppich gekehrt worden, aber sogar

wir Kinder hatten die Gerüchte gehört, und als wir selbst übers Fliehen nachdachten, war mir die Geschichte wieder eingefallen. Mia war abgehauen. Sie wollte weg, und jetzt war sie weg. Man hatte nie herausgefunden, wie sie entkommen war.

Unsere Eltern blickten zur Seite.

»Bitte. Ihr müsst uns helfen. Hier sterben wir doch.«

»Aber wenn ihr flieht«, murmelte Mom, »dann fallt ihr vom Glauben ab. Dann werdet ihr von Gott verdammt. Inmitten all dieser Technik … dieser Unreinheit …«

Neben mir zuckte Taema zusammen. »Stimmt schon«, sagte ich. Was hätte es gebracht, die beiden darüber aufzuklären, dass wir nicht mehr an Mana-mas Lehre glaubten, oder zumindest ich nicht? Mom und Dad hatten eine verdammt ausgiebige Gehirnwäsche hinter sich, jahrzehntelang hatte Mana-ma auf ihren Geist eingehämmert, Mana-ma und das Kollektiv. Wie sollte ich dagegen ankommen? Ich redete einfach weiter.

»Aber wir wären lieber am Leben und verdammt als tot und erlöst. Bitte. Wir wollen nicht sterben.«

Wobei es mir eher darum ging, dass Taema überlebte. Ich wusste mehr als sie: Sollten wir es nach draußen schaffen und einen Arzt auftreiben, der unser Herz repariert, konnte es gut sein, dass nur eine von uns durchkam. Klar konnte das sein. Die Medizin der Außenwelt war extrem weit fortgeschritten, aber nicht unfehlbar. Und wenn sich der Tod eine von uns krallte, dann hoffentlich mich und nicht Taema.

Dad presste nachdenklich die Lippen aufeinander.

Scheiße, die beiden fehlen mir so sehr. Sie waren gute Eltern, sie taten immer alles für uns. Auch diesmal. Wenn sie uns halfen, würden sie uns nie wiedersehen, das wussten sie, und trotzdem setzten sie für uns ihre Jobs und ihren Glauben aufs Spiel.

Dad drehte sich zu Mom. »Könnten wir sie nicht im Versorgungsschiff rausschmuggeln? Wenn wir sie irgendwo verstecken …«

Mom schüttelte den Kopf. »Das würde Mana-ma merken. Wir schicken doch nur so wenig in die Stadt.«

»Und wenn wir die Stadtmenschen bestechen?«

»Womit? Mit handgenähten Steppdecken? Unsere paar Credits von vor dreißig Jahren sind nichts mehr wert.«

»Was schicken wir denn in die Stadt?«, fragte ich. »Nur Decken und Äpfel und so, oder?«

Die Frage war Mom unangenehm. Neben mir legte Taema den Kopf auf meine Schulter, heute war sie besonders müde.

»Ja«, antwortete Mom. »Und einige Kisten, die ich nicht öffnen darf. Ich weiß nicht, ob wir dafür bezahlt werden. Aber diese Kisten packt Mana-ma persönlich, darin können wir euch nicht nach draußen schmuggeln.«

»Aber … findest du das nicht seltsam? Dass sie irgendein Zeug in die Stadt schickt, von dem du nichts wissen darfst?«

»Auf die eine oder andere Weise verwirklicht Mana-ma bestimmt den Willen Gottes.« Mom lächelte verunsichert. Sie glaubte sich selbst kein Wort.

Dad wurde unruhig.

»Ihr zweifelt beide an ihr, oder?«, fragte ich. »Zumindest ein bisschen?«

Taema hob den Kopf von meiner Schulter und starrte unsere Eltern an.

»Wir würden doch niemals …« Aber dann verstummte Mom, sie konnte uns nicht anlügen.

»Je näher man der Spitze kommt«, flüsterte Dad, »desto mehr hört und sieht man. Und das vergisst man dann nie.«

Genauer wollte er nicht werden, aber das Gespräch lief sowieso schon in eine völlig andere Richtung als erwartet.

»Wir müssten hinter Mana-mas Rücken handeln«, sagte Dad. »Das wird nicht leicht.«

»Aber ihr schafft es?«

Unsere Eltern musterten uns, als wäre meine Frage reinster Irrsinn. »Natürlich. Wir müssen.«

»Und kommt ihr mit?«

Stille. Die beiden blickten einander an. »Wir können nicht. Uns alle nach draußen zu schleusen wäre zu kompliziert. Und hier können wir mehr Gutes bewirken.«

Da hielt ich es nicht mehr aus. Ich heulte los, Taema auch, Mom und Dad kamen zu uns und schlossen uns in die Arme. Wir würden nie wieder leben wie früher, vor dem Herzinfarkt. Oder vor dem Tablet, das uns beigebracht hatte, dass es da draußen eine ganz andere Welt gab und dass unsere Welt total im Arsch war. Vielleicht hätten Taema und ich sowieso versucht zu fliehen, auch ohne schwaches Herz, irgendwie. Ist doch ein schöner Gedanke.

Endlich sagte Taema leise: »Danke.«

Mom und Dad hielten uns weiter in den Armen und küssten unser Haar.

Und in unserem Brustkorb holperte unser Herz. Wenn sie uns retten wollten, mussten sie sich beeilen. Sofern das überhaupt noch zu schaffen war.

Am schlimmsten war das Warten.

Das konnte ich noch nie besonders gut. Ich stürze mich lieber kopfüber in etwas hinein und überlege mir den Rest später.

Mom und Dad werkelten an einem Plan, aber in die Details wurden wir nicht eingeweiht. Zu unserem eigenen Schutz, sagten sie, wodurch wir uns noch schuldiger und orientierungsloser fühlten. Sollte Mana-ma dahinterkommen, was würde sie Mom und Dad antun? Oder uns? Über Mias Flucht hatte sie sich sicher endlos aufgeregt. Über Mia durfte man kein Wort verlieren, genau wie über den Bruder.

Wenn man sich kaum noch bewegen kann, wird der Alltag zur Tortur. Wir schliefen immer mehr und aßen immer weniger, und wenn wir mal ein paar Schritte machten, gingen wir am Stock.

Es war die Hölle.

An besseren Tagen wanderten wir den Waldweg entlang zum Sumpf. In der Luft hing ein penetranter Gestank, der den Duft der zertretenen Kiefernnadeln überdeckte. Auf unserer Insel gab es keine Boote, Mana-ma zufolge gab es ja auch keinen einzigen Grund, die Insel zu verlassen.

Taema und ich strichen über die Farne und ließen uns von den Blättern kitzeln. Auf der einen Seite wollten wir nur noch raus aus dem Gefängnis der Feuerstelle, auf der anderen hatten wir eine Riesenangst.

»Was denkst du, wie es da draußen ist?«, fragte Taema. Das fragte sie andauernd, wenn wir unter uns waren. Seit unserer Entscheidung fantasierte sie pausenlos herum, das wusste ich – tief drinnen steckte sie natürlich in einer schlimmen Glaubenskrise, und so konnte sie sich vom Hier und Jetzt ablenken. Es war wirklich verlockend, sich die andere Seite der Mauer als perfekte Welt auszumalen, in der uns ein wunderbares neues Leben erwartete, aber für so was war ich leider schon immer zu zynisch. Und sie lebten glücklich bis ans Ende ihrer Tage … wer's glaubt.

»Es wird toll«, versicherte ich ihr. »Wir werden machen können, was wir wollen. Ein echter Neuanfang. Die Welt wird uns zu Füßen liegen!«

»Was soll das überhaupt heißen?«

»Weiß ich auch nicht. Stand in einem der Bücher, die du mir geborgt hast.«

Sie lachte kraftlos. Am Himmel zog das Versorgungsschiff vorüber, die erste Lieferung seit drei Monaten.

Neben mir trat Taema von einem Fuß auf den anderen und zerrte dadurch an unserer gemeinsamen Haut. »Sollen wir es uns anschauen?«

Ich schüttelte den Kopf. Zu riskant. Diesmal sollten wir nicht dort rumhängen, wir könnten gesehen werden.

Und nächstes Mal war es vielleicht schon so weit.

19
TAEMA

»Tila.« Ensi, das Oberhaupt der Ratel, lächelt mich an. Er wirkt wie Anfang dreißig, wie so viele Bewohner San Franciscos, ist aber mindestens zehn Jahre älter, möglicherweise sogar noch mehr.

Mit der klassischen Attraktivität der meisten Männer, denen man in dieser Stadt begegnet, kann er nicht ganz mithalten – was aller Wahrscheinlichkeit nach Absicht ist. Das Mondsicheltattoo an seinem Auge leuchtet grünlich.

Ich zittere noch immer. »Was ist hier los?«

»Ich habe dich einer Prüfung unterzogen.«

»Und die anderen … waren nicht echt?«

»Nein. Das waren Trugbilder, die über Elektroden und Optikimplantate in deinen Geist projiziert wurden.«

»Ich habe niemanden getötet«, flüstere ich. Meine Erleichterung kennt keine Grenzen, ich bin fast benommen davon.

»Wirklich nicht?« Ensis vielsagendes Lächeln gibt mir zu denken, und ein ungutes Gefühl macht sich breit: Weiß er von Tila und Vuk? Weiß er alles?

Durch pure Selbstbeherrschung bleibe ich äußerlich ruhig und gefasst – als hätte ich nicht eben den Verstand verloren, hier in diesem weißen Raum. Wie war das möglich? Die Szene wirkte absolut real, ein Grad an Realismus, der jedes normale VR-Game übertrifft. Wie in einer Zealscape. Ich erschaudere. »Habt ihr mich unter Drogen gesetzt?«

»Nur ein bisschen.«

»Was für Drogen?« Mir wurde ohne meine Einwilligung, ohne mein Wissen Rauschgift eingeflößt – ein gelinde gesagt erschreckender Gedanke.

»Ein Verve-Derivat.«

Ich erstarre. Ein Derivat, das ohne Sessel konsumiert werden kann? Ich fühle mich missbraucht.

Ensi lächelt, als amüsierte er sich über meine Beunruhigung. »Hättest du einen echten Menschen vor dir gehabt, hättest du ihn doch auch getötet.«

Mir wird eiskalt. »Habe ich bestanden?«

Das Lächeln bleibt. »Und ob. Du hast ohne Zögern das Nötige getan. Viele, die sich auf die übliche Weise nach oben arbeiten, geraten auf anderen Wegen in diese Lage, aber du … du bist ein einzigartiger Fall. Zumal wir uns doch schon näher kennen, was? Im Grunde war die Prüfung reine Formsache.« Ensi macht einen Schritt nach vorne, breitet die Arme aus und wartet darauf, dass ich mich an ihn schmiege, wie ich es schon mal getan habe. Glaubt er.

Ach du Scheiße.

Und wenn das eine Falle ist? Wenn ich jetzt vorgebe, mit ihm vertraut zu sein – entlarve ich mich damit? Oder im Gegenteil? In rasendem Tempo schwirren mir die Fragen durch den Kopf, aber die Zeit verrinnt. Ich muss eine Entscheidung treffen und das Beste hoffen.

Ich trete dicht vor ihn. »Ensi …«

Kräftige, sehnige Arme umschließen mich. Ensi ist einen Kopf größer als ich, und nun legen sich seine Lippen auf mein Haar, eine merkwürdig zärtliche Geste. Ich zittere, was er hoffentlich auf die Nachwirkungen der Prüfung zurückführt. Tatsächlich habe ich panische Angst vor ihm.

Ich dachte mir schon, dass meine Schwester Ensi kennengelernt oder zumindest von Nahem gesehen hat, sonst hätte sie ihn nie derart detailliert zeichnen können. Wie es scheint, ist sie noch deutlich weiter gegangen.

Verdammte Tila. Es war ihr also zu langweilig, die Ratel bloß zu infiltrieren? Sie musste gleich mit dem Boss ins Bett gehen? Davon war in ihren Notizen nie die Rede, und dadurch macht sie mir das Leben noch zehnmal schwerer.

Oder leichter, je nachdem, wie ich die Situation handhabe. Mein Gehirn rattert, schmiedet Pläne und heckt Strategien aus, tickt genau wie Tilas.

»Was jetzt?«, frage ich grinsend und hoffe dennoch, dass Ensi nicht von mir erwartet, sofort mit ihm in die Kiste zu steigen. Ich gebe eine halbwegs überzeugende Tila ab, aber ob meine Schauspielkunst dafür reicht?

Ensi sieht mich an, ein Lächeln voller Geheimnisse. Ich studiere seine schlanken, feingliedrigen Hände. Dieser Mann müsste nur den kleinen Finger krümmen, um meinen Tod anzuordnen. Er hat so viel Leid zu verantworten, und trotzdem bin ich wie geblendet von seiner Ausstrahlung, als er mich an den Schultern hält – gleichzeitig fühle ich mich wie in einer tödlichen Falle. In mir regen sich Wut und Angst, aber ich sehe keinen Ausweg.

Ich bin ein silbern glitzernder Köder.

Ensi führt mich aus dem weißen Raum, über den Flur in ein anderes, im vertrauten, modernen Stil eingerichtetes und in warmen Orange- und Brauntönen gehaltenes Zimmer. Ich setze mich auf die äußerste Kante eines Sessels, die Beine übereinandergeschlagen, die Arme vor der Brust verschränkt – eine vielleicht zu defensive Haltung, aber irgendeine notdürftige Barrikade muss ich errichten.

Zwei Möglichkeiten habe ich: Ich kann ein leichtes Unwohlsein vorgaukeln und hoffen, dass Ensi mich gehen lässt. Oder ich kann zu Tila werden.

Meine Schwester hat es durchgezogen. Sie hat Ensi mit ihrer Anmut und ihrem Sex-Appeal eingewickelt. Wenn Tila ein Ziel vor Augen hat, schreckt sie vor nichts zurück. Ich könnte es genauso machen und alles Weitere auf mich zukommen lassen.

Kaum habe ich mich für Letzteres entschieden, entspannt sich mein Körper. Ich lehne mich zurück, locker auf den Ellenbogen gestützt. Gegenüber von mir sitzt ein Mann, der mächtiger ist als die Bürgermeisterin von San Francisco, mächtiger vielleicht als der Präsident von Pacifica.

Einmal glaube ich, im Augenwinkel einen Blutfleck auf meinem silbernen Catsuit zu sehen, doch es ist bloß eine Reflexion des künstlichen Kaminfeuers. Mit einem Zwinkern knipse ich die Erinnerung an das Blutbad und die Leichen aus, nur der Gestank meines Erbrochenen will sich nicht verziehen. *Es war nicht real. Es war nicht real.* Aber gegen einen Schluck Mundwasser hätte ich nichts einzuwenden.

»Und wie geht es nach meiner bestandenen Prüfung weiter?«, frage ich neckisch. Bloß keine Angst zeigen. Ängstlich wirkte Tila nie, nicht mal in unseren düstersten Momenten, selbst als wir von der Feuerstelle davonliefen, blieb sie unglaublich ruhig. Nur durch ihre Stärke konnten wir entkommen, ohne Tila hätte ich es nie geschafft. Jetzt muss ich sie retten.

Ensi schenkt uns zwei Gläser ein – Whisky, schätze ich. Als er mir eines reicht, trinke ich sofort, hauptsächlich um den Nachgeschmack des Erbrochenen fortzuspülen. Natürlich ist es kein Synthzeug. Von Whisky verstehe ich wenig, ich kann die Sorte nicht erraten, aber sie zählt ohne Zweifel zu den teuersten in San Francisco.

So sehr ich mich auch bemühe, meine Rolle auszufüllen, ich bewege mich auf dünnem Eis. Woher soll ich wissen, wie gut Ensi und Tila sich kennen? Sollte er auf irgendein Detail Bezug nehmen, auf eine Unterhaltung, einen Vorfall, bin ich verloren. Die Gefahr ist mir absolut bewusst: Je länger wir miteinander sprechen, desto höher die Wahrscheinlichkeit, mich versehentlich zu demaskieren.

Folglich muss ich einen Weg finden, Ensi vom Reden abzuhalten. Am effektivsten wäre es, mit ihm zu schlafen. Ich linse unter meinen langen Wimpern hervor. Körperlich stößt er mich nicht ab, ganz im Gegenteil. Als Kind der Feuerstelle empfinde ich Sex seit jeher als gegenseitigen Austausch, als Kontaktaufnahme, aber ich weiß, er kann auch Mittel zum Zweck sein. Wer hätte gedacht, dass ich den Abend im Bett des Ratel-Oberhaupts ausklingen lassen würde?

Mann, Tila.

»Jetzt gehörst du zum Club«, sagt Ensi. »Du hilfst mir, ich helfe dir, und ganz San Francisco soll dir zu Diensten stehen.«

Ich antworte mit einem erzwungenen Lächeln, als wäre dies mein sehnlichster Wunsch. In Wirklichkeit würde ich Ensi am liebsten den Kerzenleuchter da drüben über den Kopf ziehen und wegrennen – wozu ich allem Anschein nach auch imstande wäre. Der Gewaltimpuls lässt mich zusammenzucken. Hat mich das Verve verändert? Oder die Prüfung? Ich leere meinen Drink und stelle das Glas auf den kleinen Sofatisch.

»Du bist mir schon bei unserer ersten Begegnung aufgefallen.« Ensi steht auf und schlendert zu einem der Bilder an der Wand, und während ich mich zu ihm geselle, beschleunigen meine Gedanken erneut: Wo haben wir uns kennengelernt? Wann? »Jeder Aufgabe, die dir gestellt wurde, hast du dich mit einer seltenen Zielstrebigkeit angenommen, und in den vergangenen Wochen hast du dich in der Verve-Lounge bewährt. Du wirst dich ohne jeden Zweifel als Bereicherung erweisen.«

Ensis Redeweise kommt mir bekannt vor, dieser belehrende Duktus … ja, im gleichen wortreichen, von sich selbst überzeugten Stil hält Mana-ma ihre Predigten. Seine Stimme lockt mich, ein Zauber, dem ich mich kaum entziehen kann. Halten sich noch Rückstände irgendwelcher Drogen in meinem Kreislauf? Oder verströmt Ensi irgendein unwiderstehliches Pheromon, einen natürlichen oder synthetischen Stoff, der mich drängt, mich ihm zu öffnen wie eine Blüte? Ich schließe die Augen und bediene mich einer Technik Mana-mas, visualisiere ein helles Licht, das meinen Körper reinigt. Als ich die Augen öffne, habe ich wieder die Kontrolle, bestehe wieder aus kalter Berechnung.

»Wann geht es los?«, frage ich.

»Schon bald. Aber heute Abend wird gefeiert. Mach dir keine Gedanken übers Geschäftliche.« Ensi tritt vor mich und hält mir die Hand hin. »Lust auf einen Tanz?«

Ich nehme seine Hand. Sie ist warm und weich, körperliche Arbeit ist Ensi nicht gewöhnt. »Sollen wir nicht lieber runtergehen, zur Musik?«

Er blinzelt, und dieselbe Musik wie im Ballsaal sickert aus verborgenen Lautsprechern. »Ein schöner Vorschlag, aber noch kann ich mich nicht unter die Leute mischen. Das muss warten.« Ensi lächelt in sich hinein, wie über einen kryptischen Scherz.

Ich fröstele.

Seine Hand wandert über meine Hüfte, gleitet über den Silberstoff. Ich erinnere mich an den Tanz mit Nazarin, ein Gedanke, vor dem ich zurückschrecke. Dann lege ich die Arme um Ensis Hals. Selbst mit High Heels bin ich fünfzehn Zentimeter kleiner als er. Wir bewegen uns zur Musik.

»Meine kleine Tila … ist das eine Erleichterung! Durch die Prüfung weiß ich alles über dich.«

Seine Worte sollen mich wohl beruhigen, lassen aber nichts Gutes ahnen. Beim Tanzen sehe ich Ensi in die Augen, und obwohl ich keinen Zweifel an meiner Identität ausmachen kann, bleibt meine Nervosität. Tila und ich ähneln uns sehr, doch in unserer Persönlichkeit unterscheiden wir uns, und die Ratel haben zweifellos Tilas Akte studiert, sie wissen von ihrer Zwillingsschwester. Hoffentlich wissen sie auch, dass diese Schwester ein anderes Gesicht haben soll.

Ensi und ich wiegen uns im sanften, gleichmäßigen Takt der Musik, beinahe hypnotischer Klänge. Er weiß, wohin er die Füße setzen, wie er sich bewegen muss. Nach einer Weile neigt er den Kopf, will mich küssen, und ich empfange ihn mit geöffneten Lippen. Er schmeckt nach Gewürzen und Whisky, süß und warm. Für einen Mafiaboss geht er überraschend sanft vor, aber auch bestimmt. Er will mich. Und er rechnet fest damit, mich zu bekommen.

Wieder meldet sich derselbe Gedanke: Noch kannst du es dir anders überlegen. Dich seiner Umarmung entziehen, lächelnd den Kopf schütteln, zum Whisky greifen. Behaupten, dass du Bauchweh hast oder deine Tage. Aber nein. Lieber küsse ich ihn.

Aus mehreren Gründen küsse ich ihn weiter und weiter. Erstens: Durch Sex kann ich zu einem besseren Verständnis seiner Persönlichkeit kommen, ihn von einer verletzlichen Seite erleben. Zweitens: Wir befinden uns in Ensis Privatgemächern oder zumindest in einer von vielen Residenzen – denn ich bin mir ziemlich sicher, dass »Alex Kynon« einer seiner (zahlreichen) Decknamen ist. Vielleicht gibt es hier etwas Nützliches zu entdecken, über die Wandschirme zum Beispiel. In den letzten Tagen habe ich mir massenweise Infos über das Hacken von Netzwerken gezogen, und kann ich Ensis Vertrauen gewinnen, kann ich mir leicht beschaffen, was ich brauche. Drittens: Ensi küsst sehr gut, es macht mir erstaunlich viel Spaß. Viertens: Tila hätte bestimmt weitergemacht.

Natürlich ist es ein Risiko. Tila und ich stehen uns nahe, aber nicht so nahe, dass ich im Detail wüsste, wie sie Sex hat. Hoffentlich, hoffentlich sind wir uns auch darin halbwegs ähnlich. Wieder das alte Vorstellungsbild: Tila und Nazarin im Bett. Was für eigenartige, invertierte Parallelen. *Halt. Da war nichts. Vergiss es. Konzentrier dich auf die Gegenwart.*

Ensis Hände wandern an meinem Körper hinab, ich spüre die Kraft in seinen Fingerspitzen. Genieße ich die Gefahr? Bin ich Tila ähnlicher als gedacht?

Er hebt mich hoch, drückt mich an sich. Kitzelnde Haare an meinem Gesicht. Ich schlinge Arme und Beine um ihn und lasse mich zum Sofa tragen.

Die Musik verliert sich im Hintergrund, als Ensi mich in die samtweichen Kissen presst. Ich küsse ihn heftig. Seine Finger fahren durch mein kurzes blaues Haar, meine tänzeln über seinen Nacken, knöpfen sein Hemd auf. Er ist mir behilflich, schüttelt das Sakko ab, zieht das Hemd über den Kopf. Zum Vorschein kommt ein Schwimmerkörper, verschwindend wenig Fett an den Knochen, die Bauchmuskeln ein tief eingekerbtes Sixpack. Meine Finger berühren seine Haut. Er schaudert.

Aus der Sakkotasche ragt ein kompaktes Notizbuch, an dem ein Datapod baumelt. Aus halb geöffneten Augen studiere ich meine Entdeckung. Diese beiden Dinge sind Ensi so wichtig, dass er sie stets in der Innentasche trägt, sicher vor fremdem Zugriff. Irgendwie muss ich an sie herankommen.

Bald gelingt es Ensi, mich von meinem Vorhaben abzulenken, jedenfalls weitgehend. Seine Lippen lösen sich von meinen, küssen meinen Hals. Ich wölbe mich ihm entgegen, alle Nervenenden entflammt, in meinen Adern noch das pulsierende Adrenalin der eben absolvierten Prüfung. Ich ziehe ihn an mich und knabbere an seinem Hals.

Lange, geschickte Finger zerren am Reißverschluss in meiner Nackenmulde, Sekunden später hat Ensi meinen Körper vom Hals bis zum Bauchnabel freigelegt. Seine Fingerspitze gleitet meine Narbe entlang, vom Brustbein abwärts, ein unangenehmes Echo meiner Nacht mit Nazarin.

Danach widmet sich die Fingerspitze meiner linken Brust, umkreist sie, spielt mit der Brustwarze, bis diese hart wird. Ensi beugt sich über mich, und ich starre leise stöhnend an die Decke.

Ein Knall.

Wir zucken zusammen. Ensi reißt den Kopf hoch, ich winde mich unter ihm hervor und richte mich auf.

Der Knall kam von unten. Klang nach einem Schuss. Schreie werden laut.

»War das …« Ein Getöse aus Gebrüll und weiteren Feuerstößen beantwortet meine Frage, das Trampeln der Fliehenden, eine Massenpanik.

Ensi springt aus dem Bett, greift in den Schrank unter der Zimmerbar und zieht eine Schusswaffe und einen kugelsicheren Kalar-Overall hervor. Ein solches Lager verbirgt sich wohl in jedem Raum, und kurz weicht meine Angst der Erkenntnis, dass dieser Mann immer mit einem Angriff rechnet.

Hastig streift Ensi die restlichen Klamotten ab, Licht umfließt einen geschmeidigen Körper, der kurz darauf unter schwarzem Stoff verschwindet. Ensi hebt die Kanone auf, und fast könnte man meinen, er zielt damit auf mich.

»Warst du das Ablenkungsmanöver?«, presst er hervor, als wäre er persönlich verletzt. Wie vertraut war er mit Tila? »Weißt du, wer das ist?«

»Nein.« Ich muss mich nicht künstlich ahnungslos stellen.

Eine lange Pause.

»Nein«, sage ich abermals und sehe Ensi in die Augen, versuche ihn durch Willenskraft zu überzeugen. »Ich weiß nicht, was hier los ist. Ich habe eine Scheißangst.« Zitternd schlinge ich die Arme um meinen nackten Oberkörper und krümme mich zusammen.

Da schwindet die Anspannung aus Ensis Schultern. »Bleib hier.« Er wendet sich zur Tür, dreht sich noch mal um, schnappt sich eine andere Waffe und wirft sie mir zu.

Ich fange sie auf und halte sie in der Hand wie eine bissige Schlange. Ich habe per Gehirnübertragung trainiert und Schießsimulationen absolviert, eine echte Kanone habe ich aber nie angerührt. Hat Tila Erfahrung mit Waffen? Noch vor zwei Wochen hätte ich Stein und Bein geschworen, dass sie sich nicht im Geringsten dafür interessiert.

Ensi sieht mich ein letztes Mal an, schüttelt den Kopf und zieht sich die Kapuze übers Haar, vors Gesicht, sein gesamter Körper geschützt und verschleiert von kugelsicherem Kalar.

Ich will ihn noch fragen, was hier vor sich geht, aber da ist er schon verschwunden.

Ungefähr eine halbe Minute bleibe ich sitzen und lausche auf Schreie und Schüsse. Bis mir klar wird, dass Abwarten und Nichtstun keine Lösung ist. Ich gehe zum Schrank, mein Körper desorientiert vom Wechselbad aus Angst, Erregung und neuer Angst.

Ich finde weitere kugelsichere Overalls, schäle mich aus dem Silbercatsuit und schlüpfe in schwarzes Kalar, ziehe den Stoff übers Gesicht. Ich kann problemlos hindurchsehen, und ich fühle mich sicherer.

Wie vorhin im Korridor auf dem Weg zur Prüfung fühle ich mich, als schwebte ich als körperloser Kopf durch den Raum, als wäre ich nicht ich selbst, als lebte ich nicht mein Leben, sondern ein anderes. Auch nicht Tilas Leben, es ist eher, als befände ich mich in einem Traum, in einem Film, und bald öffne ich die Augen, bald läuft der Abspann.

Von wegen. Dies ist mein Leben. Ich trage einen schwarzen Kalar-Overall, ich habe soeben das Oberhaupt der Ratel geküsst, und ich habe Morde begangen, die ich für real hielt. Ich bin ich. Ich bin nicht mehr das Mädchen von früher, das ihr Curry auf den Tisch stellte und darauf wartete, dass die Schwester nach der Arbeit vorbeikam, weil es ihr endlich von dem aufregenden Job in China erzählen wollte. Ich weiß nicht mehr, wer ich bin.

Und ich habe keine Zeit, mir darüber klar zu werden.

Ich nehme meine Waffe, drehe sie in der Hand und versuche zu begreifen, wie sie funktioniert. Auf Knopfdruck schaltet sie sich ein und summt leise. Keine Laserkanone, sie feuert echte Kugeln ab, doch auf weit kompliziertere Weise als unsere Jagdwaffen an der Feuerstelle.

Am liebsten würde ich einmal probehalber abdrücken, aber ich kann das hübsche Zimmer nicht verwüsten. Mein virtuelles Training muss reichen.

Auf dem Weg zur Tür fällt mir Ensis Sakko ein. Ich bücke mich und ziehe das Notizbuch aus der Tasche, dank Kalar-Overall sollte ich keine Fingerabdrücke hinterlassen. Um meine Augen freizulegen, muss ich den Reißverschluss ein Stück weit öffnen. Ob meine Scanner funktionieren? Ich aktiviere meine Optikimplantate – ja, ich kann das Buch einscannen, nur aufs Hochladen muss ich verzichten. Ich blättere es durch und taste die Zeilen mit dem Blick ab. Bei jedem Schuss im Untergeschoss zucke ich zusammen. Ich will helfen, aber vorher muss ich das hier zu Ende bringen.

Das Notizbuch ist ein Mix aus Kalender und Tagebuch, sämtliche Aufzeichnungen sind in einem Code aus gekritzelten Abkürzungen verfasst, den ich später hoffentlich knacken kann. Fertig. Ich setze den am Lesebändchen baumelnden Datapod ins Ohr. Natürlich ist er verschlüsselt, und meine Zeit reicht nicht mal für einen einzigen Entschlüsselungsversuch. Ich stecke alles wieder in die Tasche und lege das Sakko zurecht, wie es war.

Dann gehe ich zur Tür und spähe in den dunklen Gang. Der Kampflärm dringt ausschließlich aus der untersten Ebene, dem Ballsaal. Mit zusammengebissenen Zähnen lausche ich den Schreien, hervorgerufen von Schmerz und Angst.

In meinem Kopf dreht sich alles. Wer sind die Angreifer? Cops? Hat Nazarin sich deswegen zurückgehalten? War mein Auftritt *tatsächlich* ein Ablenkungsmanöver? Sollte mich der verdammte Typ schon wieder angelogen haben, werde ich meinen neu entdeckten Hang zur Gewalt entfesseln und ihm mit dieser Kanone ins Bein schießen, das schwöre ich. Oder zwischen die Beine, mal sehen.

Doch wenn Nazarin nicht hinter der Attacke steckt, schwebt er genau wie ich in großer Gefahr. In noch größerer Gefahr, falls er sich nach wie vor im Ballsaal aufhält.

Ich erreiche die Rampe, das Geländer ist stellenweise durchsiebt von Kugeln. Als ich über die Kante spähe, entdecke ich die in einer Ecke zusammengepferchten Gäste. Der prächtige grüne Kronleuchter wurde von der Decke geschossen, Laub und Smaragde haben sich am Boden verteilt. Einige Tote liegen lang hingestreckt herum, Rot mischt sich ins Grün. Ich muss schlucken. Die Erinnerung an die Trugbilder der Prüfung ist noch frisch. An Mias Tod in der Holorekonstruktion. An Mias todeswütige Traumwelt. An den Tatort im Zenith. Blut und Tod verfolgen mich auf Schritt und Tritt.

Konzentration, Taema, Konzentration. Oder Blut und Tod werden auch dich einholen.

Eine Kugel pfeift an meinem Ohr vorbei, ich ziehe den Kopf ein. Wenigstens schießen sie nicht mit Laserwaffen, andernfalls wären wir chancenlos. Wieder linse ich über das Geländer und entsichere zugleich meine Kanone. Unten befinden sich rund zwanzig bewaffnete Personen in dunkelblauen Kalar-Overalls – völlig ausreichend, um die Wachen zu überrumpeln, sofern man die übrigen Sicherheitsmaßnahmen überwinden konnte, was sicher verdammt mühselig war. Security-Leute und -Droiden liegen auf dem Boden, aus den Droiden treten Kabel hervor, aus den Menschen Blut. Ich versuche, über meine Implantate die Cops zu kontaktieren, doch das Signal wird weiterhin blockiert. Direkt vor der Tür sind zwei Mitglieder unseres Teams postiert. Haben sie die Schüsse gehört? Könnten sie überhaupt sinnvoll eingreifen?

Eine Männergestalt im Overall gibt einen Warnschuss ab, um die Menge zum Schweigen zu bringen. Die Aufmerksamkeit des Publikums ist ihm gewiss.

»Der König der Ratel wurde vom Thron gestoßen.«

Wer ist das? Für einen Augenblick befürchte ich, es könnte Nazarin sein, doch der versteckt sich hinten zwischen den zusammengedrängten Partygästen. Bisher habe ich den Atem angehalten, jetzt lasse ich ihn ausströmen. Nazarin kauert auf dem Boden, bereit, jederzeit loszuschlagen, den Blick auf den bewaffneten Rädelsführer geheftet. Hat er diesen Coup geplant? Ja, er wollte Unruhe stiften in den Reihen der Ratel, doch seinem schockierten Gesichtsausdruck nach zu schließen, hätte er den Putschversuch erst später erwartet.

»Ich habe die größte Verve-Lieferung unserer Geschichte unter meine Kontrolle gebracht. Und das größte Waffenschmuggelgeschäft. Die Folgen seht ihr hier.« Beinahe jubelnd vor Stolz reckt der Maskierte die wuchtige Kanone in die Höhe. »Ensi verharrt im immergleichen Trott, er schwächt sich selbst. Mit einem alten Mann wie ihm am Steuer werden die Ratel auseinanderbrechen. Ensi geht zu viele Deals mit der Gegenseite ein. Er ist weich geworden.«

Wo ist Ensi? Wurde er bereits gefasst, wird er jeden Moment hingerichtet? Hätte ich etwas dagegen?

Geduckt schleiche ich die Rampe ein Stück hinunter und spähe dann durch eines der kreisrunden Löcher im Geländer, während sich ein Teil von mir am liebsten oben verstecken würde. Der Anführer pickt einige Männer und Frauen heraus und stellt sie an die gewölbte weiße Wand. Unter den vielen hartgesottenen Kriminellen sind auch andere Partygäste, und meinem Eindruck nach hat der Maskierte absichtlich auch ein paar Geschäftsleute unter Kontrolle der Ratel ausgesucht – Menschen, die sich ohne Weiteres bei schäbigen Deals die Finger schmutzig machen, aber noch nie eine Pistole im Gesicht hatten. Einer nässt sich ein, der dunkle Fleck frisst sich in die Hose, eine Frau bricht vor Zittern fast zusammen. Auch Malka ist unter den Auserwählten, doch sie bleibt gelassen, steht hocherhobenen Hauptes da, eine echte Dame.

»Seht sie euch an, die Hofschranzen, die sich hier zur ausgelassenen Feier versammelt haben«, fährt der Maskierte fort. »Ich will den Hofnarren geben, der den armen Tagelöhnern den Abend versüßt. Wusstet ihr's schon? Für jeden kümmerlichen Lohn, den ihr verdient, streicht der König das Hundertfache ein!« Er nähert sich den Männern und Frauen an der Wand. »Aber ihr ... ihr sollt in mir keinen Narren sehen. Sondern euren Henker.« Die Kanone hebt sich, zielt auf die erste Frau – was einen Schrei aus den hinteren Reihen provoziert. Vor Schreck drückt der Maskierte ab, die Frau sackt zu Boden. Ich schaudere im Schutz der weißen Rampenwand. Ob die Frau tatsächlich getroffen wurde, ist von hier aus nicht zu erkennen.

Ein Mann tritt aus den Schatten. Es ist Ensi, so gut wie sicher. Er schlägt dem Anführer die Waffe aus der Hand. Nazarin, der die neue Situation sofort erfasst, macht einen Satz über ein zusammengekauertes Ratel-Mitglied und entreißt einem Angreifer die Kanone. Jetzt begreifen auch seine Kollegen, dass sich das Blatt gewendet hat, überall versuchen sie, die Gegenseite zu entwaffnen. Ein paar Schüsse werden abgefeuert, die allesamt ihr Ziel verfehlen.

Ganz in meiner Nähe stürzt ein maskierter Angreifer, vielleicht auch eine Frau, die Waffe schlittert über den Boden, außer Reichweite der tastenden Hände. Nur ich habe die Szene beobachtet. Ein quälender Moment der Unentschlossenheit, dann sprinte ich aus meinem Versteck, werfe mich auf die Gestalt und presse ihr meine Kanone an die Schläfe, in der verzweifelten Hoffnung, nicht abdrücken zu müssen. Nazarin entdeckt mich, doch da auch ich maskiert bin, muss er mich für eine Aufständische halten. Schnell hebe ich die Hand. »Stopp!« Er erkennt meine Stimme und steht da wie gelähmt, ich zerre mir die Kapuze vom Kopf und schüttele die Haare aus dem Gesicht. Erst als ich Nazarin zunicke, fällt die Starre von ihm ab.

Noch ist die Schlacht nicht geschlagen. Ein Chaos aus rangelnden Gestalten und donnernden Kanonen entbrennt. Immer wieder geht jemand zu Boden. Rußspuren schwärzen die cremefarbenen Wände.

Von den Kalar-Trägern ist kaum einer gefallen – die Kugeln müssen den Körper an der richtigen Stelle und aus dem optimalen Winkel treffen, um Schaden anzurichten. Trotzdem fühle ich mich auch in dem Overall alles andere als sicher. Unter den Partygästen ist eine Reihe von Toten zu beklagen, verschmiertes Blut beschmutzt den weißen Boden. Ich presse die Kanone an den Kopf meines Gegners, drücke aber nicht ab. Ich verdränge die Furcht, beobachte das Geschehen mit einer Art distanzierter Faszination. Die Alternative wäre, zu schreien und nie mehr aufzuhören.

Ensi watet durch das Chaos, durch den Hagel der von seinem Overall abprallenden Kugeln, ringt den Rädelsführer zu Boden und reißt ihm die Kapuze herunter.

Es ist der junge Mann, den ich zu Beginn der Party kennengelernt habe. Weißblondes Haar und schwarze Augen, fast noch ein Minderjähriger. Leo.

Mein Blick zuckt zu Nazarin. Sein Mund hat sich verzerrt, seine Gedanken sind mir verschlossen. Hat er den Putschversuch vorausgesehen? Ich bezweifle es noch immer.

Leo will etwas sagen, doch dazu lässt Ensi es nicht kommen. Der König der Ratel hält dem jungen Mann die eigene Waffe an den Kopf und drückt ab. Leos Körper erschlafft, sein Schädel zerplatzt zu einem blutigen Klumpen aus Knochen und Hirnmasse. Triefende Brocken spritzen auf Ensis Overall. Ich starre ihn mit tränenden Augen an, ohne ein einziges Mal zu blinzeln.

Nacheinander demaskiert Ensi die anderen Männer und Frauen, die es gewagt haben, sich gegen ihn aufzulehnen. Er ruft einige Namen, und die Bauern und Springer der Ratel schieben die Genannten nach vorne. Auch Nazarin hat einem Aufständischen die Arme auf den Rücken gedreht.

»Ihr dachtet also, ich wüsste nicht, was ihr treibt?«, sagt Ensi. »Ich wusste alles.«

Er erschießt den Ersten in der Reihe.

Ich zucke zusammen.

»Ihr dachtet, ich wäre zu dumm, die Ratten in meinem eigenen Haus zu wittern?«

Er erschießt den Nächsten.

»Ihr befindet euch in meinem Haus. Ihr gehört mir.«

Noch ein Schuss. Noch ein Toter.

»Das hättet ihr doch schon lange begreifen müssen. Die meisten haben es begriffen.«

Ein Knall.

»Wer sich mir widersetzt, hat sein Leben verwirkt.«

Ein Knall.

»Wer mir loyal dient, wird fürstlich belohnt.«

Ein Knall.

»Alle anderen werden ernten, was sie gesät haben.«

Sämtliche Männer und Frauen sind tot, sie haben sich zu den anderen Leichen auf dem Boden gesellt.

»Ist doch ganz einfach.« Ensi lächelt in die Runde.

Innerlich erstarrt blicke ich auf die herumliegenden Ermordeten. Sollte ich das als Warnung auffassen? Davor, dass Ensi mich enttarnen und töten wird? Er nähert sich. Will er mir gleich jetzt in den Kopf schießen?

Ensi hebt die Waffe. Ich presse die Augen zusammen, will es nicht mitansehen.

Ein markerschütternder Knall. Mir klingeln die Ohren.

Aber ich lebe noch.

Ich öffne die Augen. Ensi hat den Angreifer erschossen, den ich zu Boden drücke. Unter mir breitet sich eine Blutlache aus, eine träge rote Flut. Eine Frau weint und kreischt, wieso kann sie nicht den Mund halten? Mir fallen ein paar Zeilen aus dem alten Gedicht ein: das Paradies Xanadus in Trümmern.

Durch Höhlen, die kein Mensch ermessen kann,
Bis tosend es versank im toten Meere.
Und aus dem Tosen drang an Kublas Ohr
Krieg prophezeiend seiner Ahnen Chor.

An Nazarins linker Gesichtshälfte kleben Blutspritzer. Er steht kerzengerade da, in Habachtstellung, mit dem ausdruckslosen Blick eines Soldaten.

Ensi tritt vor ihn. »Ich danke dir. Skel, wenn ich nicht irre?«

»Ja, Sir.«

»Du hast vielen Menschen das Leben gerettet. Dafür sollst du belohnt werden. Wende dich an Malka.«

»Danke, Sir.« Es hätte mich nicht überrascht, hätte Nazarin auch noch salutiert.

Ensis Blick schweift über das stumme Feiervolk. »Lasst euch das eine Lehre sein.«

Zucken seine Augen zu mir? Ein Schauer kriecht über meine Wirbelsäule. Wieder nähert er sich, immer noch mit der Waffe in der Hand. Meine Muskeln spannen sich an. Er wird mich töten. Mir in den Kopf schießen. An dem Aufstand war ich zwar nicht beteiligt – aber wenn er darüber Bescheid wusste, weiß er auch von mir.

Er sieht auf mich hinab. Ein Blick, den man fast als zärtlich empfinden muss. »Du bist nicht oben geblieben.«

»Ich konnte nicht.«

Ensi starrt auf den Angreifer, den ich überwältigt habe. Der nun tot daliegt, gerichtet von Ensi. »Gut gemacht.«

»Danke.«

Wird er mir die Hand hinhalten, um mich nach oben zu führen? Das Blut hat die letzten Drogenreste aus meinem Kreislauf gewaschen, das Notizbuch ist eingescannt. Mich zieht nichts mehr in Ensis Gemächer.

Da wendet Ensi sich ab, den Kopf gesenkt. »Malka.«

Sie tritt an seine Seite. Schwer zu sagen, ob Ensi und sie eine Liaison haben, aber welcher Natur ihre Beziehung auch ist, sie geht tief. Seite an Seite schreiten König und Dame aus dem von der Schlacht verwüsteten Ballsaal.

20

TAEMA

Im Traum bin ich mit Ensi mitgegangen, und ich erwache in Seidenlaken.

Sonnenlicht strömt durch das Fenster. Neben mir liegt Ensi, in tiefen Schlaf versunken, einen Arm über den Augen, um die Helligkeit abzuwehren. An seinem Gesicht klebt kein Blut, als hätte ich mir den vergangenen Abend eingebildet. Habe ich aber nicht. Und dieser Mann war dafür verantwortlich. Dieser Mann.

Ensis anderer Arm umschlingt meine Hüfte, während ich immerzu an die Toten denke. Auch daran, dass ich mich mit einer Kanone zum Ballsaal aufgemacht habe – das hätte ich mir nie zugetraut. Ich habe immer noch das Gefühl, mich ständig zu verändern, die Gestalt zu wandeln, mich an Tila anzunähern und doch zu einer anderen zu werden, zu einer Fremden, die ich vielleicht nicht mal leiden kann.

Zur Seite gedreht, betrachte ich den friedlich schlummernden König. Studiere seinen Oberkörper, diese von der modernen Medizin geschaffene Skulptur. Wie sähe Ensi ohne künstliche Eingriffe aus? Würde seine jetzt so straffe Haut schlaff von einem gewaltigen Bauch hängen? Würde ich sein Gesicht noch wiedererkennen, wäre es gezeichnet von dem Leben, das er sich ausgesucht hat?

Er schlägt die Augen auf. Zwei schwarze Höhlen starren mir entgegen. Sein Mund öffnet sich sperrangelweit, und tief in seiner Kehle pulsiert ein Lichtschein.

»Hast du die Kraft, mich zu töten?« Ensis Stimme knistert wie Feuer. »Oder bist du doch zu schwach?«

Ich schrecke hoch, diesmal wirklich hellwach.

Ein Blick zur Seite. Ich liege in meinem Zimmer im Safehouse, wo ich meine Sachen verstaut habe, aber kaum je schlafe. Meine erste Nacht ohne Gehirnübertragung seit über einer Woche.

Behutsam richte ich mich auf, dehne meine brennenden Muskeln. An der Seite habe ich einen blauen Fleck, eine Kugel hat den Kalar-Overall gestreift. Ohne Kalar hätte sie mich getötet. Ich massiere meine schmerzenden Glieder und stolpere ins Bad, um den Schweiß und den imaginären, aber hartnäckigen Blutgeruch abzuwaschen.

Nach einer brühend heißen Dusche gehe ich in die Küche, wo ich mir trotz Warnung vor der gesundheitsschädlichen Wirkung von Koffein einen echten, starken Kaffee aus dem Replikator ziehe. Und obendrein eine Menge Milch und Zucker hineinkippe.

Nazarin ist nicht im Haus. Er musste bei den Ratel antreten, um den Lohn für seinen Einsatz bei der gestrigen Schlacht abzuholen. Ich werde ihn fragen, ob er den Abend genau so geplant hatte. Er wollte die Ratel doch zur Rebellion anstacheln? Wieso hat er sich auf Ensis Seite geschlagen, als es plötzlich zum handfesten Aufstand kam?

Unter Berücksichtigung aller erdenklichen Sicherheitsmaßnahmen hole ich mir Ensis eingescanntes Notizbuch auf die Implantate.

Seine Handschrift ist kaum zu entziffern, die Lettern gestreckt und stark geneigt. Bei jedem Termin sind nur wenige Buchstaben und eine Zeitangabe vermerkt, manchmal ein Vorname. Am gestrigen Abend steht dort bloß »XNDU«, vermutlich kurz für »Xanadu«. In den nächsten Tagen liegt nichts an, erst Mittwoch wieder: »Lf MM«. Ich blättere die restlichen Seiten durch und frage mich, wer sich hinter den Abkürzungen verbirgt. Ganz hinten stoße ich auf diverse hastige Notizen, oben in der Ecke erscheint erneut »MM«. Neben einer Telefonnummer, die mich stutzig macht.

Die Nummer kenne ich doch.

Sie gehört zum Notfalltelefon der Feuerstelle.

Kurz nach unserer Ankunft in San Francisco, nach der Operation, habe ich die Nummer nachgesehen. Ich hatte Heimweh, trotz allem. Und über die Jahre habe ich immer wieder meine Implantate aktiviert, kurz davor, die Nummer zu wählen. Ich wollte wissen, ob bei Mom und Dad alles in Ordnung ist. Bei der Feuerstelle. Aber dann hatte ich doch zu viel Angst, die Nummer tatsächlich anzupingen.

Tränen, die ich nie vergossen habe, schnüren mir die Luft ab. Schockiert bin ich nicht, überrascht schon. Seit der Entdeckung, dass Vuk in Wirklichkeit Adam war, liegt eine Verbindung zwischen den Ratel und der Feuerstelle nahe, doch noch haben wir keine Ahnung, welcher Art sie ist. Verschachert Mana-ma Gemeindemitglieder? Wieso sollte sie, welche Motive hat sie? Kooperiert sie mit Ensi? Dann würde sie Umgang mit einem Unreinen pflegen, mit einer Welt, die ihrer Lehre nach das Böse repräsentiert.

Ich blättere zurück zum Mittwoch. Lf. Lieferung. Wenig überrascht stelle ich fest, dass Mittwoch der 15. ist – auf den 15. freuten Tila und ich uns immer. Am 15. kam das Versorgungsschiff aus der fernen Glitzerstadt San Francisco. Woran sich offenbar auch zehn Jahre später nichts geändert hat.

MM. Mana-ma.

»Scheiße«, flüstere ich – und frage mich, ob ich die Notiz nur falsch interpretiere. Ob ich sehe, was ich sehen will. Ich lasse den Kalender durchscrollen: Alle zwei oder drei Monate derselbe Eintrag, pünktlich zum 15. »Lf MM«.

Wieso? Zu unserer Zeit starben im Jahr höchstens ein oder zwei Gemeindemitglieder. Sorgt Mana-ma inzwischen dafür, dass mehr Menschen verschwinden? Oder hat die Feuerstelle den Ratel und Ensi noch etwas anderes zu bieten? Die Härchen an meinen Unterarmen richten sich auf. Irgendetwas übersehe ich noch immer.

Aber was?

Wie lange läuft das schon, was auch immer es ist? Zehn Jahre mindestens, seit Adams »Tod«, aber ich habe den Verdacht, dass es deutlich früher angefangen hat.

Ich hole tief Luft. Da kommt Nazarin in die Küche, und ich wische das Notizbuch weg, vergrabe die Scans tief in meinen Implantaten.

Er nickt mir zu und greift zum SynthGin. So früh am Tag?

»Schlecht gelaufen?«, frage ich.

Nazarin schüttet Gin in zwei Gläser, das zweite bringt er mir. »Nein. Ich soll befördert werden. Ensi will mich einer Prüfung unterziehen, um meine Zuverlässigkeit auf die Probe zu stellen. Wird nicht dieselbe Prüfung sein wie bei dir, weil ich kein Klarträumer bin, aber wahrscheinlich läuft sie ähnlich ab. Wir sollten feiern, dass uns gestern nicht alles um die Ohren geflogen ist.«

»Wusstest du von dem Aufstand?«

Nazarin trinkt einen Schluck. »Nein. Also schon, dass Leo irgendwas plant. Aber ich dachte, er ist frühestens in ein paar Monaten so weit. Und er hat mich nicht ins Vertrauen gezogen. Ich war ihm wohl nicht ganz geheuer.«

»Hätte er dich informiert, hättest du ihn dann unterstützt?« Und hätte das etwas am Ausgang geändert?

»Nein. Zu gefährlich. Wäre auch nur der leiseste Verdacht aufgekommen, dass ich da mit drinhänge, wäre ich jetzt genauso tot wie die anderen.«

»Hast recht.« Ich nippe am SynthGin. »Wusstest du, dass Tila mit Ensi geschlafen hat?«

»Tila ist sein Vögelchen? Davon hatte ich keine Ahnung.« Eine unausgesprochene Frage liegt in Nazarins Blick.

Statt sie zu beantworten, schlucke ich einen Schwall SynthGin. »Was heißt das, sein Vögelchen? Malka hat mich auch so genannt.«

»Tila ist … nein, *du* bist Ensis neuestes Spielzeug. Mit dem er sich eine Weile vergnügt wie eine Katze mit einem kleinen Vogel.«

»Und dann? Frisst er mich auf? Hat er meine Vorgängerinnen aufgefressen?«

»Ja, manche. Die, die sein Missfallen erregt haben. Ansonsten lässt er sie einfach davonflattern und sucht sich ein neues Vögelchen.«

»Verstehe. Aber Tila und er kannten sich näher. Ich hatte nicht das Gefühl, dass es erst ihr zweiter Abend war. Eher, dass … sie ihm wichtig ist.« Wieder diese unausgesprochene Frage in seinen Augen. Ich seufze. »Ich habe nicht mit ihm geschlafen. Ich war kurz davor, aber dann kam was dazwischen. Die Schüsse.«

»Verstehe.« Nazarin nimmt den nächsten Schluck. »Wie war die Prüfung?«

»Grauenvoll. Aber wenn du auch geprüft werden sollst, sollte ich dir nichts davon erzählen.«

Das Wissen, dass die Prüfung aus Trugbildern besteht, würde

die Messwerte der Elektroden verfälschen. Zumal sich Nazarins Test ohnehin völlig anders darstellen könnte als meiner.

»Wenn ich versage, darf ich meine restlichen Tage als Springer oder Bauer fristen.«

Wenn überhaupt. Der eine oder andere Springer, davon hat Nazarin gehört, soll nach seiner Prüfung spurlos verschwunden sein.

Schweigen. Ich lasse den SynthGin im Glas kreisen. Ich trinke zu viel. Früher habe ich das Zeug kaum angerührt. Aber wenigstens hat meine Leber nichts zu befürchten. Juhu.

»Wie stellt sich das SFPD unsere nächsten Schritte vor?«, frage ich.

»Ich absolviere die Prüfung. Wir spielen weiter unsere Rollen. Kim arbeitet gerade an einem Hilfsmittel zur Beweissicherung. Fehlt nur noch der Feinschliff.«

Ich atme langsam aus. »Was denkst du, wann sie fertig ist?«

Nazarin horcht auf. »Wieso?«

»In ein paar Tagen kommt eine Lieferung rein.«

Als ich die eingescannten Notizbuchseiten auf den Wandschirm werfe, kneift Nazarin die Augen zusammen.

»Ich verstehe kein Wort.«

Schritt für Schritt führe ich ihn durch Ensis Terminkalender. Auch Nazarin weiß nicht, was die Feuerstelle mit den Ratel verbinden könnte. Außer dass Ensi ihr hin und wieder identitätslose Männer und Frauen abnimmt, um sich diese per Gehirnwäsche gefügig zu machen.

»Aber auch das ist nicht eindeutig bewiesen«, sage ich in Gedanken an Adam, dessen Mund sich beim Lächeln auf der einen Seite stärker krümmte als auf der anderen. Der so gerne mit den Kleinen spielte und mit den anderen im See baden ging. Der sich beim Schwimmen immer umdrehte und Tila und mir zuwinkte, weil wir vom Ufer aus zusehen mussten. Adam konnte niemandem Gewalt antun.

Jeder hat seine dunkle Seite.

Das kann doch nicht alles sein. Bei seinem vermeintlichen Tod war Adam sechzehn Jahre alt – wie hätte er sich so grundlegend verändern sollen?

Natürlich hat es Folgen, aus der vertrauten Umgebung der Kindheit gerissen zu werden. Wie verwirrt Tila und ich damals waren, wie wir ohne jede Bindung in diese sonderbare, durch und durch fremde Welt drifteten … Aber reicht das als alleinige Erklärung?

»Verve«, sagt Nazarin. »Ensi überschreibt die Persönlichkeit seiner Untergebenen.«

Überschriebene Persönlichkeiten. Habe ich in der Vervescape eine echte Veränderung in Mia bewirkt? Wäre das möglich? Vielleicht bin ich nur mit meinen Worten zu ihr durchgedrungen, nicht auf einer tieferen Ebene. Oder kann man sein altes Ich tatsächlich vollständig vergessen? Und zu einem Menschen nach Ensis Vorstellungen werden, zu einer Waffe, einem Killer, einem Werkzeug?

Dasselbe hätte Ensi sicher gerne mit mir gemacht, in der Prüfung. Aber bei Klarträumern klappt es nicht.

»Du darfst die Prüfung nicht absolvieren«, sage ich.

Nazarins Augenbrauen wandern noch oben. »Du glaubst, er wird mich verändern.«

»Natürlich. Ohne echte Garantie ist deine Loyalität nichts wert. Ensi muss sicherstellen, dass du nie wagen wirst, dich gegen ihn aufzulehnen.« Ich denke an die Zealoten-Lounges, wo die Ratel ihre Experimente durchführen. »Was ist mit den Lounges? Könnte es nicht sein, dass Ensi mittlerweile im größeren Stil Menschen umprogrammiert? Zealoten? Er hat mit seinen eigenen Leuten angefangen, aber jetzt wirft er sein Netz aus …«

»Die Theorie hat auch mein Vorgesetzter. Er hat Quellen aus anderen Bereichen. Wir glauben, dass Ensi eher früher als später einen Massenangriff inszenieren wird.«

»Aber Ensi sichert sich gegen alle Überwachungsversuche ab. Im Xanadu wurden alle Aufnahmen blockiert, in der Verve-Lounge ist es genauso. Wir können ihm nichts nachweisen. Obwohl er gestern vor unseren Augen Rebellen erschossen hat. Obwohl das Blut auf unsere Kleidung gespritzt ist.« Mein Blick schwenkt zum Wandschirm. »Hilft uns das Notizbuch weiter?«

»Etwas. Aber es reicht nicht. Die Ratel sind ein sorgfältig verflochtenes Konstrukt, da können wir nicht mit der Brechstange reingehen. Ensi würde einfach verschwinden, Verve auch, und trotzdem würde die Droge weiter in die Massen einsickern. Wenn wir Ensi in die Ecke drängen wollen, brauchen wir konkrete Beweise, die wir öffentlich machen können. Mit ein paar Scans voller Abkürzungen kommen wir nicht weit.« Nazarin befeuchtet sich die Lippen. »Deswegen könnte Kims Erfindung so nützlich sein. Damit könnten wir eventuell trotz Techblockern Aufzeichnungen machen. Wäre nicht ungefährlich, aber könnte klappen.«

»Wic soll das gehen?« Nazarin wirkt wild entschlossen, voller Energie – ein angsteinflößender Eifer, von dem ich mich jedoch anstecken lasse. Meine Fingernägel gleiten über meine Narbe.

Sollten wir Erfolg haben, könnten wir die mächtigste Mafiaorganisation der Stadt zu Fall bringen. Die Regierung und Sudice stünden tief in unserer Schuld. Aber darum geht es mir nicht. Das wäre ein Nebeneffekt.

Ich werde herausfinden, was du gespielt hast, Tila. Ich werde dir endlich auf die Schliche kommen.

21

TILA

Wisst ihr, warum der Sumpf um die Feuerstelle tatsächlich angelegt wurde? Klar, ein Grund leuchtet ein – die einen sollen brav drinnen bleiben, die anderen draußen. Aber das Ganze hatte eine Vorgeschichte.

In allen Einzelheiten kann ich es euch nicht erzählen, ich weiß nicht alles. Über die Jahre konnte ich mir einiges zusammenreimen, aber wie das alles zusammenpasst, ist mir immer noch schleierhaft.

Ich will das Ganze aufziehen wie eine spannende Story, schön reißerisch, fehlende Details denke ich mir einfach aus. Ihr wisst doch, wie das bei Dokus funktioniert – bei schönen Szenen legt sich so ein goldener Schleier über das Bild, bei üblen wird es finster und trostlos. Unsere Geschichte gehört zur Kategorie finster und trostlos, und ich bin die raunende Stimme aus dem Off.

Zuerst kommt Mana-mas Version. Ungefähr so erzählt sie davon, wenn sie ihre Gemeinde über die Verderbtheit der Unreinen belehrt. Die Story muss sie schon in Dutzenden Predigten gebracht haben.

Mana-mas Schauermärchen

Eines Nachts vor rund zwanzig Jahren … sagen wir mal, es war eine dunkle und stürmische Nacht, alles andere wäre unpassend … also, eines Nachts schlich sich ein Mann aus der

Welt der Unreinen zur Feuerstelle. Zu jener Zeit gab es noch keinen Sumpf, nur einen Zaun. Überall warnten Schilder davor, dass der Zaun unter Strom steht, aber das stimmte nicht. Dazu hätten wir einen neuen Generator anschaffen müssen, und das wollten wir nicht. Wir wollten uns nicht einschließen in einen Kreis aus Unreinheit, denn so hätten wir uns erst recht gefühlt wie Gefangene. Findet ihr das logisch? Wo die Feuerstelle doch sowieso eingekreist ist von der Welt der Unreinen. Also von der ganzen Welt.

Jedenfalls kam irgendein Bösewicht aus San Francisco zur Feuerstelle und schlich sich auf leisen Sohlen zur zentralen Siedlung. Mana-ma hatte Riesenspaß daran, seine Hässlichkeit auszumalen, seine grünen Haare und die Metallstäbe in seinem Fleisch, seine animierten Tattoos und seine unreine Kleidung, in der kein bisschen gute Baumwolle enthalten war, keine Seide und kein Leder.

Was wollte der Bösewicht bei uns? Mal überlegen ... vielleicht war er pleite und wollte uns beklauen. (Wäre ein dummer Plan gewesen. Bei uns war nichts zu holen außer mittelmäßig erhaltenen Antiquitäten. Dachte ich zumindest damals.) Mana-ma meinte immer, dass er glaubte, bei uns hätte er als Krimineller weniger zu befürchten. Was vielleicht sogar stimmte, nur dass sie nie die verdammt niedrige Kriminalitätsrate in der bösen Welt der Unreinen erwähnte ... weil sich dann vielleicht doch ein paar Leute gefragt hätten, ob es da draußen wirklich so schlimm war.

Der Bösewicht schlich sich mitten in die Siedlung und stahl ein junges Mädchen aus seinem Bett. Er setzte die Arme unter Drogen, und obwohl sie brüllend um sich schlug (offensichtlich so leise, dass kein Mensch davon aufwachte), konnte er sie in den Wald zerren, wo er sich unter den stillen Mammutbäumen an ihr verging. Er hielt ihr ein Messer an die Kehle – beim kleinsten Mucks würde er ihr ein zweites Lächeln in den Leib ritzen. Also ertrug sie die Qual schweigend. Aber als sie dann nicht mehr konnte und nur noch schreien wollte, damit er sie endlich tötet (denn dieses Geschrei hätten die Leute dann wohl doch gehört), eilte ein tapferes Gemeindemitglied zur Rettung.

Der wackere Held rang den Eindringling nieder und machte ihm den Garaus, und das natürlich schwer traumatisierte Mädchen konnte sich mithilfe der Gemeinde von der Dunkelheit befreien, die der Schurke in ihr gesät hatte. Jedoch nur vorübergehend. Später ergriff die Dunkelheit erneut Besitz von ihr, und der Armen war nicht mehr zu helfen.

»Deshalb müssen wir die Trennung aufrechterhalten!«, rief Mana-ma am Schluss mit hochgerecktem Arm von der Kanzel. »Davor müssen wir uns schützen. Denn die Unreinen wollen den Geist der Reinen vergiften, und wir alle müssen über den unverdorbenen Lebensfunken in uns wachen.«

Es war immer dieselbe Lektion – die Unreinen wollten unsere Reinheit schänden, die letzten wahrhaftigen, unverfälschten, unbefleckten Menschen.

Das Problem war nur: Mit der Realität hatte die Geschichte wenig gemein.

Wie es wirklich war

Der Eindringling wollte dem Mädchen nicht wehtun, er wollte es befreien.

Mir ist allerdings nicht klar, woher die beiden sich eigentlich kannten. Vielleicht aus dem Wald, sie auf der einen Seite des Maschendrahtzauns, der früher an der Grenze verlief, er auf der anderen? Man kann sich den Beginn der Liebesgeschichte wunderbar ausmalen, wie die beiden ihre Finger durch den Draht steckten, die erste Berührung …

Irgendwann wollte das Mädchen fliehen, die beiden schmiedeten einen Plan. Aber das Mädchen hielt sich nicht daran, und der Junge bekam Angst. Seine Gedanken kreisten immer um dieselben Fragen, ob sie von ihren Eltern festgehalten wurde oder ob sie sich in letzter Minute umentschieden hatte.

Vor lauter Sorgen schlich er sich zur Feuerstelle, er konnte das Mädchen nicht im Stich lassen. Sie hatte ihm gesagt, wo sie wohnte, und er spähte zum Fenster hinein.

Dabei wurde er beobachtet. An der Feuerstelle wäre jeder Fremde sofort erkannt worden und erst recht dieser Junge in seinen Kunstfaserklamotten, mit dem grellgrünen Haar und den animierten Tattoos auf den Fingern.

Sie packten ihn und schafften ihn zur zentralen Kirche. Mana-ma wurde aus dem Schlaf gerissen. Ich sehe sie direkt vor mir, mit zerzaustem Haar in ihrer schwarzen Robe, wie eine Hexe. Der Junge war nervös, wahrscheinlich schämte er sich ein bisschen. Aber wenn er sich entschuldigte und wieder verschwand, wäre doch alles okay?

Sie ließen ihn nicht gehen.

Sie brachten ihn in eine leer stehende Kammer, und dort bekamen sie aus ihm heraus, wer er war und was er hier wollte. Danach holten sie sich das Mädchen.

Das tatsächlich hatte fliehen wollen, allerdings von seinen Eltern erwischt worden war, als es mit einem kleinen Rucksack unter dem Arm losziehen wollte. Es wurde in sein Zimmer gesperrt, und die Wachen wurden alarmiert, die dann den Jungen entdeckt hatten. Das Mädchen fürchtete sich noch mehr als der Junge. Vor allem vor den leeren Gesichtern der Wachen. Sie fragte sich, was dahinter vorging.

Mana-ma war fuchsteufelswild. Der Junge hatte die Grenzen der Feuerstelle verletzt, er hatte sich vorbei an den Mautstraßen, den paar Parkaufsehern und am Zaun bis zum Allerheiligsten geschlichen. Jetzt müsste man die ganze Anlage reinigen, auf dass seine Anwesenheit nicht alles vergiftete. Das Mädchen schluchzte, der Junge war ganz still. Er wusste, dass Tränen nichts brachten, wo die Entscheidung doch schon gefallen war.

Sie blieben die ganze Nacht wach, alle bis auf den Jungen. Der starb bei Sonnenaufgang.

Es war kein kurzer, schmerzloser Tod. Mana-ma nahm es selbst in die Hand, unterstützt von ihren drei Vertrauten. (Meine Eltern hatten nichts damit zu tun, das ist mir wichtig. Ich glaube, sie haben erst später davon erfahren, und die Sache brachte ihren Glauben ins Wanken wie nichts anderes.) Einer hielt den Jungen fest, ein anderer das Mädchen, während Mana-ma eine lange Rede über die Sünde und das Böse und die Dunkelheit schwang und dabei einen Jungen vor den Augen seiner Geliebten zu Tode folterte. Sie benutzte ein Skalpell und arbeitete mit großer Sorgfalt und Hingabe. Die Kammer war schalldicht, deswegen waren die Schreie nicht zu hören.

Als die Sonne über die Mammutbäume kroch, brachten sie die Leiche weg. Mit dem Mädchen waren sie noch nicht fertig. Mana-ma verpasste ihr eine Gehirnwäsche, sie manipulierte die Kleine nach allen Regeln der Kunst, und bald glaubte das Mädchen, alles wäre seine Schuld, der Junge wäre böse gewesen, und Mana-ma hätte sie gerettet. Innerlich war sie abgestorben, sie lief herum wie ein Zombie und konnte weder Glück noch Trauer empfinden.

Ewig hielt die Wirkung allerdings nicht an, und Mana-ma verlor das Mädchen mit der Zeit ein bisschen aus den Augen, sie hatte Wichtigeres im Kopf als irgendein Gör, um das sie sich doch gründlich gekümmert hatte. Das Mädchen fing wieder an zu denken. Sie wachte auf. Und eines Nachts in tiefster Finsternis, am Himmel hing nur ein schmaler Mondsplitter, schlich sie sich davon, kletterte über den Maschendrahtzaun und ging nach San Francisco. Dort war sie sicher vor der Feuerstelle.

Als Mana-ma kapierte, dass ihr ein Schäfchen entwischt war, rastete sie so richtig aus. Damals wurde der Sumpf angelegt. Angeblich zu unserem Schutz vor den Unreinen da draußen, die uns nur wehtun wollten, aber in Wirklichkeit wollte sie ihre Herde einsperren.

Bei diesen Menschen sind Taema und ich aufgewachsen.

Diesen Menschen wollten wir entkommen. Naiv, wie wir waren. Wir hatten keine Ahnung, womit wir uns da anlegten.

Sicher fragt ihr euch, wie ich von der Geschichte wissen kann, wo wir bis zu unserer Flucht doch nichts davon wussten. Oder seid ihr schon darauf gekommen?

Das Mädchen aus der Geschichte war Mia. Die Mia, die uns nach unserer Flucht bei sich aufgenommen hat. Erst hat sie uns gerettet, dann hat sie mich dem Untergang geweiht.

22

TAEMA

Nazarin und ich sind zu Besuch bei Kim.

Dieses Mal treffen wir sie in ihrer Wohnung. Kim wirkt nervös, als sie die Tür öffnet und uns hereinwinkt. Sie wurde zu strengster Geheimhaltung verpflichtet, vorerst soll nicht einmal Sudice von der Prozedur erfahren, die sie an uns vornehmen wird. Sollte der Konzern ihr doch auf die Schliche kommen, wäre Kim vermutlich ihren Job los, obwohl sie im Auftrag des SFPD handelt.

Nazarin hat nie daran gezweifelt, dass Kim mitspielen würde. Juliane Amello, seine ehemalige Partnerin, war auch Kims Partnerin. Kims Ehefrau. Jetzt ist sie tot, und Kim will Antworten. Oder zumindest Vergeltung.

»Euch ist auch nicht nach einer Tasse Tee zumute, was?«, meint Kim. »Also sparen wir uns doch den Small Talk. Am besten kommt ihr gleich mit ins Labor.«

Nazarin und ich folgen ihr. Ich hatte ganz vergessen, wie klein Kim ist. Beim letzten Mal trug sie ein schlichtes Kostüm, heute steckt sie in einem Gewand aus Stoffstreifen in allen Farben des Regenbogens, das sich beim Gehen hinter ihr bauscht.

Kim lebt in einer großen, luxuriösen Wohnung, was mich nicht wundert, schließlich gehört sie zu den weltweit talentiertesten Biohackern – viel überraschender sind die Unmengen an Plunder, die sie darin hortet. Auf dem Hinweg hat Nazarin mir erzählt, dass Kim Andenken an früher sammelt, insbesondere ans 20. und 21. Jahrhundert, die Phase vor dem Großen Umbruch. Ich schätze, er wollte mich vorwarnen, damit ich jetzt nicht sprachlos dastehe.

Ein Großteil des kitschigen Krimskrams aus alten Zeiten wurde inzwischen wiederverwertet, aber was noch übrig ist, stöbert Kim auf, sie muss viel Geld hingelegt haben für die geschmacklosen Plastik- und Metallfigürchen, die uns auf dem Weg durch die Lounge anstarren: Superhelden und Berühmtheiten, die mir nichts sagen, Zeichentricktiere mit übergroßen Glubschaugen … als Kind der Feuerstelle kommen sie mir vor wie Wesen von fremden Planeten. Bei uns zu Hause gab es keine von Robotern oder Replikatoren produzierten Gegenstände, alle Spielsachen wurden in wochenlanger Handarbeit geschnitzt. Und im San Francisco der Gegenwart wird so vieles heute angefordert und morgen wieder recycelt, es gibt Einmalklamotten und kompostierbare Teller. Kaum jemand hält die Überbleibsel der Vergangenheit in Ehren. Anders gesagt: Was in aller Welt ist *Hello Kitty*?

»Gefällt's dir?«, fragt Kim, die meinen erstaunten Blick bemerkt hat. »Das ist die größte Sammlung der Westküste.«

»Ja, sehr … interessant.«

Sie lacht. »Furchtbar kitschiges Zeug, ich weiß. Aber was soll's, jedes Mädchen braucht irgendein Hobby.« An der Tür war Kim noch todernst, jetzt bemüht sie sich um einen lockeren Tonfall. Doch er wirkt erzwungen, unter der Oberfläche hat sie genauso große Angst wie wir.

Am Ende des Flurs legt Kim die Fingerspitze auf einen Sensor, die Schiebetür öffnet sich, wir betreten ihr Labor.

Es ist ein kleiner, aber technisch erstklassig ausgestatteter Raum – von so einer Ausrüstung konnte ich an meinem Arbeitsplatz bei Silvercloud Solutions nur träumen. Der in der Mitte am Boden verschraubte VR-Sessel weckt unbequeme Erinnerungen an die Zealoten-Lounge.

»Okay«, sagt Kim. »Wer will zuerst?«

»Ich«, antwortet Nazarin zu meiner Erleichterung.

Er setzt sich in den Sessel, Kim legt ihm die Gurte an. »Warum mache ich da eigentlich mit …«, murmelt sie vor sich hin.

»Das weißt du ganz genau«, entgegnet Nazarin.

»Bild dir mal nichts ein, Babe.« Kim kneift ihm in die Wange. »Du bist nicht mein Typ.« Ein Zwinkern in meine Richtung. Ich lächele ein bisschen.

»Meinetwegen«, sagt Nazarin. »Dann musst du dir eben beweisen, dass du der Herausforderung gewachsen bist. Ich habe dich bei deiner Hackerehre gepackt.«

»Schon besser. Aber du weißt doch, dass das nicht mein erstes Mal ist.«

»Ja, das sollte mich wohl beruhigen. Vielleicht bin ich hinterher doch nicht blind und taub …«

»Die Chancen stehen so schlecht nicht.«

Weder Kim noch Nazarin erwähnt Juliane. Obwohl ihr Tod die Grundlage ihrer Beziehung bildet, sprechen sie meinem Eindruck nach kaum über Juliane, die Erinnerung schmerzt beide zu sehr. Sie verlegen sich selbst in einer so angespannten Lage lieber aufs Scherzen und Sticheln.

»Jetzt halt mal den Mund«, sagt Kim ohne jede Boshaftigkeit. »Ich muss mich konzentrieren.«

Nazarin schweigt gehorsam, während Kim die letzten Kabel anbringt – fast haargenau die gleiche Verschaltung wie in einer Zeal-Lounge, was ich auch anspreche.

»Was denkst du, wer die Leute auf die Idee gebracht hat, Schätzchen?«, erwidert Kim. »Und wer kräftig bei der Entwicklung von Zeal mitgemischt hat – wir Biohacker natürlich! Sudice hat daraus einen Verkaufsschlager gemacht.«

Denkt man darüber nach, liegt die Verbindung tatsächlich auf der Hand. Aber ich kannte eben nur eine einzige Zeal-Süchtige: Mia. Sofort spüre ich ein Stechen in der Kehle. Mia wurde nie beerdigt, und wenn doch, wäre dort niemand aufgetaucht.

Kim knipst das Display auf dem Tisch neben dem Sessel an, ihre Finger tanzen flink über die Oberfläche und rufen Bedienfelder auf. Erst jetzt begreife ich, wie gefährlich diese Prozedur ist.

Sie will sich in Nazarins Gehirn hacken.

»Tut das weh?«, frage ich. Meine Identität konnte Kim problemlos umschalten, ohne Schmerzen, aber jetzt geht es nicht um einen Chip im Handgelenk. Implantate sind direkt mit den Gehirnzellen verdrahtet.

»Sorry, aber angenehm ist anders.« Kim zieht eine Spritze auf, keine Ahnung womit. »Weißt du, wieso Implantate nicht standardmäßig alles aufzeichnen? Wieso sie nicht alles speichern, damit wir unsere Erinnerungen abspielen können, wann wir wollen?«

»Da bin ich überfragt.«

»Wir Menschen sollen uns nicht an jede Kleinigkeit erinnern – sonst würden wir von Haus aus genau so funktionieren. Unser Gehirn ist nicht auf eine so große Speicherkapazität ausgelegt, es kann überlastet werden. Sogar Gehirnübertragungen überfordern viele Menschen, da kommt nicht jeder mit. Und pausenloses Aufzeichnen? Ich war bei einem Sudice-Projekt zu dem Thema dabei. Bis vor sechs Monaten.« Kims Blick verschattet sich. »Einige Versuchspersonen drehten durch, bei anderen machte das Gehirn dicht. Aneurysmen, Schlaganfälle, zack und weg.« Sie schnippt mit den Fingern. »Wir hatten kaum losgelegt, da wurde das Projekt eingestampft. Ehrlich gesagt waren die meisten von uns froh, dass es nicht geklappt hat. Rat mal, warum.«

Ich zucke mit den Schultern.

»Wir Menschen wären noch angreifbarer gewesen. Schon jetzt will sich ständig irgendwer in deine Implantate hacken und Werbung platzieren und so weiter. Stell dir vor, sie könnten sich in deine Persönlichkeit hacken. In dein ureigenes Ich.«

Ich befeuchte meine Lippen. Was würde die Regierung damit anstellen – mit so viel Macht?

»Die Regierung hat es versucht.« In Kims Worten hallen meine Gedanken wider. »Sie hat sich echt reingehängt. Hat unsere ganze Forschung finanziert, das war nicht billig. Wären Gehirnaufnahmen wirklich praktikabel, würden wir alle pausenlos aufzeichnen, da kannst du deinen Arsch drauf verwetten. Die Überwachung der Bürger hat eine jahrtausendealte Tradition.« Kims Gedanken driften ab, sie fummelt an irgendetwas herum und startet den Compiler. »Im Moment liegt die Sache auf Eis. Bis sie einen Weg finden, den Leuten dabei nicht das Gehirn zu zerschießen. Daran wird gearbeitet, früher oder später werden sie es schaffen. Und bis dahin gibt es trotzdem eine Möglichkeit, die Aufnahmefunktion vorübergehend zu aktivieren. Eine Hintertür.«

Eine Hintertür in mein Gehirn. »Und wie … wie oft musst du sie benutzen?«

»Sehr selten. Ein paarmal in den letzten zehn Jahren.« Kims Blick schweift ab, verschließt sich. »Unsere meisten Versuchskaninchen sind entweder draufgegangen oder verrückt geworden. Aber hinterher wussten wir, was wir wissen wollten.«

Ich muss schlucken. Was hat sie miterlebt, wozu war sie gezwungen? Bloß nicht nachfragen. Ich bewahre mir lieber mein altes Bild von Kim, das der brillanten Exzentrikerin mit einer Vorliebe für ulkige Spitznamen und Wackelkopffiguren.

Kim schüttelt den Kopf, als erwachte sie aus einem Traum. »Kaum jemand weiß davon. Du warst dir auch nicht so sicher, was, Zuckerschnäuzchen?«, fragt sie Nazarin, der zurückgelehnt im Sessel ruht, die Augen halb geschlossen. Kim muss ihm etwas zur Beruhigung gegeben haben. Er ist high.

»Ich hatte meine Vermutungen«, murmelt er.

»Kluger Junge«, sagt Kim zärtlich.

Nazarins Wimpern zucken noch mal, dann ist er weg.

Kim seufzt. »Dann mal los.«

»Moment«, sage ich. »Das klang jetzt nicht gerade ermutigend. Sind wir hinterher beide wahnsinnig? Oder tot?«

Sie sieht mir in die Augen. »Ich kann das. Wirklich. Aber ein gewisses Risiko besteht natürlich. Nazarin weiß das und will es trotzdem versuchen. Du auch? Ist deine Entscheidung.«

»Ich … lass mich kurz überlegen, ja?«

»Kein Problem. Schau dir an, wie es bei Nazarin läuft, und entscheide dann.« Kim blickt auf ihn hinab, streicht ihm über das Stoppelhaar und drückt dann einen Knopf am Sessel.

Nazarins Körper versteift sich, fast im selben Moment bilden sich Schweißtropfen auf seiner Stirn und rinnen über seine Schläfen. Stirnrunzelnd studiert Kim einen Wandschirm, ihre Finger huschen über die projizierte Tastatur und arbeiten sich durch Codezeilen, die mir allen Programmierkenntnissen zum Trotz ein Rätsel sind. Ein Wink, und eine holografische Darstellung von Nazarins Gehirn erscheint vor Kim wie ein Sternennebel.

Zunächst holt sie sich den Occipitallappen heran und das Hörzentrum. Ich erinnere mich, wie ich zum ersten Mal von Implantaten hörte – ich dachte, das wäre eine einzige fest ins

Gehirn montierte Apparatur. Tatsächlich handelt es sich um einen Hauptempfänger mit Dutzenden oder Hunderten winziger, im ganzen Gehirn verstreuter Implantate: der sogenannte Neuralstaub. Mikroskopisch kleine Rechner, zart wie Menschenhaar, die Daten aus dem Gehirn in sich aufnehmen und diesem Daten aus der Außenwelt zuführen.

In Nazarin stecken mehr Implantate als in mir. »Was ist das?«, frage ich und deute auf verschiedene vom Neuralstaub glitzernde Hirnareale.

Konzentriert runzelt sie die Stirn, während sie das Display auf die Partikel fokussiert. »Die haben sie ihm vor dem Undercovereinsatz verpasst. Zusätzliche Empfänger für Gehirnübertragungen, Implantate zur Unterstützung der Erinnerungsfunktion des Hippocampus, Implantate im Occipitallappen zur Verbesserung von Speicherung und Verarbeitung. Und ein paar im Stamm- und Kleinhirn für eine optimierte Koordination – du weißt ja mittlerweile, dass er nicht gerade tollpatschig ist, und wenn es sein muss, ist er schnell. Das Zeug macht ihm das Leben leichter, aber es zeichnet nichts auf, von daher bringt es uns nichts. Es verkompliziert die Sache nur. Nazarin hat einen Haufen Metall im Kopf. Und jetzt sei ruhig.«

Mein Mund klappt zu. Kim blinzelt kaum noch. Mit Fingergesten verteilt sie Codezeilen auf die Metallkörnchen in Nazarins Gehirn.

Ein Piepen – Nazarins Herzschlag beschleunigt. Schrille Warntöne. Nazarin bäumt sich auf und öffnet weit den Mund, bleibt aber stumm. Ein Zucken, wie ein Anfall, Speichel spritzt. An seinem Hals wölben sich die Adern.

Herzstillstand.

»Scheiße!«, brüllt Kim. »Scheiße, scheiße, scheiße!« Ihre Finger wischen durch die Luft.

»Was ist los?« Die Hände vor den Mund geschlagen, mache ich einen schnellen Schritt nach vorne, doch als Kim mich anfaucht, halte ich mich zurück. Nazarins Haut färbt sich grau. Seine aufgerissenen Augen quellen aus den Höhlen, gerötet von geplatztzen Äderchen.

»Klappe!« Kim schnappt sich eine andere Spritze und stößt sie in Nazarins Herz. Ich sehe ihr zu und kann nicht mehr denken, nicht mehr sprechen.

Er darf nicht sterben.

Da zuckt die Nulllinie wieder, Nazarins Herz schlägt. Ein heiseres Ächzen dringt aus seiner Kehle.

»Oh Gott. Oh Gott.« Kim sackt gegen einen Labortisch. »Ich habe den Arschlöchern doch gesagt, dass ich ihm nicht so viel Zeug einpflanzen kann! Ich habe es ihnen gesagt!«

Nazarin blickt immer noch starr geradeaus. »Ist alles in Ordnung mit ihm?«

Um Kims Augen und Lippen spannt sich die Haut. Sie antwortet nicht, und mein Mund wird trocken. Stumm beobachte ich sie bei der Arbeit, knete die Hände und flüstere unverständliches Zeug – kein Gebet, nicht im engeren Sinn, aber vielleicht wende ich mich dennoch ans Universum mit meiner Hoffnung auf einen guten Ausgang.

Drei Minuten vergehen oder drei Stunden? Dann nickt Kim, und das Hologehirn verschwindet. Nazarin sinkt gegen die Lehne, seine Augen geschlossen, gleichmäßig durch den Mund atmend, ruhiger als zuvor. Aber er schwitzt und zittert immer noch. Erst nach einer weiteren Spritze, diesmal in die Schulter, verlangsamt sich sein gehetzter Herzschlag. Noch eine Minute verstreicht. Nazarins Lider flattern.

Vorsichtig richtet er sich auf. »Was war das denn? Bin ich von einem Schwebeauto gerammt worden?«

»Du hättest fast an der Himmelspforte angeklopft. Hast zu viel Kleinkram im Hirn. Wenn du den Einsatz hinter dir hast, kommst du sofort zu mir. Ich hole das Zeug da raus.«

»Ich mag das Zeug.«

Wieder verschleiert sich Kims Blick. »Nein. Der Kram muss raus. Klar, ich lebe davon – aber manchmal frage ich mich, ob wir unserem Gehirn nicht zu schnell zu viel zumuten. Je mehr ich darüber weiß, desto bewusster wird mir, wie ahnungslos ich bin und vermutlich immer bleiben werde.« Sie massiert sich den Nasenrücken. »Das war viel zu knapp, Hübscher.«

Nazarin fasst Kim an der Schulter. »Mir geht es gut, Kim. Im Ernst.«

Sie schließt ihn in die Arme und krallt sich in seine breiten Schultern. Die beiden haben eine besondere Beziehung. Keine Liebesbeziehung, nein. Eine Freundschaft, der die Bezeichnung »Freundschaft« nicht gerecht wird.

Kim tätschelt ihm die Wange, ihre Augen glänzen vor Tränen. »Deine Vitalfunktionen gehen in Ordnung. Aber du musst dir dringend Tropfen für deine blutunterlaufenen Augen besorgen. Siehst furchterregend aus.«

Als sie ihn von der Maschine abstöpselt, steht Nazarin auf, noch mit zittrigen Knien, lehnt sich an den Metalltisch und sieht unter dunklen Brauen zu mir.

Kim winkt mich heran. »Jetzt du, Taema. Wenn du noch willst. Ich würde es verstehen, wenn nicht. Das gerade war kein Spaß.«

Ich will nicht. Alles, nur das nicht. Und Kim sieht es mir an. Ein Blick auf Nazarin, doch sein Gesichtsausdruck ist nicht zu entschlüsseln. Er äußert sich nicht. Meine Entscheidung.

Es ist ein Risiko, mal wieder. Aber es wäre nur eines von vielen. Andererseits – was, wenn ich damit den einen, entscheidenden Schritt zu weit gehe? Ist meine Grenze erreicht? Kann ich nicht weiter?

Doch. Ich kann. Für Tila. Für mich.

Aber ob wir fündig werden? Können wir Aufzeichnungen machen, die Ensi als Kopf der Ratel enttarnen? Können wir herausfinden, wo das Verve gelagert wird, was Ensi damit vorhat, und seine Pläne vereiteln? Es scheint unmöglich.

»Wird schon glattgehen«, sagt Kim.

Abermals kommen mir Tilas Worte über die Lippen: »Das kannst du mir nicht versprechen.«

»Das nicht. Aber du hast die aktuelleren Implantate und außerdem deutlich weniger davon. Dein Herz läuft mit einer eigenen Software, es lässt sich nicht aus dem Tritt bringen, und deine Implantate sind leichter einzubremsen als Nazarins. Versprochen.«

Nazarin blickt mir fest in die Augen. Seine Atmung hat sich normalisiert, er trinkt einen großen Schluck Wasser. Jetzt kann ich an seinem Gesicht ablesen, was er denkt, es ist glasklar: *Wir haben es so weit gebracht …*

Ich schließe die Augen und leere meinen Geist, eine Sekundenmeditation. Das Kinn zur Brust geneigt, schotte ich mich von allen Geräuschen ab, von der Welt, volle Konzentration auf meinen Atem. Ein. Aus. Ein. Aus.

Du kannst das.

Ich setze mich in den Sessel, Kim zurrt die Gurte fest und präpariert eine Spritze.

Dann küsst sie mich auf die Wange. Sie duftet nach Desinfektionsmittel und künstlichem Kirscharoma. »Bis bald, mein Herz«, sagt sie und sticht mir die Nadel in den Arm.

23
TAEMA

Meine Sinne verwirren sich. In der Leere schwebend wird Sehen zum Fühlen und Fühlen zum Sehen, alles ist fremd, aber schön. Schmetterlingsflügel kitzeln meine Geschmacksknospen, hinter meinen Lidern explodiert ein Feuerwerk aus Federn. Das Pochen meines Herzens rollt über mich hinweg wie tosende Wellen, die mich gegen die weichen, roten Innenwände meines Schädels schleudern. Blitze flammen auf, als der Neuralstaub in meinem Gehirn funkelt, die Form wandelt, sich zur gewünschten Gestalt morpht.

Ohne Vorwarnung und Anlass prasseln Erinnerungen auf mich ein: Ich bin sechs Jahre alt, kaue gegrillten Butternutkürbis und kichere mit Tila um die Wette, während Mom beim Abendessen eine Geschichte erzählt. Ich bin zehn und lese im Bett, neben mir schläft Tila. Ich bin sieben, wir sind am See hingefallen, ich habe mir die Hüfte aufgeschürft. In mir erstrahlt der Schmerz, als wäre die Verletzung ganz frisch. Wir wollen uns hochstemmen, rutschen im Matsch aber immer wieder ab. An meiner Seite schnauft Tila, über uns singen Vögel. Sie sieht mich an, und ich blicke in ihre unergründlichen Augen, die mir genauso vertraut sind wie meine eigenen.

»Wir schaffen das schon«, sagt Tila.

»Das kannst du mir nicht versprechen«, erwidere ich – und katapultiere mich dadurch aus der Erinnerung in die Technicolorwelt meiner Gegenwart. Ein merkwürdig bruchstückhafter

Gedächtnisfetzen schwebt vorbei – mein erstes Wiedersehen mit Tila nach der Operation. Wie sie vor mir stand, losgelöst, ein einzelner Mensch. Doch kaum war sie bei Kräften, kehrte sie zurück. Meine Schwester ist verflochten mit meinem Geist. Wohin ich mich auch wende, überall wartet sie auf mich. Tila, meine Tila. Als ich sie vor mir sehe, begreife ich: Keine von uns ist die »gute« Zwillingsschwester. Nicht mehr. Nein, noch nie. Tila ist meine andere Hälfte, ganz einfach. Nicht die bessere Hälfte. Auch nicht die schlechtere.

Da verdunkelt sich die Welt.

Es ist still. Warm.

Bin ich tot? Habe ich den gleichen Schock erlitten wie Nazarin, liege ich im Sessel, während das EKG eine Nulllinie ausgibt? Ich spüre meinen Körper nicht.

Ohne zu denken, schwebe ich in der Leere. Ich existiere, nichts weiter. Es ist ... schön. Ich kenne keine Angst mehr. Keine Sorgen. Weder wegen Nazarin. Noch wegen Ensi. Meiner Schwester. Mir selbst.

Gar nicht so übel, tot zu sein.

Ich erinnere mich an einen Text aus der Phase nach unserer Befreiung von der Feuerstelle, als Tila und ich wie im Wahn religiöse Schriften lasen. Da wurde behauptet, es gäbe keine Seele, wir bestünden bloß aus Nervenbahnen und elektrischen Impulsen, grauen Zellen und weißer Hirnmasse. Und wenn das Organ stirbt, das unser Denken beherbergt, bleibt nichts zurück. Nichts steigt auf zum Himmel oder sinkt hinab in die Hölle. Auch jetzt, im trüben Licht schwebend, bin ich unsicher, ob der Autor richtiglag.

Es ist ein ähnliches Gefühl wie bei unserem Herzinfarkt an der Feuerstelle: Die Dunkelheit näherte sich, aber ich hatte zu viel Angst, sie anzunehmen. Ich floh. Das viel zitierte Licht am

Ende des Tunnels – ich sah es nicht. Tila behauptete bei der Beichte, sie habe es gesehen. Ich dachte, sie lügt, aber vielleicht hatte sie einfach weniger Angst. Vielleicht konnte sie dort etwas Zeit verbringen, an diesem Ort der Stille.

Ich merke, wie die Grenzen meines Selbst verschwimmen. Löst sich mein Körper auf? Ich stelle mir vor, wie meine Haut abblättert, wie sich meine Adern aus dem Fleisch heben und sich hinaus in die Unendlichkeit schrauben, meine Muskeln zu dünnen Ranken zerfasern. Nur meine Knochen sind übrig, dann zerfallen auch sie, verweht wie Schnee. Ich bestehe nur noch aus meinem Geist, meinem metallenen Brustkorb und mechanischen Herzen.

Und als auch die letzten Überbleibsel vergehen, kehrt das Licht zurück. Als hätte man die Sterne angeknipst. Einen Moment lang schwebe ich noch, umgeben von den Einzelteilen meines Selbst. Jetzt kann ich sie wieder einfangen, wieder zusammenschnüren und zurückkehren.

Kurz frage ich mich, ob ich das überhaupt will. Oder ob ich alles im Nichts versinken lassen sollte.

Dann denke ich an Tila. An ihren Blick im OP-Saal, als sie die Arme um mich legte und einschlief. An die Angst in ihrem Gesicht, als sie sich vor einigen Tagen in meinem Apartment an mich klammerte, voller Panik und Verzweiflung. Wenn ich in die Dunkelheit eingehe, gehe ich allein.

Also reiße ich mich zusammen und kehre zurück in die echte, grausame, qualvolle Welt.

Wie hell es hier ist.

Ich müsste Schmerzen haben. Eine Migräne, samt wabernder Aura am Rand des Blickfelds. Wieso ist meine Haut nicht blutig gekratzt, meine Lunge angesengt, meine Muskeln ermattet? Es ist wie der Nicht-Kater nach einem Synthrausch: Irgendwo im Untergrund ahnt der Körper, dass er einer Gefahr ausgesetzt wurde.

»Ist gut gelaufen«, verkündet Kim.

»Es … soll sich so anfühlen?«, ächze ich.

Neugierig legt sie den Kopf schief. »Wie denn?«

»Da sind lauter Erinnerungen hochgekommen, aus dem Nichts. Meine Sinne haben verrücktgespielt. Und plötzlich war alles dunkel und still. Ich dachte, ich bin tot.«

Kims Augenbrauen heben sich. »Hier war alles in Butter. Werte völlig in Ordnung. Okay, gegen Ende sind deine Gehirnströme abgefallen, aber noch im grünen Bereich.«

»Das Gehirn ist schon komisch«, murmele ich.

Kim lacht. »Was du nicht sagst.«

»Und wie funktioniert das jetzt?« Von meinem Gefühl her hat sich nichts verändert. »Zeichnet mein Gehirn schon auf?«

»Nein. Aber es ist ganz leicht. Kann gleich losgehen. Ich habe die Funktion mit einer bestimmten Körperstelle verknüpft – durch Stimulation eines Nervenknotens im Gehirn, den das Programm ausliest. Dreimal draufdrücken, einmal pro Sekunde oder so, und es springt an. Wieder dreimal, und es hört auf. Minimiert die Gefahr von unbeabsichtigten Unterbrechungen, nur weil euch irgendwer anrempelt. Ich zeige es euch.« Kim stellt sich vor Nazarin. »Ich hätte es ja fast mit einer etwas … intimeren Stelle verknüpft, dann hätten wir jetzt was zu lachen gehabt. Aber die Selbstbeherrschung hat gesiegt. Findest du das nicht bewundernswert, mein kleiner Sittich?«

»Absolut«, antwortet Nazarin nüchtern. Seine Haut wirkt noch ein wenig grau. Kim nimmt seine Hand, legt seinen Zeigefinger an seine Kehle und drückt die Spitze einmal, zweimal, dreimal in die Mulde zwischen den Schlüsselbeinen. Außerlich tut sich nichts. Kein rotes Licht in den Augen oder hinter den Ohren, das die laufende Aufnahme signalisiert. Hätte mich auch gewundert.

»Wie fühlst du dich?« Aufmerksam beobachtet Kim sein Gesicht, eine Hand an Nazarins Stirn, während sie mit der anderen seinen Puls überprüft.

»Bisschen komisch. Ich habe Kopfweh, und mir ist etwas übel. Geht das vorüber?«

»Unwahrscheinlich. Aber wenn das alles ist, ist es kein schlechtes Zeichen. Das Programm läuft, und dein Gehirn reagiert verhältnismäßig gut auf den Zusatzreiz.«

Nazarin nickt. Eine Falte gräbt sich in seine Stirn.

»Okay«, sagt Kim. »Dann plappere ich jetzt ein bisschen vor mich hin, damit ihr seht, wie das in der fertigen Aufnahme aussieht. Geh ruhig ein bisschen durchs Zimmer und schau dich um.«

Nazarin tut wie geheißen und beäugt die Laborgeräte. Er dreht sich zu Kim, sie führt eine Pirouette auf. Als er zu mir kommt und mich anblickt, fühle ich mich seltsam entblößt. Bald werde ich mich durch seine Augen sehen.

»Und so halte ich es wieder an?« Nazarin tippt sich dreimal auf die Halsgrube.

»Ja, ganz simpel.«

Die Falte zwischen seinen Brauen glättet sich. »Geht mir gleich besser.«

»Gut. Kommt mit, wir waren lange genug im Labor. Der Wandschirm in der Lounge ist sowieso besser.«

Ich lasse das Labor nur zu gerne hinter mir, zumal ich wahrscheinlich in meinen Albträumen dorthin zurückkehren werde. Wir verteilen uns auf die Sofas im Wohnzimmer, ich streife die Schuhe ab, ziehe die Beine an und schlinge die Arme um die Knie. Eine kindliche Haltung, die mir nach der Operation zur Gewohnheit geworden ist – der Gegendruck an der Brust gibt mir ein Gefühl von Sicherheit. Gott, wie müde ich bin. Am liebsten würde ich zwölf Stunden schlafen.

Kim reicht uns jeweils ein Glas Wasser. Während Nazarin und ich den ersten Schluck nehmen, aktiviert sie das Interface.

»Klappt die Übertragung auch, wenn alle Signale in der Umgebung blockiert werden?«, fragt Nazarin.

»Es wird nie alles blockiert, natürlich nicht. Die Ratel kommunizieren weiterhin miteinander, sie schützen sich nur gegen jegliche Manipulation von außen. Ich nutze eine ziemlich abwegige Frequenz. Könnte eine leichte Verzögerung geben, aber Hauptsache, die Daten kommen hier an. Im Moment landen sie auf einem meiner sicheren Laufwerke. Da kommt keiner ran außer mir. Egal was ihr aufzeichnet, es ist in guten Händen.«

In guten Händen? Ich mag Kim, es gibt keinen Grund, ihr zu misstrauen – doch plötzlich besitzt sie große Macht über uns. Sie könnte uns denunzieren und behaupten, wir hätten sie zu dem Neurohack gezwungen. Sie könnte bestimmte Aufnahmen beiseiteschaffen und uns damit erpressen. Oder wichtige Daten löschen.

Nazarin bemerkt meine Zweifel. Statt etwas zu sagen, lehnt er sich zu mir, nimmt meine Hand und drückt sie, eine stumme Botschaft: *keine Angst*. Ich beneide ihn um seine Zuversicht.

Kim muss den stillen Dialog beobachtet haben, lässt sich aber nichts anmerken. Sie loggt sich in ihr Laufwerk ein – da ist es. Eine kleine Datei, zwei Minuten aus Nazarins Leben. Kim öffnet sie.

Was für ein sonderbares Echo der Realität. Dieselben Worte, die Kim eben gesagt hat, die ich eben gehört habe, aber aus einem anderen Winkel. Das Labor aus Nazarins höherer Perspektive, unterlegt vom Ticken der Instrumente, von Kims Stimme, von Füßescharren, als Nazarin losläuft. Ein Schwenk über die Geräte, als hätte er Kameralinsen in den Augäpfeln, doch die Aufnahme unterscheidet sich von einem gewöhnlichen Kamerabild, ähnlich dem Unterschied zwischen Zeal und Verve. Sie wirkt vertrauter, intimer. Als wäre ich zu Nazarin geworden.

Und als er sich umdreht, sehe ich mich selbst. Für ein paar Sekunden blickt er auf mich hinab, ich zu ihm hinauf. Es soll sich um eine schlichte Aufzeichnung handeln, doch irgendwie drängen sich ein paar wahrnehmbare Gedanken, Gefühle hinein. Was für Gefühle? Ich bin mir nicht sicher …

Ich wende mich ab, und kurz darauf endet das Video.

»Seltsam«, meint Nazarin. »Im Gedächtnis sehe ich diese Minuten genauso deutlich vor mir. Anders als andere Erinnerungen. Ich weiß alles. Und wenn ich daran denke, kehrt das leichte Kopfweh zurück. Die Erinnerung ist viel klarer als normale implantatgestützte Erinnerungen – und die sind schon nicht schlecht.«

»Ja«, sagt Kim. »Deshalb solltest du es nicht öfter anknipsen als unbedingt nötig. Okay, Taema, jetzt du. Wir müssen wissen, ob es auch bei dir klappt.«

Gehorsam tippe ich mir dreimal auf die Halsgrube. Keine große Veränderung – nur meine Augen stellen minimal schärfer. Ein spürbarer Druck in meinen Schläfen, ein Krampf fährt mir in den Bauch. Könnte schlimmer sein. Notfalls kann ich die Nebenwirkungen ignorieren. Ich drehe eine Runde durchs Wohnzimmer und betrachte Kims Sammlerstücke aus vergangenen Jahrhunderten. Nur ein paar wenige erkenne ich wieder: Der da heißt Superman, und er stützt seinen Arm auf einen ziemlich mürrisch dreinschauenden Batman.

Hinter mir führen Nazarin und Kim ein gemurmeltes Gespräch. Ich wirbele auf dem Fußballen um die eigene Achse, um das Verwischen meines Blickfelds einzufangen. Ein berauschendes Gefühl: Alles, was ich sehe und höre, ist von Dauer. Selbst wenn es in den Tiefen meines Gehirns verloren gehen sollte, was wohl ohnehin ausgeschlossen ist, könnte ich es jederzeit in höchstem Detailgrad heraufbeschwören. Auch andere könnten diesen Lebensschnipsel nachleben, jeder. In Hunderten von Jahren, wenn hier kein Stein auf dem anderen geblieben ist, könnte diese eine Datei durch glückliche Umstände die Zeit überdauert haben – und irgendwer könnte für fünf Minuten zu Taema Collins werden.

Plötzlich durchzuckt mich eine gespenstische Erkenntnis: Dank seiner Implantate hat Nazarin vermutlich viel detailliertere Erinnerungen an unsere intime Begegnung als ich, an jeden einzelnen Moment. Aber ich schiebe den Gedanken weg. Was, wenn meine Verstörung in meine aufgezeichnete Wahrnehmung einsickert, was sollen die anderen von dieser kleinen Panikattacke halten? Ich zwinge mich zur Ruhe und tippe mir dreimal auf die Halsgrube, um die Aufnahme zu beenden. Die überdeutliche Scharfsicht verschwimmt. Kopfweh und leichte Übelkeit vergehen.

Kim spielt die Aufzeichnung ab. Während meines Emotionsschubs blickt Nazarin mir kurz in die Augen, ein merkwürdiger Moment, ein Gefühlsecho, als wäre ich ein paar Minuten in der Zeit zurückgereist. Wie kann es sein, dass so viel Inneres durchscheint? Das ist mehr als befremdlich.

»Was soll ich sagen?« Rundum zufrieden betrachtet Kim den Wandschirm. »Gute Arbeit, Kim.«

»Ja, danke auch«, meint Nazarin. »Im Ernst. Danke, Kim.«

Sie winkt ab. »Dir kann ich doch nichts abschlagen.« Eine

kurze Pause. »Bevor du gehst, wollte ich dir noch etwas mitgeben, Taema. Für Ensi.«

»Was?«, fragt Nazarin, aber Kims Antwort lässt auf sich warten. Zuvor zieht sie ein Kästchen aus der Tasche und klappt es auf: ein dünner weißer Streifen.

»Das Material schmiegt sich an deinen Zahn und härtet aus. Ich kann es über einen Nerv im Zahnfleisch mit deinem Gehirn verlinken. Denkst du ein Codewort, kannst du draufbeißen und das Ding knacken.«

»Wieso sollte ich?«

»Dann tritt eine Flüssigkeit aus. Auf dich hat sie keine Wirkung, deine DNA immunisiert dich dagegen – aber auf Ensi. Du küsst ihn. Und steckst ihn dadurch an. Der Rest erledigt sich von selbst.«

»Was ist das für ein Zeug?« Nazarin klingt skeptisch.

Wieder antwortet Kim nicht direkt. »Ihr wisst doch, was passiert, wenn Ensi einen von euch enttarnen sollte. Ihr wisst, wie er sich … jener entledigt, die ihm ein Dorn im Auge sind.« Ihre Stimme erstickt fast in Tränen. »Was er wahrscheinlich mit Juliane gemacht hat.«

»Ja«, sagt Nazarin mit einem schmerzlichen Zug um den Mund.

»Versprich mir, dass du deine Chance nutzt, Taema.« Kim blickt mir in die Augen, in mich hinein. »Nur du kannst ihm so nahe kommen. Selbst wenn du ihn auf frischer Tat ertappst – auf Ensis Gehaltsliste stehen so viele Richter, Politiker und andere große Nummern, er wird sich immer irgendwie herauswinden können. Oder die Ratel zumindest reibungslos an seinen Nachfolger übergeben. Oder er ertränkt die Stadt in Verve, bis sie sich selbst in Stücke reißt, auch das traue ich ihm zu. Aber damit … *nur* damit kannst du ihn drankriegen. Ein für alle Mal.«

»Was soll das heißen? Ich kann dir nichts versprechen, solange ich nicht weiß, was du mir da einsetzen willst.«

Kim erklärt es mir. Darüber hinaus malt sie mir in allen Details aus, wie Ensi mit missliebigen Personen verfährt. Ich übergebe mich beinahe auf Kims teuren Flokati.

Auf dem Rückweg ins Labor brechen in mir wieder Erinnerungen auf. Erinnerungen an Tila. Ich darf nie vergessen, wieso ich so vieles, meine ganze Existenz aufs Spiel setze: für Tila.

Meine Schwester wird tief in meiner Schuld stehen, sollte ich sie retten können. Wie soll sie das jemals wiedergutmachen? Während Kim ihre Wunder wirkt, frage ich mich, wieso ich nicht noch wütender bin auf Tila und ihre Lügen. Sie mutet mir einiges zu. Doch auch wenn ich ihr Spiel mit den Ratel noch immer nicht vollständig begreife – ich muss daran glauben, dass sie das Richtige tun wollte. Für uns beide. Und ich muss es zu Ende bringen.

Später wird Tila mir vor allem eines schulden: die Wahrheit. Die ganze Wahrheit.

Nach der Operation ist mir etwas schwindlig, mein Backenzahn fühlt sich völlig unverändert an. Ist er aber nicht. Der dritte Backenzahn von hinten auf der linken Seite. Mir kommt immer wieder das Codewort in den Sinn – gut, dass Kim mir ein paar Tipps gegeben hat, wie ich es aus meinen Gedanken verbannen kann, bis ich es benötige. Sie hat mir geraten, zur Sicherheit rechts zu kauen, aber sollte ich die Kapsel versehentlich aufbrechen, habe ich angeblich nichts zu befürchten. Ich müsste eben hierher zurückkehren und Ersatz besorgen. Falls ich noch dazu komme.

An der Tür zögert Kim kurz, ehe sie uns mit Wangenküssen verabschiedet. »Gute Reise und viel Glück. Ich verlasse mich darauf, dass ihr das Arschloch drankriegt – so oder so. Ich weiß, ihr schafft das.«

Nazarin und ich treten in den Flur, ich drehe mich noch einmal um. Kim lächelt, aber nicht mit den Augen. Alte Trauer und Wut verdunkeln ihren Blick.

»Taema«, sagt sie. »Wenn wir das alles hinter uns haben, gehen wir endlich was trinken, klar?«

»Klar.« Ich frage mich, ob ich dann Tila mitbringen werde – oder nicht. Weil ich nicht kann? Nicht will?

24
TILA

Nicht mehr lange bis zur Verhandlung, das hat mir mein Anwalt bei seinem heutigen Besuch gesagt. Immerhin macht er mir keine falschen Hoffnungen. Er könnte ja auch so tun, als läge ich nicht in spätestens einer Woche im Eisfach.

Seit ein paar Stunden starre ich jetzt in das aufgeschlagene Notizbuch auf meinem Schoß. Erst habe ich überlegt, mit meiner Geschichte weiterzumachen. Dann dachte ich mir, ich sollte mal ein bisschen was darüber schreiben, wie es sich so anfühlt zu wissen, dass man sterben wird.

Oder in Stasis versetzt wird. Kommt aufs selbe raus.

Die Verhandlung an sich macht mir keine Angst. Da muss ich bloß rumstehen und geradeaus starren. Ich kann mich in Gedanken woandershin versetzen. Die Medien sind immer noch außen vor, mein Auftritt wird also nicht live in praktisch jede Wohnung und jeden Schädel in San Francisco gestreamt. Ist doch was. Aber aufgezeichnet wird er, und irgendwann gehen sie damit an die Öffentlichkeit. Die ganze Welt wird mich zu sehen bekommen, eine Mörderin in einer Stadt, die so stolz darauf ist, Mord und Totschlag ausgerottet zu haben. Während natürlich weiterhin munter gemordet wird, andauernd, nur eben im Verborgenen: Zealoten, Mitglieder und Opfer der Ratel … Tote gibt es genug.

Die Verhandlung macht mir keine Angst. Das Danach schon.

Ich blicke immer wieder auf meine Hände, auf die zahllosen

Fältchen und Wirbel und die kaum sichtbare Beule am Handgelenk, wo der VeriChip unter der Haut sitzt, gleich rechts der Pulsader, ein blauer Blitz. In der Ellenbogenbeuge habe ich ein Muttermal, genau wie Taema. Wieder und wieder studiere ich diese Details, die mich ausmachen, denn bald verschwindet all das im ewigen Eis. Das Blut wird nicht mehr durch meine Adern zirkulieren, sondern zu einer widerlichen Masse gerinnen, meine Finger werden sich nicht mehr regen, meine Haut wird ergrauen. Irgendwann wird in dem Gebäudetrakt der Strom ausfallen, wir alle werden auftauen, vielleicht ein paar Tage, nachdem sie mich schockgefrostet haben, vielleicht ein paar Jahre, egal, und hinterher werden sie meine Leiche restlos verbrennen. Knochen, Haut, Gehirn, alles werden sie auslöschen, nichts wird bleiben bis auf ein wenig Asche.

Noch sind wir zu zweit, Taema und ich, aber nicht mehr lange. Wahrscheinlich ist sie ohne mich sowieso besser dran. Und trotzdem muss ich dauernd daran denken, wie das für meine Schwester sein wird, so ganz allein.

Das Versorgungsschiff näherte sich, um die planmäßige Lieferung abzusetzen, Taema und ich rannten zum Landeplatz. Wir sahen es über uns hinwegziehen, es glitt unglaublich geschmeidig durch die Luft, wie ein Vogel, der unter Wasser taucht und einen Fisch fängt. Wir wollten das Spektakel beobachten, wie tausendmal zuvor.

Aber dieses Mal war alles anders.

Dad hatte die Oberaufsicht, er erklärte den Stadtmenschen, wie sie die Droiden zu programmieren hatten, damit die Frachtkisten an den richtigen Stellen deponiert wurden. Mom musste jeden Posten abzeichnen. Und da drüben, ein bisschen an der Seite, wanderten ein, zwei Kisten aufs Schiff. Das hatten wir schon früher bemerkt, aber wir hatten immer gedacht, es wären bloß Decken und Schmuckzeug, Handarbeitskram, der in der Stadt an Leute verscherbelt wurde, die auf so einen Mist standen. Auf Sachen, die von Menschenhand gemacht waren statt von Robotern oder Replikatoren. Jetzt waren wir etwas misstrauischer, hatten aber immer noch keine Ahnung.

Mom sprach mit einer Frau, dann schüttelten sie sich mit ernster Miene die Hände … wobei irgendwas von der Hand der Frau in Moms Hand wanderte. Die Frau ging weg, Mom schob es in die Tasche. Mit schuldbewusstem, besorgtem Gesicht. Da ging es um uns, eindeutig.

»Was denkst du, was das ist?«, fragte Taema mich.

»Bald wissen wir es«, antwortete ich.

Bald wussten wir es.

Am selben Tag baten Mom und Dad uns, nach dem Abendessen noch am Küchentisch zu bleiben. Sie zogen die Vorhänge zu, damit wir nicht beobachtet werden konnten, und reinigten die abgenutzte Holzoberfläche mit Desinfektionsmittel. Dann holten sie ein Päckchen hervor und wickelten es aus. Kleine Silberquadrate fielen klirrend auf den Tisch und glitzerten unter der summenden Deckenlampe. Das hatte die Frau am Nachmittag unserer Mom gegeben. Aber was zur Hölle war das?

»Was ist das?«, fragte ich.

»Das sind VeriChips«, sagte Dad. »Identifikationsmarken. Ausgestellt auf Taema und Tila Collins.«

»Wir heißen doch Amner mit Nachnamen«, meinte Taema.

Wenn unsere VeriChips auf unsere echten Vornamen lauteten, könnte Mana-ma uns nach der Flucht leichter ausfindig machen, also falls sie sich ein bisschen Mühe gab. Aber Taema und ich hätten es nicht ausgehalten, auch noch mit falschen Vornamen herumzulaufen, wo wir doch bereits alles andere verlieren würden. Und nach der Flucht konnte Mana-ma uns doch sowieso nichts mehr anhaben. In der Stadt würden wir einfach unsere Vergangenheit für uns behalten und keinen Mist bauen. Wir dachten, das würde reichen.

(Naiv, wie wir waren.)

Unsere Eltern packten den Verbandskasten aus, sie wollten die VeriChips gleich jetzt einsetzen, denn schon das nächste Versorgungsschiff sollte uns hier wegbringen. So hatte Mom es mit der Fremden vereinbart, der Schiffskommandantin. Wie sie das angestellt hatte? Keine Ahnung, zum Bestechen hatten wir nichts. Vielleicht hatte Mom an ihre Menschlichkeit appelliert oder so.

Mom führte die Operation durch. Sie tupfte unser rechtes Handgelenk ab und betäubte die Stelle mit Eis. Gegen den Schmerz half es kaum, aber so mussten wir nicht schreien, als sie uns mit dem Skalpell die Haut aufritzte und die Identifikationsmarken hineinschob. In den Städten, erklärte sie uns, hatte jeder einen VeriChip. Die Chips waren wichtig. Mit einem einzigen Stich nähte Mom die Wunden und verband sie anschließend. Es war Herbst, draußen wurde es sowieso kälter, aber Mom befahl uns trotzdem, die Wunden unter langen Ärmeln zu verstecken, bis sie verheilt waren. Eine kleine Narbe könnte zurückbleiben, meinte sie, aber die könnten wir in San Francisco gegen einen Teil unseres ersten Gehalts ausradieren lassen. Ich weiß noch, wie ich mich damals fragte: Gehalt? Was ist das? Woher bekommt man so was?

An diesem Abend erzählten Mom und Dad uns stundenlang von San Francisco und der Außenwelt, lauter veraltete Infos, die uns an der Feuerstelle verschwiegen worden waren. Taema und ich wussten zwar schon einiges von dem verbotenen Tablet (das immer noch unter unserer Matratze lag), waren aber trotzdem völlig überfordert. Wir konnten das nie und nimmer alles aufnehmen, doch Mom und Dad waren wild entschlossen, uns möglichst viel Wissen mitzugeben, und so hielten wir den Mund und lauschten.

In der Nacht lagen Taema und ich Stirn an Stirn im Bett und starrten auf unsere bandagierten Handgelenke.

»Jetzt sind wir bestimmt schon unrein, was?«, flüsterte Taema. Sie wirkte so jung und zerbrechlich, und mich machte es scheißwütend, dass ich sicher genauso aussah.

»Rein, unrein … das ist doch Schwachsinn«, erwiderte ich.

Taema verzog den Mund. Vom Kopf her musste sie mir recht geben, aber gegen ihr Bauchgefühl kam sie nicht an. Ihr ganzes Leben lang war ihr eingebläut worden, dass solche Technik böse ist, und jetzt saß die Technik unter ihrer Haut. »Wir gehen hier wirklich weg, oder?«

»Ja. Und wir kommen nie wieder zurück«, sagte ich, irgendwo zwischen Triumphgefühl und leichter Trauer. Mana-ma und die Philosophie der Feuerstelle gaben uns nichts mehr, vor allem mir nicht, aber wir kannten doch nichts anderes. Unsere Freunde, unsere Eltern, unsere ganze Art zu leben, alles war hier, und durch das Tablet hatten wir nur einen winzigen Blick auf die echte Welt erhascht, wie durch ein Fenster. Bald würde sich alles verändern.

Als wir in dieser Nacht einschliefen, wussten wir, dass unsere Zeit an der Feuerstelle zu Ende ging.

25

TAEMA

Meine erste Schicht in der Verve-Lounge steht an, in einer Lagerhalle unten am Hafen. Die Ratel haben mir über eine nicht zurückverfolgbare Verbindung eine Erinnerung auf die Implantate geschickt. Diese Woche hat Tila Montag und Mittwoch Schicht.

Nazarin ist als Security eingeteilt. Die Ratel hätten ihn am liebsten schon gestern geprüft, doch er überlegt sich immer neue Ausreden, die Prüfung bis nach der Lieferung aufzuschieben.

In der MUNI, auf der Fahrt durch das schimmernde Grün der Tunnel, denke ich ununterbrochen an meine Prüfung. An die vorüberflimmernden Bilder, die Gerüche, den Orientierungsverlust. An die simulierten Morde, die mir absolut real erschienen. Mord. Was habe ich mich vor diesem Wort geekelt, als ich es vor einigen Tagen hörte – seitdem habe ich in zwei Simulationen selbst mörderische Gewalt ausgeübt. Und gleich werde ich in eine weitere Vervescape eintauchen, in der mich alles und jeder erwarten könnte.

An der Lagerhalle angekommen, verbanne ich die makabren Gedanken aus meinem Geist. Ich muss wieder zu Tila werden, zu einer aufstrebenden Klarträumerin in den Reihen der Ratel. Einem Turm.

Von außen macht die Halle nicht viel her, ein öder Betonblock mit einem alten Ladenschild: *Geary Hovered Automobiles.*

Die ausgeblichene Schrift wird halb von einem animierten Graffito verdeckt – über dem antiquierten Schwebeauto schlägt ein stilisiertes, mit Messern bewaffnetes Häschen eine endlose Abfolge von Rädern.

Noch bevor ich anklopfen kann, öffnet Malka die Tür. Erschrocken weiche ich zurück, ich kann nicht anders. Die Dame lächelt mich an, die Augen zusammengekniffen. Heute trägt sie ein langes, kunstvoll fallendes Kleid, ähnlich einer griechischen Tunika.

»Hallo, Vögelchen. Komm nur herein.«

Ich überquere die Schwelle.

Wer dachte, das Innere der Halle wäre genauso schäbig wie ihr Äußeres, wird eines Besseren belehrt. Es ist hell und sauber wie im Krankenhaus.

Malka führt mich durch einen langen Flur, mit wiegenden Hüften, ihre Absätze klappern über Fliesen. Sie sieht über die Schulter. »Freut mich, dass du dich wieder erholt hast. Wir hatten dich vermisst, die letzten paar Male. Hätten dein Know-how gebrauchen können. Aber jetzt hast du ja die Prüfung hinter dir. Jetzt können wir dir komplexere Träume anvertrauen, Vogelmädchen.«

Diese Vorliebe für Spitznamen teilt Malka mit Kim – ihre einzige Gemeinsamkeit. Kim ist ein warmherziger, unverfälschter Mensch, bei Malka wirkt jede Geste kalkuliert. Mit einem kehligen Lachen hält sie an einer Tür inne, die sich mit einem leisen Lufthauch öffnet. »Rein mit dir. Wenn man so will, kommt nun Teil zwei der Prüfung. Was kannst du mit einem pikanteren Traum anfangen?«

Ich trete ein, die Handflächen feucht vor Nervosität. Im Inneren steht ein VR-Sessel, ein deutlich schnittigeres, eleganteres Modell als seine Pendants im Mirage oder auch im Trainingsraum des Safehouse. Auf der Sitzfläche ruht ein Mann, festgegurtet, aber offenbar nicht gegen seinen Willen. Daneben wartet ein zweiter, leerer Sessel.

Bei näherem Hinsehen zucke ich zusammen.

»Dachte mir schon, dass du ihn erkennst.« Malka lächelt. Wenn ich das Vögelchen bin, ist sie eine Vogelfängerin mit einer Galerie voller ausgestopfter Opfer.

»Ja, das ... das ist Alex Mantel.« Der Besitzer von Sudice, Inc. Einer der mächtigsten Männer der Welt. Der Chef des Chefs des Chefs meines Ex-Chefs, um genau zu sein. In meinen langen Jahren als Silvercloud-Angestellte habe ich ihn nur ein paarmal gesehen, aus der Ferne. Und dieser Mann sitzt hier in einer Untergrundlounge unter Kontrolle der Ratel? Wissen die Behörden davon?

Ich fasse mir an meine Halskette, als nestelte ich daran herum – und solange Malkas Blick noch auf dem reglosen Alex Mantel ruht, tippe ich mir zwischen die Schlüsselbeine. Einmal. Zweimal. Dreimal.

Dann versuche ich, den Schwindel und die Übelkeit hinunterzuschlucken.

»Du verstehst doch, wieso wir größten Wert auf Diskretion legen?«, säuselt Malka. »Niemand darf wissen, dass Mr. Mantel unsere Lounge frequentiert. Und es wird auch niemand davon erfahren, nicht wahr?« Ihre Zungenspitze zuckt hervor, fährt über rote Lippen.

»Natürlich nicht.« Meine Atmung geht flach und schnell. Mit Gewalt fülle ich meine Lunge, aber umsonst, der gefühlte Sauerstoffmangel hält an.

Reiß dich zusammen, Taema. Reiß dich zusammen.

»Alles okay mit dir?«, fragt Malka voller gespielter Sorge.

»Mir geht es gut.« Ich setze ein kleines Lächeln auf. »Ich ...

hätte nur nie gedacht, dass ich Mr. Mantel einmal persönlich kennenlerne. Sozusagen. Ich soll doch … mit rein?« Mein Blick wandert zum zweiten Sessel.

»Ja. Du beobachtest den Traum, ich beobachte dich. Dann sehen wir schon, wie du dich machst. Eine zweite Prüfung, wie gesagt, aber keine ganz so … heikle.«

Ein erstickter Laut dringt aus meiner Kehle, eine Art Lachen. »Hoffentlich schlage ich mich wieder so gut.«

»Ja. Hoffentlich.«

Das halbherzige Lächeln verschwindet von meinen Lippen.

Wir befinden uns in einer schalldichten Kammer. Auf dem Flur müssen Dutzende Menschen vorbeilaufen, wovon wir aber nichts hören, es ist, als gäbe es nichts als diesen Raum. Nichts als das stotternde Murmeln der Maschine und die leisen Atemgeräusche dreier Menschen.

»Soll ich ihm irgendwas einflüstern?«

»Diesmal nicht«, antwortet Malka. »Du beobachtest nur. Er soll dich nicht bemerken.«

»In Ordnung.«

Malka verkabelt mich und zieht Spritzen auf. Wozu dieses aufwendige Prozedere, wenn es bei meiner Prüfung auch ohne Sessel ging? Vielleicht ist das Verfahren noch in Entwicklung, oder Ensi hat mir eine Dosis verabreicht, die hier nicht ausreichen würde. Ich hatte die Wirkung nicht mal bemerkt.

»Schlaf schön«, sagt Malka irgendwo über mir.

Dann werde ich davongetragen.

Ich lande in einem körnigen Traum. Durch mein Blickfeld schweben kleine weiße Flecken, wie statisches Rauschen. Ich konzentriere mich darauf, mit der Umgebung zu verschmelzen wie ein Geist. *Ich bin gar nicht da,* sage ich dem Traum. *Übersieh mich ruhig. Ich bin ein weißer Fleck von vielen.*

Da lichtet sich der Nebel, der Traum klart auf, die Farben intensivieren sich, leuchten wie in Mias Vervescape. Vor Mantel liegt eine Frau, ans Bett eines Penthouse-Apartments gefesselt. Auch sie erkenne ich wieder. Es ist die Bürgermeisterin von San Francisco. Sharon Roux.

Beide sind nackt, ihre Klamotten auf dem Boden verstreut. Frische Quetschungen überziehen Roux' Beine und Oberarme – aber nur dort, wo sie von ihrem Businesskostüm verhüllt werden würden. Zuerst runzele ich die Stirn, dann sehe ich ihr Lächeln. Roux hat Spaß an den Fesseln. Genauso viel Spaß wie Mantel.

Jetzt schiebt er sich auf sie, die nächste Runde. Er tut ihr weh, sie schreit, sie lächelt, er auch. Kein Vergleich zu meiner ersten Vervescape. Mantel will Roux nicht töten. Kein Blut, kein öliger Schlamm, keine Monster. Beide genießen Schmerz und Lust.

Ich schätze, Mantel durchläuft eine eigene Erinnerung. Verve kann Gedächtnisinhalte übersteigern, Vergangenes in glorreich übersättigter Farbenpracht zum Leben erwecken. Es ist ein merkwürdiges Gefühl, anderen beim Sex zuzusehen und gleichzeitig zu wissen, dass mein Körper an den Sessel gegurtet daliegt, unter den Augen einer Frau, die sämtliche physischen Reaktionen überwacht. Aber ich wende den Blick nicht ab. Ich tue meine Spitzelpflicht und hoffe, dass ich entdecke, was ich entdecken soll.

Wieso hat Mantel diese Erinnerung ausgewählt? Welcher Aspekt wird übersteigert? Und in welchem Zustand wird er aufwachen? Wütender? Oder wird er schlicht auf den nächsten Besuch in der Lounge brennen? Welche Gegenleistung werden die

Ratel ihm vorschlagen? Vieles wäre vorstellbar. Irgendein profitabler Deal, vielleicht die Blockade eines Patentantrags, während ein anderer durchgewinkt wird. Aber die Ratel könnten seine Persönlichkeit auch vollständig überschreiben und Mantel nach ihren Wünschen formen. Nicht auszudenken, wenn der Boss des weltweit mächtigsten Unternehmens ihre Marionette wäre. So könnten sie die Spitze von Sudice kontrollieren – und auf das niedere Volk Heerscharen gewaltsüchtiger, durch Verve umprogrammierter Zealoten hetzen. Das System würde kollabieren, Platz machen für ein neues.

Nach einer gefühlten Ewigkeit kommen Alex Mantel und Bürgermeisterin Roux zum Ende. Mantel befreit sie von den Fesseln, beide strecken sich auf den Seidenlaken.

Zeit fürs Bettgeflüster. Volle Konzentration. Ich schiebe mich näher heran, halte mich aber im Schatten, unbemerkt von Mantel und Roux. Durch die laufende Aufzeichnung dröhnt mir selbst im Schlaf der Schädel und schmerzt mein Magen, als hätte ich Steine geschluckt – aber sie erfasst nur meine reale Umgebung, keine Träume. Man wird Mantel im Sessel sitzen sehen. Ob uns das weiterhilft?

Mantel und Roux liegen dicht nebeneinander, ohne sich zu berühren. Ist das Liebe? Oder nutzen sie sich gegenseitig aus? Vielleicht beides.

»Die Sache gerät außer Kontrolle«, sagt Roux, den Blick zur Decke gerichtet. Statisches Rauschen wabert über ihr Gesicht, über verklebte Strähnen an ihrer feuchten Stirn.

Mantel verschränkt die Hände hinter dem Kopf. »Was gerät außer Kontrolle?«

»Unser kleines Problem mit den Ratel. Weißt du, wie viel Zeit mich das zuletzt gekostet hat?«

»Ich kann es mir vorstellen.«

Roux fletscht die Zähne. »Wir müssen sie aufhalten, Mantel. Diese kranke Droge basiert doch auf deinem Präparat.«

»Als wüsste ich das nicht. Die Frage ist nur, wie man sie noch aufhalten soll.«

»Ja, gute Frage. Aber die Straßen sind jetzt schon voll von gottverdammten Kriminellen. Letzte Woche gab es einen Raubüberfall. Auf einen Zivilisten. Mussten wir vertuschen. Wie lange geht das noch gut? Und bei einem Mord? Gibt es einen Aufstand. Wir bewegen uns auf einem schmalen Grat, und ich will nicht, dass die Situation zugunsten der Ratel kippt.«

»Wir arbeiten an einem Gegenmittel. Aber das braucht seine Zeit.«

»Wir haben keine.« Als Roux sich aufrichtet, gleitet das Laken herab und entblößt sie bis zur Hüfte. Ihre großen Brüste spotten der Schwerkraft, ein Wunderwerk der Schönheitschirurgie. Anders als bei Nazarins aufgezeichneten Erinnerungen schimmern Mantels Gefühle nicht durch, und doch muss das eine technisch mit dem anderen zusammenzuhängen. Ich erlebe Mantels Rausch wie meinen eigenen – wie soll das gehen, wenn die Maschine nicht an meinen Implantaten herumpfuscht?

Alles hängt mit allem zusammen.

»Mit Veli hättet ihr das Gegengift schon«, sagt Roux. Wer oder was ist Veli? Der Name tauchte weder in Tilas Notizen auf noch in den Gehirnübertragungen des SFPD.

»Woher willst du das wissen?«, erwidert Mantel. »Veli war ein Hochstapler. Ein Emporkömmling, den mein Vater in einem seiner Lieblingsprojekte hochgezogen hatte.« Mantels Stirn verdüstert sich, und womöglich gegen seinen Willen flackert ein Gesicht über die Wand, ein jüngerer Mann mit ausgeprägtem Kinn und zornigem Blick. Praktisch im selben Moment verschwindet es wieder, so schnell, dass ich daran zweifle, es gesehen zu haben.

»Veli war ein Genie, und du hast dich aufgeführt wie ein eifersüchtiger Teenager.« Roux klingt fast gelangweilt, als hätten sie diese Diskussion schon oft geführt. Sie schwingt ihre Beine über die Bettkante und zieht die Strumpfhose über die Füße.

»Sieh dich vor, Roux«, sagt Mantel, seine Stimme voll gärender Wut.

Sie betrachtet ihn über die Schulter. »Aber immer doch.«

Die Traumwelt verschiebt sich. Eine andere Frau betritt den Raum, eine Unbekannte. Als Mantel kurz in meine Richtung blickt, befürchte ich, er könnte mich gesehen haben, doch da versinkt alles in Dunkelheit. Mantels Traum setzt sich fort, aber ohne mich.

Ich erwache im Sessel, unter Malkas starrem Blick. Im Sessel gegenüber hat Mantel eine Erektion. Ich schaue weg.

Malka faltet die Hände auf den Knien. »Und? Ist dir etwas aufgefallen?« Ich denke darüber nach, lausche der Unterhaltung in Gedanken erneut.

»Sieh dich vor, Roux«, sagt Mantel, seine Stimme voll gärender Wut.

Sie betrachtet ihn über die Schulter. »Aber immer doch.«

»Roux weiß, dass sie Mantel nicht trauen kann.«

»Wie kommst du darauf?«

»Sie drückt sich sehr vage aus. Sie deutet Maßnahmen gegen die Ratel an und belässt es bei der Andeutung. Und sie tadelt Mantel dafür, Veli nicht gehalten zu haben …« Hier weiß ich nicht weiter. »Wer ist Veli?«

»Der eigentliche Erfinder von Zeal. Es heißt, Mantel habe ihn aus Sudice rausgedrängt – und ein Kopfgeld auf ihn ausgesetzt.« Malka hebt eine Augenbraue. »Seitdem wurde Veli nicht mehr gesehen. Sonst noch was?«

»Die Behörden haben es immer noch auf uns abgesehen«, sage ich – so sehr es mir auch widerstrebt, das treue Ratel-Mitglied zu spielen. »Aber das ist nichts Neues.«

Malka lächelt. »Braves Mädchen.«

»Also liege ich richtig?«

»Du bist zumindest auf der richtigen Spur.« Malka steht auf, und ich imitiere ihre geschmeidige Bewegung. »Dass du eine fähige Traumsichterin bist, wussten wir längst. Nächstes Mal erhöhen wir den Einsatz. Dann hast du schon Erfahrung mit Mantels Träumen – und solltest daher in der Lage sein, ihm eine Kleinigkeit einzuflüstern.«

»Was genau?« Angst bohrt sich in meinen Magen, mein Mund verzerrt sich zu einem Plastiklächeln.

»Das erfährst du dann.« Malka mustert mich prüfend. »Ich hatte meine Zweifel, aber wie es aussieht, hat Ensi dich richtig eingeschätzt.«

Ein verdammt hinterhältiges Kompliment. Doch ich ziehe mein Lächeln erst recht in die Breite. »Danke.«

»Freu dich nicht zu früh.« Malka schwebt auf mich zu und umfasst meine Wange – irgendwie gelingt es mir, nicht zur Salzsäule zu erstarren. »Ich muss dir noch zeigen, was mit Vögelchen passiert, die ihr Schnäbelchen nicht halten können. Nur zur Sicherheit.«

An der Hand führt sie mich auf den Flur. Durch die zufallende Tür werfe ich noch einen Blick auf Mantel: Er stöhnt leise, rhythmisch, tierhaft, tief im Verve-Sog, wo der Sex besser ist und selbst erinnerte Drohungen nur noch ein Lächeln wert sind.

Der nächste schalldichte Raum. Vor der Tür nimmt Malka mit besorgniserregender Selbstverständlichkeit ein Schwert in der Scheide von einem Haken an der Wand.

Drinnen erwartet mich ein Gesicht aus Tilas Skizzenbuch: Nuala, eine kleine, niedliche Person mit blasser Haut und Haaren zwischen Flieder- und Metallgrau. Sie sieht aus wie eine Elfe aus einem Fantasyfilm.

Und sie hat offensichtlich große Angst.

»Hallo, Nuala«, sagt Malka, als träfen sie sich auf eine Tasse Tee. »Freut mich sehr, dich zu sehen.«

Malka zieht das Schwert aus der Scheide, dem Anschein nach eine sehr alte Klinge. Mit einem Japsen drängt Nuala sich in die Ecke, dabei ist ihre Lage ohnehin aussichtslos. Was auch immer im Detail geschehen wird, es wird kein schöner Anblick sein, und ich kann nichts dagegen unternehmen. Ich verschließe meine Emotionen. Wenn ich hier unbeschadet herauskommen will, muss ich zum Roboter mutieren. Trotz meiner zitternden Knie.

»Das ist Tila«, stellt Malka mich vor. »Deine Nachfolgerin. Erzähl ihr, was du verbrochen hast.«

Nuala neigt den Kopf, sodass mein Blick auf ihren exakt gezogenen Mittelscheitel fällt. An meinem Rücken spannt sich jeder Muskel, bei der kleinsten Bewegung könnten sie zerreißen.

»Ich habe gesungen«, flüstert Nuala.

»Oh ja. Und wer durfte dir lauschen?«

»Die Polizei.« Nualas Stimme ist kaum zu hören.

Meine bereits bis zum Anschlag gespannten Muskeln verkrampfen sich weiter. Malka weiß Bescheid. Ganz bestimmt. Ich bin nicht Nualas Nachfolgerin. Die Dame will uns beide töten, hier in diesem schalldichten Raum, wo uns niemand schreien hört. Ich zwinge mich, ruhig zu bleiben, gleichmäßig zu atmen, konzentriert auf das kräftige, stoische Pochen meines mechanischen Herzens. Das Kopfweh hält an, Übelkeit wühlt sich in meinen Magen – alles wird aufgezeichnet. Auch im Fall meines Todes sollte Kim die Daten erhalten. Hoffe ich.

»Korrekt«, sagt Malka.

Sie wiegt das Schwert in der Hand.

»In solchen Dingen halte ich mich gerne an die Tradition«, meint sie im Plauderton. »Die Waffe stammt aus dem 12. Jahrhundert. Wunderschön, nicht wahr?«

In der Tat, es ist eine grausige Schönheit. Die Jahre haben ihre Scharten im Metall hinterlassen, die Klinge ist aber noch scharf. Smaragde funkeln im Griff.

Nuala wimmert. »Bitte … bitte nicht.«

Vergeblich. Malka schlendert auf sie zu, das unter der Deckenbeleuchtung schimmernde Schwert in der Hand. Das Opfer wird umkreist. Nuala drückt sich gegen die Wand, so fest sie kann, und schreit um Hilfe, aber nur ich kann sie hören, und ich presse mir die Hände auf die Ohren. Meine Selbstbeherrschung wird brüchig, ich merke, wie ein raues Schluchzen aus meiner Kehle steigt. Am liebsten würde ich Nuala mit dem Körper abschirmen – aber ich weiß, es wäre sinnlos. Und ich bin feige. Ich bin nicht meine Schwester. Tila würde sich auf Malka stürzen und ihr die Waffe entreißen, ohne Rücksicht auf Verluste.

»Schließ bloß nicht die Augen«, warnt Malka mich in einer Art Singsang. »Du sollst wissen, wie wichtig es ist, dass du dein gottverdammtes Schnäbelchen hältst.«

Ich reiße die Augen auf, wage nicht mal mehr zu blinzeln. *Schau hin.*

Nuala schreit und schreit, das hohe Kreischen einer Todesfee. Bis Malka die Schwertspitze durch ihre Halsgrube stößt. Da verstummen die Schreie.

Blut spritzt auf Nualas weiße Uniform, ein purpurner

Schwall ergießt sich auf ihre Brust. Wenigstens ging es schnell. Keine Folter, keine Skalpelle, nicht wie in Mias Traum.

Malka zieht das Schwert aus der Leiche und säubert die rotgefärbte Klinge an Nualas Uniformzipfel. In den starr geradeaus blickenden Augen des Mädchens glänzen noch Tränen, in ihren wundervollen Haaren klebt Blut. Malka blickt auf sie hinab, nun ohne jede Wut. Erfüllt von Ruhe, als wäre sie aus einer Traumwelt erwacht, in der sie ihre Mordlust gestillt hat, zumindest vorübergehend.

»Jetzt weißt du, was dir bevorsteht, solltest du uns in den Rücken fallen.«

»Weiß ich das nicht seit dem Xanadu?« Ich wünschte, ich befände mich in einer Verve-Halluzination, wie bei meiner ersten Prüfung. Aber diesmal ist alles real.

»Jede Wiederholung erhöht den Lerneffekt.« Malka nähert sich, bis ich hinter dem metallischen Blutgestank ihr Parfüm erahnen kann – ein dunkler Weihrauchduft. Wenige Zentimeter vor mir verharrt sie, ich sehe jede Pore ihres vollkommenen Gesichts, jeden Glitzerpartikel ihres Lidschattens.

Sie ist mir so nah, als wollte sie mich küssen. Mit der Zungenspitze betaste ich die Kronenattrappe an meinem linken Backenzahn. Eigentlich ein Mitbringsel für Ensi, aber vielleicht wirkt es auch auf Malka?

»Zumal ich mich immer noch frage, ob ich dir trauen kann«, säuselt Malka. »Weißt du, ich mochte Nuala. Ihr Tod … ich habe ihn so angenehm wie möglich gestaltet. Solltest du uns verraten, kommst du nicht so glimpflich davon.« Eine Pause. »Ich weiß nicht, was Ensi in dir sieht oder was er von dir will. Aber er wird es kriegen, Vögelchen«, flüstert sie mir zu. »Noch bist du interessant. Noch ist er neugierig, was du ihm zu bieten hast. Doch ist seine Neugier befriedigt, wirst du nicht mehr gebraucht. An deiner Stelle würde ich mich schnellstens anderweitig nützlich machen und beweisen, dass auf mich Verlass ist. Beweis es ihm. Und besonders mir. Sonst wirst du bald feststellen, dass du in einem Käfig sitzt, aus dem keiner entkommt.«

Malka starrt in mich hinein, als sähe sie alles: meine Falschheit, meine Angst.

Erst nach einigen Sekunden, nach einer Ewigkeit weicht sie zurück und schiebt das Schwert in die Scheide wie eine Kriegerin nach getaner Arbeit, wie eine Walküre. Sollte ich sie zum Zweikampf herausfordern, hätte ich keine Chance.

Malka lächelt, wie um mir beizupflichten, und dreht sich zum Ausgang. Ich tippe mir dreimal auf die Halsgrube und folge ihr, den Blick von Nualas Leiche abgewandt.

Später, im Safehouse, zittere ich unkontrolliert.

Ich sehne mich nach Tränen, kann aber nicht weinen. Also kauere ich bloß in eine Decke gewickelt im Wohnzimmer, am ganzen Leib bebend. Neben mir sitzt Nazarin. Ich habe ihm alles erzählt, und unsere jeweiligen Aufzeichnungen wurden auf Kims Server übertragen. Wir haben ihr verboten, die Dateien zu öffnen. Ich will nicht, dass sie den Mord an Nuala sieht, er könnte sie an das Schicksal ihrer Frau erinnern. Einer Frau, die dachte, sie arbeitet an einem gewöhnlichen Fall – und ihrer Beute etwas zu nahe kam.

»Weißt du, wer Veli ist?«, frage ich Nazarin. Malkas Reaktion, ihrer Körpersprache nach zu schließen ist er eine bedeutende Figur.

»Nein. Aber ich kann meinen Vorgesetzten fragen, vielleicht weiß er mehr.«

Stille kehrt ein. Nazarins Blick verschwimmt, als er seinen

Chef anpingt, seine tippenden Finger tanzen durch die Luft. Ich lehne mich an ihn, an seinen warmen Arm. Die Wärme erdet mich. Langsam schließen sich meine Augen, und allen Grausamkeiten zum Trotz nicke ich ein.

Eine Weile später rüttelt Nazarin mich behutsam wach.

»Was ist?« Mir schwirrt der Kopf – Erinnerungen an Nuala, die mir beinahe die Galle hochkommen lassen.

»Mein Vorgesetzter hat sich über Veli informiert. Die Akte unterliegt der Geheimhaltung, selbst für ihn.«

»Scheiße. Im Ernst?«

»Ja. Aber er hat sich Zugriff verschafft. Und er teilt sein Wissen mit uns.«

»Gut.«

Nazarin steht auf und holt zwei Gläser mit Wasser. Ich kippe meines hinunter, er atmet tief durch. »Veli, mit vollem Namen Veli Carrera, war mal CEO von Sudice, Inc. Peter Mantel, Alex Mantels Vater, und Carrera hatten Sudice gemeinsam gegründet. Doch nach Peters Tod wurde Carrera von Alex abgesägt, Alex wollte den Konzern als Familienunternehmen aufziehen. Carrera hatte dafür wenig Verständnis, weshalb Alex es nicht riskieren wollte, ihn einfach … von der Leine zu lassen. Er engagierte einen Auftragskiller, wahrscheinlich bei den Ratel. Aber Veli Carrera entkam und stieg selbst bei der Mafia ein. Er legte sich ein neues Gesicht zu, um unerkannt zu bleiben. Das SFPD geht davon aus, dass er sich von ganz unten bis zur Spitze der Ratel hochgearbeitet hat. So wurde er zu … Ensi.«

Es dauert ein paar Sekunden, das zu verarbeiten. »Also war Ensi von Anfang an der Mann hinter Zeal. Kein Wunder, dass er Verve entwickeln konnte, er hatte die fachlichen Grundlagen. Und kein Wunder, dass er Zeals Macht über die Stadt schwächen und die Droge langfristig durch Verve verdrängen will. So kann er San Francisco ins Chaos stürzen – und Sudice einen schweren Schlag versetzen.«

»Ganz genau.«

»Geheimnisse hinter Geheimnissen …«

»Was habe ich dir gesagt? Je tiefer man einsteigt, desto weniger glaubt man zu wissen.«

Es wird still.

»Ich glaube, Ensi arbeitet an einer Verve-Variation, die ohne Sessel und Implantate auskommt«, sage ich vorsichtig. »Ich glaube, vor meiner Prüfung hat er mir Verve eingeflößt.«

Nazarin reibt sich das Gesicht. »Auf die Art könnte er ganze Menschenmassen unter Verve setzen. Auch dort, wo sie nicht damit rechnen.«

»Ensi könnte jedermanns Gedanken ausspähen. Es gäbe keine Geheimnisse mehr. Nicht vor Ensi.«

»Ganz genau.« Er seufzt. »Aber es gibt auch gute Nachrichten, hoffe ich zumindest. Ensi hat mich zu seinem Bodyguard gemacht. Wenn die Lieferung von der Feuerstelle reinkommt, bin ich direkt an seiner Seite, optimal postiert, um alles aufzuzeichnen.« Nazarin tippt sich an die Schläfe.

»Es wird sich zeigen, ob das so eine gute Nachricht ist. Ich denke, nach der Lieferung sollten wir uns zurückziehen. Mir wird das alles zu brenzlig.«

»Sehe ich genauso. Wenn wir wissen, was von der Feuerstelle an die Ratel geliefert wird, wenn wir Ensi den Handel mit illegalen Gütern nachweisen und Alex Mantels Beteiligung belegen können, haben wir genügend Munition. Dann bekommen die Ratel die volle Härte des Gesetzes zu spüren, und wir sind raus.«

»Nur noch bis zur Lieferung also«, sage ich erschöpft.

»Nur noch bis zur Lieferung.«

Bald ist es geschafft.

Montag geht zu Ende, Dienstag verschwimmt zu einem Gemisch aus Schlafmangel und allerletzten Vorbereitungen, und schon ist es Mittwoch. Um Mitternacht steigt die Lieferung.

Zum Glück braucht man mich heute aus irgendwelchen Gründen nicht in der Verve-Lounge, und mit etwas Glück setze ich nie wieder einen Fuß in diesen Laden. Nazarin wird vor Ort sein, als Leibwache des Königs. Ich bin auf mich gestellt, muss mich möglichst nahe ans Geschehen heranarbeiten, um alles zu beobachten und aus anderer Perspektive aufzuzeichnen. Nazarin meinte, ich müsse nicht mitkommen, er schaffe das auch allein – aber für mich gibt es kein Zurück, nicht so kurz vorm Ziel. Wer könnte die Verbindung zur Feuerstelle besser beurteilen, wer könnte besser einschätzen, wer am anderen Ufer der Bucht die Fäden zieht?

Gestern war ein langer Tag. Es gab weitere Trainingsrunden und letzte Informationen. Ich habe sämtliche Daten über Veli Carrera studiert, über Ensi in seinem früheren Leben. Was für ein Mensch war er? Ja, er wurde von Sudice verraten, aber musste er deswegen zum Verbrecher werden? Nein. Er wollte.

Mittwoch. Heute Nacht noch, dann bin ich fertig.

Fertig mit dem Ausspionieren von Verve-Träumen. Fertig mit meinen Auftritten als Tila, während mir die alte Taema jeden Tag weiter entgleitet. Fertig mit der ständigen Gefahr.

Sofern unser Plan aufgeht.

Häufig macht der König sich nicht die Finger schmutzig, doch dieser Lieferung will er offenbar persönlich beiwohnen. Ensi ist clever, meist hält er sich vornehm zurück. In seinen Jahren bei den Ratel hat Nazarin viele Verbrechen miterlebt, aber die Ausführenden waren stets Personen, deren Verhaftung kaum Konsequenzen gehabt hätte, die man von heute auf morgen hätte ersetzen können, während die Geschäfte der Ratel weiterlaufen wie eh und je. Noch können wir nur Malkas Mordtat beweisen, dass auch Ensi gegen das Gesetz verstößt, wäre eine bloße Behauptung. Aber das wird sich hoffentlich in fünfzehn Minuten ändern.

Die Hafenanlage wirkt verlassen. Sie befindet sich im Besitz der Ratel, es wird keine Störungen geben. Wie fremdartige Robotertiere überragen uns die im Wasser errichteten Lastkräne. Am Pier reihen sich mehrere befestigte Ladeplätze mit Türmen aus rostigen Frachtcontainern aneinander, und im Schatten eines dieser Container stehe ich in meinem schwarzen Kalar-Overall. Seit über einer Stunde harre ich auf diesem Beobachtungsposten aus. Nazarin hat mir eine Waffe gegeben, das Metall gräbt sich in mein Kreuz. Ich zittere in der kühlen Luft. Grün schimmernde Algen tauchen die Szenerie in ein kränkliches Licht. Besser als völlige Dunkelheit.

Noch ist niemand eingetroffen. Habe ich Mist gebaut, das Notizbuch falsch interpretiert? Oder hat Ensi den Plan in letzter Sekunde geändert, und Nazarin konnte mich nicht benachrichtigen?

Eine Bewegung zu meiner Rechten. Da sind sie. Ich tippe mir dreimal auf die Halsgrube. Wieder setzt das Kopfweh ein, schlimmer als in der Verve-Lounge, ich würge fast das bescheidene Essen von vor ein paar Stunden hoch. Schwer atmend beuge ich mich vornüber, um dann wieder am Container vorbeizuspähen. Ein groß gewachsener, muskelbepackter Mann schreitet die nähere Umgebung ab. Und da drüben ist Nazarin, neben anderen Hünen. Alle warten. Und beginnen dann mit ihrer Patrouille. Ich schiebe mich tiefer in den Schatten.

Ensi erkenne ich an seinem Profil, als ihm der Wind durchs Haar fährt. Unmittelbar neben ihm stehen nur ein, zwei Wachen. Kein Schiff schwebt neben dem nächstgelegenen Kran vom Himmel herab, die pulsierenden Lichter ziehen stur über uns hinweg und verschwinden im Fährterminal. Ensis Körpersprache spricht Bände: Seine Geduld schwindet.

Da.

Das Schiff – fast dasselbe Modell, das früher einmal im Monat die Feuerstelle besuchte – setzt mit lodernden Triebwerken auf, ein Lichtschein, der Ensis Gesicht im grünen Dunst aufleuchten lässt. Er lächelt in sich hinein.

Ich konzentriere mich voll und ganz auf Ensi. So sehr, dass ich etwas übersehe: Einer seiner Bodyguards ist von der Bildfläche verschwunden.

Als ich die Nadel im Nacken spüre, ist es schon zu spät.

Dunkelheit verschlingt mich.

26
TAEMA

Unter Schmerzen erwache ich, fühle mich wie zerschlagen. Ich bin an einen VR-Sessel gegurtet und kann mich nicht bewegen.

Nazarin liegt in dem Sessel neben mir und ist noch bewusstlos.

Im Gegensatz zu den wuchtigen Sesseln im Safehouse, in Zeal- und Verve-Lounges starrt dieses Modell nicht vor Kabeln, nur ein paar kleine Elektroden haften auf meiner Haut, wie bei der Prüfung. Der Sessel ist kaum mehr als eine Requisite, die das Fixieren des Opfers erleichtert.

Gegenüber sitzt Ensi, die Beine übereinandergeschlagen, den Blick in die Ferne gerichtet, er liest einen Feed. Doch als er meine Kopfbewegung bemerkt, schenkt er mir seine ungeteilte Aufmerksamkeit.

Sein Gesicht ist glatt wie ein unbewegter Teich, seine Augen eiskalt. Als wären wir uns nie nähergekommen, hätten nie Arm in Arm getanzt, als hätte er nie den Reißverschluss meines Catsuits geöffnet. Ich danke dem Himmel, dass ich letztlich doch nicht mit ihm schlafen musste. So bleibt mir eine weitere Schicht aus Scham und Schuld erspart.

»Guten Abend«, sagt Ensi, als hätten wir uns bei einer Dinnerparty am gleichen Tisch wiedergefunden. Er gibt sich wie Malka – immer tadellos höflich, auch wenn er gleich kaltblütig morden wird.

Ich schweige.

»Du und deine Schwester, ihr seid wirklich süß. Wisst ihr das? Wie ihr immer in meinen Geschäften herumschnüffelt und euch für ach so clever haltet … als hätte ich nicht die ganze Zeit gewusst, was ihr im Schilde führt. Dachtest du ernsthaft, ich hätte mein Notizbuch versehentlich im Sakko gelassen? Dummes kleines Mädchen …«

Er hat recht. Wenn er auch über die Rebellion im Xanadu informiert war … dort ließ er den Aufstand sogar zum Schein geschehen, opferte ein paar Leute, ein paar seiner Getreuen, um ihn dann brutal niederzuschlagen und alle Beteiligten an die Wand zu stellen. Es ist wie ein Spiel: Ensi ist die Raubkatze, der Löwe, alle anderen sind hilflose Mäuse.

»Wie lange weißt du es schon?«, frage ich heiser.

»Seit Monaten. Seit Tila mit ihrer Schnüffelei angefangen hat.« Ich schließe die Augen. »Ich habe sie sofort erkannt. Ich ließ ihr sogar ein paar Informationshappen zukommen, weil ich wusste, dass sie nicht widerstehen könnte. Sie musste das Rätsel lösen.«

Mein Mund ist staubtrocken. Ich befeuchte mir die Lippen. »Du weißt, wer wir sind.«

»Aber natürlich. Jahrelang hatte kein Mensch die Feuerstelle aus eigenem Antrieb verlassen. Dann kamt ihr. Ich habe euch im Auge behalten. Ihr habt euch als überraschend interessant erwiesen.«

»Wer zur Hölle bist du? Was hast du mit der Feuerstelle zu tun?«

Er lächelt. »Ich schulde euch keine Erklärungen. Wäre es nicht witzig, wenn ihr trotz aller Anstrengungen und Mühen am Ende nie die Wahrheit erfahrt?« Dann seufzt Ensi. »Aber okay, weil du es bist. Anfangs fand ich Tila sehr unterhaltsam. Wie sie immer wieder versuchte, mich auszuhorchen. Sie trat lange auf der Stelle, und ich amüsierte mich über ihre Anstrengungen. Um das Ganze etwas aufzupeppen, verführte ich sie, während sie natürlich dachte, sie verführt mich. Bis sie plötzlich – sehr zu meiner Überraschung – etwas fand, das gegen mich verwendet werden konnte. Da musste ich doch einen Schlussstrich ziehen.«

»Du hast Vuk auf sie angesetzt. Oder besser gesagt: Adam.« Die Worte brennen wie Säure, mein Gesicht verzerrt sich von Ekel und Grauen. Visionen des Tatorts wabern vorüber, blutige Bilder.

»Ach, das hast du dir zusammengereimt? Ja, Tila hatte kapiert, wer Vuk war, daher erschien es mir nur passend, dass er ihr Untergang ist. Aber wie du weißt, lief nicht alles nach Plan.« Der Zorn lässt Ensis Mund gefrieren.

Meine Implantate zeichnen weiterhin jedes Wort auf, selbst wenn die Aufnahme nicht sofort an Kim weitergeleitet werden sollte. Fünf Minuten sind bereits vergangen, und ich hoffe, die Nebenwirkungen bringen mich nicht um. Schon mit dem Bisherigen könnte man Ensi an die Wand nageln, und wie es aussieht, liefert er mir gleich noch mehr.

Für einen Moment richte ich meine Gedanken nach innen. Läuft die Übertragung? Schwer zu sagen. So oder so wird unser Standort vermutlich unterdrückt. Nazarin und ich sitzen in der Falle. Ich bin so dumm. So dumm.

»Du hast doch erraten, warum deine Schwester das getan hat?«, sagt Ensi. »Das wäre das Mindeste.«

»Was soll meine Schwester getan haben?«, frage ich, mein Mund staubtrocken.

»Na, Vuk umgebracht. Oh ja, sie hat ihn getötet. In ihrer Hand lag das Messer, das ihm ins Herz fuhr.« Eine kurze, genüssliche Pause. »Sie hat es für dich getan.«

Ein Klingeln schrillt in meinen Ohren.

»Tila hatte die Lage richtig erfasst: Wenn sie enttarnt war, würde ich als Nächstes bei dir anklopfen, um sie zum Gehorsam zu zwingen. Wobei ich mich immer noch frage, was damals im Zenith eigentlich passiert ist. Irgendwas hat sie mit Vuk angestellt, kurz bevor sie ihn kaltmachte. Sein Geist geriet aus den Fugen und überwand die Verve-Programmierung. Ich dachte, das wäre unmöglich.«

Das Atmen fällt mir zunehmend schwer. Ich will Ensi nicht glauben, aber wieso sollte er die Unwahrheit sagen, wo er mich doch gleich umbringt?

»Was hast du mit der Feuerstelle zu tun?«, frage ich erneut. Ich will, ich muss es wissen.

Ensi schüttelt nur den Kopf.

Es fehlt nicht viel, und ich würde ihn anfauchen, aber den Gefallen tue ich ihm nicht. »Wie soll es jetzt weitergehen?« Ich spreche mit ruhiger, kühler Stimme. Gut so.

»Mit dir?« Ensi hebt eine Verve-Spritze auf. »Ich klinke dich ein – in eine Vervescape mit einem besonderen Dreh. Programmiert auf erhöhte Intensität. Den Verve-Cocktail hier findest du in keiner Lounge.«

Mir wird schwindlig. Vor mir steht der Erfinder von Zeal und Verve, ein fast allmächtiger Mann. Ensi hat mehr Ahnung vom Coden und von den pharmazeutischen Grundlagen als jeder andere Mensch auf Erden.

Nachdenklich betrachtet er die Spritze. »Wenn hier einer in der Lage ist, eine Persönlichkeit, eine ganze Hirnchemie umzuschreiben, dann doch wohl ich. Wer sonst hätte den schüchternen, zurückhaltenden Adam in den kaltblütigen Berufskiller Vuk verwandeln können?« Er sieht mich an. »Deine persönliche Vervescape habe ich insofern angepasst, als die Gewalt nicht *von dir* ausgeübt wird, sondern *auf dich*. Eine kleine Hölle nur für dich. So liquidiere ich alle, die mich zutiefst enttäuscht haben. Und du, Taema, warst bei all deiner Klugheit eine herbe Enttäuschung.« Ensi wendet sich nach rechts, zu einem dritten, leeren Sessel. »Ich leiste dir Gesellschaft.«

Er will mich foltern. Sofort denke ich an Mia und ihr Skalpell. An die lautlosen Schmerzensschreie der falschen, zungenamputierten Mana-ma. Es ist, als wäre ich zu Stein geworden. Ich will brüllen, heulen, hysterisch lachend in die Hose pinkeln und tue nichts davon.

Irgendwann drehe ich mich zur Seite – und stelle fest, dass Nazarin wach ist, mich anstarrt. Doch über die Implantate kann ich ihn nicht kontaktieren, sie sind blockiert. Ich stemme mich gegen die straffen Fesseln.

Ensi beugt sich vor und schiebt den Ärmel meines Kalar-Overalls nach oben, legt den Unterarm frei. Mit der Fingerspitze streicht er mir über die Haut. Ich erschaudere.

»Jammerschade«, sagt er. »Hätte ich euch direkt nach eurem Abschied von der Feuerstelle aufgestöbert, hätte euer Leben völlig anders verlaufen können. Aber ihr seid mir durch die Lappen gegangen, kaum wart ihr in der Stadt, wart ihr mitten im System. Und als ich euch doch noch fand, ließ ich euch in Ruhe. Wieso? Aus Neugier, würde ich sagen. Was fangen zwei junge Feuerstellenflüchtlinge mit ihrem neuen Leben an? Du hast dein Technikstudium absolviert, und ich war auf deiner Abschlussfeier, was du natürlich nicht ahnen konntest.« Ein Kribbeln auf meiner Haut. »Tila entwickelte sich zu einer begabten Künstlerin, sie brachte es zu einer eigenen Ausstellung. Auch dort bin ich aufgetaucht. Ich habe sogar ein Gemälde erworben.«

Hat er uns als Experimente betrachtet? Er hat uns beobachtet, unser Verhalten studiert. Tilas Ausstellung … das ist eine

Ewigkeit her. Hat meine Schwester begriffen, dass Ensi eines ihrer Gemälde gekauft hatte? Fühlt sie sich, als besitze er einen Teil von ihr? Weiß sie, dass er uns seit Jahren überwacht?

»Welches Gemälde?«, frage ich, den Blick von Nazarin abgewandt. Wenn ich nicht irre, konnte er eine Hand aus den Fesseln winden. Aber wie soll er die übrigen loswerden? Jede größere Bewegung würde Ensi bemerken.

Sprich mit ihm. Ensi hat Freude am Plaudern, trotz seines gespielten Desinteresses. Und ich habe erstaunlich wenig Angst, vermutlich stehe ich unter Schock oder kann meine Furcht durch die Techniken der Feuerstelle in Schach halten. Dafür bin ich dankbar. Nur so kann ich noch denken, reden, vielleicht überleben.

»Das halbe Selbstporträt«, antwortet Ensi.

Mir ist klar, welches er meint: das Porträt einer Frau, die nicht die geringste Ähnlichkeit mit Tila und mir hat – aber einen Schatten wirft, der einerseits eins mit ihr zu sein scheint, andererseits ein eigenständiges Wesen. Ein Gemälde in allen Farben des Regenbogens, in den irrsten Tönen und doch ungemein realitätsnah. *Frau im Kaleidoskop*, so nannte Tila es. Als es verkauft wurde, war ich betrübt, aber Tila meinte, das Angebot konnte sie nicht ausschlagen. So ist das Gemälde bei Ensi gelandet. Bei der Vorstellung wird mir übel.

Ich schlucke angestrengt. In diesem Raum, der sich weiß Gott wo befinden könnte, sind wir unter uns, aber vor der Tür warten zweifellos Dutzende Wachen.

Ensi reckt sich. »Wirklich faszinierend, sich mit dir zu unterhalten. Aber wir sollten langsam weitermachen, was?« Er setzt die Nadel auf meine Ellenbogenbeuge, auf die Schlagader. Die summenden Elektroden ziehen sich auf meiner Haut zusammen, die eben noch gezähmte Angst bricht sich Bahn. Ich starre an die Decke, eine weiße Fläche, vielleicht das Letzte, was ich sehen werde. Wie langweilig.

Jetzt beugt Ensi sich über mich. Meine erste und letzte Chance. Ich hole das Codewort an die Oberfläche – »Zuckerpuppe« – und zerbeiße die versiegelte Kapsel. Als sich die Flüssigkeit im Gaumen ausbreitet, verschließe ich die Kehle. Wenn möglich, küsse ich ihn. Andernfalls spucke ich ihm das Zeug ins Gesicht.

»Hätte nicht gedacht, dass du dich mit einem Detective zusammentust«, sagt er. »Und Nazarin habe ich erst durchschaut, als ihr zu zweit auf der Party aufgetaucht seid. Nicht übel. Ist ein fähiger Detective. Nur leider keiner, der rechtzeitig die Reißleine zieht. Eins noch, bevor wir uns verabschieden, Liebste …« Nun flüstert Ensi. »Du willst wissen, wer ich bin? Ich bin schon etwas enttäuscht, dass du nicht von selbst darauf gekommen bist.«

Als Ensi seine Lippen auf meine drückt, öffne ich den Mund, ein vorgetäuschtes Ächzen. Er presst seine Zunge gegen meine, die geschmacksneutrale Flüssigkeit infiziert seinen Körper. Geschafft. Hoffentlich reicht die Dosis.

Ensi schiebt den Spritzenkolben nach unten. Die Droge wirkt sofort.

»Ich bin der Bruder«, höre ich ihn noch wispern, während sich mein Bewusstsein verabschiedet.

Die nächsten Sekunden zerfließen zu einer einzigen: Nazarin schnellt aus dem Sessel und schleudert Ensi weg.

Mein Geist steht in Flammen. Noch bin ich bei Bewusstsein, gerade noch, denn Ensi konnte das Programm noch nicht starten. Mit letzter Kraft hebe ich den Kopf, ein paar Zentimeter bloß: Ensi ringt mit Nazarin, schiebt sich dabei jedoch stetig zum Bedienfeld meines Sessels. Ich will Nazarin warnen, kann den Mund aber nicht öffnen. Unbemerkt greift Ensi hinter sich – das Programm läuft an. Gleich werde ich zur Gefangenen des Albtraums.

Der König der Ratel stößt Nazarin gegen die Wand, dieser gleitet zu Boden, sein strapaziertes Gehirn erneut erfüllt von Dunkelheit.

Noch ein paar Momente, ehe ich im Traum verschwinde: Ich sehe, wie Nazarin von Ensi an einen Sessel gegurtet wird, wie Ensi das Programm startet, selbst im dritten Sessel Platz nimmt und seine eigene Software anwirft.

Grinsend wie ein Massenmörder, der zum Todesstoß ansetzt.

Im nächsten Augenblick versinken wir im Nichts.

27
TILA

Taema und ich dachten echt, wir hätten gewonnen.

Der letzte Monat war ohne Probleme vergangen. Wir besuchten die Schule, erledigten die Arbeitspflichten, die wir noch schafften, lauschten jeder Predigt, gingen zu jeder Meditation und gaben uns generell Mühe, nicht aufzufallen. Auch Mom und Dad machten einfach ihre Arbeit. Taema und ich taten so, als würden wir zugleich Freude und Reue empfinden angesichts unseres baldigen Wiedereintritts in den Kreislauf. Mit unserer Gesundheit ging es bergab, und unsere größte Angst war, noch vor der Flucht ins Gras zu beißen.

Vor Mana-ma hätten wir viel mehr Angst haben sollen.

Am Morgen der Lieferung wanderten wir in den Wald, wir sollten uns beim Landeplatz verstecken. Es ging nur langsam voran, das Gehen fiel uns schwer, wir stützten uns auf Stöcke und machten alle paar Schritte Pause. Als wir aufbrachen, hatten die anderen noch fast alle geschlafen, und außerdem waren wir unter den Bäumen gelaufen, in Deckung. Wir hatten bloß ein bisschen Proviant eingepackt, sonst nichts, keine Klamotten, keine Andenken, keine Tagebücher. Was für Taema schlimmer war als für mich, glaube ich, sie hätte so gerne ein Buch mitgenommen, wenigstens eines. Seitdem stand mein Entschluss fest: Falls wir überlebten und in San Francisco Arbeit fanden, wollte ich ihr von meinem ersten Gehalt alle Bücher der Welt kaufen.

Den Vormittag über hockten wir im Schatten und aßen die

Snacks, die Mom und Dad uns mitgegeben hatten. Wenn Dads Signal kam, musste es schnell gehen.

»Ob Mom und Dad Probleme mit Mana-ma bekommen? Falls sie herausfindet, dass sie uns geholfen haben?«, sagte Taema. Die Frage hatte sie noch nie angesprochen, obwohl sie ihr sicher genauso im Kopf herumging wie mir.

»Schätze ja. Aber so schlimm wird es nicht werden. Mana-ma liebt die beiden, und vielleicht kommt sie gar nicht dahinter. Vielleicht denken die alle, wir wären zum Sterben in den Wald gegangen und von den Tieren gefressen worden.«

»Das ist eklig, Tila.«

»Findest du? Also mir wäre es lieber, wenn mich ein Fuchs oder ein Bär frisst, als erst verbuddelt und dann von Würmern gefressen zu werden. Gefressen wird man sowieso.«

Ich wollte Taema ablenken, was aber nicht so gut klappte. Im Geheimen ging ich fest davon aus, dass Mom und Dad richtig Ärger bekommen würden, falls sie als Fluchthelfer enttarnt wurden. Aber ich dachte nicht, dass sie in Lebensgefahr wären. Damals kannte ich das Ende der Story mit Mia und ihrem Lover noch nicht. Hätte ich sonst das Leben von Mom und Dad riskiert? Eher nicht.

Auch wenn unser eigenes Leben dem Ende zuging.

»Vielleicht sollten wir es lieber bleiben lassen«, sagte Taema. »Ich … habe einfach das Gefühl, dass das falsch ist. Dass wir uns da draußen verlieren.«

Ich schmiegte meine Wange an ihre und strich ihr übers Haar. »Wenn wir bleiben, sind wir tot. Ich will nicht, dass du stirbst.«

Ihr Atem stockte. »Ich will auch nicht, dass du stirbst. Ja, vielleicht ist es besser, in der Verdammnis der Unreinen zu leben, als zu sterben.«

Mit einem Kopfschütteln verdrängte ich meinen Ärger darüber, dass Taema immer noch an die Feuerstelle glaubte. Trotz allem.

Da schwebte das Schiff herab, ein Gebilde aus Silber und Chrom mit bläulich lodernden Triebwerken, ganz anders als alles, was wir kannten, so glatt und schnittig, wie ein Gefährt aus der Zukunft. Wie es wohl wäre, in einer Welt zu leben, in der alles und jeder durch und durch makellos war?

Die Luke öffnete sich, und die Droiden machten sich an die Arbeit, sie krabbelten aus dem Bauch des Ungeheuers wie Ameisen und schleppten Kisten aufs Gras. Erst wenn das Schiff verschwunden war, würden die Feuerstellenbewohner die Anhöhe herunterschleichen und den lebensnotwendigen Nachschub in ihre Häuser tragen. Bloß keinen Kontakt mit den Unreinen.

»Was für eine widerliche Heuchelei«, überlegte ich laut.

»Was?«

»Das ewige Gerede über die Unreinen – und gleichzeitig bestellen wir bei denen regelmäßig allen möglichen Kram, den wir nicht selbst herstellen können. Ich habe noch nie richtig darüber nachgedacht, aber wir benutzen doch ständig unreines Zeug. Glühbirnen, manche Putzsachen, Metallkram … was wir selbst nicht produzieren können. Aber es ist überall, und trotzdem tun wir so, als wären wir total rein und frei vom Schmutz der Außenwelt. Völliger Irrsinn.«

Schweigen. Dann sagte meine Schwester: »Ja. Du hast recht.« Zum ersten Mal hatte Taema es laut ausgesprochen. Normalerweise blieb sie ziemlich ruhig, wenn ich über die Sünden der Feuerstelle herzog, und gab mir höchstens stillschweigend recht, jedenfalls ohne irgendwas eindeutig Feuerstellenfeindliches zu sagen. Das hatte mich immer genervt, aber jetzt klang sie so traurig, dass mir mein Geschimpfe auch wieder leidtat. Auf der anderen Seite war es eine Bestätigung.

»Gleich ist es so weit.« Ich schloss Taema in die Arme, sie stützte ihr Kinn auf meine Schulter.

»Jetzt wird alles anders«, hauchte sie in meinen Nacken.

»Ja. Besser.«

»Vielleicht.« Als Taema von mir zurückwich, sah ich die dunklen Ringe um ihre Augen und die gelbliche Färbung ihrer Haut, ihr abgemagertes Gesicht. Ich war auch kein erfreulicher Anblick, und heute war ein besonders schlechter Tag. Die Aufregung, bald frei zu sein, überforderte unser geschwächtes Herz.

»Taema?«, fragte ich leise und schüttelte sie an der Schulter. Sie sackte zur Seite, ich ging mit zu Boden. Tief durchatmend drückte ich sie an mich – wenn ich unser Herz nicht noch weiter belasten wollte, musste ich ruhig bleiben. Taemas Arme hingen leblos in meinen, und ich wiegte sie in meinem festen Griff, als wären wir wieder Kinder, mein Gesicht an ihre schlaffe Haut geschmiegt.

»Bleib bei mir, Taema«, sagte ich immer wieder, es war mir egal, ob mich irgendwer hörte. Ihr Atem strich über meine Wange, meine Tränen flossen. Das einzig Gute war, dass ich ihr ein paar Minuten später folgen würde, sollte sie es nicht schaffen. Aber es wäre einfach unfair gewesen, wenn es so zu Ende ging, so kurz vorm Ziel.

Da blickte ich hoch. In Mana-mas Gesicht.

Sie kniete über uns, in ihrer dunkel wallenden Robe.

»Wohin des Weges?«

Verzweifelt dachte ich nach, aber mir fiel keine gute Ausrede ein, natürlich nicht. Also sagte ich gar nichts. Ich starrte Mana-ma bloß wütend an.

Sie betrachtete uns, studierte Taemas Kopf, der kraftlos auf meiner Schulter lag. Ich sah ihr an, was sie dachte: dass sie uns längst verloren hatte. Das hatte sie schon bei unserer letzten Beichte erkannt, als ich sie so sehr verarscht hatte, dass sie ausgerastet war.

»Wieso lässt du uns nicht einfach gehen?«, fragte ich. »Erzähl den anderen doch, wir wären im Wald gestorben.«

»Wenn ich euch gehen lasse, überlebt ihr.«

»Kann schon sein. Aber im Augenblick geht es uns nicht gerade toll.« Mühsam sog ich Luft in die Lunge. »Willst du, dass wir sterben?«

»Ich will, dass ihr Gottes Plan befolgt. Denkst du, euer Herz würde versagen, wenn ihr leben sollt?«

»Vielleicht will Gott, dass wir deiner gottverlassenen Feuerstelle den Rücken kehren und in die Stadt gehen.«

Mana-ma beugte sich über uns, sie kam mir ganz nah, und wir waren mutterseelenallein.

Ihr altersloses Gesicht schwebte dicht über mir. Würde sie die Hand zum Segen erheben? Oder mit einem Messer zustechen?

»Das hätte nicht sein müssen«, sagte sie. »Es hätte ganz anders kommen können.«

»Es ist, wie es ist. Also, wie lautet deine Entscheidung?« Ich blickte sie trotzig an. »Schätze, es liegt in deinen Händen. Willst du uns gleich jetzt umbringen? Oder einfach ein paar Minuten abwarten? Dann sind wir sowieso tot.« Mein Blickfeld verwischte sich schon, meine Augen trübten sich. Ein Schmerz in meiner Brust, taube Finger. Ich wollte nur noch, dass Mana-ma weggeht und uns in Frieden sterben lässt.

»Ihr wollt also zu den Unreinen überlaufen?« Hämisch grinste sie auf mich herab. »Na schön. Ich halte euch nicht auf. Aber ihr könnt niemals zurückkehren. Niemals Kontakt aufnehmen mit euren Eltern oder Freunden. Ihr seid völlig abgeschnitten von eurer Heimat. Und ich weiß: Die große, weiße Welt wird euch verschlingen und wieder ausspucken, bis ihr euch noch wünschen werdet, ihr könntet hier zu Kreuze kriechen. Aber das ist ausgeschlossen. Ihr seid vom Glauben abgefallen. Für uns seid ihr tot.«

»War's das?« Ich war so müde.

Nach einem letzten langen Blick wandte Mana-ma sich von uns ab, ihre Robe raschelte über den Waldboden. Ohne sich noch mal umzudrehen, schritt sie durch die Bäume zur Feuerstelle. Sie hatte gesagt, was sie zu sagen hatte: Vor ihr konnten wir nichts verbergen, sie war allwissend. Und unser Entschluss war endgültig.

Ich spuckte ihr hinterher.

Dann spähte ich hinüber zum Versorgungsschiff. Im selben Moment ertönte der leise Ruf einer Eule – Dads Signal. Oh Gott. Wenn Mana-ma von unseren Plänen wusste, würde sie dann Mom und Dad als Fluchthelfer bestrafen?

Ich wollte mich aufrichten, aber Taema war zu schwer und ich so schwach. Weit war es nicht, hinter den Mammutbäumen war das Schiff zu erkennen, eine schmale Tür öffnete sich bereits. Ich wollte mich vorwärtsschieben und kam nicht voran. Unser Herz schlug so laut, das Pochen füllte die ganze Welt.

Als ich noch mal auf die Erde fiel, gab ich auf. Das Schiff war so nah und doch unendlich weit weg.

Ich hörte ein Klicken, ein Surren.

Durch den Nebel meiner Müdigkeit blickte ich ins Gesicht einer Droidenaufseherin in Begleitung ihrer Maschine. »Ihr seid die beiden, die wir abholen sollen?«

Irgendwie gelang mir ein Nicken.

»Scheiße«, murmelte sie, hievte uns an den Schultern hoch und zerrte uns unterstützt vom Droiden zum Schiff. Ich sah unsere Beine über die Erde schleifen. Die Frau duckte sich unter die Bäume und blickte sich immer wieder nervös um, und leider war ich zu schwach, ihr zu sagen, dass sie keine Angst haben musste. Dass Mana-ma uns schon gefunden hatte, aber dass sie uns vorerst gehen ließ.

Die Frau schaffte uns an Bord und schloss die Luke. Plötzlich waren wir in einem Gang, abgeschnitten von allen Geräuschen. Alles bestand aus Metall, so etwas hatte ich noch nie gesehen. Ich legte den Kopf in den Nacken und betrachtete das Kreuzschraffurmuster des Stahls, die Stiefel vorbeilaufender Menschen und die Räder von Droiden.

»Ich hole den Sanitäter«, sagte unsere Retterin und entfernte sich im Laufschritt. Es wurde still, bis ich auf einmal das leise Dröhnen des Antriebs hörte. Ein Hallen aus allen Richtungen, von überall her zugleich, es war unglaublich. Dann spürte ich, wie das Schiff abhob.

»Wir fliegen!«, flüsterte ich. Aber Taema antwortete nicht.

Mein Kopf sank auf den Boden. Die Arme um meine Schwester gelegt, ließ ich den Tränen freien Lauf. »Bitte«, keuchte ich immer wieder, »bitte.« Ich betete sogar. Zu irgendeinem Gott, aber nicht zu Mana-mas. Zu meiner eigenen Vorstellung von einem Gott, der kein erbärmliches Arschloch war.

Eine Menge Leute rannten durch den Metallgang, fünf oder sechs, das Echo ihrer Schritte und Stimmen war überwältigend. Ich war fast schon ohnmächtig, und als die fremden Gesichter auf uns herabblickten, dachte ich kurz, sie würden uns über Bord werfen wie lästigen Müll. Aber die ersten Menschen aus der Außenwelt, mit denen wir echten Kontakt hatten, brachten uns nichts als Güte entgegen.

Weil sie noch nie siamesische Zwillinge gesehen hatten, beäugten sie uns mit einer Art scheuen Ehrfurcht. Ganz vorsichtig fassten sie uns an, als könnten sie etwas kaputt machen. Ich war praktisch weg vom Fenster, aber ich weiß noch, wie wir von zarten Händen in die Krankenstation gebettet wurden, vage Umrisse in grauem Nebel, dazu ein paar undeutliche Geräusche, das war's.

Als sie mir eine Atemmaske aufsetzten, bekam ich wieder Luft, meine Sicht besserte sich, aber ich fühlte mich immer noch unendlich schwach. An Taema geklammert, schloss ich die Augen, das Gesicht in ihrem Nacken vergraben.

Ein Gedanke kam mir noch, bevor ich das Bewusstsein verlor: Es wäre so dumm, ausgerechnet jetzt zu sterben. Wo wir der großen weiten Welt da draußen so nahe waren.

28

TAEMA

Hier ist irgendwas faul.

Es läuft jedenfalls nicht nach Ensis Plan. Um mich herum erheben sich die gigantischen Mammutbäume der Feuerstelle, der Himmel hängt voller Regenwolken, durch die Luft zieht der grünlich schimmernde Nebel der Bucht, ein Geruch nach Salzwasser und altem Rauch. Eine so realistische Vision habe ich noch nie erlebt.

Es ist ein fast hundertprozentiges Abbild des Traumwalds, in den meine Schwester und ich und das Kollektiv der Feuerstelle gelangten, nachdem wir die Pille aus Mana-mas Händen empfangen hatten.

Ich bin nicht gefesselt. Nazarin ebenso wenig. Und keine Spur von Ensi. Nein, hier sollten wir nicht landen, hierher wollte Ensi uns nicht schicken. Das ist keine Folterkammer, dazu wirkt der Wald zu … friedlich.

»Konntest du ihm Kims Mitbringsel überreichen?«, fragt Nazarin.

Ich nicke. »Glaubst du, es hat funktioniert?«

Nazarin blickt sich um und sieht hinab auf seine Finger. Seine Stirn legt sich in Falten. Einen Sekundenbruchteil später hält er eine Pistole in der Hand. »Ja. Definitiv. Die Nanobots aus der Kronenattrappe müssen tief in seine Implantate eingedrungen sein, in seine Biochemie.«

Ich atme zittrig ein. »Wahnsinn, was Kim draufhat.«

»Tja, wenn sich ein brillanter Kopf in den Sudice-Labors austobt …«

Vorsichtig machen wir die ersten Schritte durch den Wald. Noch haben wir Ensi nicht gesichtet, aber irgendwo muss er sein. »Wie hast du Kim eigentlich kennengelernt?«, frage ich leise, während wir die Umgebung auskundschaften. Ich will mich nicht nur auf die allgegenwärtige Lebensgefahr konzentrieren.

»Das SFPD hat uns zusammengebracht. Kim hat mir meine Gedächtnismods verpasst, da haben wir uns angefreundet. Juliane war auch mit dabei. Die beiden verstanden sich sofort bestens, bald hatten sie ihr erstes Date, und als sie heirateten, wussten alle, da kann nichts schiefgehen. Jeder, der die beiden zusammen sah, dachte sich: Hoffentlich finde ich auch mal so jemanden. Später, nach Julianes Tod, haben Kim und ich uns gegenseitig geholfen zurechtzukommen. Ich glaube, wir wären daran zerbrochen, hätten wir uns nicht aufeinander stützen können.«

Wir erreichen eine Lücke in den Bäumen, eine kleine Lichtung. In der Zwischenzeit hat sich der Wald zu einer fremdartigen Szenerie verschoben: Am Himmel streiten Tag und Nacht um die Vorherrschaft, und wo das Sonnenmondlicht durchs Geäst fällt, leuchtet die Rinde der irrealen Mammutbäume silbern, ihre Nadeln türkisfarben und zinnoberrot, selbst die Erde schimmert blauviolett. Ich lausche auf Vogelrufe, aber es herrscht vollkommene Stille.

»Als ich undercover gehen sollte, habe ich dem SFPD gesagt, dass ich Kims Unterstützung brauche«, fährt Nazarin fort. »Ohne Kim hätten sie mich längst erwischt und getötet. Kims Hass auf Ensi ist genauso groß wie meiner. Vielleicht noch größer. Ich habe Juliane auch geliebt, aber nicht so wie Kim. Nicht annähernd.«

Wir haben die Kreuzung durchquert und treten wieder zwischen riesenhafte Bäume. Ich fühle mich so klein, so bedeutungslos, als wären wir die einzigen menschlichen Wesen in dieser grellbunten Dämmerwelt.

»Aber wir hätten Ensi nie drangekriegt, nicht mit tausend Beweisen. Das wusste Kim. Deswegen hat sie die Kronenattrappe entwickelt, seit Langem schon. Klar, wenn man so will, hat sie uns benutzt, aber ich werfe ihr nichts vor. Ich hätte es genauso gemacht. Gar keine Frage.«

Ich weiß. Schließlich hast du mich benutzt. Die unausgesprochene Erwiderung hängt zwischen uns in der Luft, fast körperlich spürbar, aber kann ich ihm Vorwürfe machen? Nein. Es war meine eigene Entscheidung.

Meine Nerven stehen unter Hochspannung. Ich rechne jeden Moment damit, dass diese Welt ins Dunkle, Hässliche kippt. Dass Alraunendämonen aus dem Boden sprießen und ihre Finger nach mir ausstrecken, dass der Himmel Feuer fängt und Ensi auftaucht, ein Skalpell in der Hand, um mich zu Boden zu stoßen und aufzuschlitzen.

»Also können wir diese Welt manipulieren?«, sage ich. »Auch du, obwohl du kein ausgebildeter Klarträumer bist?« Ich sammle mich – und zwischen meinen Fingern erscheint ein Messer, das schwer in der Hand liegt, ein beruhigendes Gefühl. Es ging viel leichter als in Mias Traum.

Was hatte Kim mir nach der Zahn-OP über die Nanobots erzählt? *»Die Dinger hacken sich in Ensis Gehirn. Ist er kontaminiert, hat er kaum noch Kontrolle über seine eigenen Traumwelten. Und wenn er in einen Traum einsteigt, um seine Rachegelüste gegenüber irgendeiner missliebigen Person auszuleben, taucht er tief ab. Er lässt nichts zurück. Ein Tod in einer seiner Schöpfungen entspricht dem realen Hirntod.«*

Es war eine hinterhältige, auf Dauer angelegte Aktion. Irgendwann hätte eines von Ensis Opfern begriffen, dass es die Traumwelt beeinflussen kann, sich zur Wehr gesetzt und Ensi für uns aus dem Weg geräumt. Aber dass er unmittelbar nach der Kontamination abtaucht – und uns mitnimmt? Damit hätte Kim kaum gerechnet.

»Was, wenn wir ihn töten, während wir noch selbst hier drinhängen?«, frage ich Nazarin.

»Darüber hat Kim nichts gesagt.«

»Das ist schlecht.«

»Stimmt. Aber wahrscheinlich wissen wir bald mehr.«

Wieso tut sich überhaupt nichts? Der Cyberwald ist ein gespenstischer Ort, aber nicht halb so Furcht einflößend wie Mias Dämonen, diese Wesen mit den Gesichtern meiner Kindheit. Noch so ein sonderbares Echo der Feuerstelle.

Ich recke den Kopf und spähe durch die Äste in den violetten Himmel. Wo verbirgt Ensi sich? Weiß er, dass wir bei ihm zu Gast sind?

Dann erkenne ich die ersten Baumgruppen wieder. Ich ziehe Nazarin nach links, auf den schmalen Weg, den Tila und ich unzählige Male entlanggelaufen sind. Doch der Mammutwald, in dem ich aufgewachsen bin, ist mit dem Cyberwald verschmolzen, die Bäume und ihre Glitzernadeln wie in Quecksilber getaucht.

Ich bleibe stehen. Da drüben ist der ausgehöhlte Baum, in dem wir uns verkrochen haben, wenn wir allem entfliehen wollten, ein perfekt designtes 3D-Abbild im schadhaften Code der Traumwelt. Hierhin sind wir gelaufen, als wir das Tablet gefunden hatten. Hier haben wir erfahren, dass die Außenwelt all unsere Fantasien übertrifft.

In der gähnenden Dunkelheit leuchtet ein winziger Lichtpunkt.

»Wir müssen da rein.« Ich höre meine Stimme wie aus weiter Ferne.

Nazarin stellt meine Entscheidung nicht infrage. Als ich mich dem Baum nähere, folgt er mir, auch als ich auf allen vieren hineinkrieche. Wie erwartet: Es ist wie bei Alice im Wunderland.

Ich fasse Nazarin an der Hand, und gemeinsam stürzen wir in den Kaninchenbau.

Na endlich. Wir haben den Albtraum gefunden.

Auch hier unten hängt phosphoreszierender Nebel, doch Nazarin und ich sind vom Wald in den Sumpf geraten – in eine Rekonstruktion der scheinbar unüberwindlichen Grenzanlage der Feuerstelle, stinkend nach Abwasser und Schwefel, vor sich hin faulenden Pflanzen und Leichen.

Vor uns liegt ein Boot. Als wir einsteigen, setzt es sich in Bewegung. Unter uns schwimmen seltsame Wesen, schuppige Kreaturen mit weißen Zähnen und langen, schlangenartigen Schwänzen.

»Als ob wir über den Styx in die Unterwelt fahren«, murmele ich.

»Solange uns der dreiköpfige Höllenhund erspart bleibt.« Nazarin starrt in die Dunkelheit, auf der Hut vor Gefahren. Unbewusst schiebe ich mich etwas näher an ihn heran.

Es geht quer durch den Sumpf. Vor uns entdecken wir große Luftblasen, die schillernd auf der Wasseroberfläche ruhen – eine davon steuern wir zielstrebig an, ohne dass wir den Kurs beeinflussen könnten. Nazarin schlingt die Arme um mich, als könnte er mich beschützen, ich klammere mich mit aller Kraft an ihn. Kurz darauf gleiten wir durch die Blasenwand, glitschig streicht sie mir über die Haut.

Auf einmal befinden wir uns in einer Erinnerung.

Zeal und Verve.

Traumwelten aus übersteuerten Gedächtnisinhalten.

Ich sehe die Welt nicht mehr durch meine Augen. Ensi ist noch jung, vielleicht zwölf, es ist eine Episode aus seinem Blickwinkel. Und wie beim Abspielen der Erinnerungsaufzeichnungen in Kims Lounge schimmern Gefühle durch, Persönliches.

Ensi lebt an der Feuerstelle. Durch das Hüttenfenster sehe ich den See, das vertraute Panorama. Er spielt mit einem Mädchen – der jungen Mana-ma. Die beiden vergnügen sich mit Murmeln, Mana-mas Zunge schiebt sich seitlich aus dem Mund, als sie eine Kugel gegen die andere schnippt. Klackernd prallen sie aneinander. »Siehst du?«, sagt sie. »Du brauchst einen Plan. Dann kannst du dir den nächsten Schritt überlegen.«

Jetzt ist Ensi dran. Er überblickt die verstreuten Murmeln. Schnipp. Klack.

»Gut gemacht.« Das Mädchen lächelt ihn an, Ensi strahlt übers ganze Gesicht.

Das Boot durchbricht die gegenüberliegende Blasenwand, wir sind frei. Aber nur kurz, die nächste Erinnerung folgt fast unmittelbar. Ensi ist groß geworden, vielleicht in seinen letzten Teenagerjahren, vielleicht Anfang zwanzig. Er steht hinter der Kanzel, auf der Mana-ma predigt, verzückt schaut sie hinauf zum bunten Kirchenfenster, während der Bruder starr geradeaus blickt und über Gott sinniert, über die höhere Macht. Darüber, ob Mana-mas Vorschlag wirklich dem Willen des Herrn entspricht.

Die Predigt endet, der Bruder folgt Mana-ma in den Beichtraum. Dort baut Mana-ma ein Schachspiel auf, wie immer beginnen sie mit einer Partie. Doch der Bruder ist nicht in der Stimmung für strategische Überlegungen.

»Ich begreife nicht, wieso ich dich verlassen soll«, sagt Ensi. »Tue ich hier denn nicht Gottes Werk?«

Mana-ma streicht ihre Robe zurecht. Sie hat das Amt erst kürzlich von ihrer Vorgängerin übernommen; in dieser Erinnerung dürfte sie ungefähr so alt sein, wie Tila und ich jetzt sind.

»Gott hat zu mir gesprochen. Dies ist sein Plan für dich. Du hast einen brillanten Geist und interessierst dich für die Naturwissenschaften, aber hier kannst du nicht wachsen. Dir ist es bestimmt, ins unheilige Land zu reisen – auf dass uns allen eine glorreiche Zukunft beschieden ist. Wie das? Ich weiß es nicht, aber Gott hat mir gesagt, du wirst einen Weg finden. Du genießt meine volle Unterstützung. Ich glaube an dich.«

Ensi schiebt einen Bauern nach vorne. Mana-ma schlägt ihn.

Hat Ensi diese Vervescape als persönlichen Rückzugsort programmiert, fernab der Folterkammer, in der seine Opfer gequält werden? Hier verwahrt er säuberlich getrennte Erinnerungen – doch jetzt verschwimmt die eine mit der anderen, Vergangenheit und Gegenwart kollidieren.

Und inmitten dieser verschmelzenden Gedächtnisinhalte werden Nazarin und ich von einem Lebenssplitter in den anderen geworfen: Kurz nach der Ankunft in San Francisco blickt Ensi nach dem Rasieren in den Spiegel. Noch ist er kein wunderschöner Mann. Die Nase zu groß, das Haar nicht ganz so voll, das Kinn weniger ausgeprägt – es ist der Veli Carrera, der in Mantels Vervescape an die Wand projiziert wurde. Ensi fühlt sich nicht wohl in dieser Welt, sie ist ihm zu laut, zu fremd. Unrein. Er drückt die Rasierklinge aufs Handgelenk, er will zurück in den Mammutwald, zurück zu seiner Mana-ma. Gleichzeitig spürt er die Verlockung des Wissens. Und er weiß: Hier kann er Gottes Werk tun. Ja, Mana-ma soll stolz sein auf ihn. Langsam lässt er die Klinge sinken.

Wie konnte Ensi so rasant aufsteigen? Von Mana-mas Knecht zur allmächtigen Schattengestalt San Franciscos?

Ein Ruck, ein Zittern. Das Boot rutscht in die nächste Erinnerungsblase.

Mana-ma sitzt in Ensis Apartment – ein Schock, sie so fern der Feuerstelle zu sehen. Mana-ma und Ensi nähern sich einander, legen Stirn an Stirn. Ensi sieht aus wie heute, Mana-ma ein wenig älter als in meiner Erinnerung. Dieser Augenblick liegt noch nicht ganz so lange zurück.

Sie hat ihm Pilze von der Feuerstelle mitgebracht, mal wieder. Ensi nimmt die Tüte in die Hand, behutsam, wie eine große Kostbarkeit.

»Wenn wir unser Vorhaben verwirklichen wollen«, sagt er, »dann brauchen wir mehr.«

»Bei uns sprießen ganze Gewächshäuser voll«, antwortet Mana-ma. »Daran soll es nicht scheitern.«

»Und die Behörden schöpfen keinen Verdacht?«

»Nein. Sie erhalten ihre üblichen Lieferungen für die Zeal-Produktion. Aber wir sind nur ein Lieferant von vielen. Sie haben endlich gelernt, unsere Privatsphäre zu respektieren. Keine Aufpasser mehr, die einmal im Jahr überprüfen, ob wir schön brav sind. Sie sehen nicht mehr allzu genau hin.«

»Bist du so weit?«, fragt Ensi.

Als Mana-ma ihm in die Augen blickt, ahne ich: Über die Jahre hat sich ihre Beziehung gewandelt. Früher war Mana-ma die Mächtige, die Ensi angeleitet hat; nun begeben sie sich als Ebenbürtige auf ihre perverse, rätselhafte Reise.

Ensi geht voraus ins Nachbarzimmer. Trotz des gewaltigen Reichtums, den er angesammelt haben muss, bewohnt er ein bescheiden eingerichtetes Apartment: schlichte Holzmöbel, Webteppiche ähnlich den handgemachten Erzeugnissen der

Feuerstelle. Keine Technologie – abgesehen von zwei VR-Sesseln. Der eine ist leer, im anderen ruht Malka.

»Das ist sie?«, fragt Mana-ma.

»Ja. Es war ein größerer Aufwand, aber wir konnten sie aus der Stasis stehlen. Sie wurde nicht wiedererweckt. Sie befindet sich in einem Zustand der Gottlosigkeit, ohne Seele. So kann sie dir als Avatar dienen.«

»Als Avatar«, wispert Mana-ma.

»Ja. Willst du mir Gesellschaft leisten, kann ich dich jederzeit als Verve-Projektion in diesen Körper rufen. Danach kehrst du zurück in deinen eigenen Körper.«

»Und das Mädchen?«

»Verbleibt in der Stasis. Ihr Bewusstsein wird nie erweckt.«

Mana-ma zögert, fasst sich ans Schlüsselbein. So habe ich sie noch nie gesehen. Verunsichert.

»Ich weiß, es ist schwer«, sagt Ensi. »Aber auf diese Weise können wir uns immer nahe sein. Gewissermaßen.«

»Du weißt, wie sehr mich die Trennung schmerzt. Wie bist du auf diese Idee gekommen?«

»Ich habe davon geträumt. Vielleicht hat der Herr sich ausnahmsweise entschieden, mir einen Gedanken einzugeben.« Der lächelnde Ensi übersieht das Blitzen in Mana-mas Augen. »Aber ich glaube, der eigentliche Anstoß waren die Zwillinge, Taema und Tila.«

Mana-mas Lippen kräuseln sich. »Sie haben überlebt? Sie sind hier in der Stadt?«

»Ja. Ich hatte sie aus den Augen verloren, konnte sie aber zum Glück wiederfinden.«

»Was willst du mit ihnen anstellen?«

»Vorerst nichts. Kommt Zeit, kommt Rat. Wir sollten anfangen, meine Liebste.«

Mana-ma schnallt sich in den Sessel, Ensi startet das Programm und verlinkt Mana-ma mit Malka. Durch Ensis Augen sehe ich, wie seine Finger Codezeilen tippen, dann schnellt sein Blick zu den beiden Frauen und beobachtet ihre Reaktionen, ihre unter den Lidern zuckenden Augäpfel.

Mana-mas Augen kommen zur Ruhe. Malkas öffnen sich.

»Wie fühlst du dich?«, fragt Ensi.

»Wie neugeboren.« Malkas Gesicht verzieht sich zu einem eisigen Lächeln. Wie neulich, als sie per Schwertstoß ein junges Mädchen exekutiert hat.

Wieder legen Ensi und seine Geliebte Stirn an Stirn.

Ich tauche aus der Erinnerung auf, ein kurzes Luftschnappen. Nazarin und ich starren einander an, doch bevor wir etwas sagen können, kollidiert das Boot mit den nächsten Blasen. Mit weiteren Bruchstücken von Ensis Leben, Scherben, die sich allmählich zu einem Gesamtbild zusammenfügen. Heute ist Ensi fast sechzig, Mana-ma muss etwa im gleichen Alter sein, auch wenn sie jünger wirkt – was aber genauso gut von ihren natürlichen Anlagen herrühren könnte wie von einem verstohlenen Besuch in einer Chirostube.

Ensi verließ die Feuerstelle mit Mana-mas Segen, um in San Francisco ihren gemeinsam ausgeheckten Plan umzusetzen. Man sammelte ihn von der Straße auf, implantierte ihm einen VeriChip und brachte ihn ins Jugendheim, wo er sich einen neuen Namen gab: Veli Carrera. Da er sich offensichtlich für Technik interessierte, ermutigte man ihn zu Gehirnübertragungen, die er so gut vertrug, dass er bald seinen Abschluss in der Tasche hatte. Er sah sich in der Wissenschaftsszene um, erkor Peter Mantel zu seinem Mentor und konnte bald dessen Aufmerksamkeit auf sich ziehen.

»Veli« blühte auf, tatkräftig unterstützt von Mantel. Dieser hatte keinen Sohn, was sich aber ein paar Jahre später änderte. Dennoch behandelte der CEO von Sudice seinen Zögling weiter wie sein eigen Fleisch und Blut, und da er es sich verdient hatte, legte Mantel den Konzern schließlich in Velis Hände, nicht in die seines leiblichen Sohns.

Erinnerungen an die Laborarbeit, als Ensi aus den Pilzen, aus Mana-mas Mitbringseln die ersten Tropfen Zeal destillierte. An endlose Gehirnübertragungen, über die Grenzen des Erträglichen hinaus, Ensi zuckte unter den Elektroden, den Drähten auf seiner Haut, versunken in sehnsüchtigen Gedanken an die schlichte Lebensweise der Feuerstelle. Er hätte es nie getan, er hätte es nicht gekonnt, hätte er Mana-ma nicht so sehr geliebt.

Alle Erinnerungen sind durchdrungen vom Gestank des Sumpfs und der Angst vor den Wesen, die knapp unter der Oberfläche schwimmen.

Als Veli Carrera überwacht Ensi die Markteinführung von Zeal – doch danach wird eine Neuentwicklung nach der anderen von den Behörden abgelehnt, sein Frust wächst. Der schöne Plan, den Mana-ma und er sich zurechtgelegt hatten, verzögert sich. Zeal hält die Kriminalitätsrate bei einem Minimum, das genügt der Stadt. Doch im Stillen denkt Ensi bereits über eine andere Droge nach, die Persönlichkeiten verändern, die Bürger noch besser formen könnte.

Dann der große Bruch. Mantels Sohn Alex setzt Ensi vor die Tür, Ensi ist auf sich allein gestellt – und als er gerade neue Pläne schmiedet, wird ihm klar, wie weit der Hass von Mantels Sprössling reicht: Ensi soll sterben. In einzelnen Splittern sehe ich, wie Ensi den Auftragskiller tötet, wie er sich in den Straßen verkriecht, die vielen OPs in schäbigen Chirostuben und schließlich der Entschluss, sich in eben jene Bande einzuschleichen, die mit seiner Ermordung beauftragt worden war. Ensi musste als mickriger Bauer einsteigen, aber egal. Ihm war von klein auf eingehämmert worden, wie man in langfristigen Strategien denkt.

Die schlimmsten Erinnerungen: Ensis Aufstieg an die Spitze der Ratel. Zahllose Verbrechen. Zahllose Morde, meist per Traumfolter, seiner Lieblingsmethode. Experimente mit Zeal, bis Ensi die Droge in ihre Bestandteile zerlegt und das Wunschergebnis erzielt hatte: Verve. Traumblasen voller Schrecken und Schmerz. Ich erfahre, welches Schicksal mir geblüht hätte, hätte Kims Code mich nicht gerettet. Vorerst gerettet. Wo ist Ensi jetzt? Ich spüre ihn, in der Nähe.

Nazarin und ich sind am Ende der Erinnerungen angelangt. Wir haben den Sumpf durchquert, vor uns liegt die Feuerstelle. Ensi hat sie nie verlassen, nicht endgültig, auch er hat sie immer im Geist bewahrt. Ich sehe Mia vor mir, wie sie sich an die Schläfe tippt. Als könnten wir alle der Sekte nie wahrhaftig entkommen.

Am Rand der trüben Brühe steigen wir aus dem Boot, haben endlich wieder festen Boden unter den Füßen.

Es ist nicht weit bis zur Siedlung. Sie ähnelt den Bildern meiner Erinnerung, nur einige Häuser fehlen, da der Bruder Jahrzehnte vor Tila und mir ging. Aber die Gerüche gleichen sich: Mammutbäume, Erde, der Schwefelgestank des Sumpfs, Kaminrauch.

»Wo sind wir?«, fragt Nazarin.

»Zu Hause«, antworte ich und weiß doch nicht, ob die Feuerstelle noch mein Zuhause ist.

Der grüne Nebel lichtet sich, nur ein paar Dunstfäden winden sich noch um unsere Füße. Ich fasse nach Nazarins Hand und glaube, ihn wirklich zu berühren, obwohl er tatsächlich einen Meter entfernt im Sessel ruht. Doch mein Gehirn registriert den Impuls, und so spüre ich warme Haut.

Wie leicht es unserem Gehirn fällt, sich selbst zu täuschen.

Im anhaltenden Dämmerlicht gehen wir den Weg entlang. In den Gärten sind noch fast alle Blüten geschlossen, verschlafen nicken die Blumen mit den Köpfen.

»Friedlich hier«, sagt Nazarin. »Seltsam …«

»Das muss Ensis innerstes Refugium sein. Eine ruhige Ecke in seinem Geist, erschaffen nach dem Vorbild der Feuerstelle. Vielleicht weiß er, dass sein Code nicht mehr richtig funktioniert.«

»Weshalb er sich hier verkriecht.«

»Könnte sein.«

»Wo genau?«

In welcher Erinnerung fühlte Ensi sich am sichersten? »In der Kirche«, antworte ich.

Hinter der nächsten Ecke taucht sie auf, ein unscheinbarer, weiß gestrichener Holzbau. Meine eigenen Erinnerungen überstrahlen Ensis: die Zeit, die ich dort als Kind und Teenager verbracht habe, unendlich viele Beichtsitzungen, Predigten, Lieder und Gebete, geflüsterte Worte. Früher einmal gab es für mich nichts Schöneres als die Stunden in dieser Kirche. Tila sah Ma-na-ma und das Credo der Feuerstelle schon immer kritischer, doch ich war lange fest im Glauben.

Allerorten beginnt die Simulation zu bröckeln. Die giftigen Schwaden des weit hinter uns liegenden Sumpfs kehren zurück, der grüne Nebel verdichtet sich wieder. Schwarze Fraktalwirbel beschmutzen das Blau der einsetzenden Morgendämmerung, die Atmosphäre schlägt von friedlich zu unheilvoll um. Die Feuerstelle wirkt verlassen, aber ich glaube, sie hält bloß den Atem an.

Ein Flackern im Inneren der Kirche. Nazarin und ich steigen die ausgetretenen weißen Steinstufen hinauf, während beiderseits der Treppe die Welt zerfällt, am Rand meines Blickfelds glimmen verschiedenste Traumbilder. Wir stehen vor der mächtigen Pforte. Nazarin streckt die Hand aus, zieht die Tür auf.

Drinnen brennt nur eine einzige Kerze, doch als wir eintreten, verstärkt sich der Lichtschein.

Ensi steht am Altar, wo Mana-ma zu predigen pflegt, und blickt hinauf zum Fenster. Wartet er auf jemanden?

Wasser ist in den Kirchenraum eingedrungen, auf dem Weg nach vorne laufen wir durch Pfützen. Ich weiß nicht, was ich tun soll, was auf uns zukommt. Waffen haben wir keine. Kaum war meine Konzentration auf das Messer geschwunden, verflüchtigte es sich. In Gedanken lege ich es mir wieder in die Hand, will es zurückholen, und tatsächlich bildet es sich langsam heraus – es ist die Mordwaffe aus der Rekonstruktion des Tathergangs im Zenith, damit soll Tila zugestochen haben. Doch als ich sie beinahe zu fassen bekomme, löst sie sich in Luft auf, genauso ergeht es Nazarin mit seiner Pistole. Zugleich erzittern die Kirchenbänke wie bei einem Erdbeben.

»Was habt ihr getan?«, ruft Ensi. Sein Äußeres gleicht weitgehend seinem realen Aussehen, doch er wirkt blass, er zittert. Auffällige Falten durchziehen sein Gesicht, Geister der Linien, die sich ohne Besuche beim Wachser in seine Züge gegraben hätten. Trotzdem wagt er sich hinter dem Altar hervor, leicht wankend, aber voller Entschlossenheit.

»Ich habe dir ein Virus injiziert. Bei unserem Kuss.«

»Was für ein Virus?«, fragt er, nicht verängstigt, sondern berechnend. Ensi ist es gewohnt, als Sieger vom Feld zu gehen. Er gibt nicht vorschnell auf. Wieder bebt die Erde, das Grollen schüttelt Staub von den Dachbalken.

»Es frisst deine Traumwelt auf. Byte für Byte. Wenn es alles verschlungen hat, ist es aus mit dir.« Ich bin mir meiner Sache alles andere als sicher, aber es klingt gut. Wie es aussieht, hat Kim die Aktion doch nicht auf Dauer angelegt. Wieso auch? Damit hätte sie riskiert, dass Ensi das Virus entdeckt und sich rechtzeitig davon befreit.

Ensis Augen blitzen. »Das heißt, ich kann euch mit in den Tod reißen?« Ein Schritt nach vorne, eine Bewegung von tödlicher Eleganz, in Ensis Rechter erscheint ein Schwert. Er springt die niedrige Altartreppe hinab, seine Füße landen klatschend in einer Pfütze. Seine Klinge ist eine Kopie der Waffe, mit der die arme Nuala hingerichtet wurde – ich kann noch immer nicht fassen, dass Ensis Dame keine andere ist als Mana-ma in einem fremden Körper. Ein noch heftigeres Rumoren lässt die Kirche erzittern.

Mit einem Ausfallschritt stößt Ensi zu, ich weiche um Zentimeter aus und flüchte auf die nächste Kirchenbank. Doch Ensi packt mich am Knöchel und bringt mich zu Fall. Meine Wange trifft mit voller Wucht auf die Holzlehne, der Schmerz lodert auf wie eine Stichflamme, Luft entweicht zischend aus meiner Lunge. Ich schmecke Blut. Ensi zerrt mich nach hinten, gegen meinen verzweifelten Widerstand. Ich weiß, weit weg blutet auch mein realer, an den Sessel gegurteter Körper.

Als ich mit den Beinen austrete, lockert sich Ensis Griff. Noch ein Tritt. Schmerz tobt in meinem Knöchel, als ich Ensi am Oberkörper treffe und er aufstöhnt. Schwer atmend blicke ich über die Schulter: Nazarin und Ensi rangeln am Boden wie wilde Tiere. Nazarin kann einen Arm befreien und verpasst Ensi einen Faustschlag ins Gesicht.

Ich versuche mich aufzurappeln, doch da erbebt die Kirche von Neuem – und die Welt füllt sich mit warmem, dunkelgrünem Morast, wie in Mias Traum. Kommt das von Kims Code? Von meiner Angst, von Ensis?

Schlamm schwappt mir um die Knöchel, um die Knie, die Hüften, steigt über meinen Kopf. Ich darf nicht atmen, sonst dringt er in meine Lunge ein. Ensi und Nazarin sind nirgends zu sehen, aber ich spüre sie dicht bei mir, auch sie stemmen sich gegen die einstürzende Simulation.

Ich schließe die Augen und vergegenwärtige mir alle Lehren meiner unzähligen Meditationen. Ich kämpfe gegen den Traum, kämpfe und kämpfe – und lasse los.

29
TAEMA

Bis auf ein paar vertrocknete Brocken verschwindet der grüne Schlamm. Ich stürze und lande auf meinem verletzten Knöchel. Zischend atme ich ein, klatschnass und zitternd, Punkte tanzen vor meinen Augen.

Doch der Traum kollabiert weiterhin. Die Kirche bebt und flackert, nur was ich unmittelbar in den Blick nehme, bleibt stabil. Nazarin und Ensi sind immer noch ineinander verkeilt, ihre blutigen Gesichter gezeichnet von Prellungen, und mir dröhnt der Schädel.

Auf die Kirchenbank gestützt, nähere ich mich den Kämpfenden. Würde ich mir nicht auf die Zunge beißen, ich würde schreien vor Schmerz.

Plötzlich komme ich keinen Schritt mehr voran, ich stoße auf eine unsichtbare, aber unüberwindliche Barriere. Ensi verpasst Nazarin einen Schlag, durch den dieser bewusstlos zu Boden geht. Ensi sieht zu mir hin, ein triumphierendes Lächeln auf den Lippen. Auch ihm ist es gelungen, eine gewisse Macht über diese zerfallende Welt zu erlangen. Er weiß, ich kann ihm nicht zu nahe kommen, doch er nähert sich mir, und ich bin wie festgewachsen.

»Wir sind in meinem Geist. Meinem Traum. Du bist eine beachtliche Klarträumerin, aber an mich wirst du nie heranreichen. Was auch immer ihr mit meinem Code gemacht habt, ich kann jeden Schaden beheben. Zugegeben, bisher war es ein nervenaufreibender Abend – aber jetzt soll mich nichts mehr davon abhalten, mich mit dir und deinem Cop-Schoßhündchen zu vergnügen. Ich werde mein Vögelchen schon dazu bringen, ein Lied anzustimmen.«

Die Kirche schwankt nicht mehr ganz so bedrohlich – setzt sie sich wieder instand? War das alles eine List, eine Falle in der Falle?

Ausgeschlossen.

Ensi ist noch immer sichtlich nervös, er leckt sich die Lippen, sein Blick irrt umher. In einem Moment der Konzentration beschwört er ein Messer herauf. Mia hatte ihr Skalpell, Malka ihr Schwert, Ensis Lieblingswaffe ist das Messer, das nun gefährlich glitzert.

Er nähert sich bis auf wenige Millimeter, hebt das Messer und drückt es gegen meine Kehle. Als es meine Haut anritzt, zucke ich zusammen. Über meinen Hals rinnen Blutstropfen.

Ich werfe einen Blick auf Nazarin, aber er kann mir nicht helfen. Was für Folgen hat es, in einer irrealen Welt das Bewusstsein zu verlieren?

Denk nach. Denk nach. Ich versuche, mich an die Lehren aus Mias Vervescape zu erinnern und aus Ensis Prüfung.

Wenn ich Ensi im Traum töte, kann ich ihn vielleicht besiegen. Falls ich ihn töten kann.

In Mias Traum, meiner ersten Verve-Erfahrung, war meine Macht beschränkt, doch den Tatort konnte ich wieder zum Verschwinden bringen. Ensis Prüfung habe ich trotz meiner Panik bestanden.

Ich kann klarträumen. Verhältnismäßig gut.

Also konzentriere ich mich darauf, eine eigene Barriere zu errichten – und als ich sie mit geballter Angst füttere, überwindet sie Ensis Mauer und drückt das Messer weg von meiner

Kehle. Ensis Gesicht verzieht sich zur Fratze. Aber was würde ihn wirklich verstören? In die Knie zwingen?

Konzentration. Ich fasse einen Plan, der nicht mal ansatzweise ausgereift ist und dennoch meine beste, einzige Chance. Rund um Ensi kräuselt sich die Luft, als hätte ich einen Stein in einen stillen Teich geworfen.

»Ich kenne dich«, sage ich. »Ich kenne deine Träume und Sehnsüchte. Deine Sünden.«

In Gedanken verleihe ich Ensi das Gesicht, mit dem er zur Welt kam, mache ihn wieder zum Kind. Dann zu dem jungen, noch unschuldigen Mann. Schließlich zum rachsüchtigen, machthungrigen Neumitglied der Ratel. Die drei Akte seines Lebens: Kind, Bruder, zukünftiger König.

Dem wahren Ensi rutscht das Messer aus der Hand, noch vor dem Boden löst es sich auf. Zweifellos spürt er, wie sich sein Traum verzerrt, seinem Griff entgleitet.

Da flimmert die Luft vor Energie, über uns knistern grünliche Blitze, ein Donnerkeil zuckt herab und schlägt in meine Schulter ein, versengt mir die Haut. Ich schreie auf. Wo ich getroffen wurde, bildet sich eine Fraktalverbrennung, die sich über meinen Arm rankt wie wucherndes Geäst. Pure Kraft fegt durch meinen Körper.

Drei weitere Keile bohren sich in den Kirchenboden und reißen Löcher ins Traumgewebe. Prompt steigt der Schwefelgestank des Sumpfs auf, vermengt mit dem Ozongeruch von Blitz und Donner. Die Lücken im Traum vergrößern sich.

Kind. Bruder. König.

Ich beschwöre sie alle herauf: dreimal Ensi aus drei Erinnerungen. Der Zwölfjährige mit den spindeldürren Armen. Der Bruder kurz vor dem Aufbruch in die Stadt. Der Erwachsene, äußerlich bereits identisch mit seinem jetzigen Ich, der soeben einen Mord begangen und Veli Carrera hinter sich gelassen hat, sein altes Ich. Alle drei stehen untätig da und warten auf meine Anweisungen.

Ängstlich starrt der König der Ratel auf sich selbst, wie er früher war – während ich die einzelnen Traumfäden im Geist vereine. Ich weiß nicht, was ich da tue, ich handle rein nach Instinkt. Wie Mana-ma es mich gelehrt hat.

Das Messer erscheint in meiner Hand, kalter Stahl, ein beruhigendes Gefühl. Aber ich brauche keine Waffe mehr. Ich hetze die drei Trugbilder auf Ensi. Er weicht zurück und drückt sich an die Kirchenwand, das Gesicht leichenblass, Schweiß steht auf seiner Stirn. Kurz sieht er mich an, um sich dann wieder abzuwenden, als ertrage er meinen Blick nicht. Wo ist das Oberhaupt der Ratel, das so viele Frauen und Männer zu Tode gefoltert und reihenweise Morde in Auftrag gegeben hat? Dieser Mann hat Angst, sein Widerstand ist gebrochen. Die Arme um die Knie geschlungen, kauert Ensi am Boden, vollkommen außerstande, sich selbst in die Augen zu sehen.

Als Ensis versammelte Lebensalter den Mund aufreißen, schwappt rotes Licht aus ihrer Kehle, zugleich tritt erneut grüner Schlamm aus der Erde. Ensi schließt die Augen, rafft die Fasern seines eigenen Klartraums zusammen und kann den Schlamm tatsächlich zurückdrängen. Bis ich meinen Einsatz verdoppele.

Kind, Bruder und König schlingen die Arme um den wahren Ensi. Der grüne Brei zieht sich um die Vierergruppe zusammen und formt sich zur makellosen Kugel – zu einer Erinnerungsblase, einer Gefängniszelle für den König der Ratel.

Das Erdbeben endet. Über uns verglühen letzte Blitze.

Ich schaue nach Nazarin. Er ist wieder bei Bewusstsein, hat alles gesehen.

»Was jetzt?«, frage ich. »Wie kommen wir hier raus?«

»Du machst das schon.« Er hustet, dann richtet er sich mühsam auf. Eines seiner Augen ist zugeschwollen.

»Ja.« Ich sammle die letzten Überreste des zerschlagenen Traums um Nazarin und mich. Meine Stirn schmiegt sich an seine. »Aufwachen.«

Kaum habe ich die Augen geöffnet, schließe ich sie wieder. Zu hell. Mein ganzer Körper schmerzt, als wäre ich von Kopf bis Fuß verkohlt. Ich keuche, meine ausgelaugte Lunge will keinen Sauerstoff aufnehmen.

»Nazarin?«, krächze ich.

»Taema.«

Vor Erleichterung breche ich fast in Tränen aus.

»Ist das echt?« Ich habe eine Wahnsinnsangst, dass wir doch nicht entkommen sind, dass wir bloß in die nächste Erinnerung katapultiert wurden, in einen anderen Teil von Ensis Geist. Wieder öffne ich die Augen, diesmal gefasst auf das stechende Licht.

Hierhin hatte Ensi uns verschleppt, nachdem wir auf dem Pier überwältigt worden waren. Ich liege im Sessel, Fesseln schneiden mir in die Arme, in den Oberkörper und die Stirn.

Ein Rascheln. Unter Schmerzen drehe ich den Kopf zur Seite: Nazarin stemmt sich hoch und zerrt die Hände aus den Fesseln. Als er sich die Elektroden vom Leib reißt, geht das Piepen seines Herzmonitors in einen gedehnten Ton über. Mein Herz schlägt weiter gleichmäßig, trotz meiner anhaltenden Angst.

Ich drehe mich zur anderen Seite. Ensi liegt neben mir, an den Sessel gegurtet. Sein Körper ist noch am Leben, doch der Monitor, der seine Hirnfunktionen überwacht, zeigt kaum noch Aktivität.

Dafür bin ich verantwortlich. Ich allein.

Nazarin hinkt zu mir und löst mühsam meine Fesseln. Sein Gesicht ist weniger geschwollen als im Traum, aber übersät von dunkelvioletten Flecken. Blut ist aus seiner Nase gelaufen, seinen Ohren, sogar seinen Augenwinkeln, und inzwischen getrocknet. Geplatzte Äderchen röten seine Augen, doch er betrachtet mich mit klarem Blick.

»Nazarin«, flüstere ich.

Über mich gebeugt, befreit er meinen Oberkörper von den Gurten. »Habe ich dir eigentlich mal meinen echten Namen verraten?«

»Nein.«

»Ich heiße Aziz. Aziz Keskin.«

»Aziz«, sage ich, lasse den Namen auf der Zunge nachklingen. Mein Partner lächelt mich an, ich lächele zurück. Nach allem, was geschehen ist, können wir noch immer ein Lächeln austauschen. Er hilft mir hoch, ich ziehe mir die Elektroden von der Haut und werfe sie weg, lehne mich mit schwerem Kopf an seine Schulter. Da drückt er mich an sich, ich spüre seinen Herzschlag. Beide riechen wir nach Schweiß und Blut und Angst.

»Nichts wie raus aus diesem Drecksloch«, sage ich.

»Ganz deiner Meinung.«

Aufeinandergestützt richten wir uns auf. Und blicken hinab auf den gefallenen König der Ratel.

»Sollen wir es zu Ende bringen?« Ich stelle die Frage ohne jede Emotion. Umgebracht habe ich Ensi bereits, ich habe ihn Stück für Stück abgetötet. Vor uns ruht nur noch seine sterbliche Hülle.

»Ich hätte Lust drauf. Große Lust.« Nazarin kehrt Ensi den Rücken zu. »Aber ich denke, diese Grenze sollten wir nicht überschreiten. Wir haben schon Rache genommen.«

Hinkend gehen wir zur Tür. Unsere Waffen wurden in einem

Schrank verstaut, Nazarin reicht mir meine. Wir behalten sie in den Händen, schussbereit. Meine Zunge spielt fortwährend an meinem Backenzahn, wo plötzlich die Krone fehlt, das Virus. Ich schmecke Eisen.

Nazarin öffnet die Tür, späht hinaus, zieht den Kopf wieder ein. »Die Luft ist rein«, sagt er, die Pistole dicht am Ohr.

Wir lassen den Kerker hinter uns und schieben uns an der Wand in einen Flur. Bleibende Schäden haben wir offenbar nicht davongetragen, doch mein Gehirn ist … noch nicht ganz da, als wären meine Sinne noch nicht verankert in dieser Realitätsebene. Zudem läuft die Aufzeichnung weiter, noch will ich sie nicht anhalten, Kopfweh hin oder her. Ich könnte schwören, dass die weißen Wände nach Zitrone schmecken. Dass sich das Quietschen unserer Schuhsohlen anfühlt wie Angst. Meinen Augen traue ich nicht, aber Nazarin ist real, das weiß ich. Aziz.

So groß ist unsere Desorientierung, unser Drang, raus an die frische Luft zu kommen und diesem Ort des Schreckens zu entfliehen, dass wir keinen Gedanken an Alarmsysteme verschwenden. Sobald wir die Tür ins Freie öffnen, ertönt ein durchdringendes Heulen, zu laut für meine wirren, wundgescheuerten Sinne. Ich presse die Hände auf die Ohren und schreie los, stimme in den Missklang ein. Auch Nazarin brüllt, bekommt sich aber schneller als ich in den Griff und packt mich am Arm. Weit haben sie uns nicht verschleppt, wir sind noch auf dem Pier. Ich sehe die Kräne, unter denen sich der König und sein Gefolge versammelt haben, und den Container, der mein Versteck war.

Und die Männer aus Ensis Gefolge. Sie halten Wache.

In ihrer Mitte steht Malka, die Dame der Ratel.

Mana-ma im Körper einer armen verlorenen Seele.

Vor dem Traum war Malka nirgends zu sehen, Ensi muss

sie benachrichtigt haben. War sie auf dem Weg zu uns, wollte sie in die Vervescape einsteigen und ihr verlorenes Schäfchen besuchen? Oder ist sie erst aufgebrochen, als Ensis Plan fehlschlug? Liegt ihr eigentlicher Körper steif und starr an der Feuerstelle?

Malka – nein, Mana-ma – entdeckt uns als Erste. Sie reißt den Kopf hoch und sieht mich an, ihre Botschaft kristallklar: *In dieser Prüfung hast du versagt.* Sie wünscht sich zurück in die schalldichte Kammer, allein mit mir und ihrem Schwert.

Auf ihre gekreischte Warnung hin stürmen die Männer vorwärts.

»Das ist ein Scherz, oder?« Etwas Besseres fällt mir nicht ein, als ich der Bande entgegenblicke, hundemüde, wie ich bin.

Nazarin nimmt meine Hand und zerrt mich hinter eine Frachtkiste, feuert darüber hinweg und duckt sich. Ein Schmerzensschrei, irgendwo. Nazarin gibt den nächsten Schuss ab. Kein Schmerzensschrei. Ich starre wie betäubt auf die Pistole in meiner Hand. Als ein Projektil vom Metall unserer Deckung abprallt, scheint der Knall vor meinen Augen in der Luft zu hängen, grelles Gelb, Rot, Orange. Wunderschön.

Da höre ich die Stimme meiner Schwester: *Du hast doch eine Waffe, T. Du hast eine Waffe.*

Es ist eine Halluzination – aber eine beruhigende. Die Pistole hängt in meinen schlaffen Fingern. Weitere Schüsse. Ich kann kaum noch sehen, das Kopfweh zerreißt mir den Schädel. Ein Klingeln in meinen Ohren, wie Tinnitus. Der nächste Schuss. Wo ist Nazarin? Ist er noch am Leben?

Ich drücke die Waffe an mich, und der kühle Stahl an meiner Brust holt mich zurück ins Hier und Jetzt. Nazarin kniet neben mir. Eine Kugel hat ihn an der Stirn gestreift, er trägt seinen Kalar-Overall ohne Kapuze. Blut strömt über seine Schläfe, aber davon lässt er sich nicht aufhalten. Er schießt und duckt sich, schießt und wechselt die Deckung. Als er wieder getroffen wird, kippt er um. Hoffentlich hat ihn bloß die Wucht des Projektils gefällt. Auch Kalar bietet keinen hundertprozentigen Schutz.

Scheiße! Scheiße, scheiße, scheiße. Fluche ich nur in Gedanken oder schreie ich es heraus? Kugeln prasseln auf die Frachtkisten wie Hagel. Ich entsichere meine Pistole und lege den Finger auf den Abzug. Meine Hand zittert.

Ich werfe einen Blick über die Kante und gehe schnell wieder in Deckung. Nur ein Gegner steht noch: Mana-ma. Wie passend. Ich gegen sie.

Nachdem ich meine letzten Kräfte, meinen letzten Mut zusammengenommen habe, springe ich auf, plötzlich absolut ungeschützt. Ich muss meine Sinne sammeln, auf diese Welt einstellen. Beim ersten, zweiten, dritten Abdrücken verschwimmt die Umgebung so sehr, dass ich nicht bewusst zielen kann. Doch die Schüsse schärfen meinen Geist.

Die ersten Projektile gehen daneben. Dann erwische ich Mana-ma am Arm. Sie beugt sich vornüber. Auch sie trägt Kalar, doch der Treffer zeigt Wirkung. Als ich sie erneut anvisiere, donnert ihre Pistole. Ich drücke ab, dann will ich mich hinter die Deckung ducken. Die Welt schaltet in Zeitlupe. Mana-ma bricht zusammen, und aus dem Einschussloch über ihrem dritten Auge rinnen rote Tränen.

Fast desinteressiert sehe ich zu, wie die Kugel aus ihrer Pistole auf mich zurast. Das Kalar durchdringt sie nicht, doch der Aufprall lässt mein metallisches Brustbein erbeben. Mein mechanischer Herzschlag verlangsamt sich.

Und erstirbt.

30
TILA

An die eigentliche Ankunft in San Francisco erinnere ich mich nicht.

Taema und ich waren komplett weg, ich kam aber im Krankenschwebewagen zu mir. Mir war elend wie noch nie, doch als die Sanitäter das Fenstergitter beiseiteschoben und ich zum ersten Mal die Stadt erblickte, staunte ich nur noch über die Schönheit San Franciscos in der untergehenden Sonne. Die Stadt war wie ein ferner Planet, so fremd und bizarr. Himmelhohe Gebäude voller Menschen, andere voller Bäume, dazwischen fliegende Autos, überall Brücken über das Wasser, von einem Stück Land zum anderen. Und so groß. Ich wusste, auf der Welt gibt es Milliarden Menschen, und konnte trotzdem nicht glauben, dass hier über eine Million davon leben sollten. So hoch in der Luft reichte mein Blick bis zum Horizont, unter uns bewegten sich winzig kleine Fußgänger. Es war wie eine unendliche, unentdeckte Welt.

Im Krankenhaus stabilisierten sie unseren Kreislauf, und Taema öffnete die Augen. Sofort heulte ich los. Ich hatte solche Angst gehabt, dass sie nie wieder aufwacht.

Der zuständige Arzt musterte uns mit der gleichen zurückhaltenden Verwirrung wie alle anderen. Aber wir hatten Riesenglück. Er wusste, dass unsere VeriChips frisch eingesetzt worden waren, und später organisierte er ohne großes Aufsehen einen Berater, der uns erklärte, wie wir Asyl als Feuerstellenflüchtlinge beantragen und echte Identitäten erwerben konnten.

Dieser Arzt war der schönste Mann, den ich je gesehen hatte. Es dauerte eine Weile, bis ich mich an die allgegenwärtige Perfektion gewöhnt hatte, auf den Krankenhausfluren sah ich noch jedem hinterher. Bis ich mich fast schon fragte, ob in San Francisco eigentlich echte Menschen lebten oder Roboter. In Sachen Körpergröße und auch Gewicht gab es zwar schon Unterschiede (nicht dass irgendwer zu dünn oder besonders dick gewesen wäre), aber die Gesichter wirkten alle übertrieben symmetrisch.

Der Arzt starrte ständig auf die Stelle, wo wir miteinander verwachsen waren – aber genau darum ging es ja bei seinem Vorschlag. Hier war alles so neu, so seltsam, alles glitzerte, und ich wusste nicht mal, wie man das ganze Zeug nannte, was das eigentlich war. Mom und Dad fehlten mir, ich sehnte sie herbei. Mana-ma war ihnen bestimmt auf die Schliche gekommen, aber wie würde sie die beiden bestrafen?

»Ihr müsst schnellstens operiert werden.« Der Arzt kam direkt zum Punkt, aber ich ließ mich vom hübschen Schwung seiner Lippen ablenken und von den zart sprießenden blonden Stoppeln auf seinen Wangen.

»Was ist das für eine Operation?« Taema war wohl nicht ganz so geblendet von seiner Schönheit.

In seinem Gesicht blitzte irgendein Gefühl auf. Unwohlsein? Aber da war es auch schon wieder weg. »Was wisst ihr über das Leben in San Francisco?«

Komische Frage, dachte ich mir damals, was tut das jetzt zur Sache? Warum erzählt er uns nicht von den komplizierten Sachen, die er mit uns vorhat? Andererseits hatte ich ja keine Ahnung, wie Ärzte so ticken. Der Kerl war mein allererster Arzt.

»Nur ein bisschen was«, antwortete ich.

»Also …«, sagte er. »Ich habe mich ein bisschen über eure

Heimat informiert. Für euch muss es sein, als wärt ihr in die Zukunft gereist.«

Da hatte er nicht unrecht, auch wenn ich es noch nie von dieser Seite betrachtet hatte. Erst mal mussten wir diese »Zukunft« besser kennenlernen.

Wir nickten halb und zuckten halb mit den Schultern.

»Ihr seid ein einzigartiger Fall – heutzutage.« Jedes Wort war mit Bedacht gewählt, das war ihm anzumerken. »Dass ihr trotz Thorakopagus und nur rudimentär vorhandener medizinischer Versorgung so lange bei verhältnismäßig guter Gesundheit überleben konntet, ist bemerkenswert. Deshalb steht ihr jetzt vor einer Entscheidung. Wir können euren Körper durch eine OP in Ordnung bringen … aber mein Team würde euch lieber trennen. Zwei Herzen. Zwei Körper.«

Ich spürte, wie der letzte Rest Farbe aus meinem Gesicht wich. *Trennen!?* Klar hatten wir schon darüber nachgedacht, aber dass es jemals in greifbare Nähe rücken könnte … in meinem Inneren ging es drunter und drüber.

»Im heutigen San Francisco wäre es wohl … eine Herausforderung, so zu leben. Die Leute würden euch nicht schlecht behandeln, aber man würde euch überall anstarren. Es wäre nicht leicht. Ich habe mich mit den anderen gestritten. Damit sie euch lassen, wie ihr seid, falls ihr wollt. Aber sie sind strikt dagegen, und allein kann ich euch nicht operieren, auch nicht mithilfe von Droiden. Ihr könnt kurz darüber reden, aber viel Zeit haben wir nicht. Die OP muss bald losgehen.«

Er nickte zum Abschied. Hinter ihm schloss sich die Tür.

»Wir müssen das machen«, sagte Taema.

»Ich finde, wir müssen gar nichts.«

»Aber wenn wir sagen, wir bleiben zusammen, operiert das Team nicht. Die wollen einfach nicht. Und sterben lassen werden sie uns auch nicht. Der Arzt hat es als unsere Entscheidung hingestellt, aber das nehme ich ihm nicht ab.« Taema hatte die Lage durchschaut.

»Willst du, dass sie uns trennen?«

»Ich weiß nicht. Eigentlich nicht. Ich würde zumindest gerne länger darüber nachdenken. Aber das geht nicht. Und ich will auf jeden Fall, dass wir beide weiterleben.«

In ihren Worten war es so simpel. »Na gut.«

»Ja?« Taema klang genauso verängstigt wie ich.

Hand in Hand warteten wir auf den Arzt. Keine Diskussionen mehr, obwohl immer noch zwei Herzen in unserer Brust schlugen (oder eben nicht, ha ha). Der Arzt war sichtlich erleichtert. Auf die Art konnte er noch so tun, als hätten wir selbst entschieden und nicht die über uns.

Er erklärte uns die Operation: Sie würden uns jeweils ein neues, mechanisches Herz einsetzen und unser Brustbein rekonstruieren, einen Teil unserer Rippen und Brüste (ich weiß noch, dass ich es trotz allem genial fand, endlich ordentliche Titten zu kriegen), außerdem würden sie meine angeschrägte Wirbelsäule begradigen. Richtig verdauen konnten wir die ganzen Infos nicht, denn sie verfrachteten uns sofort in den OP und schickten uns schlafen, und als ich aufwachte, war ich allein.

Daran erinnere ich mich noch sehr genau, ich habe mich manchmal mit Taema drüber unterhalten: Man wacht auf und ist der einzige Mensch im Zimmer. Das war so falsch, so merkwürdig. Und diese unerträgliche Stille. Also schüttelte ich die hypermodernen Apparaturen ab und ging Taema suchen.

Ich fand sie. Wir beide finden immer wieder zueinander. Nach der Operation hatte ich nichts anderes im Sinn, als meine andere Hälfte suchen zu gehen.

Diesmal hat Taema zu mir gefunden.

31

TAEMA

Beim Aufwachen denke ich zuerst, ich liege im Sessel.

Ich schlage unter der Decke um mich und schreie. Überall piepende Maschinen, in mir eine verschwommene, schwebende Leere, als stünde ich unter Schmerzmitteln. Nein, das ist kein Sessel, weder für Zeal-Konsum noch für Gehirnübertragungen. Wo bin ich? Im Krankenhaus? Zuletzt war ich vor zehn Jahren dort, als ich zum ersten Mal in meinem Leben allein aufwachte.

Jetzt bin ich wieder allein.

Rund um mein Bett stehen Monitore, die jeweils eine Körperfunktion abbilden: meinen stetigen Herzschlag, Blutdruck, Gehirnaktivität. Neben mir hält ein Infusionsständer Wache, Nährstoffe und Flüssigkeit werden in meine Adern gepumpt. Aufrichten kann ich mich nicht. Ich bin zu schwach. Was ist passiert?

Ich wurde angeschossen.

Meine Hand hebt sich zur Brust. Ein Verband. Ich erinnere mich an das jähe Erblühen des Schmerzes, wie er in meinen Körper fuhr, intensiver als ein geträumter Blitzschlag.

Aber ich bin noch am Leben. Immerhin.

Irgendwie kann ich mich doch noch aufrichten. Aber die Bewegung löst einen Alarm aus, ein Pflegedroide kommt herein, erhöht meine Dosis und verschwindet wieder.

Und während ich den Droiden verfluche, werden meine Lider schwer. Ich schlafe ein.

Als ich erneut aufwache, bin ich nicht mehr allein.

Nazarin schläft neben dem Bett, unbequem in einen Besucherstuhl geklemmt. Eigentlich heißt er Aziz, aber wie soll ich mich so schnell umgewöhnen? Ich fühle mich deutlich besser. Wacher, lebendiger.

Ein Blumenstrauß steht auf dem Nachttisch, zierliche weiße Rosen. Eine davon ziehe ich aus der Vase und schnalze den Stiel in Nazarins Richtung. Der Tropfenregen lässt ihn hochschrecken.

»Hi«, sage ich mit einem schwachen Lächeln.

»Hey.« Sein Gesicht ist fast vollständig abgeschwollen.

Ich versuche mich aufzurichten, Nazarin hilft mir dabei. Als er mir ein Glas Wasser reicht, trinke ich dankbar.

»Tila?«, frage ich.

»Sie wurde vollständig begnadigt. Die Medien sind immer noch außen vor. Und dir werden keine Straftaten vorgeworfen, die du undercover begangen haben könntest.«

»Tila ist frei?« Meine Stimme bebt.

»Ja. Morgen wird sie verlegt und entlassen. Du hast es geschafft. Du hast sie gerettet.«

Mein Lachen klingt noch etwas brüchig, etwas hohl. »Ich habe es geschafft.« Meine Schwester ist in Sicherheit. In Sicherheit. Ich lasse mich ins Kissen fallen, auch wenn der Aufprall schmerzt. »Was sagen die Ärzte über mich?«

»Von den Fachbegriffen verstehe ich nichts, aber ich kann dir sagen, was ich weiß. Du wurdest an der Brust getroffen. Das Kalar konnte die Kugel weitgehend stoppen, aber der Schlag auf deinen Metallbrustkorb hat die Haut zerschmettert und dein Herz ins Straucheln gebracht. Sie mussten es reparieren und neu starten. Herzstillstand. Dir bleibt eine weitere Narbe, außer du lässt sie ausradieren.«

Wie unauffällig er das Wort dazwischen geschmuggelt hat: *Herzstillstand.* Ich war tot. Meine Fingerspitzen streichen über den Verband. »Kann ich ihn abnehmen?«

Er zuckt mit den Schultern. »Vielleicht wartest du lieber noch ein bisschen.«

»Wann darf ich nach Hause?« Ich will nur noch ins Bett und schlafen. Ich will, dass es schon morgen ist und meine Schwester frei.

»Bald, denke ich. Warte, ich rufe den Arzt.«

»Moment. Eins noch …«

»Was?«

»Sag ihnen, sie sollen den Wachser schicken. Ich will mein altes Gesicht zurück.«

Ohne viele Worte lassen wir uns im Schwebeauto zu meinem Apartment fliegen. Nicht zum Safehouse. Zu meinem eigenen Apartment, zum ersten Mal, seit ich mich in Tila verwandeln musste. Meine Finger gleiten an meinen Gesichtszügen entlang: die gewohnte Nasenform, die etwas tieferen Wangenknochen, etwas volleren Wangen. Das Haar ist immer noch kurz, aber gelockt und nicht mehr blau. Doch im Spiegel hat auch mein altes Gesicht nur wenig Vertrautes.

Ich schaue hinab auf San Francisco. Ein nebliger Tag, ein Dunstschleier wie im Traum. Vom Grün der Algen durchwirktes Grau, ein Widerschein der Welt in Ensis Kopf. Ich wende den Blick ab.

Auf dem Weg in mein Apartment stützt Nazarin mich, er hat sich deutlich schneller erholt. Kein Wunder, er musste schließlich keinen Brusttreffer wegstecken.

Drinnen lasse ich mich auf mein Sofa fallen, es ist, als wäre ich seit Ewigkeiten nicht mehr hier gewesen. Die eine Taema ist gegangen, eine andere zurückgekehrt. Es wird dauern, bis ich begriffen habe, was mit meinem Geist geschehen ist. Ob ich ihm jemals wieder voll und ganz vertrauen kann?

»Holst du mir ein bisschen SynthGin? Im Schrank links neben dem Kühlschrank.«

Artig schenkt Nazarin uns zwei Gläser ein und setzt sich zu mir aufs Sofa.

»Erzähl«, sage ich.

Nazarins Stimme beruhigt mich. Ein kräftiger Schluck Gin, dann lausche ich mit geschlossenen Augen: Körperlich ist Ensi noch am Leben, doch sein Gehirn ist abgestorben. Zur Stasis verurteilen will ihn die Regierung dennoch. Der Verlust von König und Dame war ein schwerer Schlag für die Ratel, aber noch halten sie sich auf den Beinen – weshalb die Behörden gerade zum endgültigen K. o. ansetzen.

»Sie werden aufs Verve stoßen«, sage ich.

»Ja. Wobei Sudice argumentiert, dass Veli Carrera noch in ihren Labors mit der Entwicklung begonnen hat. Sie wollen sich das Zeug patentieren lassen. Zum Glück hat die Sache einen Haken: Sie wissen nicht so genau, wie Verve hergestellt wird. Anscheinend kannte nur Ensi das Rezept.«

»Wie das?«

»Die Lieferungen aus der Feuerstelle – das waren Mana-mas selbst gezüchtete Pilze. Wahrscheinlich derselbe Wirkstoff, den sie euch vorm Meditieren verabreicht hat. Sie hat ihn vor Ort so weit wie möglich verarbeitet, und Ensi hat ihm in der Stadt den letzten Schliff gegeben.«

Ich seufze. »Früher oder später finden sie raus, wie man es herstellt.« Aber wen meine ich, Sudice oder die Behörden? Wäre das ein Unterschied? »Haben wir überhaupt irgendwas bewirkt?«, frage ich. Sollte Verve auf den freien Markt kommen … selbst mit einer Variante ohne gewaltfördernde Nachwirkungen könnte man sich die Massen noch effektiver gefügig machen.

»Einen Stolperstein gibt es noch. Ich habe gehört, irgendwer hat einen ärztlichen Bericht über die wahre Wirkungsweise von Verve an die Öffentlichkeit durchsickern lassen …«

»Kim?«

Zur Antwort lächelt Nazarin bloß.

Es ist kein Sieg auf ganzer Linie, weit entfernt von einem *Und wenn sie nicht gestorben sind* … Wir müssen darauf setzen, dass die Ratel auf lange Sicht zerschlagen werden, und wir können noch hoffen, dass Verve nicht durch eine andere Partei auf die Stadt losgelassen wird. Ein Hoffnungsschimmer, mehr nicht.

»Damit müssen wir wohl erst mal zufrieden sein«, sage ich. »Wie geht es für dich weiter? Dein Undercovereinsatz ist beendet.«

»Ich habe um Beurlaubung gebeten.«

Ich lächele bemüht. »Urlaub? Hast du dir verdient.«

Er seufzt. »Ich weiß noch nicht, ob ich danach wieder zurück will.«

Das verstehe ich. Im Moment kann ich mir auch nicht vorstellen, wieder eine Ingenieursstelle anzutreten, ich fühle mich zu fragmentiert. Unfähig, ein zuverlässiges Rädchen im gesellschaftlichen Getriebe zu spielen.

Nachdem ich mein Glas geleert habe, schaue ich auf den Verband unter meinem Blusenkragen. »Ich habe mir den Schaden noch gar nicht angesehen.« Also öffne ich die obersten Knöpfe.

Nazarin steht auf. »Soll ich rausgehen?«

»Nein. Bleib hier.«

Den Stoff von den Schultern gestreift, blicke ich mit einem scharfen Einatmen auf das Fraktalmuster, das der Phantomblitz im Traum auf meine Haut gezeichnet hat. Das Rot ist bereits zu Weiß verblasst, ein starker Kontrast zum Braun meiner Haut. Eine reale Folge des Irrealen. Mein Geist hat den Einschlag gespürt, mein Körper hat gehorcht.

»Man könnte es ausradieren«, meint Nazarin.

»Lieber nicht.« Das Muster hat eine ganz eigene Schönheit. Es soll mich daran erinnern, dass ich im entscheidenden Moment Stärke bewiesen habe.

Nazarin kommt auf mich zu. Seine Hand nähert sich und verharrt über meiner Haut. Als ich ihm in die Augen sehe, setzt er eine Fingerspitze auf das Fraktalmuster und zeichnet die Wirbel einzelner Äste nach.

»Wie Bäume«, sagt er. »Oder Adern. Einzigartig.«

Ich erwidere nichts. Nazarins Berührung verankert mich in der Gegenwart, im Leben, sie dringt durch die Überreste der Schmerzmittel. Mein ganzer Körper kribbelt.

Langsam entferne ich den übrigen Verband. Angst überkommt mich – wie sieht es darunter aus? Als der letzte Stoffstreifen abfällt, blicken wir beide an mir hinab: eine frische Narbe zwischen meinen nackten Brüsten, gleich links der alten Narbe, die mich von den Schlüsselbeinen bis zum Bauchnabel in zwei Hälften teilt. Sie ist bereits abgeheilt, sieht beinahe aus wie ein Stern.

Nazarins Fingerspitze legt sich darauf. »Behältst du die auch?«

»Ja.«

Ich hebe den Blick zu seinen sanften Augen.

Ich will ihn etwas fragen. Aber wie? »Tila … ich …«

»Ich will nur dich.«

Genug geredet. Seit unserem Fehltritt im Safehouse sehne ich mich danach, und jetzt hindert uns nichts mehr. Nazarin zieht mich an sich, mein Körper schmiegt sich an seinen, ich zerfließe in seinen Armen wie er in meinen. Wir küssen einander, meine Fingerspitzen huschen über sein kurzgeschorenes Haar. Die Hände um meine Hüften gelegt, hebt er mich hoch, ich umklammere ihn mit den Beinen.

Wir fallen aufs Sofa, ich schmecke ihn, er mich. Nach dem Auftauchen aus Ensis Geist hatten meine Sinne die Orientierung verloren, nur an Nazarin konnte ich mich festhalten. Wie jetzt. Unter meiner Berührung entspannt sich seine warme, straffe Haut. Sein Atem an meinem Hals. Eine Zungenspitze flackert über meine Kehle, dort, wo das Blut pulsiert.

Meine Finger knöpfen sein Hemd auf, streifen es herunter. Mit den Händen fahre ich über seinen kräftigen Rücken, über verblassende Narben. Er hat keine einzige ausradieren lassen, seine Haut spiegelt ein Leben voller Gefahr: eine oberflächliche Schnittwunde unter den Rippen, kleine Scharten an den Armen. Ich küsse jede einzelne.

Als ich seine Schultern anknabbere, zieht Nazarin mich hoch und presst seine Lippen auf meine, saugt meine Zunge zwischen die Zähne, bis es ein wenig schmerzt. Ich kratze ihm über die Oberarme, er keucht an meinem Mund.

Wir befreien uns von den restlichen Klamotten, ineinander verschlungen landen sie auf dem Boden. Mein Körper ist noch geschwächt, doch Nazarin gibt mir Halt. Er schiebt sich in mich hinein, ich drücke ihn an mich, als könnte unser Fleisch ineinander verschmelzen. Das leise Schnaufen unseres Atems, das Rutschen unserer Haut auf dem Sofabezug, ansonsten ist kein Laut zu hören. Wir bewegen uns im Einklang. Dann rolle ich mich auf ihn, und immer noch küssend beschleunigen wir. Näher können sich zwei Menschen nicht kommen, ohne miteinander verwachsen zu sein.

Mein Zittern lässt Nazarin erbeben, mit fest geschlossenen

Augen konzentriere ich mich auf diesen einen Punkt tief in meinem Inneren. Nazarins Lippen an meinen, gelangen wir zum Höhepunkt, und als sein befreites Stöhnen durch meinen Körper vibriert, muss ich lächeln.

Ich liege auf ihm, unsere Glieder ineinander verschränkt, Nazarins trommelnder Herzschlag an meinem Brustkorb. Allmählich lockert sich mein Leib, das prickelnde Abebben der Lust. Alle Gedanken haben sich verflüchtigt, zum ersten Mal seit langer Zeit bin ich frei von Sorgen.

Später, im Bett, atme ich tief ein, noch tiefer, und lege die Lippen auf Nazarins Stirn. Geistesabwesend spielen meine Finger am Laken. Gibt es etwas Wohltuenderes, als neben sich die leisen, verletzlichen Atemzüge eines Schlafenden zu hören?

Nicht mehr lange bis zum Sonnenaufgang. In ein paar Stunden sehe ich meine Schwester. Ich wollte sie retten, und ich habe mein Ziel erreicht.

Trotzdem habe ich große Angst. Tila ist der eine Mensch, den ich besser kenne als alle anderen. Niemand, nicht mal engste Freunde, könnte unsere Beziehung begreifen. So viele Jahre waren wir zwei Individuen und doch eins. Vor der anderen konnten wir nichts verstecken. Unsere Stärken, unsere Schwächen, wir wussten alles.

Doch Tila hat mir vieles verschwiegen. Und wäre sie nie verhaftet worden, hätte Vuk sie nie attackiert – hätte sie mir jemals davon erzählt?

Hätten sie uns nicht getrennt, hätte Tila das alles nie vor mir verbergen können. Vielleicht hätten wir den Ärzten schärfer widersprechen sollen. Wir hätten uns auf unseren Glauben berufen können, dagegen wären sie machtlos gewesen. Aber das wussten wir damals nicht. Wir waren jung. Unglaublich naiv. Das hat sich geändert.

Ich will meine Wut loslassen, aber es fällt mir schwer. Tila hat einen Menschen getötet. Um sich zu schützen, um mich zu schützen. Das kann ich ihr schlecht vorwerfen. Konnte ich wohl nie.

Es ist leicht, einem anderen das Leben zu nehmen, wir Menschen sind zerbrechliche Wesen. Begleitet von Nazarins trägen Atemzügen, rennen meine Gedanken im Kreis. Sie drehen sich um Tod und Blut und den morgigen Tag, um unser erstes Wiedersehen, seit Tila aus meinen Armen gerissen wurde.

Ein Teil von mir fragt sich: Will ich sie noch wiedersehen?

32
TILA

Sie haben mich verlegt, von dem Knast in den Sierras (oder wo auch immer) zurück in eine Zelle in San Francisco. In ein paar Stunden komme ich raus, haben die Wachen gesagt. Von daher neigt sich meine Aussage wohl dem Ende zu, was mir sehr gut passt, weil das Notizbuch sowieso fast vollgeschrieben ist. Ich kann das immer noch kaum glauben. Dabei weiß ich doch: Taema sollte man nie unterschätzen.

Ich habe versucht, mich ein bisschen zurechtzumachen, aber das Mädchen im Spiegel sieht immer noch scheiße aus, mit Augenringen und zerfaserten Strähnen, dem billigen Knastshampoo sei Dank. Im Moment sitze ich hier auf dem unbequemen Bett, und wenn ich nicht gerade schreibe, sehe ich durch das winzige Fenster in den blauen Himmel.

Das Wiedersehen mit Taema jagt mir Angst ein. Es ist so viel passiert. Gibt sie mir die Schuld? Tut es ihr weh, dass ich ihr so vieles verschwiegen habe, auch wenn ich sie bloß schützen wollte? Ich habe keine Ahnung.

Deshalb will ich in meinen letzten paar Knastminuten aufschreiben, wie es wirklich war. Das Notizbuch nehme ich später mit raus. Jetzt wird es nur noch ein einziger Mensch zu Gesicht bekommen, nämlich meine Schwester.

Liebe T,

Ich habe Fehler gemacht. Ich dachte, wenn ich dich nicht mit reinziehe, passiert dir nichts, aber jetzt … ich habe gehört, du hast eine Kugel abbekommen. Okay, du wirst wieder gesund, aber trotzdem. Du hast wegen mir eine Kugel abbekommen. Ich habe dich in Gefahr gebracht, weil ich nicht wollte, dass du weißt, wie weit ich für die Wahrheit gegangen bin. Hätte ich dir von Anfang an alles erzählt und hätten wir zusammengearbeitet, wäre alles anders gelaufen.

Wie sollen wir jetzt weitermachen?

Ich sage dir, wie es war. Jetzt bekommst du deine Antworten, T.

Auf die Ratel bin ich rein zufällig gestoßen. Mia und Adam hatten sich in einer Zealoten-Lounge kennengelernt. Er erkannte sie, sie ihn nicht. Sie trafen sich dann ein paarmal, er wollte sie von der Droge wegbringen, und irgendwann hatten sie sich so gut angefreundet, dass er ihr von seiner wahren Identität erzählte. Da machte Mia die Fliege. Zog um und änderte so weit wie möglich ihr Aussehen, weil sie eine Riesenangst hatte, dass er sie in Mana-mas Auftrag umbringen sollte. Weißt du noch, wie sie ans andere Ende der Stadt gezogen ist und dauernd in der Chirostube war? Das war wegen Adam. Vielleicht war er echt hinter ihr her. Ich weiß es nicht.

Zuerst erzählte Mia mir nur einen Teil der Story, aber ich war sofort neugierig. Ein Feuerstellenbewohner mit verändertem Gesicht? Wer denn bitte? Und als sie mir verriet, dass Adam noch am Leben ist und für die Ratel arbeitet, da wusste ich, ich kann nicht einfach wegschauen. Ich wollte, aber es hat mich innerlich aufgefressen.

Bald hatte ich kapiert, dass Vuk ein Ratel-Auftragskiller war.

Also waren selbst vorsichtigste Nachforschungen scheißgefährlich. Aber ich konnte nicht anders, vor allem, als Vuk dann im Zenith auftauchte. Ich beobachtete ihn monatelang, bei jedem seiner Besuche, ohne ihm zu nahe zu kommen. Und er erkannte mich nicht, weil ich mich gewachst und meine Haare blau gefärbt hatte (Das war der Grund, T: Ich wollte dich schützen. Ich wollte nicht anders aussehen als du). Außerdem rechnet doch kein Mensch damit, dass die eine Hälfte des siamesischen Zwillingspaars aus deiner Ex-Sekte durch einen exklusiven Club in der City spaziert.

Dachte ich jedenfalls am Anfang. Bis mir klar wurde, wie sehr die Ratel Adam verändert hatten. Sie hatten seine Persönlichkeit nach ihren Wünschen umgeschrieben. Der neue Adam mordete auf Bestellung. Er war eiskalt.

Adam verliebte sich vor meinen Augen in Leylani. Da dachte ich mir: Wenn er sich noch verlieben kann, ist vielleicht doch noch ein bisschen was von ihm übrig. Vielleicht steckt in ihm doch noch ein bisschen Adam. Ich fragte Mia nach ihrer Meinung, aber vor lauter Zeal-Wirrheit sagte sie nur: »Er ist der Rote, der Gerechte, der Schöne. Er kam von der Erde und nun kehrt er zurück. Unaufhörlich wandeln sich die Gesichter.« Das brabbelte sie immer wieder, was mich dermaßen fertigmachte, dass ich sie irgendwann in ihrem Zealoten-Loch sitzen ließ.

Würde mich nicht wundern, wenn Mia mich am Ende für ein bisschen Verve verraten hätte, aber beweisen kann ich es nicht. Und jetzt ist die Sache erledigt, denn sie ist tot.

Mit Vuk zu sprechen wäre natürlich ein Risiko gewesen. Also ließ ich es erst mal bleiben. Aber ich hörte mich um, und so erfuhr ich, dass die Ratel nach Klarträumern suchten. War das nicht ideal? Aber ich wusste einfach nicht, wie ich an die Organisation herankommen sollte.

Deshalb redete ich irgendwann doch mit Vuk.

Ich sagte ihm nicht, wer ich war. Bloß dass ich die beste Klarträumerin der Stadt wäre, und wenn sein Boss es einrichten könnte, müsste ich dringend mal mit ihm sprechen. Vuk antwortete nichts und ging früher als sonst. Ich dachte schon, bei unserem nächsten Wiedersehen bringt er mich um, und es wäre aus mit meinem hübschen Plan.

Aber als Vuk dann ein paar Abende später zurückkehrte, meinte er: Beweis es mir. Wir klinkten uns in Zeal-Sessel ein … nur dass Vuk das Zeal heimlich gegen Verve ausgetauscht hatte. Ich hielt mich strikt an seine Anweisungen, ich folgte ihm durch die Traumwelt und ließ sie nach meiner Pfeife tanzen. Ein tolles Gefühl der Macht, das mir aber auch Angst einflößte. Ich wollte nicht enden wie Mia.

Vuk brachte mich in die Ratel rein. Ich bekam immer mehr Jobs, und bald schaffte ich es in die Verve-Lounge, als Traumsichterin. Dort lernte ich Ensi kennen, eines führte zum anderen, und je näher ich ihm war, desto mehr konnte ich doch aus ihm rauskriegen, oder? Wie die Ratel Adam gefunden hatten, was Mana-ma damit zu tun hatte, usw.

Irgendwann dachte ich mir, am schnellsten komme ich voran, wenn ich noch mal mit Vuk rede. Danach wollte ich bei den Ratel aussteigen. Endgültig. Ich wollte mit dir nach China. Ja, ich wusste schon von deinem neuen Job. Ich hatte die Zusage auf deinem Wandschirm gesehen, als du im Bad warst. Sorry wegen des Spionierens. Ich wollte meinen Namen ändern, mein Gesicht, und nichts wie weg. Ich dachte, damit komme ich durch. Wäre ich aber nicht, glaube ich. Manchmal bin ich wirklich unglaublich dumm.

Am Donnerstag bin ich also wie immer ins Zenith. Am Tag davor hatte ich mich mit Leylani getroffen und ihr dabei was in den Kaffee gekippt, das sie ein bisschen krank machen sollte. Nichts Schlimmes, schon wegen des Babys (sie lief dauernd zur Toilette, eindeutig schwanger), aber es müsste sie erst mal vom Arbeiten abhalten. Ich schleimte mich an Sal ran und sagte, hey, ich kann für Leylani einspringen, und so kam es dann auch. Vuk war mit einer Gruppe unterwegs, und zuerst kümmerte er sich kaum um mich. Er wusste von meinen Ratel-Jobs, aber viel Kontakt hatten wir nicht. Er war enttäuscht, Leylani wäre ihm lieber gewesen als ich.

Als sich die meisten anderen Partygäste zur zentralen Bar verzogen hatten, angelte ich ihn mir.

»Adam?«

Er zuckte zusammen. »Wie bitte?«

»Ich bin's, Adam. Tila von der Feuerstelle. Ich weiß, ich habe mich ein bisschen verändert. Aber ich bin es wirklich.«

Er schüttelte den Kopf, als müsste er eine Fliege verscheuchen. »Ich habe keine Ahnung, wovon du redest.«

Ich schob mich näher an ihn heran. »Aber natürlich. Irgendwas in dir muss sich an uns erinnern. Taema und Tila. T-plus-T. Wir haben dich besucht. Dir grüne Trauben mitgebracht.«

Ein Zucken in Adams Gesicht, sein ganzer Körper schüttelte sich, als wäre in seinem Inneren ein Krieg ausgebrochen. Ich blieb dicht bei ihm und sah ihm in die Augen.

Da sank er auf die Knie, die Hände an den Schläfen. Sein Mund öffnete sich grässlich weit, ein lautloser Schrei. Ich bückte mich und packte ihn an den Handgelenken. »Adam.«

Zuerst erstarrte er, dann verkrampfte sich sein Körper in einer Art Anfall. Und am Ende kippte er einfach um, ich dachte schon, er wäre tot. Wäre in dem Moment irgendein Zenith-Gast reingekommen und hätte uns zwei so gesehen … ich wäre dagestanden wie eine Mörderin.

Witzig, dass mir das schon damals in den Sinn kam. Total witzig.

Aber an Adams Kehle spürte ich noch einen Puls. Ich setzte mich zu ihm und hielt seine Hand. Seine Metallhand, die sich aber anfühlte wie eine Menschenhand, wie abkühlende Haut. Ich starrte ihn lange an und suchte in dem stämmigen Körper mit dem fremden Gesicht nach dem dürren Jungen, in den ich so verknallt gewesen war. Erst da begriff ich, dass ein Mensch zu einem völlig anderen werden kann.

Nach einer Weile fing Adam an zu ächzen. Ich wartete, bis er von selbst aufwachte, und als er mein Gesicht sah, begann er zu weinen. »Tila«, sagte er, »ich erinnere mich …«

»Hi, Adam«, antwortete ich.

Beim zweiten Hinsehen fielen ihm fast die Augen aus den Höhlen. »Wo ist deine Schwester?«

»Sie haben uns getrennt.« Ich wollte noch was sagen, aber da wurde er wieder von Zuckungen geschüttelt, und ich bekam es mit der Angst zu tun. »Adam?«

Speichel spritzte aus seinem Mund. Ich dachte, jetzt stirbt er wirklich.

Aber irgendwann konnte er wieder sprechen. Er nahm meine Hand. »Ich verliere gleich die Kontrolle, Tila. Ich werde wieder zu Vuk. Dann werde ich dich töten wollen. Weil ich dich als Bedrohung empfinden werde.« Er griff noch fester zu. »Dann muss ich ihm Bericht erstatten. Über dich und deine Schwester. Ich werde nicht anders können.« Wieder dieses Zucken. »Dazu hat er mich gemacht.«

Adams Augen verdrehten sich, dann musterte er mich scharf. Sehr scharf. »Du bist eine Bedrohung.«

Hastig wich ich zurück und warf dabei ein paar Gläser um, die auf dem Boden zerbrachen. Adam-Vuk stand auf. Er näherte sich. Als er ein Messer aus der Sakkoinnentasche zog, schnappte ich mir eine Scherbe. Aber wie sollte ich mich damit wehren?

Sein Gesicht war entstellt von Schmerz. »Ich will das nicht, Tila. Ich will nicht. Ich bin so müde. Ich will ihm nicht mehr gehorchen. Er hat mich in ein Monster verwandelt.« Jedes Wort war hart erkämpft.

Aber es dauerte, bis ich kapierte, was er von mir wollte.

»Mach schon«, drängelte Adam-Vuk. Alle seine Muskelstränge spannten sich an, und als er die Hand mit dem Messer hob, dachte ich, ich bin tot. Aber er ließ die Waffe fallen. Sie landete in meiner Reichweite.

»Es ist gleich … so weit«, stöhnte er. Wieder schüttelte er sich und stieß dabei weitere Möbel um.

Ich zögerte. Ich wollte das nicht.

Aber Adam-Vuk sagte: »Wenn er von dir erfährt, erfährt er auch von deiner Schwester. Und um an dich ranzukommen …« Ein Zucken. »… wird er ihr wehtun.«

Damit war die Sache entschieden.

Was denn sonst.

Leicht war es nicht. Adam-Vuk hielt nicht still und ließ sich töten. Seine Konditionierung übernahm das Ruder, sein Jagdinstinkt. Meinen ersten Stich blockte er ab, ich erwischte ihn bloß am Handgelenk. Als er mich packte, riss ich mich nach hinten los, stampfte ihm auf den Fuß und trat ihm zwischen die Beine. Keuchend landete er auf den Knien, und ich wusste, ich darf nicht zögern. Wenn doch, wäre ich tot.

Es war ein Glückstreffer. Die Klinge bohrte sich mitten in seinen Oberbauch, dann zog ich sie nach oben, wahrscheinlich direkt ins Herz.

Fast im selben Moment lag er am Boden. Aber noch war er

nicht tot. Er blickte mir in die Augen, und ich sah erst weg, als er sich endgültig verabschiedet hatte.

Ich weiß noch, wie warm und klebrig sein Blut war. Dieser Geruch nach rotem, rostigem Eisen. Ich war wütend, als wäre ich in eine Falle getappt. Das Messer rammte ich in den Sofatisch, es blieb zitternd stecken.

Die Blutlache wurde immer größer.

Offensichtlich hatte das Blut irgendeinen Alarm ausgelöst, denn Sal rannte in den Raum. Den konnte normalerweise nichts schockieren, aber jetzt war er vollkommen entsetzt.

Mir war klar, dass ich irgendwas sagen musste, aber ich war dermaßen neben der Spur, dass ich nur Mias wirres Zeug nachplapperte: »Er ist der Rote, der Gerechte, der Schöne. Er kam von der Erde und nun kehrt er zurück. Unaufhörlich wandeln sich die Gesichter.«

Da war Sal erst recht entsetzt. Er schnippte vor meinem Gesicht mit den Fingern herum, bis ich ihn richtig anblickte. Aber ich sah ihn nur verschwommen.

»Warum!?«, rief er, und ich blinzelte, als würde ich langsam aus einem Albtraum erwachen.

Ich erzählte ihm … nicht alles, aber einiges. Dass Vuk als Auftragskiller für die Ratel gearbeitet hatte und sterben wollte, weil er dann endlich frei war. Sal glaubte mir jedes Wort, dafür bin ich ihm ewig dankbar. Er hat einfach gleich nach einem Ausweg gesucht. Sicher wollte er sich vor allem selbst aus der Scheiße ziehen, aber er entpuppte sich nicht als totaler Egoarsch.

»Die Ratel werden ihre Leute schicken. Wenn du die Nacht überleben willst, musst du hier sofort weg. Fahr nach Hause, pack deine Sachen und hau ab. Ich verlasse mich auf dich. Und jetzt ab nach Hause.«

Ich hielt mich an seinen Rat. Aber ich dachte mir, bevor ich verschwinde, sollte ich noch … keine Ahnung, meine Signatur hinterlassen? Also kratzte ich das Symbol der Feuerstelle in den Tisch, auch aus Frust darüber, dass ich nie hinter die großen Zusammenhänge kommen würde. Dann schrieb ich noch Mias Namen dazu, in unserem Alphabet. Nur Mia wusste, dass ich mich in die Ratel eingeschlichen hatte, und hätten die Ratel mich unterwegs abgefangen, hättest du Mia fragen können. So hättest du zumindest ein paar Antworten bekommen, T.

Doch, ich wollte wirklich nach Hause, aber dann bog ich zu dir ab. Und Sal? Der hatte doch noch die Polizei verständigt, die mich über meinen VeriChip lokalisierte.

Wenn ich es doch nur ganz anders gemacht hätte. Wenn ich mir nur den VeriChip aus dem Handgelenk gerissen und dich auch dazu gezwungen hätte. Dann hätten wir noch abhauen können. Keine Ahnung wohin oder was wir dort hätten anstellen sollen, aber es wäre immer noch besser gewesen als alles, was danach kam.

Alles Weitere weißt du schon. Ich schätze, du weißt inzwischen mehr als ich.

Sie wollten dich in Schutzhaft nehmen. Behaupteten sie jedenfalls, als ich ihnen gleich nach der Verhaftung erklärte, dass du in großer Gefahr schwebst, weil nicht auszuschließen war, dass Mia mich für eine Ladung Verve hatte auffliegen lassen. Aber nein. Sie verwandelten dich in mich und brachten dich in noch größere Gefahr.

Verdammte Arschlöcher.

Es tut mir so leid, T. Ich habe eine Riesenscheiße gebaut. Und du hast es irgendwie in Ordnung gebracht, wie üblich. Fair ist das nicht. War ein übler Deal für dich.

Ich bin verflucht nervös und würde fast lieber hierbleiben, als dir gegenüberzutreten. Wenn ich daran denke, was du mir alles zu erzählen hast, wird mir ganz anders. Es wird wehtun. Aber ich werde zuhören.

Eben war der Wärter da und wollte mich abholen. Ich habe ihn gebeten, in fünf Minuten wiederzukommen. Ich will noch fünf Minuten lang panisch kritzeln, während meine Hand schon verkrampft. Wie soll ich das hier bloß zu Ende bringen?

Wahrscheinlich wird es eher banal. Ist ja nicht so, dass ich hier einen hochklassigen Text hingelegt hätte. Vielleicht hilfst du mir irgendwann, das Ganze noch mal ordentlich aufzuschreiben. Falls du jetzt überhaupt noch mit mir redest.

Also: Eigentlich ist das kein Ende, sondern ein Anfang. Heute Morgen dachte ich noch, sie frieren mich ein und schieben mich zu den anderen in die Tiefkühltruhe, und plötzlich habe ich wieder ein ganzes Leben vor mir. Du hast die Feuerstelle und die Ratel zerschlagen. Vielleicht können wir jetzt Adams Geschichte erzählen und die der anderen Männer und Frauen, denen die Erinnerungen gestohlen wurden. Mia wurde getötet, habe ich gehört, ihr Mörder war sicher auch irgendeine armselige Ensi-Kreatur. Sie wechseln die Gesichter wie im Kaleidoskop.

Vielleicht können wir unsere Eltern wiedersehen, zum ersten Mal seit zehn Jahren. Zur Feuerstelle zurückkehren, durch den Wald spazieren und den Vögeln lauschen. Wir könnten zum ersten Mal im See baden.

Auf lange Sicht werden wir kaum was ausrichten können, schätze ich. Andererseits war ich schon immer pessimistisch. Für die Hoffnung bist du zuständig.

Ich bekomme also eine zweite Chance. Alles auf null. Das verdanke ich dir. Ich schreibe jetzt den letzten Satz zu Ende, stecke das Notizbuch ein und frische meinen Lippenstift auf, und dann verabschiede ich mich von diesem Drecksloch hier und blicke dir in die Augen.

33
TAEMA

In das Gebäude, in dem Tila festgehalten wird, wage ich mich nicht, ich warte vor der Tür. Zu dieser Tageszeit ist es ruhig in der Gegend, nur ein paar Passanten sind auf dem Weg zur MUNI, ins Büro oder nach Hause. Niemand beachtet mich. Sie wissen nicht, was ich getan, wovor ich die Stadt bewahrt habe, was ich zumindest hinauszögern konnte. Hoffentlich werden sie nie davon erfahren.

Eine Abordnung des SFPD soll an der Feuerstelle nach dem Rechten sehen, denn von unserer ehemaligen Sekte kam ein Notruf: Mana-ma wurde am Tag danach tot aufgefunden, zwischen zerwühlten Laken, mit Haftelektroden am Kopf. Ich habe dem SFPD vorgeschlagen, Nazarin hinzuschicken, und gefragt, ob ich ihn begleiten kann (vielleicht auch Tila?). Unsere Verbannung durch Mana-ma wurde aufgehoben, und ich sehne mich nach Mom und Dad. Ich muss zurück. Wir beide.

Es ist ein überraschend kühler Tag im Spätfrühling, San Francisco ist nicht umsonst berühmt für sein launisches Wetter. Ich trage Halstuch und Mütze, habe die Hände in den Taschen vergraben. Ich bin allein unterwegs, ohne Nazarin.

Als die Tür aufschwingt, stockt mir der Atem. Aber es ist nicht Tila. Ein Mann im Anzug eilt die Treppe hinunter und an mir vorbei, ohne mich eines Blickes zu würdigen. Ich reibe die Handflächen über meine Oberschenkel.

Für einen Moment wende ich mich ab und genieße die Aussicht: metallgraues Wasser, elegant geschwungene Brücken, halb im Nebel verborgene Inseln. Die Boote draußen in der Bucht, die träge durch die weiße Gischt gleiten und gelegentlich leise Rufe austauschen. Wie friedlich alles wirkt. Ich drehe mich wieder zur Tür.

Da ist sie.

Tila steht oben auf der Treppe. Sie hat mich schon entdeckt, ihr Körper verharrt in angespannter Unschlüssigkeit. Wie Bienen umkreisen die Sicherheitsdrohnen ihren Kopf und drehen kurz darauf ab, um ihre Patrouille fortzusetzen. Tila zögert. Und nimmt die erste Stufe.

Es ist ein surrealer Moment, als meine Schwester auf mich zukommt. Meinem Spiegelbild gleicht sie nicht mehr, mein altes Haar, meine alten Gesichtszüge wurden wiederhergestellt. Tatsächlich unterscheiden wir uns stärker denn je: Ich habe zwei zusätzliche Narben, ganz zu schweigen von denen, die nicht körperlicher Natur sind.

Ein paar Schritte vor mir bleibt Tila stehen. Beide schweigen wir. Sie wirkt leicht abgemagert. Den Blick zu Boden gerichtet, zieht sie etwas aus der Tasche: ein Notizbuch.

»Hier«, sagt sie. »Das habe ich drinnen geschrieben. Sozusagen um mich von dir zu verabschieden. Als ich noch dachte, sie frieren mich ein.«

Ich nehme es entgegen. Unsere Hände berühren sich nicht. Ich muss schlucken, so ausgetrocknet ist mein Mund.

»Im Schreiben bin ich nicht so gut, aber … aber damit sollte einiges geklärt sein. Den Rest erzähle ich dir so.«

»Der Rest dürfte mir weitgehend bekannt sein«, erwidere ich leise.

»Am Anfang war viel Neugier dabei, aber am Ende wollte ich dich nur noch beschützen. Auch wenn es von vorne bis hinten schiefgegangen ist.« Tila neigt den Kopf. »Du hast eine Kugel abbekommen? Hat es wehgetan?«

Ich lächele zaghaft. »Wie die Hölle. Aber nicht so schlimm wie der Blitzschlag, der mich in Ensis Schädel erwischt hat.«

»Was …«

»Komm. Wir fahren nach Hause. Wir klären das alles. Und dann sehen wir weiter. Oder musst du noch schnell irgendein Geständnis loswerden?« Ich frage nur halb im Scherz.

»Ich glaube nicht.« Mit einem erstickten Schluchzen wirft Tila sich in meine Arme. Ich drücke meine Schwester an mich und lege den Kopf auf ihre Schulter. Wir zittern, und ich halte sie fest, als wollte ich nie wieder loslassen. Wir haben einiges zu klären. Zu überwinden. Zu verwinden. Aber das schaffen wir. Wir müssen.

Arm in Arm bleiben wir stehen, Stirn an Stirn, Brust an Brust, meine Narbe parallel zu Tilas, und unter unseren Knochen schlagen unsere mechanischen Herzen, ein stetiges Pochen, Pochen, Pochen.

DANKSAGUNG

Wie immer haben eine Menge Leute meinen Dank verdient. Dieses Buch zu schreiben hat mir großen Spaß bereitet, doch es war ein weiter Weg von meiner ursprünglichen Idee zum fertigen Text, was mich schon etwas verunsichert hat. Viele Menschen haben mir geholfen, das Vertrauen in mich nicht zu verlieren.

Dank gebührt meiner Agentin Juliet Mushens für ihr unbezahlbares frühes Feedback und außerdem dafür, dass sie immer zu mir gehalten hat und schlicht und ergreifend wunderbar ist. Großer Dank geht auch an ihre unglaubliche Assistentin Sarah Manning (Nein, damit ist nicht die Figur aus *Orphan Black* gemeint!). Außerdem an Julie Crisp, die Lektorin, die mich ursprünglich zu meinem Verlag gebracht hat, und an Bella Pagan, Lektorin extraordinaire, ebenso an Louise Buckley und Lauren Welch. Die Zusammenarbeit mit Tor war sowohl in Großbritannien als auch in den USA (danke, Marco Palmieri!) einfach nur großartig, alle haben unerschütterlich an meine Arbeit geglaubt – es war ein Fest.

Ich habe meinen Text während seiner Entstehung an viele Testleser geschickt und dadurch so viel tolles Feedback erhalten, das *Dark World* erst den richtigen Schliff verliehen hat. Ich danke meinem Ehemann Craig und zweien meiner engsten Freunde, Erica Bretall und Shawn DeMille, die zuverlässig meine ersten, wirklich schlechten Entwürfe gelesen haben, noch bevor ich den Text nach außen gegeben habe, und ich danke meiner Mutter, der eisernen Cheerleaderin Sally Baxter. Großer Dank geht auch an Kim Curran, Amy Alward, Katharine Stubbs, Cassandra Rose Clarke, Wesley Chu, Lorna McKay, Hannah Beresford, Mike Kalar, Jonathan Butcher, Nazia Khatun, Colin Sinclair, Vonny McKay, Lisa McCurrach, Katie Kemp (besonders für die Hilfe in Sachen Neurowissenschaften), Leah Woods, Justina Ireland, Tristina Wright und Ann Godridge. Egal, ob ihr die ganz frühen oder die späteren Fassungen gelesen habt, ich bin so dankbar für eure Zeit und für eure Gedanken. Großer Dank gebührt einigen Sexarbeiterinnen, die die Szenen über Tilas Arbeit gelesen und dafür gesorgt haben, dass ich nicht unbewusst in Klischees verfalle. Danke Nick Harkaway für die Idee, den Konzern *Sudice* zu taufen, nachdem ich auf Twitter um Vorschläge gebeten hatte. So, das dürften jetzt alle gewesen sein, aber sollte ich jemanden vergessen haben, weil in meiner Inbox so ein Chaos herrscht, bitte ich vielmals um Entschuldigung und lade euch auf einen Kaffee ein.

Für dieses Buch habe ich ausgiebig recherchiert. Die ursprüngliche Idee kam mir beim Lesen eines Artikels über Daisy und Violet Hilton – ich fragte mich, wie es wäre, jeden einzelnen Moment meines Lebens mit einem anderen Menschen verbunden zu sein. Und überlegte, wie seltsam es wäre, wenn mir diese wortwörtlich andere Hälfte irgendetwas verheimlichen würde. Alice Domurat Dregers Buch *One of us: Conjoined Twins and the Future of Normal* hatte großen Einfluss darauf, wie »meine« Zwillinge mit ihrem Verwachsensein umgehen, auf ihre Beziehung zueinander und darauf, wie sie von der Welt gesehen werden, ob an der Feuerstelle oder in San Francisco. Lori Lansens' Roman *An meiner Seite* hat mich ebenfalls inspiriert. Außerdem habe ich mir viele Dokumentationen und Interviews mit siamesischen Zwillingen angesehen: *The Twins Who Share A Body, Abby & Brittany, Two Hearts, Bound by Flesh, The Twins*

Who Share A Brain und noch einige mehr. Ich habe auch ein paar Zwillinge nach ihrer Beziehung befragt und meine Neffen Ruben und Kade, die ebenfalls Zwillinge sind, genau beobachtet. Zum Thema Sekten waren Adam Nevills *Der letzte Tag* und Iain Banks' *Die Auserwählte* wichtige Inspirationsquellen, ebenso der Film *Martha Marcy May Marlene.* Auch Dokumentationen wie *Jonestown: Todeswahn einer Sekte, Jesus Camp* und *Cults: Dangerous Devotion* haben mir wertvolle Informationen geliefert, genau wie unzählige Artikel über verschiedene Kulte. *Gehirn und Geist: Eine Entdeckungsreise ins Innere unserer Köpfe* von Rita Carter war eine tolle Quelle zur Neurowissenschaft, außerdem haben mich die Sendungen zur »Stadt der Zukunft« auf dem History Channel auf einige Details gebracht, mit denen ich mein in der näheren Zukunft angesiedeltes San Francisco ausstatten konnte. Bei Interesse sind auf meiner Webseite noch weitere Quellen verzeichnet.

Wie immer – danke euch Lesern, die ihr euch dieses Buch ausgesucht und Taema und Tila eure Zeit geschenkt habt. Wenn ihr nicht wärt, könnte ich überhaupt nicht weitermachen mit dem Schreiben.